Melanie Metzenthin
Schicksalsstürme

PIPER

Zu diesem Buch

Heiligenhafen, 1428: Ein letztes Mal flackert das Signalfeuer, dann verlischt das Licht. Im Schein der Morgenröte erinnert nichts mehr an die aufgepeitschten Wellen der vergangenen Nacht. Ein Segelschiff aber ist dem Sturm zum Opfer gefallen. Seine Trümmer und mehrere Tote werden an den Strand gespült, nur ein junger Mann überlebt. Doch er hat sein Gedächtnis verloren. Ist er Däne oder Deutscher? Eine berechtigte Frage, denn es herrscht Krieg zwischen dem Königreich und der Hanse. Brida, die ebenso selbstbewusste wie hübsche Tochter von Kapitän Hinrich Dührsen, nimmt sich des Schiffbrüchigen an, der sich beim Anblick eines Siegels an den Namen Erik erinnert und fortan so genannt wird. Zusammen versuchen sie, die Wahrheit über seine Herkunft herauszufinden. Und auch, als die Stimmen derer sich mehren, die ihn für einen dänischen Spion halten, hält Brida zu dem Unbekannten. Wird das Geheimnis des Fremden zur Gefahr für Brida und den Ostseehafen?

Melanie Metzenthin wurde 1969 in Hamburg geboren, wo sie auch heute noch lebt. Als Fachärztin für Psychiatrie und Psychotherapie hat sie einen ganz besonderen Einblick in die Psyche ihrer Patienten, zu denen sowohl Traumatisierte als auch Straftäter gehören. »Schicksalsstürme« ist nach »Die Sündenheilerin« ihr zweiter historischer Roman. Weiteres zur Autorin: www.macamra.de

Melanie Metzenthin

Schicksalsstürme

Historischer Roman

Piper München Zürich

Mehr über unsere Autoren und Bücher:
www.piper.de

Von Melanie Metzenthin liegen bei Piper vor:
Die Sündenheilerin
Schicksalsstürme

Originalausgabe
September 2012
© 2012 Piper Verlag GmbH, München
Umschlaggestaltung: Hauptmann und Kompanie Werbeagentur, Zürich,
unter Verwendung zweier Fotos von Yolande de Kort / Trevillion
Satz: Kösel, Krugzell
Gesetzt aus der Bembo
Papier: Munken Print von Arctic Paper Munkedals AB, Schweden
Druck und Bindung: CPI – Clausen & Bosse, Leck
Printed in Germany   ISBN 978-3-492-27416-6

Für meine Mutter

Heiligenhafen, April 1428

Ein letztes Mal flackerte das Signalfeuer auf der Fehmarner Seite der Bucht, dann verlosch sein Licht, und die Morgenröte vertrieb die Dunkelheit. Nichts erinnerte mehr an die aufgepeitschten Wellen der vergangenen Nacht.

Arne liebte die Tage nach dem Sturm, wenn das Meer wieder klar war und der Geruch von Seetang die Luft erfüllte. Ein guter Tag, um die Netze auszuwerfen.

Sein Boot lag am Strand, unmittelbar hinter den Dünen. Dort hatte es bislang jedem Unwetter getrotzt. Auch an diesem Morgen wartete es auf ihn, unversehrt und bereit, ihn hinauszutragen.

Eine dunkle Planke dümpelte zwischen dem Schlick. Arne stutzte. Dann sah er den leblosen Körper, der mit den Beinen noch halb im Wasser lag. Er rannte los, Muschelschalen und Sand knirschten unter seinen Stiefeln. Überall waren Trümmer an den Strand gespült worden. Neben einem zerbrochenen Fass nahe der Sandbank trieben weitere Körper, alle mit dem Gesicht nach unten. Ein bitterer Geschmack legte sich auf Arnes Zunge. Ein Jahr war es her, dass er zum letzten Mal Tote am Strand gefunden hatte. Doch damals war er darauf vorbereitet gewesen.

Er beugte sich zu dem Mann hinunter, berührte ihn. Ein leises Stöhnen.

»Hörst du mich?«

Der Verletzte murmelte etwas. Arne glaubte, »hvor« und »jeg« verstanden zu haben. War der Mann ein Däne? Vor einem Jahr waren es Deutsche gewesen, die er am Strand gefunden hatte. Opfer der dänischen Flotte. Er hatte einige Freunde verloren. Junge Männer, die dachten, auf den hanseatischen Kriegsschiffen schneller zu Ruhm und Reichtum zu gelangen als mit ihrem ehrlichen Handwerk. Arne atmete tief durch. Es war vorbei. Dies hier war ein unglückliches Opfer des gestrigen Sturms. Ein Mann, der seine Hilfe brauchte, ganz gleich, woher er kam.

Er versuchte, den Körper aus dem Wasser zu ziehen. Ein erstickter Schrei ließ ihn zurückzucken. Erst jetzt sah Arne das Blut, das aus einer Wunde in der Brust des Mannes gesickert war und seine Kleidung durchtränkt hatte. Das war kein Seemann. Solche feinen Hemden trugen nur reiche Leute, Patrizier aus den großen Hansestädten oder Adlige.

»Wer seid Ihr?«

Der Mann stöhnte, war kaum noch bei Bewusstsein. Arne betrachtete ihn genauer. Er war höchstens Mitte zwanzig, blondes Haar, glatt rasiert. Die Hände gepflegt und frei von den Spuren schwerer Arbeit. Vielleicht ein Kaufmann? Aber wobei hatte er sich diese Verletzung zugezogen? Sie sah aus wie ein Schwerthieb.

Einerlei. Er würde den Mann zu Brida bringen. Die würde schon wissen, wie dem Verwundeten zu helfen war. Und dann würde er zurückkommen und schauen, was das Meer sonst noch herzugeben bereit war. Vielleicht war es ja eine Kogge mit reicher Ladung gewesen. Auf jeden Fall schien die Suche danach lohnenswerter, als heute zum Fischen hinauszufahren.

1. Kapitel

Nun hilf mir schon, ihn auszuziehen!« Brida zerrte an einem der Stiefel des Bewusstlosen.

»Da hat uns das Meer aber mal was Hübsches beschert.« Marieke kicherte, während sie nach dem anderen Stiefel des Mannes griff und ihm das nasse Leder mit einem Ruck vom Fuß zog.

»Teures Schuhwerk, ist wohl ein feiner Herr.« Bewundernd strich die Magd über den weichen Schaft.

»Stopf sie nachher aus, und stell sie zum Trocknen vor den Kamin.« Brida reichte Marieke den zweiten Stiefel. »Halt, nicht jetzt, hilf mir erst, ihn ganz auszuziehen!« Sie machte sich daran, seine Hose zu öffnen.

»Fräulein Brida, soll ich nicht lieber Kalle holen? Ich meine, wegen der Schicklichkeit …«

»Bis du Kalle findest, ist der hier erfroren. Nun komm, ich werde von dem Anblick schon nicht erblinden.«

»Wäre ja auch schade.« Marieke lächelte verschmitzt. »Der ist mehr als einen Blick wert.«

Brida seufzte. So war Marieke. Redete von Schicklichkeit, aber ihre Gedanken waren sündig genug, dem Pfarrer bei der nächsten Beichte die Schamesröte ins Gesicht zu treiben.

Es erwies sich als schwierig, die eng anliegenden Hosen herunterzustreifen, die nass an den Beinen des Fremden klebten. Auch das blutverschmierte Hemd hatte im Wasser gelitten und war an mehr als einer Stelle zerrissen.

»Wasch das, und dann schau, ob du es flicken kannst.« Brida reichte der Magd die nassen Kleidungsstücke.

»Das Hemd etwa auch?« Marieke verzog das Gesicht. »Das ist doch völlig zerlumpt.«

»Versuch's einfach. Es sieht aus, als wenn's teuer war.«

»Ja eben, der wird doch nicht in geflickten Plünnen rumlaufen wollen. Arne meinte auch, das ist bestimmt so 'n reicher Pfeffersack.«

»Marieke, tu einfach, was ich dir sage.«

Die Magd murmelte etwas vor sich hin, hob auch die Stiefel auf und verließ die kleine Kammer, in der Bridas Vater für gewöhnlich seine Gäste beherbergte.

Brida deckte den Mann mit einer warmen Wolldecke zu und wandte sich dann seiner einzig sichtbaren Verletzung zu. Ein handbreiter Schnitt über der linken Brust. Auf den ersten Blick eine tiefe Wunde, aber beim zweiten Hinsehen erkannte Brida, dass sie ungefährlicher war, als sie befürchtet hatte. Vielleicht hatte er ein ledernes Wams getragen, das den Hieb abgemildert hatte. Im vergangenen Jahr hatte sie einige Verletzungen dieser Art behandelt. Zwei Wochen, dann wäre ihm davon nicht mehr viel anzumerken, sofern er sich von der Unterkühlung erholte.

Während sie die Wunde versorgte, betrachtete sie ihn. Er war wirklich ein ansehnlicher Bursche. Die Haare so blond wie reifer Weizen. Welche Farbe mochten seine Augen wohl haben? Blau? Braun?

Ich bin schon wie Marieke, schalt sie sich. Lasse mich von einem hübschen Gesicht in den Bann ziehen, ohne den Mann überhaupt zu kennen.

War er wirklich ein Opfer des Sturms, oder war sein Schiff von Piraten aufgebracht worden? Wie sonst hätte er sich diese Wunde zuziehen sollen? Andererseits, die Kaperfahrer wären bei dem gestrigen Sturm gewiss nicht ausgelaufen.

Ein Zittern durchlief seinen Leib. Er war noch immer eisig kalt. Sie zog ihm die Decke ganz über den Oberkörper, dann fachte sie die Glut im Kohlebecken neu an und stellte es unmittelbar neben seine Lagerstatt. Es würde dauern, bis es warm genug war. Besser, sie holte ihm noch eine zweite Decke.

Als sie zurückkam, war er wach. Seine Augen waren so grün wie die Ostsee an hellen Sommertagen.

»Hvor er jeg?« Das war Dänisch. Also hatte Arne recht.

Brida legte ihm die zweite Decke über. »Ihr seid in Sicherheit«, sagte sie. »Du er i sikkerhed.«

Er musterte sie auf eine seltsame Weise. Fragend, unsicher. Hatte er sie nicht verstanden? So schlecht war ihr Dänisch doch gar nicht.

»Wo genau bin ich?«, fragte er schließlich auf Deutsch. Bildete sie es sich ein, oder klang ein leichter lübscher Zungenschlag in seinen Worten mit?

»Ihr seid in Heiligenhafen, im Haus von Kapitän Hinrich Dührsen. Ich bin seine Tochter Brida.«

Sein Blick wanderte an ihr vorbei durch den Raum, blieb an dem Kohlebecken hängen. Fast kam es ihr so vor, als betrachte er gar nicht seine Umgebung, sondern schaue nach innen, versuche sich auf etwas zu besinnen, das ihm entfallen war.

»Wie ist Euer Name?«

Er sah ihr in die Augen, aber er schwieg. Ob er Angst hatte, wegen seiner Herkunft Schwierigkeiten zu bekommen? Einige hier trugen den Dänen die letzten Kämpfe nach, aber die meisten waren vernünftig genug, zwischen Kriegsschiffen und Kauffahrern zu unterscheiden. Und noch anderen war es schlichtweg gleichgültig, woher jemand kam.

»Ihr müsst keine Sorge haben. Bei uns genießt jeder Gastrecht. Sogar Piraten haben es schon versucht. Kennt Ihr die Geschichte, als sich vor acht Jahren Seeräuber in unseren Hafen flüchteten, um zu verhindern, dass sie den Lübeckern ausgeliefert wurden?«

Er deutete ein Kopfschütteln an. »Das ist es nicht. Ich …« Er schluckte. »… ich weiß nicht, was geschehen ist. Ich kann mich an nichts erinnern.«

»Nicht einmal an Euren Namen?« Wieder hatte sie das

Gefühl, seine Augen blickten durch sie hindurch, starr nach innen gerichtet.

»Nicht einmal an meinen Namen.« Seine Stimme war leise geworden, kaum mehr als ein Flüstern.

»Und an das, was passiert ist? Arne hat Euch am Strand gefunden. Ihr wärt fast ertrunken, habt eine Wunde in der Brust.«

Bei der Erwähnung der Verletzung glitt seine Hand zur Brust, als müsse er sich davon überzeugen, dass sie die Wahrheit sagte.

»Ihr wisst nicht mehr, ob Ihr angegriffen wurdet oder ob es der Sturm war?«

Abermals ein Kopfschütteln.

»Auch nicht, wie Ihr verletzt wurdet?«

»Nein.«

»Aber es muss doch irgendetwas geben, auf das Ihr Euch besinnt. Irgendein Bild aus Eurer Vergangenheit. Denkt nach. Als Ihr zu Euch kamt, spracht Ihr Dänisch. Seid Ihr aus Dänemark?«

Er schloss die Augen. Diesmal hatte Brida nicht den Eindruck, er bemühe sich um eine deutlichere Erinnerung. Vielmehr schien er vor ihrem heftigen Ansturm die Flucht zu ergreifen. Sofort schämte sie sich für ihr Ungestüm.

»Verzeiht«, sagte sie leise. »Ich wollte Euch nicht bedrängen. Ihr braucht Ruhe, und die sollt Ihr haben. Wenn Ihr etwas braucht, so ruft nur.« Sie schickte sich an, zur Tür zu gehen.

»Wartet, Jungfer Brida! Ich müsste vielmehr Euch um Verzeihung bitten.«

Sie wandte sich um. Es war seltsam, ihren Namen aus seinem Mund zu hören. Vor allem, da er sie so formvollendet ansprach. Für alle anderen war sie einfach nur Brida. Außer für Marieke, die es sich nicht nehmen ließ, sie wie ein adliges Fräulein anzureden.

»Ihr mich? Warum?«

»Weil ich Euch keine bessere Auskunft geben kann.«

Sein Blick erinnerte sie an ein verwundetes Tier, das Schmerzen leidet, die Ursache dafür aber nicht kennt. Es musste schlimm sein für ihn, sich in einer fremden Umgebung wiederzufinden und nicht zu wissen, wer er war. Vermutlich quälten ihre Fragen ihn viel mehr, da er sie sich selbst auch stellte.

»Macht Euch darum keine Sorgen. Ruht Euch aus, vielleicht sieht es morgen schon anders aus. Ich schicke Marieke, damit sie Euch etwas heiße Milch mit Honig bringt und, wenn Ihr mögt, auch etwas zu essen. Habt Ihr Hunger?«

Er schüttelte den Kopf.

»Ich gehe zum Strand, vielleicht finde ich dort etwas, das uns Hinweise auf Eure Herkunft gibt«, sagte sie. Dann verließ sie die Kammer und rief nach Marieke.

Die Sonne stand noch nicht hoch am Himmel, als Brida den Strand erreichte. Außer Arne waren inzwischen auch andere Männer in der Hoffnung auf Strandgut aufgetaucht, aber auch um die Leichen zu bergen. Viel hatte das Meer nicht hergegeben. Ein paar Fässer mit Pökelfleisch, keine große Ladung.

Es waren insgesamt acht Tote. Ihre Gesichter waren bläulich verfärbt, aber sie sah keine Wunden, die auf einen Kampf hindeuteten. Eigentlich sahen sie recht friedlich aus, beinahe wie Schlafende. Die See hatte sie rechtzeitig zurückgegeben. Als kleines Mädchen hatte sie einmal einen Toten gesehen, der tagelang im Wasser getrieben war. Die Haut hatte sich vom Körper gelöst, er war aufgedunsen gewesen und hatte eher an ein Monster aus der Tiefsee als an einen Menschen erinnert. Aber am schlimmsten war der Gestank gewesen. Sie schüttelte die alte Erinnerung ab.

»Hier kannste nicht mehr viel machen, Brida.« Der alte Knut legte ihr die Rechte auf die Schulter. »Die sind alle mausetot.«

»Ich weiß. Deshalb bin ich auch nicht gekommen. Wissen wir etwas über das Schiff?«

»War vermutlich nur'n Kraier, nix Großes.« Der alte Mann wies auf die Fässer mit dem Pökelfleisch. »Lohnt fast gar nicht den Aufwand.«

»Der Mann, den Arne mir gebracht hat, scheint ein Kaufmann zu sein. Könnte es sein, dass die Kaperfahrer den besten Teil der Ladung gestohlen haben?«

Knut zuckte die Achseln. »Er wird's dir erzählen, wenn er zu sich kommt.«

»Ich habe schon mit ihm gesprochen. Er kann sich an nichts erinnern. Nicht einmal an seinen Namen.«

Knut pfiff durch seine Zahnlücke. »Kann sich an nichts erinnern? Und glaubste ihm?«

»Warum sollte er mich belügen?«

»Och, dafür gibt's schon manch Grund. Vielleicht hat er keine sauberen Geschäfte gemacht.«

»Ach, Knut, erzähl keinen Tüdelkram! Ich glaub ihm. Er war vollkommen verwirrt, hat noch gar nicht begriffen, was ihm widerfahren ist.«

Ganz in der Nähe der aufgestapelten Fässer sah Brida etwas in der Ostsee treiben. War es ein Lederbeutel? Sie ließ Knut stehen und ging zum Wasser.

Es war tatsächlich ein kleiner Beutel, der von den Wellen immer wieder vor- und zurückgetrieben wurde. Hastig schlüpfte sie aus den Schuhen, hob den Saum ihres Kleides und watete ins Wasser. Obwohl schon April war, kam ihr das Wasser eisig vor. Kein Wunder, dass ihr Pflegling völlig ausgekühlt und erschöpft gewesen war.

»Was hast du da?« Knut war ihr gefolgt.

»Nur irgendein Ledersäckchen.«

»Na, was Wertvolles wird kaum drinnen sein, sonst wär's längst untergegangen.« Der alte Mann wandte sich gelangweilt ab.

Brida öffnete ihren Fund. Es waren wohl einmal Briefe oder irgendwelche Pergamente gewesen, aber die wenigen Stunden im Salzwasser hatten gereicht, die Schrift unleserlich zu machen. Lediglich ein zerbrochenes Siegel war erhalten geblieben. Ein Kreuz, auf dem ein Wappenschild mit drei Kronen prangte. Sie kannte das Zeichen nicht, aber ihr Vater würde schon wissen, zu welcher Familie es gehörte, oder zumindest, wo die Herkunft in Erfahrung zu bringen war.

Brida versuchte, den feuchten Sand von den Füßen zu streifen, bevor sie die Schuhe anzog, aber es blieben zahlreiche feine Körnchen zurück, die unangenehm scheuerten. Zu dumm, dass sie kein Kind mehr war, dem es niemand verargte, barfuß durch die Stadt zu laufen.

Ob ihr gedächtnisloser Gast das Siegel wohl erkannte? War es womöglich sein eigenes? Drei Kronen ... Vielleicht war er ein Edelmann? Das Wappen des dänischen Königs zierten ebenfalls drei Kronen, allerdings wurden sie von drei Löwen getragen.

»Er schläft«, sagte Marieke, als Brida zurückkam.

»Hast du mit ihm gesprochen?«

Die Magd nickte. »Er ist nett, aber er kann sich ja an gar nichts erinnern.«

»Ich weiß.« Mit einem erleichterten Seufzer zog Brida ihre Schuhe von den Füßen und schüttelte den Sand aus. Marieke runzelte missbilligend die Stirn.

»Ist Vater schon zurück?«

»Nein.«

»Sag mir Bescheid, wenn er kommt.«

Sie ließ Marieke stehen und ging zu ihrer Kammer. Aus den Augenwinkeln sah sie noch, wie die junge Magd kopfschüttelnd nach dem Besen griff, um den Sand aufzufegen.

Bridas Stube war nicht groß, enthielt ein Bett, eine Kleidertruhe, einen Schemel und ein Tischchen, das unter der Dachschräge stand. Aber sie liebte diesen kleinen Raum, der sie ein wenig an die engen Schiffskojen erinnerte, in denen sie ihre Kindheit und Jugend verbracht hatte. Sie schob sich den Schemel zurecht und zog vorsichtig die aufgeweichten Pergamente aus dem Beutel.

Die Tinte war vollkommen zerlaufen, bildete nur noch Schlieren und schwarze Flecken. Sie breitete die Dokumente, soweit es möglich war, auf dem Tisch aus. Vielleicht war das eine oder andere Wort noch zu entziffern, wenn sie erst getrocknet waren.

Von unten hörte sie polternde Schritte. Nur einer ging so. Vater! Im Geist sah Brida Marieke erneut seufzen und zum Besen greifen. Sie wartete eine Weile, bis sie sicher war, dass ihr Vater sich in die Wohnstube zurückgezogen hatte, dann nahm sie das zerbrochene Siegel und stieg die Treppe hinunter.

Obwohl Kapitän Hinrich ein Mann war, der schon auf die sechzig zusteuerte, hatte er sich die Lebendigkeit der Jugend bewahrt. Manchmal glaubte Brida, dass er noch immer zur See führe, wenn sie nicht wäre. Sie war jetzt einundzwanzig, noch keine alte Jungfer, aber auf jeden Fall zu alt, um ihn weiterhin auf seinen Schiffsreisen zu begleiten, wie sie es während ihrer Kindheit und Jugend getan hatte.

So, wie sie seinen Schritt schon von Weitem erkannte, so kannte er auch den ihren.

»Na, Deern, hab gehört, du hast wieder einen Pflegling.«

Sie liebte sein väterliches Lächeln, wenn sein Gesicht in Hunderte von Fältchen zerfiel, würdevoll und schelmisch zugleich.

»Ja, Vater. Er war der einzige Überlebende.« Sie setzte sich ihm gegenüber auf den zweiten Lehnstuhl vor dem Kamin. »Aber etwas ist seltsam. Er kann sich an gar nichts erinnern. Nicht mal an seinen Namen.«

Der alte Kapitän zog die Brauen hoch. »Nicht mal an seinen Namen?«

Brida nickte. »Hast du so etwas schon mal erlebt?«

»Erlebt nicht, nur davon gehört, dass es so was geben soll.«

»Ich war am Strand und habe geschaut, ob ich noch etwas finde, das uns mehr über ihn verraten könnte. Dabei entdeckte ich das hier.«

Sie reichte ihrem Vater das zerbrochene Siegel. Hinrich nahm die beiden Teile in die Hand und betrachtete sie aufmerksam.

»Das ist seltsam, Deern. Bis auf die drei Löwen erinnert es an das dänische Königssiegel.«

»Du hast es also auch noch nie gesehen?«

Der Vater schüttelte den Kopf. »Vielleicht weiß Claas etwas. Ich habe ihn zum Abendessen eingeladen.«

»Wie geht es seiner Frau?«

»Nicht gut. Die Ärzte haben nicht mehr für sie tun können als du, Deern. Die haben sich nur an seinem Geldbeutel gütlich getan.«

Brida senkte den Blick. Sie wusste um die Liebe, mit der Stadtrat Claas an seiner Frau hing. In zehn Ehejahren hatte Anna ihm nur ein lebendes Kind geschenkt, das kurz nach der Geburt verstorben war. Es folgten sieben Totgeburten, die letzte vor drei Monaten. Brida erinnerte sich lebhaft an die Schilderungen der alten Hebamme Hilde. Anna hatte nicht genügend Kraft, das tote Kind auszustoßen. Hilde hatte es im Leib der Schwangeren zerstückeln müssen. Tagelang hatte Anna danach mit dem Tod gerungen, bis sie ihn von ihrer Schwelle jagen konnte, aber sie blieb schwach und kränkelnd. Zuerst hatte Claas Brida um Hilfe gebeten, doch als ihre Mittel versagten, hatte er nach den besten Ärzten aus Lübeck geschickt und, als die auch nicht weiterwussten, einen berühmten Medikus aus Hamburg kommen lassen. Nichts war ihm für Anna zu teuer, und doch trat keine Linderung ein. Im Gegenteil, sie wurde immer schwächer, aber niemand brachte es übers Herz, Claas zu sagen, dass seiner Frau nicht mehr viel Zeit blieb.

»Weißt du, Deern, vielleicht erinnert der Mann sich ja selbst, wenn er das Siegel sieht.«

Der Gedanke an Anna hatte Brida für kurze Zeit von dem Rätsel um ihren unbekannten Pflegling abgelenkt. Umso dankbarer war sie ihrem Vater, dass er das Gespräch wieder in eine erträglichere Richtung lenkte.

»Vielleicht ist es sogar sein eigenes? Von seiner Kleidung her könnte es passen.«

»Ja, das hat der Arne schon überall rumgebracht. Meinte, das sei so 'n feiner Herr.«

»Fräulein Brida!« Marieke stürmte in die Stube. »Unser Meergeschenk ist wach.«

Hinrich lachte. »Na, ob der sich wohl freut, wenn du ihn so nennst?«

Die junge Magd blickte dem Hausherrn keck in die Augen, die Hände in die Hüften gestemmt. »Na ja, Herr Käpt'n, ist doch noch gar nicht so lang her, dass wir alles behalten durften, was uns das Meer bescherte, nicht wahr?«

»Ach, Marieke, verschreck den armen Jungen nicht.«

»Aber Herr Käpt'n, ich doch nicht.«

Brida grinste. »Ich sehe nach ihm.« Sie nahm das zerbrochene Siegel und begab sich zu der kleinen Gästekammer.

Der Unbekannte hatte sich wie ein Kind im Mutterleib zusammengekrümmt und fest in die Decken geschmiegt. Als Brida eintrat, hob er den Kopf. Erleichtert stellte sie fest, dass das Kohlebecken gute Arbeit geleistet hatte. Der Raum war inzwischen angenehm warm.

»Wie geht es Euch?«, fragte sie und schalt sich gleichzeitig, dass ihr keine bessere Begrüßung einfiel. Wie sollte es ihm schon gehen?

»Viel besser.« Er schenkte ihr ein Lächeln. Wenn er Marieke ebenso angestrahlt hatte, schien es kein Wunder, dass die Magd ihn beinahe als persönlichen Besitz ansah. »Ich fühle meine Zehen wieder.«

»Aber Ihr erinnert Euch nach wie vor an nichts?«

Das Lächeln schwand. »Nein«, sagte er leise.

»Ich war am Strand und habe dort einen Beutel mit Briefen gefunden. Die Dokumente sind verdorben, aber ein Siegel blieb erhalten. Erkennt Ihr es?«

Er richtete sich ein wenig auf, die wärmenden Decken fest umklammert, und musterte das zerbrochene Stück Siegelwachs in ihrer Hand.

Brida versuchte, in seinem Gesicht zu lesen, zu erkennen, was in ihm vorging. Einmal schloss er kurz die Augen, dann starrte er wieder auf das Siegel.

»Erik«, flüsterte er.

»Ist das Euer Name?«

»Ich bin mir nicht sicher. Er ging mir auf einmal durch den Kopf.«

Da war er wieder, dieser gehetzte Blick, der sie an ein leidendes Tier gemahnte.

»Erik«, wiederholte Brida den Namen. »Er würde zu Euch passen. Der Klang des Nordens.«

Er sagte kein Wort.

»Darf ich Euch so nennen, solange Ihr Euch nicht sicher seid, wie Ihr wirklich heißt?«

»Wenn Ihr wollt.«

Sehr begeistert klang er nicht. Konnte es wirklich sein eigener Name sein, wenn er ihren Vorschlag mit dem gleichen Gesichtsausdruck hinnahm, mit dem ein Kind ein Hemd aus rauem Stoff duldet?

Eine Weile herrschte Schweigen. Schon wollte Brida fragen, ob sie ihn wieder allein lassen solle, als er fortfuhr. »Darf ich ein Gespräch mit Euch beginnen, Jungfer Brida? Für gewöhnlich tauschen Menschen, die sich noch nie begegnet sind, ihre Geschichten aus. Doch ich habe nichts zum Tausch zu bieten.«

Er zitterte. War es wirklich nur die Unterkühlung?

Brida zog einen Schemel heran und setzte sich neben die Bettstatt.

»Soll ich Euch von mir erzählen? Ganz ohne Tausch?« Sie lächelte ihn an.

»Ich würde mich freuen.«

»Nun, wo soll ich anfangen?«, fragte sie mehr sich selbst als ihn. »Vielleicht erkläre ich Euch, warum man Euch ausgerechnet zu mir brachte.«

Er nickte.

»Nun, ich habe Euch schon erzählt, dass Ihr Euch im Haus von Kapitän Hinrich Dührsen befindet. Er hat die Seefahrt erst vor knapp vier Jahren aufgegeben, weil er meinte, für eine Jungfer wie mich zieme es sich nicht mehr, immer nur auf Schiffen unter Männern zu leben.« Sie lachte über seinen erstaunten Gesichtsausdruck. »Ihr braucht gar nicht so zu schauen, es ist wahr, ich bin auf Schiffen aufgewachsen. Meine Mutter starb, als ich noch ein kleines Kind war. Ich habe keine deutlichen Erinnerungen mehr an sie. Mein Vater hätte mich zu einer Ziehmutter geben können, aber das brachte er nicht fertig, und so nahm er mich, kaum dass ich laufen konnte, mit an Bord. Ich wuchs unter Seeleuten auf, die mir wie Onkel oder große Brüder waren. Besonders gern ging ich dem Harald zur Hand, dem Knochenbrecher, der sich um größere und kleinere Verletzungen kümmerte. Von ihm habe ich viel über die Heilkunst gelernt. Manchmal gab es auch den einen oder anderen Messerstich zu versorgen, denn in den Hafentavernen kann es rau zugehen. Nun schaut nicht wieder so, ich selbst war nie in solchen Häusern. Die Männer hätten das nie zugelassen, die haben mich beschützt, so gut sie konnten, manchmal sogar so sehr, dass es mir zu arg wurde.«

»Ihr seid tatsächlich auf Schiffen groß geworden? Habt niemals in einem Haus gelebt?«

»Doch, hier in Heiligenhafen, wenn wir nicht auf Fahrt

waren. Aber das war selten. Als Vater jünger war, unternahm er noch größere Reisen. Mehr als einmal sind wir bis nach Venedig gekommen. Aber meist waren es die üblichen Routen entlang der Hansestädte. Lübeck, Rostock, Stettin, Danzig. Manchmal auch Malmö oder Aalborg, aber seit den Kriegen mit den Dänen haben wir uns auf die heimischen Gewässer beschränkt. Vater hatte eine gute Nase. Wir sind nie von Kaperfahrern aufgebracht worden. Zweimal haben sie es versucht, aber unsere Kogge war schneller, wir haben sie jedes Mal abgehängt.«

»Ihr sprecht, als hättet Ihr gar keine Angst gehabt.«

»Ich war ein Kind, ich glaubte fest daran, dass mein Vater unbesiegbar war.«

Sie hielt einen Moment lang inne, als ihr ein Gedanke kam. »Sagt, könnt Ihr überhaupt etwas mit all den Orten anfangen, die ich nenne?«

Seine Antwort kam erstaunlich schnell. »Venedig ist eine Stadt in Italien, die anderen Orte, die Ihr nanntet, sind Hansestädte oder beliebte Handelspunkte.«

»Das wisst Ihr noch?«

»Ich habe nicht nachgedacht, einfach geantwortet.« Er schien selbst überrascht.

»Seid Ihr schon einmal in einer dieser Städte gewesen?«

»Ich nehme es an.«

»Als ich Euch das Siegel zeigte, ging Euch der Name Erik durch den Kopf. Was seht Ihr, wenn Ihr an … sagen wir mal an Lübeck denkt?«

»Häuser aus rotem Backstein neben schmalen Fachwerkbauten.«

»Was noch?«

Er schloss die Augen.

»Ihr sollt nicht lange nachdenken, sondern sagen, was Euch als Erstes einfällt.«

»Da ist nichts mehr.« Er atmete tief durch. »Bitte, erzählt

weiter, vielleicht erwecken Eure Worte in meiner Seele Bilder zum Leben.«

Wie gewählt er sich ausdrücken konnte! Gar nicht so, wie sie es von einem Kaufmann erwartete. Sie brauchte eine Weile, um den Faden wieder aufzunehmen.

»Vor einigen Jahren starb Harald, und seitdem war ich diejenige, zu der die Männer kamen, wenn sie krank oder verletzt waren. So blieb es auch, als wir endgültig sesshaft wurden. Wenn jemand im Ort krank wird, kommt er als Erstes zu mir. Und meist kann ich helfen. Deshalb brachte Arne Euch her.«

»Vergebt mir, ich habe Euch noch gar nicht für Eure Hilfe gedankt. Dabei wäre ich ohne Eure und Arnes Hilfe nicht mehr am Leben.«

»Das war unsere Christenpflicht. Wir haben es gern getan.«

»Ich werde für immer in Eurer Schuld stehen.« Er richtete sich weiter auf und zog die Decke fester um die Schultern.

»Ich würde mich so gern erkenntlich zeigen. Wenn ich nur wüsste, wie.«

Auf einmal tat er ihr unsagbar leid, ein Mann, dem nichts geblieben war. Nicht einmal sein Name.

»Das könnt Ihr am besten, indem Ihr Euch schnell erholt. Wir finden schon noch heraus, wer Ihr seid. Irgendwer wird Euer Schiff gewiss erwarten und Erkundungen einziehen, wenn es ausbleibt.«

»Sicher«, sagte er, aber es klang nicht überzeugt.

»Ihr zweifelt?«

»Was ist, wenn Eure erste Vermutung zutrifft? Wenn meine Heimat Dänemark ist?«

»Ihr redet mit lübschem Zungenschlag.«

»Det slår mig så let, det danske.«

»Es fällt Euch ebenso leicht, Dänisch zu sprechen«, übersetzte Brida seine Worte. »Was hat das schon zu bedeuten? Viele Kaufleute beherrschen mehrere Sprachen.«

»Aber in welcher Sprache träumt Ihr, Jungfer Brida?«
Es war keine Frage. Es war eine Feststellung.

Am frühen Abend folgte Claas Wippermann Kapitän Hinrichs Einladung zum Abendessen. Brida hatte ihn nicht gesehen, seit sie das letzte Mal bei seiner Frau gewesen war. Sie hatte ihn als tatkräftigen, gut aussehenden Mann von Mitte dreißig in Erinnerung, doch in den letzten beiden Wochen schien er um Jahre gealtert. Ob er wohl die Nächte am Krankenlager seines Weibes gewacht hatte? Wie anders sollte sie sich sonst die tiefen Augenringe und die verhärmten Gesichtszüge erklären, die nur noch einen schwachen Abglanz seiner einstigen männlichen Schönheit boten?

Es gab Steinbutt im Kräuterbett, dazu köstliche Pasteten. Die alte Köchin Elsa hatte sich wieder selbst übertroffen.

Stadtrat Claas hob anerkennend die Brauen, als er den Fisch sah. »Das scheint mir einer der ersten guten Fänge des Jahres zu sein.«

»Denk ich mal.« Hinrich lachte. »Deshalb hab ich dich ja eingeladen.«

Marieke kredenzte ihnen noch den guten italienischen Wein, den der Kapitän für besondere Gelegenheiten aufhob.

»Ich habe gehört, einer der Schiffbrüchigen hat überlebt?«, fragte Claas, während er einen Schluck des schweren roten Weines kostete.

»Ja, Brida kümmert sich um ihn.« Hinrich warf seiner Tochter einen auffordernden Blick zu, und so erzählte sie von Erik, wie sie ihn jetzt nannte.

»Ein unbekanntes Siegel?«, fragte Claas, als sie geendet hatte. »Dürfte ich es sehen?«

»Darauf haben wir gehofft«, sagte Brida. »Wartet, ich hole es.«

Als sie zurückkam, schenkte ihr Vater seinem Gast gerade nach. Brida reichte Claas die beiden Teile Siegelwachs.

»Bemerkenswert. Es hat gewisse Ähnlichkeiten mit dem dänischen Königssiegel.«

»Bis auf die drei Löwen«, bestätigte Hinrich. »Hast du es schon mal gesehen?«

»Nein, aber ich könnte es herausfinden, wenn du es mir überlässt.«

Der alte Kapitän nickte.

»Ob es wohl ein dänisches Siegel ist?«, fragte Brida.

»Möglicherweise«, antwortete Claas. »Du glaubst, dieser Erik – oder wie immer er heißen mag – könnte ein Däne sein?«

»Er sagte, er habe auf Dänisch geträumt. Und als er zu sich kam, sprach er zuerst Dänisch. Andererseits hat er den unverkennbaren lübschen Zungenschlag, wenn er Deutsch spricht.«

»Viele Lübecker Kaufleute sprechen Dänisch«, sagte Claas. »Vielleicht war er auf einem dänischen Schiff. Aber seltsam ist es schon. Ich würde ihn gern persönlich kennenlernen.«

»Er schläft schon. Ich habe mich heute lange mit ihm unterhalten. Er mag es nicht zugeben, aber er ist noch sehr geschwächt. Es ist nicht nur die Kälte. Ich erzählte doch von seiner Wunde. Er hat vermutlich ziemlich viel Blut verloren.«

»Sag mir Bescheid, wenn es ihm besser geht. Vielleicht kann ich ihm helfen, etwas über seine Herkunft herauszufinden.«

2. Kapitel

*W*asser, so kalt, dass es ihm den Leib zerreißt. Wellen peitschen über seinen Kopf. Eine Planke, unmittelbar vor ihm. Glitschig. Mit aller Kraft muss er sich halten, klemmt sie zwischen Arm und Achsel fest. Versucht, mit den Wellen zu treiben. Auf einmal ist die Planke fort. Eine Frau hängt schlaff in seinen Armen, ihr nasses blondes Haar fällt ihm in die Augen, raubt ihm jede Sicht. *Ich darf nicht loslassen! Niemals loslassen.* Ihr Gewicht zieht ihn in die Tiefe. Eine Welle schwappt über ihn hinweg, Wasser dringt in Mund und Nase. Er hustet, ringt nach Luft. Versucht, mit seiner Last zu schwimmen. *Ich werde dich niemals loslassen!* Plötzlich ist sie fort. Er liegt wieder über der Planke, allein inmitten des Meeres.

In diesem Moment schreckte er aus seinem Traum auf. Das Kohlebecken neben seinem Lager glühte noch, warf einen schwachen Lichtschimmer in den Raum, aber draußen war alles dunkel. Wie lange mochte er geschlafen haben? Langsam richtete er sich auf, immer darauf bedacht, die wärmenden Decken nicht loszulassen. Die Wunde in seiner Brust pochte so wie schon während des ganzen Tages. Er versuchte, nicht daran zu denken. Es gab Wichtigeres. Er war also in Heiligenhafen. Ein Name, der keine Bilder in ihm hervorrief. Anders als Lübeck und anders als … Kopenhagen. Wieso kam ihm gerade jetzt die dänische Hauptstadt in den Sinn? Bunt verputzte Häuserfronten, ganz anders als der rote Lübecker Backstein.

Brida hatte vom Krieg zwischen Dänemark und der Hanse gesprochen. Verdammt, wenn er bloß gewusst hätte, wohin er selbst gehörte! Es fiel ihm ebenso leicht, Deutsch mit ihr zu sprechen wie Dänisch zu denken. Wenn er wirklich ein Däne war, konnte er nicht darauf hoffen, dass irgendjemand nach ihm suchte. Jedenfalls nicht hier.

Was war das eben für ein Traum gewesen? Die seltsame Frau, die so kurz aufgetaucht und dann verschwunden war. War sie eine wirkliche Erinnerung? Oder nur ein wirres Traumgespinst?

Irgendwer hatte die Fensterläden geschlossen, während er schlief. Vermutlich Marieke. Beim Gedanken an die Magd musste er lächeln. Ein scharfes Geschütz, hätte sein Bruder gesagt. Bruder? Er hatte also einen Bruder. Bruder ... Name? Gesicht? Nein, da war nichts, nur eine Wand aus Nebel.

Erik ... War das sein Name? Das Wort fühlte sich fremd an. Keine vertraute Wärme, nicht der Drang zu antworten, wenn er so gerufen wurde. Nichts. Andererseits – er hatte anfangs nicht einmal bemerkt, dass er verwundet war, bis Brida es ihm gesagt hatte. Und jetzt konnte er den pochenden Schmerz in der Brust kaum mehr verdrängen. Das Gespür für seinen Körper war zurückgekehrt. Vielleicht brauchte seine Erinnerung nur ein bisschen länger?

Immer wieder fischte er in seinem Gedächtnis nach bekannten Bildfetzen, aber er vermochte nichts wirklich zu fassen.

Ob sein Körper ihm wohl schon wieder ganz gehorchte? Er schob die Beine aus dem Bett. Die hölzernen Dielenbretter fühlten sich unter seinen nackten Füßen wärmer an als erwartet. Das Kohlebecken erfüllte seinen Zweck vortrefflich, obwohl es nicht besonders groß war. Ganz anders als ... ja, als was? Das Bild eines silberfarbenen Beckens flackerte auf, ein massiger Löwenkopf war in das Metall getrieben, die Füße glichen Löwenpranken. Er versuchte, die Vorstellung festzuhalten, zu betrachten, doch schon verschwand sie wieder.

Immerhin fühlten seine Beine sich nicht mehr an, als wären sie abgestorben, und das unangenehme Kribbeln hatte auch nachgelassen. Doch kaum versuchte er, sich aufzustellen, schoss ihm der Schmerz durch die Unterschenkel. Kraftlos ließ er sich zurücksinken, atmete tief durch, wollte sich auf etwas anderes als das Brennen in den Beinen und das Pochen in der Brust besinnen.

Brida ... Sie war keine dieser scheuen Jungfern, die mit schüchternem Augenaufschlag aus ihrem lieblichen Puppengesicht schauten. Keine wie ... verdammt, eben war da doch noch ein Gesicht gewesen, ein Name. Aber schon war beides wieder entschwunden.

Er blickte sich weiter um. Eine kleine Kammer, das hatte er schon bemerkt, sauber und gepflegt. Auf einem winzigen Tisch stand eine Waschschüssel aus Steingut, daneben ein Schemel.

Die Wände der Stube waren mit Holz vertäfelt. Schlicht und zweckmäßig. Nicht so aufwendig wie ... Wieder riss der Gedanke ab, kurz bevor er ihn fassen konnte.

Warum unterschied er, ob etwas kostbar oder gewöhnlich war, während er nicht einmal mehr seinen Namen wusste? Nun gut, er war kein neugeborenes Kind, er hatte in der Welt gelebt, er hatte Erfahrungen gesammelt. Anscheinend konnte er darauf zurückgreifen, um sich zurechtzufinden. Nur seine persönliche Vergangenheit hatte das Schicksal ihm geraubt. Warum?

Er legte sich wieder hin, schloss die Augen und versuchte einzuschlafen. Er zitterte noch immer, aber nicht vor Kälte. Zwar hatte er es sich nicht eingestehen wollen, aber er hatte Angst. Das Gefühl der Hilflosigkeit wurde unerträglich. Sein Körper war zu schwach, sich zu erheben, und sein Gedächtnis hatte ihn verlassen. Wie sollte er sich wehren? Wie erkennen, wer Freund oder wer Feind war?

Er dachte an Brida. Ihre hochgewachsene, schlanke Gestalt, die so viel Selbstsicherheit ausstrahlte. Ihre dunkelblauen Augen, die ihn trotz eines kecken Blitzens voller Mitgefühl betrachtet hatten. Ihre Fürsorge war echt. Seine Sorgen schienen unnötig. Trotzdem blieb die Angst. Gerade weil er nicht wusste, wovor er sich zu fürchten hatte.

»Guten Morgen, junger Herr.«

Mariekes Stimme riss ihn aus dem Schlaf, und er fuhr auf. Sofort meldete sich der Schmerz in der Brust. Er zuckte zusammen.

»Immer mit der Ruhe.« Die Magd lächelte ihn freundlich an, in ihren Händen ein Tablett mit Brot, Käse und einem Krug Milch. »Das Frühstück läuft nicht weg.«

Sie zog den Schemel neben sein Bett und stellte das Tablett darauf ab. Dann warf sie einen Blick in das Kohlebecken. »Soll ich noch einmal anheizen?«

Er nickte.

»Ich bin gleich wieder da.« Mit geübtem Griff hob Marieke das Becken vom Ständer und trug es hinaus. Er stellte sich vor, wie sie die Asche ausleerte und neue Kohlen auflegte. Wie sie die Glut entfachte und in die Kohlen blies.

Ein neues Bild. Wieder Kohlen, doch nicht in einem Becken. Ein Blasebalg. Funken stieben aus dem Kohlebett, der Schmied fasst das lang gezogene, glühende Eisen mit einer Zange, legt es auf den Amboss. Schläge zwingen es in eine neue Form. Eine Klinge wird geboren ...

Unwillkürlich griff er nach seiner Wunde. Ein Schwerthieb, hatte Brida gesagt.

»Geht es Euch nicht gut?« Marieke war zurückgekehrt und stellte das Becken zurück auf das Gestell. »Habt Ihr Schmerzen?«

Er ließ die Hand sinken. »Nicht der Rede wert, ich danke Euch.«

»Man kann's mit der Höflichkeit auch übertreiben. Und ich bin nu wirklich kein vornehmes Fräulein, das mit Ihr angeredet wird. Also, keine falsche Scham. Zwackt's Euch arg? Ich werd's Fräulein Brida sagen, die weiß schon, was zu tun ist.«

»Ist schon in Ordnung«, wehrte er ab.

Marieke blieb unmittelbar vor ihm stehen und verschränkte die Arme vor dem üppigen Busen. »So sind sie, die Mannsbil-

28

der. Die einen tun noch im Sterben so, als könnte sie nichts dahinraffen, und die andern sterben schon an einem kleinen Schnupfen. Aber ich hab noch keinen getroffen, der verständig genug war, ehrlich zu sagen, wo's fehlt.«

»Wenn ich es recht bedenke, ich glaube, ich kriege doch einen Schnupfen.« Er grinste sie breit an.

Marieke lachte. »Ihr seid mir ja ein Schelm. Ich hoffe, das Frühstück schmeckt Euch. Falls nicht, meldet Euch, dann schau ich, was ich sonst noch finde.« Sie verließ die Kammer.

An dem Frühstück war nichts auszusetzen. Das Brot schien gerade erst aus dem Ofen gezogen worden zu sein. Der Käse war herzhaft und würzig, erinnerte ihn an satte grüne Wiesen unter einem blauen Himmel. Seltsam, dass ein Geschmack solche Bilder bewirken konnte.

Nachdem er gegessen hatte, ließ er sich ins Kissen zurücksinken und versuchte, seine Erinnerungsfetzen zu ordnen.

Er hatte einen Bruder. Doch es gab keinen Namen, kein Gesicht, kein Alter. War er der Ältere oder der Jüngere?

Seine Familie musste wohlhabend sein. Aber waren es Dänen oder Deutsche? Er hatte zuletzt Dänisch geträumt, seine Gedanken waren immer wieder ins Dänische geglitten, wenn er allein war, doch kaum standen ihm Brida oder Marieke gegenüber, war es für ihn selbstverständlich, Deutsch zu sprechen und zu denken. So, als würden beide Sprachen zu ihm gehören. Vermutlich hatte er in beiden Ländern viel Zeit verbracht.

Er hatte schon einmal gesehen, wie ein Schwert geschmiedet wurde. Ein Schwert hatte ihn verletzt. Konnte er mit einer solchen Waffe umgehen? Unwillkürlich krümmten sich die Finger seiner rechten Hand, als würde er einen unsichtbaren Schwertgriff umfassen. Seine Muskeln zuckten, als wüssten sie, was zu tun war, während in seinem Kopf nur weißer Nebel trieb.

Das Klappen der Tür riss ihn aus seinen Betrachtungen. Es war Brida.

»Guten Morgen.« Sie lächelte ihn an. »Marieke meinte, ich sollte unbedingt nach Euch schauen.«

»Marieke übertreibt, aber ich freue mich, Euch zu sehen, Jungfer Brida.«

Sie nahm das Tablett vom Schemel, um sich setzen zu können. Bildete er es sich ein, oder war es tatsächlich eine Geste der Verlegenheit, als sie sich eine Strähne ihres langen braunen Haars aus dem Gesicht strich?

»Habt Ihr Schmerzen?«, fragte sie.

»Ein Pochen in der Brust, aber es ist auszuhalten. Heute Nacht wurde ich wach und wollte mich hinstellen. Es gelang mir nicht.«

»Weil Ihr zu schwach wart?«

»Womöglich. Aber es war ein heftiger Schmerz, der mir durch die Unterschenkel zuckte.«

»So, als hättet Ihr einen Krampf?«

Er nickte. Das traf es ziemlich genau.

»Das wird vergehen. Ich habe es schon des Öfteren bei Männern erlebt, die lange im kalten Wasser getrieben sind. Mehr Sorgen macht mir das Pochen in Eurer Brustwunde. Ich dachte zunächst, sie sei nicht so schwer.«

»Es ist nicht schlimm«, wehrte er ab.

»Das mag sein«, antwortete Brida. »Aber wenn es pocht, weist es auf den Beginn einer Entzündung hin, und im schlimmsten Fall wird daraus ein hässliches Wundfieber.«

Als er nichts sagte, sprach sie weiter. »Keine Angst, dagegen kann ich etwas tun. Es gibt Salben, die ziehen die Gifte aus dem Fleisch. Ich hole sie gleich.«

Sie hatte die Kammer kaum verlassen, da kehrte sie auch schon mit einem Tiegel und einem Körbchen mit frischem Verbandszeug zurück. Er spürte kaum, wie ihre geschickten Finger den Verband lösten, nur einmal einen kurzen ziehenden Schmerz, weil die unterste Lage auf der Wunde klebte.

Die Wundränder waren gerötet und leicht geschwollen.

Er sah ihren prüfenden Blick.

»Ist es schlimm?«, fragte er.

»Das bereitet mir weniger Kopfzerbrechen.« Sie musterte ihn forschend. »Ihr könnt Euch noch immer nicht daran erinnern, wie Ihr verwundet wurdet?«

Er schüttelte den Kopf.

»Gestern dachte ich, es sei eine frische Verletzung. Heute sieht sie aus, als sei sie schon einige Tage alt.«

»Und was schließt Ihr daraus, Jungfer Brida?«

Sie öffnete den Tiegel und strich behutsam die kühle Salbe auf die Wundränder. Sofort ließ der Schmerz merklich nach.

»Ich weiß es nicht … Erik.« Zum ersten Mal nannte sie ihn bei dem Namen, den sie bislang vermieden hatte. »Womöglich seid Ihr schon mit dieser Verletzung an Bord Eures Schiffs gegangen. Aber vielleicht habt Ihr auch nur ungewöhnlich gutes Heilfleisch.«

»Heute Nacht sind mir einige flüchtige Erinnerungen gekommen. Aber sie verraten mir nichts über meine Herkunft oder das Geschehen der vorletzten Nacht.«

Er erzählte ihr, was er sich bislang zusammengereimt hatte. Erwähnte sogar das Bild des Schmiedefeuers.

»Das passt«, antwortete Brida, während sie den Rest der Salbe einmassierte und die Wunde neu verband. »Ihr wart vornehm gekleidet. Ich habe Marieke gebeten, Eure Kleidung zu waschen und zu flicken. Allerdings befürchte ich, dass sie auch danach nicht mehr viel vom einstigen Glanz zeigen wird.«

»Das ist mir gleich«, erwiderte er. »Ich stehe ohnehin schon viel zu tief in Eurer Schuld. Ich hoffe, ich kann sie irgendwann begleichen.«

»Wisst Ihr noch, ob Ihr lesen und schreiben könnt?«

Vor seinem inneren Auge tauchten Buchstaben auf. Ein Pergament und eine Feder. Endlose Reihen von Zahlen.

»Ja, das kann ich. Und das Addieren und Subtrahieren beherrsche ich auch.« Er schenkte ihr ein schiefes Lächeln.

»Also doch ein Kaufmann.« Sie erwiderte sein Lächeln. »Einer, der seine Ware notfalls auch mit dem Schwert verteidigen kann.«

»Wenn ich es denn kann«, murmelte er mit Blick auf ihre Hände, die gerade den letzten Knoten in den Verband knüpften. »Mir scheint es eher, als hätte mein Gegner gewonnen.«

»Glaubt Ihr, dann würdet Ihr noch leben?«

Eine gute Frage. Er schloss die Augen, versuchte, nur auf seinen Körper zu achten, auf das Zucken der Muskeln im rechten Arm. Hochreißen, Ausfall, Parade, das Geräusch, wenn Metall über Metall schrammt. Eine schnelle Drehung. Verdammt, er ist nicht schnell genug …

Bevor er die Erinnerung fassen konnte, war sie schon wieder verblasst. Er öffnete die Augen. Sah die Frage in Bridas Gesicht.

»Ich muss wohl gekämpft haben«, sagte er leise. »Aber ich weiß nicht, mit wem und warum. Nicht einmal, wie es ausgegangen ist.«

»Ihr habt überlebt. Das ist das Wichtigste.«

Er nickte schwach.

»Gestern war der Stadtrat Claas in unserem Haus. Ihr habt schon geschlafen, aber er würde Euch gern kennenlernen. Er will auch herausfinden, zu wem das Siegel gehört.«

»Ihr gebt Euch sehr viel Mühe, dafür danke ich Euch.«

»Das klingt aber nicht so, als würdet Ihr Euch freuen. Was geht Euch im Kopf herum?«

Sie blickte ihn offen und freundlich an.

»Was ist, wenn sich herausstellt, dass ich tatsächlich Däne bin? Ihr spracht vom Krieg Dänemarks gegen die Hanse.«

»Das spielt keine Rolle. Ich habe Euch schon einmal versichert, dass hier jeder Gastfreundschaft genießt. Die der Stadt, aber auch die unseres Hauses. Die Zeiten, da Schiffbrüchige als Beute angesehen wurden, sind vorbei. Und außerdem –

32

Stadtrat Claas hätte überhaupt keinen Grund, Euch wegen einer möglichen dänischen Herkunft gram zu sein. Seine Frau ist selbst zur Hälfte Dänin.«

Ihre Worte waren so aufrichtig wie alles, was sie bislang gesagt hatte. Und doch blieb die Angst. Eine Angst, die er nicht greifen konnte, die ihn aber niemals losließ. Die besagte, es würde etwas Furchtbares geschehen, wenn jemand herausfände, wer er war. Andererseits, was konnte ihm schon widerfahren, wenn er es nüchtern betrachtete? Wenn er ein Deutscher war, war alles in Ordnung. Man würde seine Herkunft ergründen, seine Familie würde seine Retter großzügig entlohnen, und er könnte nach Hause zurückkehren. Wenn er ein Däne war, gäbe es schlimmstenfalls eine Lösegeldforderung, die so hoch wäre, dass sich beide Seiten auf monatelanges Verhandeln einstellen würden. Auch in dem Fall würde er irgendwann unversehrt heimkehren.

Wovor um alles in der Welt fürchtete er sich dann?

Ein neues Bild. Ein dunkles Gewölbe. Wasser läuft am rauen Mauerstein hinab, an den Wänden hängen Ketten. Es riecht nach Moder, Fäulnis und Angst. Irgendwo schreit jemand. Ein Schrei, der ihn nie mehr loslassen wird …

»Was ist mit Euch? Ihr seid blass, als hättet Ihr gerade den Tod erblickt.«

Bridas Stimme riss ihn zurück in die Wirklichkeit.

»Ich … ich weiß nicht. Manchmal sehe ich seltsame Bilder.«

»Was habt Ihr gesehen?«

Bislang hatte er ihr nichts verschwiegen, ihr alles offenbart, da er ihre aufrechte Gesinnung spürte, ihre Fürsorge und Hilfsbereitschaft. Doch irgendetwas mahnte ihn, ihr nichts von diesem letzten Bild zu sagen.

»Ich hatte heute Nacht einen seltsamen Traum. Sagt, Jungfer Brida, war eine Frau unter den Toten, die das Meer zurückgab?«

»Eine Frau?« Sie starrte ihn verblüfft an. »Nein, es waren

acht Seeleute. Keiner von ihnen zeigte äußere Verletzungen. Sie sind vermutlich allesamt ertrunken.«

Er nickte schwach.

»Was habt Ihr geträumt?«

»Wirres Zeug«, wich er aus. »Ich war wieder im Wasser, hielt mich an einer Planke fest. Plötzlich war die Planke verschwunden, und ich hielt stattdessen eine leblose Frau in den Armen, versuchte sie zu retten. Dann war sie fort, und ich lag wieder auf der Planke.«

»Habt Ihr sie erkannt?«

Er schüttelte den Kopf. »Vermutlich klammere ich mich an die absurdesten Hirngespinste, um etwas über mich selbst zu erfahren.«

Sie drang nicht weiter in ihn, und dafür war er ihr dankbar.

Am frühen Nachmittag kam Marieke wieder, ein Bündel Kleidungsstücke und ein Paar Stiefel vor der Brust.

»Ich habe mich um Eure Sachen gekümmert«, sagte sie. »Die Stiefel sind trocken und gefettet.« Sie ließ sie vor dem Bett zu Boden fallen und legte die Wäsche auf den Schemel.

»Vielen Dank.«

»Gern geschehen. Ich habe auch versucht, das Hemd zu flicken, aber ich fürchte, viel macht's nicht mehr her. Das Blut ist nicht ganz rausgegangen.« Sie nahm es vom Stapel, faltete es auf und zeigte es ihm. Der weiße Stoff sah sauber aus. An der Brust war eine Stelle geflickt, genau dort, wo ihn der Schwerthieb getroffen hatte, und ringsum waren einige kaum sichtbare gelbliche Ränder geblieben, die sich jedem noch so hartnäckigen Schrubben entzogen hatten.

»Danke, Marieke, das ist tadellos. Du bist eine wahre Perle.«

»Nu aber nicht übertreiben!« Sie zwinkerte ihm zu und legte das Hemd zurück auf den Stapel. »Wenn Ihr später Hilfe beim Ankleiden braucht, ruft nur.«

Nachdem sie die Kammer verlassen hatte, richtete er sich

auf. In der Nacht war es unmöglich gewesen, auch nur einen Atemzug lang auf den eigenen Füßen zu stehen. Wie mochte es jetzt sein?

Er schwang die Beine aus dem Bett. Der Dielenboden kam ihm immer noch erstaunlich warm vor unter den nackten Sohlen. Vorsichtig verstärkte er den Druck seiner Füße. Kein Schmerz. Ein Ruck, dann stand er. Wackelig, aber immerhin. Zwei Schritte bis zu dem Tischchen mit der Waschschüssel. Mühelos. Er griff nach seiner Kleidung und zog sich an. Seltsam, dass er es heute zum ersten Mal so bewusst tat, als wäre ihm jede der bekannten Bewegungen neu. Zuletzt zwängte er sich in die Stiefel. Zwar war er immer noch nicht ganz sicher auf den Beinen, aber um sich ein wenig im Haus umzusehen, würde es schon reichen.

Von seiner Kammer aus trat er in eine schmale Diele. Am hinteren Ende entdeckte er eine ebenso schmale Treppe, die nach oben führte. Links und rechts gingen weitere Räumlichkeiten ab, doch die Türen waren geschlossen. Nur eine stand offen. Die zur Küche, die sich unmittelbar neben der Eingangstür befand.

»Na, da schau her!« Marieke trat aus der Küche und musterte ihn mit in die Hüften gestemmten Händen. »Da bringt man dem jungen Herrn bloß seine Sachen, und schon glaubt er, er müsse das Bett verlassen und überall rumspazieren.«

»Keine Sorge, ich glaube nicht, dass ich es muss. Ich wollte es einfach nur tun.« Sein Lächeln zeigte die erhoffte Wirkung.

»Schon wieder Schelm, was?« Sie drohte ihm spaßhaft mit dem Finger. »Na, dann kommt und setzt Euch her. Fräulein Brida und ihr Vater sind beide aus.«

Die Küche war einfach ausgestattet, aber sie strahlte eine Wärme aus, die ihm eine Geborgenheit vermittelte, die er lange nicht gespürt hatte. Neben der Herdstelle stand ein großer Eichentisch. Erst beim zweiten Hinsehen bemerkte er den kleinen Knaben von etwa fünf Jahren, der unter dem Tisch spielte.

»Das ist der Hans«, sagte Marieke. »Elsas Enkel.«

»Elsa?«

»Die Köchin vom Herrn Käpt'n. Sie wohnt drei Straßen weiter, kümmert sich nebenher noch um den Haushalt ihres Schwiegersohns. Na, und ich pass manchmal auf den Kleinen auf.«

»Und seine Mutter?«

»Die hat der Herrgott letztes Jahr heimgerufen. Und der Peter, ihr Mann, der ist meist auf See. Der wird sich so bald wohl auch kein neues Weib ins Haus holen, der hat nämlich an der Agnes gehangen. Na, was bleibt der Elsa da anders übrig, als sich um den Lütten zu kümmern.«

Der kleine Junge war auf ihn aufmerksam geworden und kletterte unter dem Tisch hervor.

»Wer bist du?«

Wie schnell ihn doch die unschuldige Frage eines Kindes in Verlegenheit bringen konnte! Zum Glück sprang Marieke ihm bei.

»Das ist der Herr Erik. Und du solltest nicht so neugierig sein, das ziemt sich nicht.«

»Aber meine Pferde kann ich ihm zeigen, oder?« Ohne die Antwort abzuwarten, verschwand der Junge wieder unter dem Tisch und kam mit drei kunstvoll geschnitzten Holzpferdchen zurück.

»Die hat mir mein Papa geschenkt«, sagte er stolz und stellte die Figuren auf den Tisch. Einen Rappen, einen Braunen und einen Schimmel.

»Hast du schon mal so schöne Pferde gesehen?«

»Nein, so schöne habe ich noch nie gesehen.«

»Wart mal, ich habe auch Reiter dafür.« Hans kroch wieder unter den Tisch und holte drei bemalte Gliederpuppen hervor, die wie Ritter aussahen.

»Guck mal, Erik, die haben alle ein Wappen.« Der Junge hielt sie ihm vor die Nase. »Der ist aus Lübeck, der ist aus Hamburg, und den da … das vergess ich immer, das ist so'n komischer Name.«

Eine stilisierte Burg mit einem Turm, die über Wellen stand.

»Vordingborg«, entfuhr es ihm, noch ehe er nachgedacht hatte.

»Ja, genau, Vordings … burg«, jubelte Hans. »Das ist einer von den Dänen, deshalb ist er auch der schwarze Ritter.«

»Hans, jetzt ist gut«, mischte sich Marieke ein. »Du hast deine Pferdchen gezeigt, nu spiel mal schön wieder allein.«

Er hörte kaum, wie Hans quengelte und Marieke unerbittlich blieb. Irgendetwas an diesem Wappen war ihm so unendlich vertraut vorgekommen, doch wieder gelang es ihm nicht, das Bild zu fassen.

3. Kapitel

*B*rida war froh, dass der Besuch bei Anna nicht zu lange gedauert hatte. Die Zeiten, da Claas' Frau sich auf den neuesten Klatsch gefreut hatte, waren vorbei. Ganz gleich, was Brida auch erzählte, Anna hatte Mühe, ihr zu folgen. Mehr als einmal fielen der Kranken die Lider zu. Nicht aus Langeweile, sondern vor Schwäche. Nichts erinnerte an die tatkräftige Frau, die den großen Haushalt und die Bücher mit dem Geschick eines Handelsherrn geführt hatte. Ihr Gesicht war schmal geworden, bleicher als das Laken, auf dem sie ruhte, mit eingefallenen Augen, aus denen schon der Tod leuchtete. Brida hasste dieses Siechtum, aus dem es keine Rückkehr gab. Das langsame Sterben, das den Tod nur hinauszögerte, der als Feind oder als Erlöser kommen mochte. Sie sehnte sich nach der Ruhe ihres eigenen Heims, nach einem Becher warmer Milch mit Honig, fernab der Verzweiflung, die sie in Claas' Haus verspürte. Kein Wunder, dass der Stadtrat in den letzten Tagen so gealtert war.

»… nein, der ist der Schnellere«, hörte sie Hans' helle Kinderstimme, als sie das Haus betrat. »Der Weiße ist immer schneller.«

»Aber jetzt ist Nacht, und der Schwarze hat sich hier versteckt.« Das war Vaters Stimme. Brida lächelte. Sie wusste, wie gern ihr Vater den kleinen Hans mochte.

»Ha, aber ihr habt nicht mit mir gerechnet!« Ein seltsames Klappern ging über den Tisch. »Jetzt schlagen wir den schwarzen Ritter!« Brida zuckte zusammen. Das war doch Eriks Stimme!

Marieke kam ihr entgegen und nahm ihr den Umhang ab.

»Mannsvolk«, seufzte die Magd und verdrehte die Augen. »Hans hat zwei Spielgefährten gefunden.«

»Vater und Erik?«

Marieke nickte. »Der junge Herr wollte unbedingt aufstehen, und ich war so dumm, ihn in die Küche zu bitten. Seither hat Hans ihn in Beschlag genommen. Und als der Herr Käpt'n kam, hat er gleich mitgemacht.«

So war ihr Vater. Er liebte Kinder und begegnete ihnen mit der gleichen Zuneigung, die er ihr schon immer geschenkt hatte.

Dass Erik ihm darin ähnlich war, erfüllte Brida mit einer unerklärlichen Freude.

»Und ich muss drunter leiden.« Marieke seufzte. »Seit einer Stunde höre ich mir Geschichten von Raubrittern und Helden an, die mit ihren Holzpferden über den Tisch galoppieren.«

»Du weißt, dass Vater den Kleinen liebt.«

»Ich weiß. Alte Männer werden wieder wie Kinder. Aber der Erik ist ja nun weiß Gott nicht alt. So 'n hübscher junger Kerl, und dann spielt er wie ein Kind, anstatt dahin zu schauen, wohin ein ordentliches Mannsbild schauen sollte.«

Brida lachte. »Das spricht doch eher für ihn, dass er sich auch mit den Früchten derartiger Blicke zu beschäftigen weiß.«

»Aber Fräulein Brida!«, kam es empört aus Mariekes Mund. »An solche Dinge habe ich nun wirklich nicht gedacht.«

»An die Früchte?« Brida zwinkerte ihrer Magd zu und ging in die Küche.

Ihr Vater hob den Kopf. »Ah, Deern, du bist schon zurück?«

»Ja, Anna hatte nicht so viel Kraft. Und ihr macht hier die Marieke wirr?«

»Ja, wir müssen doch den schwarzen Ritter besiegen!«, rief Hans. »Der Käpt'n ist der schwarze Ritter.«

»Aha. Und wer ist der Herr Erik?«

Der Genannte grinste sie breit an. »Zu Gast beim weißen Ritter Hans.«

Bei aller Unbeschwertheit waren Erik die Strapazen der letzten Tage deutlich anzusehen. Brida war sich sicher, dass er nach wie vor Schwierigkeiten hatte, fest auf den Beinen zu stehen, auch wenn er alles tat, sich nichts anmerken zu lassen.

Die Haustür klappte. Elsa kam, und ihr Erscheinen war so machtvoll, dass der weiße Ritter widerspruchslos den Kampf für diesen Tag beendete. Bridas Vater lud Erik ein, ihm und seiner Tochter in die gute Stube zu folgen. Als Erik sich vom Tisch erhob, sah Brida, dass sie mit ihrer Vermutung recht hatte. Er musste sich abstützen, und seinen Bewegungen fehlte noch die Geschmeidigkeit, die sie eigentlich von ihm erwartet hätte.

Im Kamin in der Stube flackerte ein munteres Feuer und verströmte einen angenehmen Duft nach Wald und Freiheit. Marieke hatte wohl etwas Lavendel ins Feuer geworfen.

Brida folgte Eriks Blick, der durch den Raum wanderte und die Borde aus Eichenholz musterte, in denen sich im Laufe der Jahre allerlei Kram angesammelt hatte, den der Kapitän von seinen Reisen mitgebracht hatte. Besonders lang betrachtete er das geschnitzte Modell einer Kogge, das auf dem Kaminsims stand.

»Die *Adela*«, erklärte ihr Vater, der Eriks Blick ebenfalls gefolgt war. »Mein Schiff.«

»Fährt sie noch für Euch?«

»Nehmt doch Platz.« Hinrich wies auf einen der beiden Lehnstühle vor dem Kamin. Auch ihm war aufgefallen, dass es Erik schwerfiel, längere Zeit zu stehen. Brida zog sich einen kleineren Stuhl heran, und auch ihr Vater setzte sich.

»Ja, die *Adela* fährt noch. Ich habe sie vor einigen Jahren an einen jüngeren Mann übergeben. Kapitän Cunard ist mir empfohlen worden, und er ist seinem Ruf gerecht geworden. Die *Adela* bringt uns weiterhin gute Erträge ein.«

»So seid Ihr Anteilseigner?«

Ob die Erzählung ihres Vaters wohl wieder Erinnerungen in Erik wachrief?

Der Kapitän nickte. »Früher fuhr ich für ein Viertel, jetzt ist's ein Achtel, aber es reicht, um es mir an Land behaglich zu machen.«

Erik nickte.

»Ihr kennt Euch aus mit der Seefahrt?«, fragte Hinrich.

»Ich nehme es an, denn was Ihr berichtet, ist mir nicht fremd, auch wenn ich mich nicht erinnere, wo ich es gelernt habe.«

»Wirklich sonderbar. Ihr wisst nicht mehr, wer Ihr seid, aber Eure Persönlichkeit und Eure Fähigkeiten habt Ihr nicht eingebüßt.«

»Nur meine Vergangenheit und meinen Namen«, ergänzte Erik leise.

»Glaubt Ihr, irgendetwas geschieht auf Gottes Erden ohne Sinn?« Der alte Kapitän schaute Erik tief in die Augen. »Wovor mag das Schicksal Euch wohl bewahren wollen? Oder wohin mag es Euch führen?«

»Wie Ihr das sagt, klingt es so, als sei es ein Vorteil, nicht mehr zu wissen, wohin man gehört.« Brida nahm die Bitterkeit in Eriks Stimme wahr.

»Kein Vorteil, aber vielleicht eine Möglichkeit, das Leben mit anderen Augen zu sehen. Ganz ohne die Zwänge Eurer Herkunft.«

In Eriks Gesicht schien Überraschung mit Verärgerung zu kämpfen. Nicht jeder konnte Vaters Weisheiten folgen. Ob Erik es wohl vermochte? Bridas Gedanken schweiften zurück. Zurück in eine Zeit, da Vater ihr auf seine Art die Welt erklärt hatte.

Auf dem Meer bist du so frei wie nirgendwo sonst, aber doch bist du auch die Gefangene deines Schiffs, pflegte er zu sagen. *Hier zählt der Mensch, nicht der Stand.* Und dann hatte er ihr erlaubt, wie ein Schiffsjunge in die Takelage zu klettern, auch wenn es sich nirgendwo sonst auf der Welt für ein Mädchen geziemt hätte.

»Habt Ihr eine Ahnung, wie quälend es ist, wenn man nicht einmal weiß, welchem Volk man angehört?« Sie hörte die Verzweiflung aus Eriks Stimme heraus. »Vor allem, wenn es Kriegszeiten sind?«

»Der Krieg hat nichts mit den Menschen zu tun«, antwortete Bridas Vater. »Da geht's nur um Gewinn, Steuern und Zölle. Eigentlich nichts, wofür sich das Sterben lohnt.«

»Nur wenn es um Heimat und Familie geht, sollte sich ein Mann bereitwillig dem Tod stellen«, führte Erik den Gedanken zu Ende. »Heimat und Familie.«

Seine Worte schnitten Brida ins Herz. Der Toten und der verlorenen Heimat konnte man gedenken. Um wie vieles grausamer mochte es indes sein, nicht mehr zu wissen, wen man liebte und zu wem man gehörte.

»Herr Käpt'n!« Marieke stürmte in die Stube. »Der Seyfried steht vor der Tür und meint, er wolle wieder gut mit Fräulein Brida werden. Hat irgendso 'n lächerliches Gedöns dabei, das er ihr schenken will. Soll ich ihn reinlassen?«

»Sag ihm, er soll verschwinden, sonst hol ich wieder die Bratpfanne!«, rief Brida, ehe ihr Vater antworten konnte.

Kapitän Hinrich grinste. »Das sind klare Worte, Deern. Aber ich fürchte, Elsa braucht die Pfanne gerade. Hat der Seyfried wohl gerochen.«

»Dann nehm ich eben den Besen! Und nun jag ihn dahin, wohin er gehört, Marieke. Samt seinem Gedöns.«

»Ist gut, dann schau ich, dass ich ihn loswerd.« Gemessenen Schrittes ging Marieke ihrer Aufgabe entgegen.

Bridas Blick fiel auf Erik. Umspielte da etwa ein Schmunzeln seine Lippen? Sie spürte, wie ihr das heiße Blut in die Wangen schoss. Was mochte er von ihr denken?

»Der Seyfried verdient's nicht besser«, sagte sie. »Wenn Ihr ihn kennen würdet, wüsstet Ihr's.«

»Das bezweifle ich nicht«, antwortete Erik. Jetzt war das Lächeln unübersehbar. »Wolltet Ihr ihn in die Pfanne hauen?«

»Das hat sie schon getan«, bestätigte Hinrich. »Als er allzu dreist um ihre Hand anhielt. Seither hat die Pfanne eine Beule.« Brida sah, wie ihr Vater sich mühsam das Lachen verbiss.

»Dann hätte er Euch statt Gedöns doch lieber eine neue Pfanne verehren sollen, Jungfer Brida.« Erik machte sich nicht die Mühe, seine Erheiterung zu verbergen.

»Ach, hättet Ihr so gehandelt, wenn Ihr die erste Pfanne an Eurem Schädel gespürt hättet?«, ging sie auf das Spiel ein. Ihre Verlegenheit war verflogen. Erik schien ihrem Vater nicht nur in seiner Kinderliebe ähnlich. Sie teilten auch den gleichen Humor.

»Ich hoffe, dass mein Benehmen stets so tadellos sein wird, dass Ihr es nicht nötig habt, Jungfer Brida. Aber sollte dem nicht so sein, würde ich mich selbstverständlich bemühen, für den Schaden aufzukommen.«

Bridas Vater lachte laut los.

»Erik, Ihr gefallt mir immer besser.«

Ein Poltern in der Diele.

»Du kannst hier nicht einfach reinstürmen!«, schrie Marieke. »Sie will dich nicht sehen!«

»Verschwinde in deine Küche, alte Giftzunge!«, brüllte Seyfried und betrat die Stube, gefolgt von einer zornesblitzenden Marieke. Es hätte Brida nicht gewundert, wenn ihre Magd nach dem Schürhaken gegriffen und ihn dem Eindringling über den Kopf gezogen hätte.

»Verzeih, Hinrich, aber ich muss da was mit der Brida klären.« Seyfried riss sich die Mütze vom Kopf und stopfte sie unter sein Wams. Immerhin hatte er sich Mühe gegeben, in sauberem Hemd zu erscheinen. Nicht so verdreckt wie beim letzten Mal, als er ihr in betrunkenem Zustand seine Aufwartung gemacht hatte und seine klebrigen Finger nicht bei sich hatte behalten können.

Brida stand auf. »Ich habe nichts mit dir zu klären, Seyfried. Bitte geh!«

»Ach, nu sei mal wieder gut, Brida. Ich weiß, bist 'ne kleine Kratzbürste, aber kannst deine Krallen gleich wieder einfahren. Hier guck, ich hab dir was mitgebracht.« Er hielt ihr ein Kästchen entgegen. »Das ist feines Nähgarn. Kannst du fein die Aussteuer nähen. Wie sich's für 'ne gute Braut geziemt. So feine Hemdchen und so, für die Brautnacht, ne?« Er grinste anzüglich.

»Sag mal, hast du den Verstand ganz und gar versoffen? Glaubst du wirklich, ich würd so'n Rindviech wie dich heiraten?«

»Warum nicht? Meinste, du findest mit deiner kodderigen Schnauze noch 'n andern? Bist ja auch nicht mehr die Jüngste.«

»Scher dich aus unserem Haus!«

Seyfried beachtete sie nicht, sondern wandte sich ihrem Vater zu. »Mensch, Hinrich, nu sag doch auch mal was. Wird doch Zeit, die Brida unter die Haube und an 'nen Mann zu bringen.«

»Aber wohl kaum an jemanden, der's an den Ohren hat, ne? Haste nicht gehört, was die Deern gesagt hat?«

»Ach, wenn's Weibsvolk Nein sagt, meint's doch Ja.«

»Jetzt versteh ich!«, hörte Brida Eriks Stimme. »Dann bedeutet Rindviech also, dass Ihr ein besonders lendenstarker, begehrenswerter Stier seid. Großartig. Ich dachte immer, ein Rindviech sei so was Ähnliches wie ein Hornochse. Nur ein bisschen dümmer.« Er zwinkerte ihr zu.

»Wer bist'n du?«, knurrte Seyfried. »Ach, ich weiß schon, das dänische Strandgut, das Brida aufpäppelt.« Er stieß verächtlich die Luft aus den Nasenlöchern. »Hat Arne ja überall rumerzählt. Ich frag mich, warum er dich überhaupt aufgesammelt hat. So was wie dich sollte man gleich verrecken lassen oder mit'm Knüppel totschlagen.«

»Seyfried, es reicht.« Kapitän Hinrich war aufgestanden.
»Geh!«

Für einen Moment schien es, als wolle Seyfried noch etwas sagen, aber dann drehte er sich um und verließ wortlos die Stube.

»Er hat mich einfach beiseitegeschubst«, empörte sich Marieke, die während der ganzen Zeit erstaunlich still hinter Seyfried gestanden hatte. »Ich wollt ihn ja rauswerfen, aber dem Klotz ist ohne was in den Händen nicht beizukommen.«

»Ja, und die Pfanne hatte Elsa.« Kapitän Hinrich lachte. »Macht nichts, jetzt hat er hoffentlich verstanden, dass er als mein Schwiegersohn nicht erwünscht ist.«

»Nicht nur als dein Schwiegersohn«, sagte Brida. »Ich will ihn überhaupt nicht mehr sehen.«

Ihr Blick fiel auf Erik. »Es tut mir leid«, sagte sie. »Er hätte das nicht sagen dürfen.«

»So ist das mit Rindviechern, wenn sie erst mal das Sprechen gelernt haben. Für die müsst Ihr Euch doch nicht entschuldigen, Jungfer Brida.« Er lächelte sie an. Obwohl sein Lächeln strahlend war, glaubte sie doch, Schmerz darin zu erkennen.

Ihr Verdacht bestätigte sich beim Abendessen. Die Lebendigkeit, die ihn vor Seyfrieds Besuch noch ausgezeichnet hatte, war wie erloschen. Zunächst dachte sie, er sei einfach müde, aber dann fiel ihr auf, dass er wieder diesen nach innen gerichteten Blick zeigte.

»Was geht Euch durch den Kopf?«, sprach sie ihn unvermittelt an.

»Das Wappen von Vordingborg«, antwortete er. »Einer von Hans' Rittern trug es, ich habe es sofort erkannt, und seither lässt es mich nicht mehr los.«

»In Vordingborg steht eine der königlichen Burgen«, erklärte Kapitän Hinrich. »Ich habe sie mal von Weitem gesehen, damals, vor dem Krieg.«

Erik antwortete nicht sofort. Stumm starrte er auf seinen Teller, rührte langsam in der Linsensuppe, bis er einen Brocken gebratenen Speck auf dem Löffel hatte.

»Es ist nicht die königliche Burg. Wenn ich an Vordingborg denke, sehe ich einen großen Hof mit Gutshaus und allem, was dazugehört. Und das undeutliche Bild eines alten Mannes.« Er atmete tief durch. »Ich glaube, das ist mein Großvater.«

»Und könnt Ihr Euch an seinen Namen erinnern?«, fragte der Kapitän.

Erik schüttelte den Kopf. »Ich sehe nicht einmal sein Gesicht deutlich vor mir. Es muss ein sehr altes Bild sein, denn ich blicke zu ihm auf.«

»Dann stammt Ihr vielleicht aus Vordingborg«, sagte Brida. Immerhin ein Anhaltspunkt. Zudem war es passend. Vordingborg lag recht dicht bei der Insel Fehmarn. Vermutlich war sein Schiff irgendwo zwischen den dänischen Inseln und dem Fehmarnbelt in Seenot geraten, vielleicht auch nahe dem Sund, aber das erschien ihr wegen der Strömungsverhältnisse unwahrscheinlich. Dann wären die Trümmer wohl eher bei Großenbrode angespült worden.

»Ich werde Claas morgen fragen«, sagte der Kapitän. »Die Mutter seiner Frau war Dänin, er kennt die Namen etlicher einflussreicher dänischer Familien. Vielleicht erinnert Ihr Euch, wenn Ihr einige dieser Namen hört.«

»Da fällt mir noch etwas ein!« Brida sprang vom Stuhl auf. »Ich habe doch noch die aufgeweichten Pergamente. Sie müssen inzwischen trocken sein. Vielleicht ist noch irgendetwas zu entziffern. Ich hole sie gleich mal.« Sie rannte in ihre Kammer. Tatsächlich, die Pergamente waren längst getrocknet, aber hart und brüchig. Nichts erinnerte mehr an die Geschmeidigkeit des kostbaren Materials. Schnell raffte sie die Dokumente zusammen und kehrte in die Stube zurück.

Erik rührte noch immer in seinem Eintopf. Die Begeisterung, die ihren Vater und sie selbst ergriffen hatte, schien nicht auf ihn übergesprungen zu sein. Oder hatte er schlichtweg Angst? Glaubte er womöglich, sie würden ihn festhalten und nur gegen Lösegeld ziehen lassen, sollte sich herausstellen, dass er tatsächlich zu einer einflussreichen dänischen Familie gehörte?

Brida stellte ihre leere Schüssel beiseite und breitete die Pergamente auf dem Esstisch aus. Auch Erik schob seine Schüssel fort, obwohl sie noch halb voll war.

»Fällt Euch irgendwas beim Anblick dieser Dokumente ein?«, fragte sie. Er schüttelte nur den Kopf.

»Na, da hat das Meer ja ganze Arbeit geleistet«, stellte Hinrich fest. »Da ist nix mehr zu lesen.«

»Warte, Vater, hier sind noch ein paar Worte zu erkennen.« Brida zog eines der Pergamente nach vorn.

»Traktaten, Virksomhed, Samling, fireogtyvende Maj«, las sie vor.

Bridas Vater neigte den Kopf. »Klingt mir nach dem Schriftwechsel eines Kaufmanns. Vertragsabschluss und Treffen am 24. Mai.«

Erik sagte kein Wort, sondern starrte gedankenversunken ins prasselnde Feuer des Kamins.

»Was ist mit Euch?« Erst als Hinrich ihn am Arm berührte, zuckte er zusammen, als sei er aus einem Traum gerissen worden.

»Ich … äh, es ist nichts.«

»Nu versucht aber nicht, mir was vorzumachen! Habt Ihr Euch an irgendetwas erinnert?«

»Ich bin mir nicht sicher.«

»Lasst Euch die Würmer nicht einzeln aus der Nase ziehen! Was ist los, Junge?«

»Ich habe wieder an diese Frau gedacht. Die Frau, von der ich geträumt habe, die im Wasser lag und dann verschwand. War unter den Toten wirklich keine Frau?«

Sein Gesicht war blass geworden.

»Nein, keine Frau«, sagte Brida. »Und das Meer hat keine weiteren Toten freigegeben.«

»Was ist das für eine Frau?«, fragte der Vater weiter. »War sie Euer Weib?«

Erik verbarg das Gesicht in den Händen. »Ich weiß es nicht. Ich weiß nicht einmal, ob es sie gibt oder ob sie nur ein Hirngespinst ist.«

»Aber sie ist Euch wichtig.«

»Ja.« Eriks Stimme war kaum mehr als ein Flüstern. »Eben war es viel deutlicher als in meinem Traum. Aber ich konnte ihr Gesicht nicht sehen. Ich wusste nur, dass etwas Furchtbares geschehen wird, wenn ich sie loslasse.« Er stand vom Tisch auf. »Bitte entschuldigt mich. Ich bin müde.«

»Armer Junge«, sagte Hinrich, nachdem Erik in seiner Kammer verschwunden war. »Er muss furchtbare Angst haben.«

»Um diese Frau?«

»Um alles, Deern.«

»Wir werden schon herausfinden, wohin er gehört. Er hat keinen Grund, Angst zu haben!«

»Ach, Deern«, seufzte ihr Vater. »Wenn das man so einfach wär.«

»Was meinst du damit?«

»Ich bin mir sicher, dass er Däne ist, auch wenn er das Deutsche spricht, als sei er aus Lübeck.«

»Claas' Schwiegermutter war auch Dänin.«

»Deern, das war'n andere Zeiten. Wenn er nur'n kleines Licht wär, dann wär alles halb so wild, dann würd sich keiner um ihn scher'n. Aber wenn's stimmt, dass seine Familie aus Vordingborg stammt, sieht's anders aus. Da hat nur Besitz, wer um mindestens drei Ecken mit'm dänischen Königshaus verwandt ist.«

»Ja und?«

»Ach, Deern, nu stell dich nicht dumm. Glaubste wirklich,

wir hätten noch irgendeinen Einfluss, wenn sich die große Politik einmischt?«

»Aber er lebt in unserem Haus. Niemand hat ein Recht, uns zu zwingen, das Gastrecht zu missachten. Und außerdem wissen wir überhaupt nicht, ob er wirklich Däne ist. Er weiß es ja selbst nicht mal.«

»Deern, er hat Dänisch gesprochen, als er zu sich kam. Er erzählt dir, dass er auf Dänisch träumt. Die Dokumente, die du gefunden hast, enthalten Bruchstücke dänischer Verträge. Er glaubt, sein Großvater besitze einen Hof in Vordingborg. Was verlangst du noch an weiteren Hinweisen, um die Wahrheit zu erkennen?«

Brida senkte den Blick. »Das heißt also, dass man ihn als Geisel benutzen wird, sobald man sicher weiß, wer er ist?«

Ihr Vater nickte. »Hein Hoyer sitzt seit Monaten in dänischer Gefangenschaft. Die Hamburger werden alles tun, ihren Bürgermeister zu befreien. Und die Lübecker werden ihnen dabei helfen. Wir unterstehen dem lübschen Recht. Wenn Claas herausfindet, dass Erik wirklich aus einer einflussreichen dänischen Familie stammt, ist er gezwungen, das weiterzugeben. Heiligenhafen wird ihn zwar nicht ausliefern, aber die Verhandlungen werden von hier aus geführt. So war es schon immer.«

»Das ist widerwärtig!«

»Das ist die Politik, Deern.«

»Dann ist sie falsch! Er hat doch niemandem etwas getan!«

»Beruhig dich doch!« Hinrich legte seiner Tochter die Hand auf die Schulter. »Ihm wird ja auch keiner was tun. Man wird herausfinden, wohin er gehört, und dann je nach seinem Rang Verhandlungen mit den Dänen aufnehmen.«

»Und ihn bis dahin irgendwo einsperren?«, brauste Brida auf.

Diesmal antwortete ihr Vater nicht.

4. Kapitel

Wasser, so kalt, dass es ihm den Leib zerreißt. Wellen peitschen über seinen Kopf hinweg. Eine Frau hängt schlaff in seinen Armen, ihr nasses blondes Haar fällt ihm in die Augen, raubt ihm jede Sicht. Salzwasser rinnt in seine Kehle. Er hustet, ringt nach Luft. Versucht, mit seiner Last zu schwimmen. *Ich darf nicht loslassen! Niemals loslassen.* Er kämpft, strampelt, will gegen den tödlichen Sog schwimmen, doch alles zieht ihn in die Tiefe. Wellen schlagen über ihm zusammen. Seine Lungen brennen. Immer weiter zieht es ihn nach unten. *Niemals loslassen …*

Auf einmal ist er in Vordingborg, daheim auf Großvaters Gut. Irgendwo läutet eine Glocke. Er ist wieder ein kleiner Junge. Der Wind streicht ihm warm über das Gesicht und durch den reifen Weizen.

»Kom nu, lillebror.« Am Feldrain steht ein junger Mann, der nach ihm ruft. Jannick, sein großer Bruder!

Ein Klappern riss ihn aus seinem Traum. Er brauchte eine Weile, bis er begriff, wo er war. Draußen stürmte es, und der Wind pochte unbarmherzig gegen den hölzernen Fensterladen.

Jannick, sein Bruder … Eriks Herz schlug schneller. Er wusste wieder, wie sein Bruder hieß! Jannick, Jannick, Jannick! Immer wieder ließ er den Namen auf der Zunge zergehen. Jannick hatte ihn auf Dänisch gerufen. Lillebror, kleiner Bruder. Lillebror. Unscharfe Bilder. Jannick, der ihm zeigt, wie man eine Weidenflöte schnitzt, der mit ihm am Fluss angelt. Ein Gefühl der Geborgenheit breitete sich in seiner Brust aus. Es gab wieder einen Namen, den er von früher her kannte, auch wenn es nicht sein eigener war. Er war nicht länger ganz allein.

Aber was war mit dieser Frau? Warum ließ ihr Bild ihn nicht los? Ob sie sein Weib sei, hatte der Kapitän ihn gefragt. Seltsam, dass er keinerlei Gefühl dafür hatte, wie sie zu ihm stand. Immer wenn er an sie dachte, stand die Furcht, sie loszulassen, über allem. So sehr, dass alle anderen Gefühle abgestorben waren. Ganz anders als bei seinem Bruder. Jannick … vermutlich gab es viele Männer in Vordingborg, die diesen Namen trugen. Er atmete tief durch. Langsam setzte das Mosaik sich zusammen. Er stammte aus Vordingborg, auch wenn er immer noch nicht wusste, wer er war und wohin er unterwegs gewesen war.

Sollte er weiterhin so offen sein, wie er es bislang gewesen war? Alle Einzelheiten preisgeben, die ihm zu seiner Person einfielen? Oder lieber schweigen und versuchen, Zeit zu gewinnen? Zeit wofür? Bis die Erinnerung von selbst zurückkam und er versuchen konnte, sich allein auf den Heimweg zu machen? Vermutlich war es dazu ohnehin zu spät. Seyfrieds Auftritt hatte ihm klargemacht, dass alle im Ort von ihm wussten und dass er für alle der Däne war. Die Gedanken rasten ihm durch den Kopf. Was hätte er als Schlimmstes zu befürchten? Monatelange Verhandlungen um Lösegeld, im äußersten Fall vielleicht ein Jahr. Vielleicht ein Jahr … Bei dem Gedanken daran zog sich sein Magen schmerzhaft zusammen. Ach, nun stell dich nicht so an! Wer weiß, ob's überhaupt dazu kommt, mahnte er sich. Und wenn – er würde es schon überstehen. Vermutlich wäre es das Beste, offen zu bleiben, sich gar nicht erst in irgendwelche Lügen zu verstricken. Je schneller er erfuhr, wer er war, umso schneller könnte seine Familie ihn auslösen. Und dass sie es tun würde, daran bestand kein Zweifel. Seit er den Namen seines Bruders wiedergefunden hatte, war auch das Gefühl des bedingungslosen Vertrauens zurückgekommen.

»Schon so früh auf den Beinen?« Marieke zog die Augenbrauen hoch, als er die Küche betrat. Die Sonne war gerade erst aufgegangen. »Ihr gehört wohl zu den Mannsbildern, die nicht wissen, wann's besser ist, sich zu schonen.«

»Ich bin eigentlich nicht zum Arbeiten in die Küche gekommen.« Er grinste.

»Na, das wär ja auch noch schöner. Genügt schon, wenn Ihr hier im Weg rumsteht. Na los, nun setzt Euch schon. Was wollt Ihr essen?«

»Nichts, danke, Marieke«, sagte er, während er am Tisch Platz nahm.

»Nix gibt's nicht. Und für Euch schon gar nicht.« Sie griff nach einem halben Brotlaib und einem großen Stück Käse und legte beides vor ihm auf den Tisch. »So, und wehe, Ihr lasst was übrig.«

»Das klingt ja wie 'ne Drohung.«

»Das ist auch eine. Ich guck mir doch nicht an, wie so 'n prächtiger Mann wie Ihr verhungert.«

Erik lachte. »So nahe bin ich dem Verhungern nun auch wieder nicht.«

Um Marieke gefällig zu sein, schnitt er eine Scheibe von dem Brot ab.

»Sag mal, dieser Seyfried, was ist das eigentlich für einer?«

»Habt Ihr doch gestern gesehen. Ein Rindvieh.« Marieke stellte ihm noch einen Becher auf den Tisch.

»Womit bestreitet er seinen Lebensunterhalt?«

»Er hat einen Hof geerbt. Den bewirtschaftet er mehr schlecht als recht, weil er das meiste vertrinkt. Und hinter Fräulein Brida ist er nur wegen ihrer Mitgift her.«

»Hat er Einfluss in der Stadt?«

»Der Seyfried?« Marieke lachte auf. »Ihr meint außerhalb der Wirtsstuben?«

»Also nicht?«

»Keine Spur. Den nimmt doch niemand ernst. Ein versoffener Raufbold, der seine dreckigen Finger nicht bei sich behalten kann.«

Erik nickte.

»Ihr macht Euch doch nicht etwa Sorgen?« Auf einmal klang Mariekes Stimme ganz anders. Nicht mehr forsch und vorlaut, sondern voller Mitgefühl, sodass es ihm fast unangenehm war. »Der Seyfried redet viel blödes Zeugs. Der beleidigt jeden. Ihr habt ja gehört, wie er Fräulein Brida behandelt hat.«

»Nicht gerade die feine Art, um eine Frau zu werben«, bestätigte er.

Schritte in der Diele.

»Morgen, Herr Käpt'n. Was'n heut nur los mit'm Mannsvolk? Alle so früh auf den Beinen?«

»Ach, Marieke, nu tu man nicht so. Guten Morgen, Erik.«

»Guten Morgen.«

Der Kapitän setzte sich zu ihm an den Tisch.

»Na, Ihr seht mir ja aus, als hättet Ihr keine gute Nacht gehabt. Hat ja auch fix gestürmt, ne?«

»Das kann man wohl sagen. Wenigstens war ich auf keinem Schiff.« Er zwang sich zu einem Lächeln.

Hinrich griff nach dem Brotlaib und schnitt sich eine Scheibe ab.

»Die Brida, die hatte als Kind ihren Spaß an rauer See. Die hatte nie Angst. Nicht mal, als wir von Kaperfahrern verfolgt wurden.«

»Sie hat es mir erzählt«, sagte Erik. »Sie glaubte, ihr Vater sei unbesiegbar.«

»So sollte es doch auch sein, oder?«

Auf einmal wusste Erik, warum Brida ihrem Vater bedingungslos vertraute. Es war dieses väterliche Lächeln, das einem das Gefühl vermittelte, alles sei gut, ganz gleich, was in der Welt geschah.

Der Kapitän betrachtete die Brotscheibe, die Erik immer noch in der Hand hielt, ohne ein Stück abgebissen zu haben.

»Habt Ihr gar keinen Hunger?«

»Nein.« Erik legte die Scheibe hin.

»Wollt Ihr darüber reden?« Hinrich sah ihn mit aufrichtiger Teilnahme an. Genau wie Brida es getan hatte. Sie hatte seine Augen. Er atmete tief durch. *Offen sein. Du hast's dir vorgenommen.*

»Ich kann mich immer noch nicht erinnern. Nicht an meinen Namen, nicht an meine Familie. Da ist nur dieses Bild von Vordingborg. Aber seit letzter Nacht gibt es eine weitere Erinnerung.« Er schluckte. »Ich habe einen älteren Bruder, er heißt Jannick.«

Der Kapitän horchte merklich auf. »Wisst Ihr, wo er lebt?«

Erik schüttelte den Kopf. »Ich habe von ihm geträumt. Ich war noch ein Kind, er rief nach mir. Nicht meinen Namen, sondern lillebror. Wir waren in Vordingborg, auf dem Gut unseres Großvaters. Das ist alles.«

Es war so still in der Küche, dass er das Prasseln des Herdfeuers hörte.

»Ich weiß, dass Ihr es dem Stadtrat melden müsst«, murmelte Erik.

»Was sollte ich melden?« Hinrich schaute ihn mit gespielter Überraschung an. »Ihr könnt Euch nicht daran erinnern, wer Ihr seid und woher Ihr kommt. Schluss und aus. Glaubt Ihr wirklich, der Claas kümmert sich um irgendwelche Traumgespinste von unbedeutenden Schiffbrüchigen? Ich werd mich hüten, ihn mit solchen Geschichten zu belästigen.«

»Danke.«

»Da nich für. Und nun solltet Ihr was essen. Ihr müsst wieder zu Kräften kommen.«

Die Art, wie Hinrich mit ihm sprach, löste den Knoten in seinem Magen. Trotzdem war er froh, dass der Kapitän sich tatkräftig daran beteiligte, die Mengen zu vernichten, die Marieke ihnen aufgetischt hatte. Erst als sie längst fertig waren, erschien Brida in der Küche.

»Nicht wundern, Fräulein Brida. Das Mannsvolk hat's heut nicht im Bett gehalten«, begrüßte Marieke ihre Herrin.

»Ich seh's schon. Erik, Ihr solltet noch nicht so viel herumlaufen.«

»Im Moment sitzt er ja«, sagte ihr Vater. »Und das solltest du man auch tun. Nu komm, setz dich zu uns!«

Brida wirkte irgendwie befangener als tags zuvor.

»Deern, nu guck nicht so trübsinnig! Der Erik und ich haben schon geklärt, dass wir überhaupt nichts über seine Herkunft wissen und dass der Stadtrat sich bestimmt nicht um so 'n unwichtigen Schiffbrüchigen schert.«

Erik sah, wie die Unsicherheit aus ihrem Gesicht verschwand. Ihre Blicke trafen sich. Vielleicht ein wenig zu lange, denn als sie die Lider senkte, glaubte er, einen zarten rosigen Hauch auf ihren Wangen zu erkennen, der zuvor nicht zu sehen gewesen war.

Der Sturm, der ihn am Morgen geweckt hatte, hielt während des ganzen Tages an. Es herrschte ein Wetter, bei dem niemand gern das Haus verließ, und der begehrteste Platz war vor dem Kamin in der guten Stube. Vielleicht fühlte er sich gerade wegen des Unwetters, das draußen tobte, so geborgen. Aber vor allem, weil er wusste, dass er seiner Menschenkenntnis noch immer trauen konnte. Im Haus von Hinrich Dührsen war er vorerst sicher.

Und doch konnte er sich der schleichenden Angst, die ihn stets von Neuem packen wollte, nicht gänzlich erwehren. Etwas Grauenvolles würde geschehen, wenn man herausfände, wer er war. Nur, was sollte das sein? Gewiss, es war kein angenehmer Gedanke, monatelang in lübscher Gefangenschaft zu sitzen, falls man ihn als Geisel nahm. Aber im Allgemeinen wurden Geiseln ihrem Rang entsprechend anständig behandelt. Misshandlung oder gar Folter hatte er in keinem Fall zu fürchten.

Wasser läuft am rauen Mauerstein hinab, an den Wänden hängen Ketten. Es riecht nach Moder, Fäulnis und Angst. Irgendwo schreit jemand. Ein Schrei, der ihn nie mehr loslassen wird …

Verdammt, warum schob sich ausgerechnet dieses Bild immer wieder in sein Bewusstsein?

Und noch etwas war seltsam. Obwohl er wusste, dass sein Großvater einen Hof in Vordingborg besaß, hatte er bislang nicht erwogen, sich auf eigene Faust dorthin durchzuschlagen. Gewiss, es wäre ohnehin ein schwieriges Unterfangen gewesen, ein Schiff zu finden, das die dänischen Inseln anlief, aber das war nicht der Grund. Die Erinnerung an seinen Bruder hatte ihn mit Freude erfüllt, mit Zuneigung und Vertrauen. Vordingborg hatte nichts dergleichen in ihm ausgelöst. Kein Heimatgefühl, keine brennende Sehnsucht. Im Gegenteil, irgendwo, in einer ganz versteckten Ecke seines Bewusstseins, saß die Furcht vor diesem Ort.

Am Nachmittag ließ der Sturm ein wenig nach, und auch der Regen hörte auf. Vor dem Kamin gab Kapitän Hinrich alte Seemannsgeschichten zum Besten, die sogar Marieke aus der Küche in die Stube gelockt hatten, auch wenn sie vorgab, die Anwesenden nur mit Kuchen und heißem Holunderbeersaft zu versorgen. Erik ertappte sich dabei, Brida immer wieder anzusehen. Und seltsamerweise schaute sie jedes Mal gerade zu ihm herüber, sodass sich ihre Blicke trafen.

Ein Klopfen an der Tür ließ Hinrich in seiner Erzählung innehalten.

»Marieke, sieh doch nach, wen's bei diesem Wetter rausgetrieben hat.«

»Aber wenn's der Seyfried ist, kriegt er gleich den Besen über«, antwortete die Magd.

Es war nicht der Seyfried. Es war ein Mann von etwa vierzig Jahren, bei dessen Eintreten sich Hinrich und Brida erhoben. Erik tat es ihnen nach.

»Na, da schau her, der Herr Pfarrer!«

»Grüß dich, Hinrich.«

Erik wunderte sich, dass der Kapitän und der Pfarrer sich wie alte Freunde die Hände schüttelten. Auch war der Pfarrer nicht als Geistlicher zu erkennen. Wäre er ihm auf der Straße begegnet, hätte er ihn für einen Bauern oder Fischer gehalten.

Wieder ein Bild. Er steht in einem riesigen Gotteshaus, durch die kostbaren bemalten Fenster fällt helles Sonnenlicht. Weihrauchduft erfüllt die Luft und Ehrfurcht seine Brust.

»Was führt dich her?«, fragte Hinrich weiter. Erik staunte immer mehr über den Umgangston. Nie wäre es ihm eingefallen, mit einem Geistlichen wie mit seinesgleichen zu sprechen.

Brida bemerkte seine Verwirrung.

»Der Herr Pfarrer ist Vaters Vetter«, raunte sie ihm zu.

Das erklärte zumindest den vertraulichen Umgangston.

»Um es kurz zu machen, Hinrich, dein Gast ist der Grund.« Der Pfarrer nickte in Eriks Richtung. »Die Toten der vorletzten Nacht müssen bestattet werden. Ich wär schon gestern gekommen, aber Claas sagte, dein Gast braucht noch Ruhe.«

Erik schluckte. Natürlich, man hielt ihn für den Schiffseigner. Es war seine Pflicht, sich um alles zu kümmern.

»Wie kann ich Euch behilflich sein, Hochwürden?«, fragte er.

»Ihr wisst sicher, ob die Toten Familie haben. Und dann ist da noch die Frage der Kosten ...«

Erik nickte. Also genau die Fragen, die er gefürchtet hatte.

»Da gibt's man nur eine Schwierigkeit«, sprang der Kapitän ihm bei. »Der Erik hat beim Schiffsunglück sein Gedächtnis verloren. Er kann sich an nichts erinnern. Wir wissen nicht mal, ob er wirklich Erik heißt.«

Der Pfarrer zog erstaunt die Brauen hoch. »Ihr habt Euer Gedächtnis verloren?«

Verdammt, warum hörte sich die Frage nur so an, als halte der Geistliche ihn für einen Lügner?

»Leider ist es so«, antwortete er. »Ich hoffe jedoch, mich bald wieder zu erinnern. Und ich bin sicher, dass meine Familie für alle Kosten aufkommen wird.«

Der Pfarrer musterte ihn von oben bis unten. Erik hatte das Gefühl, als würde er wie ein Stück Vieh auf dem Markt abgeschätzt.

»Vermutlich«, erklärte der Pfarrer, als er seine Begutachtung beendet hatte. »Vielleicht hilft es Euch, die Toten zu sehen. Möglicherweise erinnert Ihr Euch dann an ihre Namen.«

»Möglicherweise«, bestätigte Erik.

»Wollt Ihr sofort mitkommen? Der Regen hat inzwischen aufgehört.«

»Er ist noch geschwächt«, warf Brida ein.

»Nun, den kurzen Weg bis zum Kirchhof wird er schon schaffen.« Die Kälte in der Stimme des Pfarrers war unüberhörbar.

»Gewiss werde ich das«, bestätigte Erik ebenso kalt.

»Ich begleite Euch«, sagte Brida.

Es war das erste Mal, dass er das Haus verließ und einen gründlicheren Blick auf die Umgebung warf. Hinrichs Haus stand nahe am Hafen. Solider roter Backstein, so wie die Häuser in Lübeck, an die Erik sich dunkel erinnerte. Weiter vorn am Wasser erhoben sich nur die Speicher, einfache Fachwerkbauten mit ihren Lasthaken am Giebel. Ein einzelner Kraier ankerte im Hafen, ganz so, als hätte er vor dem Sturm Schutz gesucht.

Der Wind heulte noch um die Häuser, aber ihm fehlte die schneidende Kälte, die Erik befürchtet hatte. Über dem Meer rissen die Wolken langsam auf und gaben ein Stück blauen Himmel frei.

»Da vorn ist schon die Kirche zu sehen«, sagte Brida und wies auf den Hügel, auf dem das Gotteshaus thronte.

Der Pfarrer hatte während der ganzen Zeit kein Wort gesprochen. Erst jetzt wurde Erik bewusst, dass er nicht einmal dessen Namen kannte. Er war also der Vetter des Kapitäns. Hätte Brida es ihm nicht gesagt, er hätte keinerlei Ähnlichkeit zwischen beiden Männern entdeckt. Nicht im Äußeren und noch viel weniger im Wesen.

Die gemauerte Kirche wirkte wie eine Burg, trutzig, wehrhaft und ein bisschen kalt. Fast so wie ihr Pfarrer. Vom Turm aus musste man einen herrlichen Blick über die Ostsee bis nach Fehmarn haben. Hinter der Kirche stand ein windschiefer kleiner Schuppen, so unauffällig, dass Erik ihn erst auf den zweiten Blick bemerkte. Wind und Wetter hatten das Holz schwarz gefärbt. Zielstrebig hielt der Pfarrer darauf zu. Die Tür knarrte misstönend, als er sie aufsperrte. Es roch nach Feuchtigkeit und Moder, nach Salzwasser und etwas anderem, das er nicht sofort zu benennen wusste.

Erst als sein Blick auf die acht toten Körper fiel, die am Boden lagen und mit hellen Leinentüchern bedeckt waren, erinnerte er sich an den süßlichen Geruch des Todes.

Helles Licht fällt durch bunte Fenster, zeichnet Bilder auf den steinernen Boden. Der Dom ist voller Menschen. Alle sind gekommen, dem Verblichenen die letzte Ehre zu erweisen. Ehrfurcht und Trauer erfüllen sein Herz.

»Wollt Ihr sie Euch nicht ansehen?« Die Stimme des Pfarrers riss ihn zurück in die Gegenwart. Was erwartete der Geistliche? Dass er sich niederbeugte und die Leichentücher von den Gesichtern der Toten zog? Vermutlich genau das, wenn er den Blick richtig deutete. Er atmete tief durch, dann machte er sich an die peinvolle Arbeit.

Keiner der Männer weckte irgendwelche Erinnerungen in ihm. Ob es daran lag, dass der Tod ihnen allen eine bleiche Maske mit einem bläulichen Schimmer verliehen hatte? Ihre Körper waren mittlerweile bretthart. Er deckte den letzten Leichnam wieder zu und richtete sich auf.

»Und?« Die Stimme des Pfarrers klang ungeduldig.

Erik schüttelte wortlos den Kopf.

»Ihr könnt Euch also nach wie vor an nichts erinnern?«

»So, wie Ihr mich fragt, scheint Ihr zu glauben, ich würde mich verstellen.«

»Das habt Ihr gesagt.«

»Warum misstraut Ihr mir?«

»Warum sollte ich Euch vertrauen?«, antwortete der Geistliche mit einer Gegenfrage. »Arne hat erzählt, dass Ihr eine Schwertwunde davongetragen habt. So etwas geschieht nicht so ohne Weiteres bei einem Schiffsunglück. Und an Kaperfahrer glaube ich nicht. Diese Toten waren alle unversehrt. Hätte es einen Kampf gegeben, hättet nicht nur Ihr eine Verletzung davongetragen. Welch günstiger Zufall, dass Ihr Euer Gedächtnis verloren habt, denn so müsst Ihr keine unangenehmen Fragen beantworten.«

Erik atmete tief durch. »Ist Euch eigentlich noch nie der Gedanke gekommen, dass es einfacher wäre, ein Lügenmärchen über meine Herkunft zu erfinden, wenn ich etwas zu verbergen hätte?« Seine Rechte ballte sich zur Faust.

»Ich glaube Erik«, sagte Brida und berührte ihn wie absichtslos am Arm. Seine Faust löste sich.

»Lass dich nicht durch sein gefälliges Gesicht oder seine guten Manieren täuschen, Brida«, entgegnete der Pfarrer. »Das Böse verbirgt sich oft dort, wo man es am wenigsten vermutet.«

»Manchmal sogar in einer Kirche«, entfuhr es Erik. Der Pfarrer zog missbilligend die Brauen hoch, doch er sagte nichts dazu. Sofort bereute Erik seine losen Worte. Er durfte es sich nicht mit den Würdenträgern Heiligenhafens verscherzen.

»Ich glaube, wir sollten besser gehen«, schlug Brida vor. »Ich danke Euch für Euren Besuch und die Umstände, die Ihr Euch gemacht habt, Herr Pfarrer.«

»Achte gut auf dich, Brida«, sagte der Geistliche. Erik schenkte er keinen weiteren Blick.

Keiner sprach ein Wort, als sie die Stufen vom Kirchberg hinabstiegen. Irgendwann hielt Erik das Schweigen nicht mehr aus.

»Es war dumm von mir, den Pfarrer zu reizen.«

»Ja, das war es. Ich bin nur froh, dass Ihr Euch dabei noch zurückgehalten habt.« Brida lächelte ihn an. Er erinnerte sich an die kurze Berührung ihrer Hand.

»Pfarrer Clemens ist kein böswilliger Mann«, fuhr sie fort. »Er ist nur misstrauisch und leicht reizbar.«

»Und jemand wie ich erweckt natürlich Misstrauen.« Erik seufzte.

»Das ist es nicht allein. Clemens hatte eine Schwester, die lebte mit ihrer Familie auf Fehmarn.«

»Ja und?«

»Vor acht Jahren sind die Dänen auf Fehmarn eingefallen und haben auf Befehl ihres Königs zwei Drittel der Bevölkerung niedergemetzelt. Die Schwester des Pfarrers und ihre Familie waren unter den Opfern.«

Er schluckte. »Hätte ich das vorher gewusst, hätte ich mich mehr zurückgehalten.«

»Ihr tragt nicht die Verantwortung dafür.«

»Aber vielleicht war ich dabei.«

»Das glaube ich nicht.«

»Warum seid Ihr Euch so sicher, Jungfer Brida?«

Sie blieb stehen und blickte ihm in die Augen.

»Ihr würdet keine unschuldigen Menschen niedermetzeln.«

Die Wolken über dem Meer hatten sich weiter gelichtet, und das Blau des Himmels nahm einen immer größeren Raum ein. Erik sah, wie Leben in die Mannschaft des Kraiers kam, der noch immer im Hafen lag. Brida war seinem Blick gefolgt.

»Erinnert Euch der Anblick des Schiffs an irgendetwas?«

»Ich weiß nicht. Eine seltsame Vertrautheit, aber ich sehe keine Bilder.«

»Wollen wir zum Hafen gehen?«, schlug sie vor. Er nickte.

Gegenüber der Mole drang Musik aus einem der Häuser. Ein hölzernes Schild schaukelte sanft im Wind. *Zur Seejungfrau* stand darauf.

»Die *Seejungfrau* hat keinen sonderlich guten Ruf«, raunte Brida ihm zu. »Da wird viel gesoffen und gehurt, und man erzählt sich, es würden auch dunkle Geschäfte abgewickelt.«

Erik drehte sich erstaunt zu ihr um. Mit welcher Selbstverständlichkeit sie das sagte! Ohne jede Empörung, einfach nur als nüchterne Feststellung. Ganz anders als … ja, als wer? Die undeutliche Erinnerung an eine zierliche junge Frau tauchte auf. Sie war fein gekleidet in roten Samt, trug eine kostbare Haube mit Goldstickerei. Doch wie auch sonst verflüchtigte sich das Bild, als er es näher betrachten wollte.

Gelächter drang aus der Hafenschenke, eine Frau rief etwas, aber die Musik verhinderte, dass man ihre Worte draußen verstehen konnte. Das Gelächter wurde lauter. Plötzlich flog die Tür auf, und Seyfried stand mit hochrotem Kopf vor Brida und Erik. Er kniff die glasigen Augen zusammen, als müsse er sich versichern, dass die beiden Menschen vor ihm aus Fleisch und Blut waren.

»Na, da schau an, der Däne!«, brüllte er. »Versuchst hier wohl, uns auszuspitzeln, was?«

Als Erik den sauren Weingeruch in Seyfrieds Atem roch, wich er einen Schritt zurück. Ein Fehler, wie er gleich darauf erkannte, denn in Seyfrieds Blick blitzte es plötzlich vor

Angriffslust, ganz so, als glaube er, sein Gegenüber habe Furcht vor ihm. Ohne Vorwarnung versetzte er Erik einen harten Stoß gegen die Brust. Ein heftiger Schmerz zog sich durch dessen Leib, und fast wäre er zu Boden gesunken. Nur ein schneller Ausfallschritt hielt ihn auf den Beinen. Der Saufbold hatte genau seine Wunde getroffen. Der Schmerz verwandelte sich in Wut, und für einen Moment war jedes klare Denken ausgelöscht. Noch ehe er begriff, was er tat, hatte sein Körper gehandelt und seine Faust zielsicher Seyfrieds Nasenbein getroffen. Mit einem Aufschrei ging der in die Knie, Blut strömte aus seinen Nasenlöchern.

Aus dem Wirtshaus stürzten weitere Männer heraus. »Was'n hier los?«, rief einer, starrte auf Seyfried, dann auf Erik.

»Dieser verfluchte Däne!«, stöhnte Seyfried. »Der Sauhund hat mich angegriffen.«

»Lasst uns bloß verschwinden«, raunte Brida Erik zu.

Noch bevor er nicken konnte, hatte ihn der erste der Männer beim Kragen gepackt.

»So, Däne, dafür zahlst du uns!«

Wie schon bei Seyfried handelte Eriks Körper, bevor sein Verstand wusste, was er tat. Ein schneller Faustschlag ins Gesicht seines Gegners, dann ein Tritt in dessen Gemächt. Stöhnend brach der Mann zusammen. Hinter ihm keuchte Brida hörbar auf.

Gerade als sein Verstand wieder einsetzte und der Schmerz in der Brustwunde etwas nachließ, brach die Hölle los. Von allen Seiten wurde er gepackt, steckte Schläge ein, wollte sich wehren, doch es waren zu viele. Man riss ihm die Arme nach hinten und trat ihm so heftig in die Kniekehlen, dass er stürzte. Irgendwer stemmte ihm ein Knie schmerzhaft in den Rücken und hielt ihn am Boden fest. Er hörte Brida schreien, sie sollten ihn loslassen. Keiner beachtete sie. Ihre Stimme verstummte. Hatten sie ihr etwa was angetan? Vergeblich versuchte er, den Kopf in ihre Richtung zu drehen.

»Los, hängt den Kerl auf!«, brüllte einer. Erik wurde hochgerissen, kam auf die Füße, versuchte zu treten, sich zu wehren. Ein Faustschlag traf ihn im Gesicht, er schmeckte Blut. Für einen Moment verschwamm alles vor seinen Augen. Sie zerrten ihn zum erstbesten Speicher. Jemand warf ein Seil über den Lasthaken.

»Nu macht schon!« Das war Seyfrieds Stimme. Verzerrt, näselnd. Eine Schlinge tauchte vor Eriks Kopf auf. Mit aller Kraft wehrte er sich dagegen, aber der Mann, der ihm die Arme auf den Rücken gedreht hatte und seine Handgelenke mit eisenhartem Griff umschloss, zwang ihn erneut in die Knie. Auf einmal war all seine Kraft aufgezehrt. Der letzte Funke Lebenskraft hatte nicht gereicht, sich der Gegner zu erwehren. Selbst wenn ihn niemand mehr gehalten hätte, er bezweifelte, dass er noch die Kraft hatte, sich wieder zu erheben. Erst jetzt bemerkte er, dass sein Hemd blutig war. Seyfrieds Schlag hatte seine Wunde wieder aufbrechen lassen. Alles, was jetzt noch blieb, war, Würde zu bewahren. Trotzig hob er den Kopf und sah dem Mann, der die Schlinge hielt, herausfordernd in die Augen.

Da kam plötzlich erneut Tumult auf. Der Mann mit der Schlinge wurde niedergerissen. Der harte Griff, der ihm die Arme auf den Rücken gezwungen hatte, lockerte sich und ließ ihn schließlich ganz los.

»Was'n nu los?«, brüllte einer. Das hätte Erik auch gern gewusst. Er brauchte eine Weile, bis er begriff. Die Seeleute, die zu dem Kraier gehörten, kamen ihm zu Hilfe. Warum? Dann sah er Brida mitten unter ihnen. Er wollte sich aufrichten, aber er kam einfach nicht mehr auf die Füße. Das blutige Hemd klebte kühl und feucht auf seiner Haut.

Eine Stimme, lauter als alle anderen. Befehlsgewohnt.

»Was geht hier vor?«

Etwas abseits stand ein Mann von etwa Mitte dreißig. Seiner Kleidung nach schien er zu den Oberen der Stadt zu gehören. Allein die reich bestickte dunkelblaue Heuke, die er zum Schutz vor dem Wetter trug, musste ein Vermögen gekostet haben. Erik atmete tief durch. Einen ähnlichen Umhang hatte sein Vater getragen. Sein Vater ... Vater ... Name? Gesicht? Verdammt, wieder nur der weiße Nebel, der alles verschluckte.

»Wir ... äh ...« Seyfried war vorgetreten. »Herr Stadtrat, dieser Däne hat mich angegriffen.« Er wies auf Erik, der immer noch am Boden kniete.

»Das ist nicht wahr!«, rief Brida. »Der Seyfried ist als Erster auf ihn losgegangen. Erik hat sich nur gewehrt.«

Das war also der Stadtrat. Erneut versuchte Erik, sich aufzurappeln. Wieder vergeblich. Einer der Seeleute reichte ihm die Hand und half ihm auf die Beine.

»Ihr seid also der geheimnisvolle Gast von Kapitän Hinrich.« Der Stadtrat kam näher und musterte ihn von oben bis unten.

»Das is 'n dänischer Spion!«, brüllte Seyfried. »Weiß doch jeder hier.«

»Dann weißt du mehr als ich, Seyfried«, fuhr der Stadtrat dem Schreihals über den Mund. »Obwohl – es gibt so einiges zu überprüfen. Vor allem Eure Herkunft, Herr Erik. Oder könnt Ihr uns inzwischen schon wieder Auskunft über Eure Verhältnisse geben?«

Erik schluckte. Zwar klangen die Worte des Stadtrats nicht so kalt wie die des Pfarrers, aber auch sie waren nicht frei von Misstrauen.

»Wenn ich es könnte, täte ich es gern«, antwortete er.

»Der lügt doch, wo er's Maul aufmacht!«, schrie Seyfried. »Man sollte dieses dänische Pack allesamt totschlagen.«

Vom Kirchberg her näherte sich ein weiterer Mann. Pfarrer Clemens. Ob er den Vorfall von oben beobachtet hatte? Oder hatte ihn jemand gerufen?

Die Männer machten ihm Platz, sogar der Stadtrat trat einen

Schritt beiseite, als der Pfarrer herangekommen war. Welcher Gegensatz zu der Selbstsicherheit, mit der Kapitän Hinrich seinen Vetter begrüßt hatte! Ob er sich wohl auch so verhalten hätte, wenn Clemens nicht sein Vetter gewesen wäre? Sicher, denn Hinrich war kein Mann, der sich von irgendwem einschüchtern ließ.

»Ich wusste doch, dass der Ärger machen würde«, stellte der Pfarrer mit Blick auf Erik fest.

»Er hat keinen Ärger gemacht«, sprang Brida ihm bei. »Seyfried hat ihn angegriffen.«

Der Pfarrer hob die Brauen.

»Brida, du bist ein guter Mensch. Du glaubst, andere sind ebenso gut wie du, vor allem, wenn sie sich hinter einem gefälligen Äußeren verbergen. Aber der Feind lauert überall.«

Erik merkte, wie sich seine Rechte zur Faust ballen wollte, aber er riss sich zusammen.

»Stadtrat Claas, ich halte es für das Sicherste, Ihr nehmt diesen Mann in Gewahrsam, bis er endlich bereit ist, uns zu sagen, wer er wirklich ist.«

»Soweit ich weiß, kann er sich nicht erinnern«, entgegnete der Stadtrat.

»Ein paar Tage innere Einkehr haben schon so manchen dazu gebracht, sich an Ereignisse zu erinnern, die ihm entfallen waren. Und zudem ist es nur zu seinem Schutz, nicht wahr?«

»Das könnt Ihr nicht verlangen!«, rief Brida. »Er hat doch niemandem etwas getan.«

»Kind, ich habe dir schon einmal gesagt, dass du dich nicht von Äußerlichkeiten blenden lassen sollst. Woher willst du wissen, ob er niemandem etwas getan hat? Du kennst ja nicht einmal seinen wahren Namen.«

»Also gut«, erklärte der Stadtrat. »Vermutlich ist es das Klügste, was wir derzeit tun können.« Dann maß er Erik mit prüfendem Blick. »Kommt Ihr freiwillig mit?«

»Ja«, antwortete Erik. Er hatte sich gegen die Mauer des Speichers gelehnt und atmete schwer.

»Gut. Ich habe nämlich noch einiges mit Euch zu besprechen.«

»Ihr wollt ihn doch nicht etwa ohne Geleit mitnehmen?« Die hochgezogenen Brauen des Pfarrers trieben Erik zur Weißglut. Was glaubte der Mann? Dass er sich in seinem angeschlagenen Zustand auf den Stadtrat stürzen und ihn umbringen würde?

»Stimmt«, sagte der Stadtrat. »Es sieht aus, als könne er sich nicht mehr lange auf den Beinen halten. Du da!« Er sprach den Seemann an, der Erik aufgeholfen hatte. »Komm mit und hilf ihm, falls es sein muss.«

Eriks letzter Blick galt Brida. Trotz ihrer Empörung brachte sie ein Lächeln zustande. Vielleicht galt es ihm als Trost, vielleicht auch dem Umstand, dass Claas den Pfarrer wirkungsvoll in die Schranken gewiesen hatte.

Ihr Ziel war das Rathaus. Es stand unmittelbar am Marktplatz. Erik war froh, dass sein Körper ihm noch immer so weit gehorchte, dass er seine Würde bewahren und auf die Hilfe des Seemanns, der neben ihm ging, verzichten konnte. Das Blut auf dem Hemd trocknete langsam und wurde zu einer harten Kruste. Der Schmerz in der Wunde war erträglich. Er lebte, das war das Wichtigste. Alles andere ergäbe sich schon. Dennoch konnte er sich eines Schauderns nicht erwehren, als sie das Rathaus betraten und Claas geradewegs auf eine Kellertreppe zuhielt. Der Stadtrat schickte den Seemann weg. Dann wandte er sich zu Erik um und wies auf die Treppe.

»Nach Euch.«

Wasser läuft am rauen Mauerstein hinab, an den Wänden hängen Ketten. Es riecht nach Moder, Fäulnis und Angst. Irgendwo schreit jemand ...

Erik zögerte.

»Was ist?« Die Stimme des Stadtrats klang ungeduldig.

»Nichts.« Erik stieg die Stufen hinab. Immerhin war es trocken, kein Geruch nach Moder, keine Schreie.

Am Ende der Treppe lag eine Wachstube, in der zwei Männer an einem schlichten Holztisch beim Würfelspiel saßen. Als sie Erik und den Stadtrat sahen, ließen sie die Würfel rasch verschwinden und erhoben sich pflichtschuldig. Aus einem Oberlicht fiel Tageslicht in den Raum.

»Die Eins«, sagte Claas nur.

»Hohes Tier?«, fragte der eine Wächter, bekam aber gleich darauf einen Rippenstoß von seinem Gefährten, der sich diensteifrig vorschob.

»Jawohl, Herr Stadtrat.« Er nahm einen Schlüssel von einem Haken, über dem eine römische Eins prangte. Dann schritt er den Gang weiter hinunter.

»Nach Euch«, wiederholte der Stadtrat. Erik schluckte, folgte dem Wächter aber ohne Zögern.

Die Eins erwies sich als Zelle am Ende des Gangs, auf derselben Höhe wie die Wachstube. Jetzt wusste Erik auch, was der Ausspruch hohes Tier zu bedeuten hatte. Dies war keine düstere Kerkerzelle, wie er befürchtet hatte, sondern ein schlicht eingerichteter Raum mit einer Pritsche, auf der eine Decke und ein Strohsack lagen, einem kleinen Tisch unter dem vergitterten Oberlicht und zwei Schemeln.

»Warte draußen«, wies der Stadtrat den Wächter an. »Wir haben noch etwas zu besprechen.« Dann zog er sich einen der beiden Schemel heran, nahm Platz und wies Erik an, sich auf den anderen zu setzen.

»Ihr habt also Euer Gedächtnis verloren und könnt Euch nicht einmal an Euren Namen erinnern.«

»Bezweifelt Ihr dies?«, fragte Erik, obwohl er kein Misstrauen in der Stimme des Stadtrats wahrgenommen hatte.

»Hinrich glaubt Euch. Und Hinrich kann man nichts vormachen. Deshalb glaube ich Euch auch.«

»Dann ist Euch sicher klar, dass ich Euch nicht mehr werde sagen können, ganz gleich, wie lange Ihr mich hier festhaltet.«

»Darum geht es mir gar nicht. Hinrich hat mir das zerbrochene Siegel gezeigt. Die drei Kronen.«

»Und?«

»Ich habe mich ein wenig umgehört. Ihr habt Euch bei seinem Anblick an den Namen Erik erinnert. Ich glaube nicht, dass dies Euer Name ist.«

»So?«

»Ihr habt Euch an diesen Namen erinnert, weil es das Siegel König Eriks von Dänemark ist. Nicht das offizielle, sondern das für die persönliche Korrespondenz.«

»Und welche Schlüsse zieht Ihr daraus?«

»Nun, Euer Schiff muss irgendwo zwischen den dänischen Inseln und dem Fehmarnbelt gesunken sein. Ihr habt als Erstes Dänisch gesprochen, als Ihr wieder zu Euch kamt. Eure Kleidung mag gelitten haben, aber sie weist Euch noch immer als Mann aus wohlhabendem Haus aus. Ihr hattet Dokumente dabei, die das private Siegel des dänischen Königs tragen. Welchen Schluss zieht Ihr daraus?«

»Dass ich aus Dänemark komme«, entgegnete Erik.

»Dass Ihr Däne seid«, bestätigte Claas. »Und zwar Mitglied einer einflussreichen Familie.« Der Stadtrat atmete tief durch. »Wir haben zwei Möglichkeiten, Erik. Ihr könnt abwarten oder aber mich unterstützen, damit ich herausfinde, wer Ihr seid. Ich habe genügend Kontakte, die es mir erlauben, nach Eurer Herkunft zu forschen.«

»Brida erzählte mir, Eure Schwiegermutter sei Dänin.«

Claas nickte. »Sie war es, sie ist inzwischen verstorben. Also, erinnert Ihr Euch an etwas, das mir bei meinen Nachforschungen helfen könnte?«

»Mit welchem Ziel? Mich gegen Lösegeld freizulassen?«

»Es kommt darauf an, was ich herausfinde. Lösegeld oder Austausch, je nachdem.«

»Austausch gegen wen?«

»Seit der Schlacht am Sund sitzen einige hanseatische Würdenträger in dänischer Gefangenschaft. Nun, habt Ihr mir irgendetwas zu sagen?«

Eriks Gedanken rasten. Alles, was der Stadtrat sagte, klang vernünftig. Was hätte er davon gehabt, die wenigen Bruchstücke, die er kannte, für sich zu behalten? Schlimmer konnte es nicht mehr werden. Seine Freiheit hatte er schon eingebüßt, es war nur noch eine Frage, wie lange die Gefangenschaft dauern würde. Wenn er sich entgegenkommend zeigte, konnte sich seine Lage nur verbessern.

»Ich habe nur wenige Erinnerungen«, sagte er leise. »Nur Bilder aus Träumen, keine Namen. Mein Großvater besitzt einen Hof in Vordingborg, und ich habe einen älteren Bruder, der Jannick heißt. Mehr weiß ich nicht.«

»Der Name Eures Großvaters oder der des Hofs?«

Erik schüttelte den Kopf.

»Um wie vieles ist Euer Bruder älter?«

»Etwa zehn Jahre.«

»Und er heißt Jannick?«

Erik nickte.

»Könnt Ihr Euch an weitere Einzelheiten erinnern?« Claas musterte ihn eindringlich. »Jede Kleinigkeit könnte wichtig sein.«

»Mehr ist da nicht.«

»Gut, ich werde sehen, was ich herausfinde.« Der Stadtrat erhob sich und verließ die Zelle. Erik hörte, wie der Wächter den Schlüssel im Schloss umdrehte, dann war er allein.

5. Kapitel

*E*r hat ihn einfach einsperren lassen! Ihn und nicht den Seyfried! Kannst du dir das vorstellen, Vater?« Brida lief aufgebracht vor dem Kamin hin und her. »Und dabei hätte der ihn fast umgebracht! Die hatten schon den Strick bei der Hand. Wenn mir die Besatzung des Kraiers nicht geholfen hätte, dann wäre Erik jetzt tot.«

»Nu beruhig dich doch, Deern.« Ihr Vater war aus dem Lehnstuhl aufgestanden und legte ihr die Hände auf die Schultern. »Du hast alles richtig gemacht, du hast ihn gerettet. Alles Weitere wird sich finden.«

»Aber es ist so verdammt ungerecht! Er hat doch überhaupt nichts getan. Er wurde angegriffen und hat sich nur gewehrt.«

»Die Welt ist ungerecht. Ich dachte, das wüsstest du schon, Brida.« Wie immer, wenn er sie bei ihrem Namen nannte, war seine Stimme ernst geworden. Ernst, mit einem Hauch von Resignation.

Marieke kam in die Stube.

»Herr Käpt'n, der Herr Stadtrat ist vor der Tür und möchte Euch sprechen.«

»Schick ihn rein. Und bring uns was zu trinken.«

»Den guten Wein aus Italien, Herr Käpt'n?«

»Ja, ich denke, der könnt nicht schaden.« Dann wandte er sich wieder zu Brida um. »So, Deern, nu beruhig dich und lass uns hören, was Claas zu sagen hat. Vielleicht kann ich was für Erik tun, aber dazu brauch ich 'n bisschen Zeit.«

Brida nickte. Ihr Herz schlug so heftig, dass es ihr in den Ohren pochte.

Marieke führte Claas in die gute Stube und verschwand dann wieder, um den Wein zu holen.

»Guten Abend, Hinrich, Brida.«

»'NAbend, Claas. Komm, setz dich. Marieke bringt uns gleich Wein.«

Der Stadtrat folgte der Aufforderung und nahm vor dem Kamin Platz. Brida zog sich ihren kleinen Stuhl heran.

»Brida hat's dir gewiss schon erzählt, nicht wahr?«

»Die Sache mit Erik? Ja, das hat sie. War es wirklich nötig, ihn einzusperren?«

»Was blieb mir anderes übrig? Der Pfarrer hat's vorgeschlagen, und ich musste die Meute irgendwie zur Ruhe bringen.«

»Und wie soll's nun weitergehen?«

Marieke brachte den Wein. Claas griff nach einem der tönernen Becher.

»Tja, wie soll's nun weitergehen?« Er drehte den Becher in der Hand und betrachtete dabei das Bild der Kogge, die in den Ton eingeritzt war. »Ich muss herausfinden, wer er wirklich ist. Und dann sehen wir weiter.«

»Hast du denn schon einen Anhaltspunkt?«, fragte Hinrich. Brida fiel der wachsame Ausdruck in den Augen ihres Vaters auf. Er wollte wissen, was Erik gesagt und was er verschwiegen hatte.

»Ich hatte das Gefühl, dass er um Ehrlichkeit bemüht ist.« Claas trank einen Schluck Wein. »Mmh, ein guter Tropfen.«

»Der beste, den ich im Haus habe«, bestätigte Hinrich. »Also, du hattest den Eindruck, dass er offen und ehrlich zu dir war? Was hat er dir erzählt?«

»Dass er sich nur an den Vornamen seines Bruders erinnert. Und daran, dass sein Großvater einen Hof in Vordingborg besitzt. Das passt übrigens zu dem Siegel.«

»Du hast herausgefunden, zu wem es gehört?«

Claas nickte. »Es ist das persönliche Siegel des dänischen Königs. Keines für die offiziellen Dokumente, sondern für seine private Korrespondenz.«

»Des dänischen Königs!«, entfuhr es Brida. »Heißt das, Erik könnte zum engsten Kreis der dänischen Königsfamilie gehören?«

»Ganz so weit möchte ich nicht gehen«, sagte der Stadtrat. »Aber Vordingborg ist der Sitz einiger vornehmer Familien. Nicht alle sind von Adel, es gibt auch einige wohlhabende Kaufmannssippen darunter, die vor dem Krieg gern in reiche Lübecker oder Rostocker Patrizierfamilien eingeheiratet haben. Möglicherweise entstammt Erik einer solchen Verbindung. Das würde erklären, warum er Deutsch mit lübschem Zungenschlag spricht.«

»Eine bedenkenswerte Vermutung«, bestätigte Hinrich. »Hilft dir das bei deinen Nachforschungen weiter?«

»Gewiss. Leider ist der Name Jannick recht häufig, aber wenn ich die richtigen Quellen anzapfe, könnte ich vielleicht bald erfahren, zu welcher Familie Erik gehört.«

»Und dann?«, fragte Brida.

»Dann bleibt abzuwarten, wie reich und mächtig diese Familie ist und was ihr die Rückkehr eines Sohns wert ist.«

»Findest du das richtig?«, brauste Brida auf. »Ihn einfach zum Handelsgut zu machen? Was kann er dafür, dass sein Schiff im Sturm unterging? Wäre es nicht unsere Pflicht, einem Schiffbrüchigen selbstlos zu helfen, so wie es von einem wahren Christenmenschen gefordert wird? Anstatt ihn aufzupäppeln, um ihn dann zu verschachern?«

Ein Lächeln stahl sich über Claas' Lippen. Das erste Lächeln seit Langem. »Mir scheint, du hast mehr als einen Narren an dem jungen Mann gefressen, Brida.«

Brida spürte, wie ihr das Blut ins Gesicht stieg.

»Er tut mir einfach nur leid, das ist alles.«

»Sicher.« Claas nickte beschwichtigend. »Vielleicht wäre es auch ganz gut, wenn du zusammen mit Marieke noch mal nach ihm sähst. Sein Hemd war blutig, so als hätte sich eine alte Wunde wieder geöffnet.«

Mit einem dankbaren Nicken nahm Brida Claas' Versöhnungsangebot an.

»Ich gehe am besten gleich. Wohin hast du ihn gebracht?«

»Ins Gefängnis unter dem Rathaus. Melde dich in der Wachstube, dort zeigt man dir den Weg.«

Brida erschrak. »Du hast ihn in den Kerker werfen lassen?« Sie erinnerte sich an alte Berichte über düstere Verliese mit schweren Ketten und fauligem Stroh, die tief unter dem Rathaus lagen.

»Er sitzt in der Eins«, sagte Claas, als würde das alles erklären, doch Brida begriff gar nichts. Der Stadtrat deutete ihren verwirrten Blick richtig. »Du wirst es sehen, Brida. Die Eins ist eher mit einer Kammer in einer Herberge zu vergleichen. Sie ist für solche Fälle wie diesen vorgesehen.«

»Deern, ganz unten in der Truhe in meiner Kammer, da liegen noch zwei Hemden, die müssten dem Erik passen. Der ist ja noch nicht so kräftig um die Leibesmitte wie ich.« Kapitän Hinrich klopfte lächelnd auf seinen Bauchansatz.

»Danke, Vater.«

»Anscheinend hat nicht nur Brida einen Narren an diesem Erik gefressen«, stellte Claas mit einem Augenzwinkern fest.

»Er ist 'n anständiger Kerl, der einfach Pech hatte«, sagte Hinrich. »Und sei ehrlich, Claas. Hat er dir irgend'n Grund gegeben, ihn einzusperren?«

Der Stadtrat senkte den Blick. »Es herrschen harte Zeiten. Für alle.«

Die Sonne stand schon tief am Himmel, als sich Brida und Marieke auf den Weg zum Rathaus machten.

Die Männer in der Wachstube waren höflich, aber sie wirkten nicht sonderlich erfreut, noch gestört zu werden. Das Brot, die Würste und der Krug Wein auf dem Tisch sprachen für sich. Ebenso wie die Würfel.

»Na, hoffentlich habt ihr auch an euren Gefangenen gedacht«, sagte Marieke mit Blick auf das zünftige Abendmahl.

»Der hat schon keinen Grund, sich zu beschweren«, bekam sie zur Antwort. Dann griff der Wächter nach dem Schlüssel mit der römischen Eins.

Erik saß auf einem Schemel und starrte in eine Ecke seiner Zelle. Beim Klappen der Tür stand er auf und wandte sich um. Über seiner rechten Augenbraue war ein blutiger Riss zu sehen, der wohl von einem Faustschlag herrührte. Ebenso wie die blutverkrustete Lippe.

»Jungfer Brida und ihre Perle Marieke. Welch schöne Überraschung!« Er lächelte sie an, doch seinem Lächeln fehlte die Kraft. Es war ihm deutlich anzusehen, dass sich die zerschlagene Lippe schmerzhaft spannte. Sein Anblick schnitt Brida ins Herz. Das hatte er nicht verdient. Seyfried hätte hier sitzen müssen, nicht Erik.

In der Ecke fiepte es. Erik blickte sich kurz um.

»Was ist da?«, fragte Brida.

»Eine Mäusemutter beim Umzug«, antwortete er. »Sie hatte sich den Strohsack als Kinderstube ausgesucht, und ich habe mir die Freiheit genommen, das Nest dort hinten hinzulegen. Es hat gedauert, bis sie kam, aber inzwischen hat sie fast alle ihre Kleinen fortgeschleppt.«

»Mäuse!« Marieke rümpfte die Nase. »Und mit solchem Ungeziefer müsst Ihr es hier aushalten!« Sie drehte sich um, doch der Wächter war schon wieder verschwunden. Vermutlich befürchtete er, sein Kollege werde sich sonst allein über Wein und Würste hermachen.

Erik lachte. »Marieke, schimpf nicht über die Mäuse. Sie haben mir geholfen, mich an etwas zu erinnern.«

»Woran habt Ihr Euch erinnert?«, fragte Brida.

»Bitte setzt Euch doch!« Er wies auf die beiden Schemel und ließ sich selbst auf der Pritsche nieder. Brida fiel auf, wie erschöpft und elend er aussah. Und das Blut auf seinem Hemd zeigte, dass seine Wunde noch eine Zeit lang geblutet haben musste, nachdem man ihn fortgebracht hatte.

»Vielleicht sollte ich mir erst mal Eure Verletzung ansehen«, schlug sie vor. »Claas hat mich nur deswegen zu Euch gelassen.«

»Das wäre sehr freundlich«, erwiderte er leise.

»Dann solltet Ihr das Hemd ausziehen.«

Er nickte und kam ihrer Aufforderung nach. An seinen Bewegungen erkannte sie, dass seine Schmerzen größer waren, als er zugeben wollte.

Brida griff nach dem Korb, den Marieke auf dem Schoß hielt, holte die beiden Hemden ihres Vaters heraus, Verbandstoff, Wundsalbe, einen Laib Brot, drei Würste und einen halben Kuchen. Eriks Augen wurden immer größer.

»Es scheint Eure Passion zu sein, mir das Leben zu retten«, stellte er fest. »Vermutlich stehe ich auf ewig in Eurer Schuld, Jungfer Brida.«

Sie senkte verlegen den Blick und machte sich daran, den durchgebluteten Verband zu entfernen. Erik ließ sich nichts anmerken, dennoch spürte sie, wie er zusammenzuckte, als sie die letzten Lagen entfernte, die auf der Wunde hafteten. Die Wundränder waren blutverkrustet, aufgetrieben und gerötet. Sie griff nach der Salbe und trug sie vorsichtig auf. Diesmal zuckte er nicht, aber die Art, wie er sie ansah, machte sie auf unerklärliche Weise verlegen. Sie bemühte sich, möglichst nur auf ihre Arbeit zu achten. Überall an seinem Oberkörper waren die Spuren der Gewalt zu sehen, Prellungen, allmählich aufblühende blaue Flecken.

Als sie fertig war, reichte sie ihm eines der Hemden ihres Vaters. Es war dunkelblau mit einem Schnürkragen. Eines von denen, wie er sie immer auf großer Fahrt getragen hatte. Das Hemd passte Erik, als wäre es für ihn geschneidert worden. Wieder trafen sich ihre Blicke. Und wieder senkte sie die Lider, als wäre sie bei etwas Verbotenem ertappt worden.

»Ihr wolltet erzählen, woran Euch die Mäuse erinnert haben«, sagte sie.

»Das Ungeziefer«, schnaubte Marieke.

Erik lächelte. »Du bist zu streng, Marieke. Als ich das Mäusenest entdeckte, kam mir eine Erinnerung aus meiner Kindheit. Ich muss wohl so neun oder zehn Jahre alt gewesen sein, da fand ich in einer versteckten Ecke unserer Speisekammer ein solches Mäusenest. Die Jungen hatten schon Fell, sahen fast aus wie erwachsene Tiere, nur kleiner. Ich habe eins in die Hand genommen, um damit zu spielen. Als jemand in die Speisekammer kam, habe ich mich versteckt, ich hatte dort nämlich nichts zu suchen. Die Kammer war voll mit Leckereien für den Nachmittag. Es war der Hochzeitstag meines Bruders. Die kleine Maus habe ich unter mein Hemd gesteckt und mitgenommen. Das nächste Bild, an das ich mich erinnere, ist der Augenblick, als sie mir kurz vor der Trauung entwischte. Vor den Augen der Braut, die in lautes Gezeter ausbrach. Mein Bruder hat darüber gelacht, woraufhin sie noch wütender wurde und er beschwichtigend die Hände hob und sagte: ›Elisabeth, es ist doch nur eine kleine Maus. Nur eine kleine Maus.‹ Es hat ziemlich lange gedauert, bis sie sich wieder beruhigte.«

Marieke kicherte, und auch Brida musste schmunzeln.

»Das Seltsame an dieser Erinnerung ist die Tatsache, dass mein Bruder Deutsch mit ihr sprach«, fuhr Erik fort. »Als ich von ihm träumte, rief er mich hingegen auf Dänisch.«

»Ihr habt also schon als Kind beide Sprachen beherrscht?«, fragte Brida.

Erik nickte.

»Und Eure Schwägerin heißt Elisabeth?«

»Ja, da bin ich mir ganz sicher«, antwortete er.

»Claas erzählte uns, dass es in Vordingborg auch wohlhabende Kaufmannsfamilien gebe, deren Heiratspolitik vor dem Krieg bis nach Rostock und Lübeck gerichtet habe. Er äußerte den Verdacht, dass Ihr einer solchen Verbindung entstammen könntet. Das würde erklären, warum Ihr beide Sprachen fließend beherrscht.«

Da war er wieder, dieser nach innen gekehrte Blick, den er immer zeigte, wenn er nach Antworten suchte.

»Das könnte möglich sein«, murmelte er schließlich.

»Könnt Ihr Euch erinnern, wo die Hochzeit Eures Bruders stattfand? Auf dem Gut Eures Großvaters? Oder in einer anderen Stadt?«

Wieder dieser Blick, dann Kopfschütteln.

Schritte vor der Tür. Der Wächter kam, um nach ihnen zu sehen.

»Wollt Ihr noch lange hierbleiben?«, fragte er Brida. »Es wird schon dunkel.« Sein Blick streifte die Köstlichkeiten auf dem Tisch, die Brida aus dem Korb hervorgeholt hatte. Marieke war seinem Blick gefolgt.

»Da lässte man schön die Finger von, sonst gibt's Ärger, haste mich verstanden?«

»Was unterstellst du mir eigentlich?«, empörte sich der Mann. »Ich bin immer korrekt!«

»Na, dann ist ja gut.«

Brida erhob sich.

»Ich versuche, morgen wiederzukommen«, sagte sie zum Abschied. »Und macht Euch keine allzu großen Sorgen. Mein Vater hat versprochen, zu schauen, was er für Euch tun kann.«

»Ihr habt schon mehr als genug getan, Jungfer Brida. Ich danke Euch.« Er schenkte ihr trotz seines zerschlagenen Gesichts ein Lächeln, so voller Wärme, dass ihr ein wohliger Schauer über den Rücken lief. Er war nicht nur äußerlich ein wohlgestalteter Mann. Sein Wesen war ihr noch viel angenehmer. Hastig schüttelte sie ihre plötzliche Unsicherheit ab.

»Bis morgen«, sagte sie und hoffte, dass es stimmte und man sie tatsächlich wieder zu ihm lassen werde.

»Was für 'n Pack«, schimpfte Marieke und schwenkte den leeren Korb wütend hin und her, während sie nach Hause gingen. »Ihn so zuzurichten. Der Seyfried, der soll mir nicht noch mal unter die Augen kommen. Der kriegt's mit der Mistforke, und die ist noch zu gut für ihn.«

Trotz der bedrückten Stimmung musste Brida lachen. Marieke sprach ihre eigenen Gedanken aus.

»Immerhin lebt er, und Vater wird sich drum kümmern, ihn da herauszuholen.«

»Aber wird der Herr Käpt'n das schaffen? Ich mein, wenn's jetzt ums Lösegeld geht?«

Brida antwortete nicht. Genau das war ihre Sorge. Und hatte ihr Vater ihr nicht tags zuvor erklärt, dass sie keine großen Einflussmöglichkeiten mehr hätten, wenn sich erst die große Politik Eriks bemächtigte?

Heilige Maria, Stern des Meeres, betete sie still vor sich hin, beschütze ihn und hilf meinem Vater, Erik aus der ungerechten Gefangenschaft zu lösen. Hilf uns, wie du uns immer geschützt hast, zu Wasser und zu Lande.

✌ 6. Kapitel ✌

Stimmengewirr drang durch das vergitterte Oberlicht in seine Zelle. Händler und Marktschreier feilschten, Frauen tauschten den neuesten Klatsch aus. Schritte, das Rumpeln von Wagenrädern, das Klappern von Pferdehufen. All die Geräusche, die das Leben mit sich brachte. Das Leben …

Erik hatte sich lang auf seiner Pritsche ausgestreckt und lauschte dem Treiben mit geschlossenen Augen. Die Frau, die so lautstark ihre Pasteten anpries, war bestimmt groß und dick. Jedenfalls klang ihre Stimme so. Ganz anders als der Tuchhändler, dessen Verkaufsstand dem Rathaus vermutlich am nächsten lag. Er war wohl eher klein und schmächtig, mit einer Stimme, die für einen Mann eigentlich zu hoch war.

Eine Weile versuchte er, sich die Gesichter zu den Stimmen vorzustellen, bis alles in einem großen Gemurmel unterging.

Eine unruhige Nacht lag hinter ihm. Obwohl er müde war, fand er lange keinen Schlaf. Später wurde er von wirren Traumgespinsten heimgesucht, an die er sich nach dem Erwachen nicht mehr erinnern konnte. Die Wächter hatten bis in die frühen Morgenstunden mit den Würfeln geklappert und dem Wein stärker zugesprochen, als es geraten war, wenn sie ihre Aufgaben pflichtgemäß erfüllen wollten. Immerhin hatten sie ihn in Ruhe gelassen, nur einmal am frühen Morgen wortlos die Tür geöffnet, als ein Knecht kam, um den Eimer für die Notdurft auszuleeren. In dem Moment hatte er sich gefragt, wie es wohl in den anderen Kerkerzellen aussehen mochte. Etwas später brachte ihm einer der Männer frisches Wasser und musterte ihn ganz erstaunt, als er sich dafür bedankte. Vermutlich waren sie von ihren Gefangenen keine

Höflichkeiten gewohnt. Zum Essen hatten sie ihm nichts gebracht, denn der ganze Tisch lag noch voll mit Bridas Gaben.

So fühlte es sich also an, wenn das Schlimmste eingetreten war. Erik atmete tief durch. Eine seltsame Mischung aus Erleichterung und Angst. Aber wovor fürchtete er sich? Es war nicht allein die Furcht, monatelang in dieser Zelle eingesperrt zu sein, nichts tun zu können, als die Wände anzustarren und auf das Treiben oberhalb der Gitter zu lauschen. Obwohl dieser Gedanke erschreckend genug war. Es gab jedoch noch etwas Tieferliegendes, etwas, das er nicht fassen konnte.

Wasser läuft am rauen Mauerstein hinab, an den Wänden hängen Ketten. Es riecht nach Moder, Fäulnis und Angst …

Warum verfolgte ihn dieses Bild? Es heftete sich genauso hartnäckig an seine Seele wie die immer wieder auftauchende Erinnerung an die Frau, die ihn in die Tiefe riss.

Vor dem Oberlicht wurde es lauter. Der Tuchhändler schien mit einer Kundin in Streit geraten zu sein. Oder war es nur ein besonders heftiges Feilschen?

Schritte vor seiner Tür lenkten ihn ab. Der Schlüssel wurde ins Schloss geschoben und umgedreht. Etwas zu schnell richtete Erik sich auf und spürte schmerzhaft seinen Körper. Nicht nur die Wunde in der Brust, sondern auch seine Schultergelenke und die Rippen.

Stadtrat Claas betrat die Zelle. Ob er schon etwas herausgefunden hatte? Nein, dazu war die Zeit zu kurz gewesen.

»Guten Morgen«, begrüßte er Erik.

»Morgen«, erwiderte Erik den Gruß in abgeschwächter Form. Für ihn war dieser Morgen nicht gut.

»Lass uns allein!«, befahl Claas dem Wächter. Der nickte nur und ging.

Der Stadtrat setzte sich auf einen der Schemel, Erik blieb auf der Pritsche sitzen.

»Ich habe mit Brida gesprochen«, begann Claas. »Sie erzählte mir, dass Ihr Euch an den Namen Eurer Schwägerin erinnert habt.«

»Elisabeth«, bestätigte Erik. Darum also ging es. Der Stadtrat brauchte weitere Einzelheiten.

Claas nickte. »So sagte Brida. Sind Euch in der letzten Nacht vielleicht noch weitere Erinnerungen gekommen?«

Draußen zeterte die Frau inzwischen so laut, dass seine letzten Worte in dem Lärm untergingen. Beinahe gleichzeitig blickten beide Männer zum Oberlicht hinauf.

»Ich dachte immer, hier sei es schön ruhig«, bemerkte Claas mit einem ironischen Lächeln.

»Vermutlich nicht an Markttagen«, antwortete Erik, ohne das Lächeln zu erwidern. Er fühlte sich zu elend und zerschlagen, um über seine Lage zu scherzen.

»Also, kommen wir zurück. Laut Brida glaubt Ihr, Elisabeth sei Deutsche.«

»Ja.«

»Was könnt Ihr mir noch über sie berichten?«

»Nichts von Belang.«

»Alles ist von Belang. Also?«

»Sie hat Angst vor Mäusen.«

Claas starrte ihn an, als hätte er sich verhört.

»Ich sagte doch, nichts von Belang«, wiederholte Erik.

»Gestern erschient Ihr mir offener.«

War das ein Vorwurf oder eine Feststellung? Erik versuchte im Gesicht des Stadtrats zu lesen, fand jedoch keine eindeutige Antwort.

»Ich habe Euch alles erzählt, was ich weiß. Wenn ich mehr wüsste, würde ich es Euch mitteilen.« Erik atmete tief durch. »Was wollt Ihr denn noch von mir hören? Ich habe mich gestern daran erinnert, wie ich als Junge eine Maus gefangen habe. Es war der Hochzeitstag meines Bruders, die Maus ist mir vor den Augen der Braut entwischt, und es gab Gezeter.

Mein Bruder lachte, dann beruhigte er sie, nannte sie bei ihrem Namen, Elisabeth, und redete ihr auf Deutsch gut zu. Hilft Euch das weiter?«

»Möglicherweise. Das ist immerhin eine Geschichte, an die man sich erinnert. Wie alt wart Ihr damals?«

»Vielleicht neun oder zehn.«

»Also liegt es etwa fünfzehn Jahre zurück.«

»Das kann gut sein.«

»Hat Brida über meinen Verdacht gesprochen, Ihr könntet möglicherweise eine deutsche Mutter haben?«

»Sie erwähnte, was Ihr über die Kaufleute von Vordingborg berichtet habt.« In Eriks Schädel begann es zu pochen. Ein Schmerz, als wolle ihm jemand die Augäpfel aus den Höhlen pressen.

»Und was denkt Ihr?«

Erik überlegte. In den letzten Tagen waren einige Bilder aufgetaucht, aber keines davon hätte er jemals mit seiner Mutter in Verbindung gebracht. Mutter ... allein das Wort löste nur weißen Nebel aus. So, als hätte er sie niemals gekannt. War sie womöglich verstorben, als er noch klein war?

»Diese Frage kann ich nicht beantworten. Vielleicht ist es so«, sagte er schließlich. »Glaubt Ihr, es wäre mir nützlich, deutsche Angehörige zu haben?«

»Ich will ehrlich sein, Erik. Angehörige Eurer Mutter könnten nicht viel für Euch tun. Wenn Ihr den Namen einer einflussreichen dänischen Familie tragt, wird es in diesen Tagen keinen scheren, ob Ihr auch deutsche Wurzeln habt. Zu viele Deutsche sitzen seit der Schlacht am Sund in dänischer Gefangenschaft und warten auf Auslösung.«

Erik nickte. Er hatte nichts anderes erwartet. Das Pochen im Schädel wurde schlimmer. Wie von selbst glitten seine Finger an die Schläfen und versuchten, den Schmerz wegzudrücken.

»Geht es Euch nicht gut?«, fragte Claas. »Soll ich Brida noch einmal zu Euch schicken?«

Brida. Der Gedanke an sie hatte etwas Tröstliches.

»Das wäre sehr freundlich von Euch.«

Claas erhob sich. »Wenn Euch noch etwas einfällt, sagt den Wachen Bescheid, sie holen mich dann sofort.«

Erik nickte stumm.

»Kann ich sonst noch etwas für Euch tun?«

»Mich hier herausholen.«

»Ich werde mein Bestes tun. Und bis dahin?«

»Eine zweite Decke wäre nicht schlecht. Hier ist es nachts sehr kalt.«

»Sollt Ihr bekommen.«

Die Decke wurde ihm kurz darauf von einem der Wächter gebracht.

»Danke«, sagte Erik, als der Mann sie ihm reichte. Wieder dieser verblüffte Blick. Vermutlich hatten die übrigen Gefangenen keinen Grund, sich für irgendetwas zu bedanken.

Einen Moment lang schien es, als wolle der Wächter noch etwas sagen, aber dann verließ er die Zelle wortlos wie immer.

Ein leises Lächeln huschte über Eriks Lippen. Es war richtig, sich entgegenkommend zu zeigen, keinen Widerstand zu leisten und einfach abzuwarten, was geschah. Wer mochte schon wissen, wie lange seine Gefangenschaft dauern würde? Er konnte es sich nicht leisten, sich die Wächter zu Feinden zu machen.

Irgendwer hatte vor langer Zeit einmal gesagt, Schlachten würden nicht von den stärksten, sondern von den klügsten Mächten für sich entschieden. Die Höflichkeit der Diplomaten sei eine schärfere Waffe als das Schwert. War es sein Vater gewesen? Vater ... Gesicht, Name ... nein, nichts als weißer Nebel.

Und sein eigener Name? Der gleiche Nebel. Verdammt, warum erinnerte er sich an den Namen seines Bruders und seiner Schwägerin, aber nicht an seinen eigenen? Verrückt nur, dass er gar nicht mehr so angestrengt über seinen wirkli-

84

chen Namen nachdachte. Mittlerweile fühlte der Name Erik sich an, als gehöre er ihm tatsächlich. Seltsam, wie schnell alle dabei waren, ihm aus seinen wenigen Erinnerungsfetzen eine neue Geschichte zusammenzustückeln. Der erstbeste Name, der ihm eingefallen war, wurde zu seinem gemacht. Die Erinnerung an seinen Großvater und Vordingborg zu seiner Heimat. Seine Zweisprachigkeit hatte ihm die deutsche Mutter eingetragen. Aber auf jeden Fall war er für alle der Däne. Er bezweifelte nicht, dass es so war, aber eine Unsicherheit blieb. Warum erfüllte ihn der Gedanke an Vordingborg mit einer kaum fassbaren Angst? Was war in Vordingborg geschehen? War er wirklich ein Kaufmann, der sein Schiff im Sturm verloren hatte? Woher stammte dann die Schwertverletzung?

Was, wenn er in Wirklichkeit aus Vordingborg geflohen war?

Wasser läuft am rauen Mauerstein hinab, an den Wänden hängen Ketten. Es riecht nach Moder, Fäulnis und Angst …

Immer wieder dieses verfluchte Bild! War er aus Vordingborg geflohen? Aus einem Kerker etwa? Nein, das war unwahrscheinlich. Dann hätte er die Dokumente, die das persönliche Siegel des dänischen Königs trugen, nicht bei sich gehabt. Aber waren es überhaupt die seinen? Brida hatte sie treibend in der Ostsee gefunden. Vielleicht war es nur ein Zufall. Andererseits, weshalb war ihm dann der Name Erik beim Anblick des Siegels eingefallen? Und für einen Mann, der aus der Kerkerhaft geflohen war, befand sich seine Kleidung in viel zu gutem Zustand.

Dann war da noch die Frau, von der er immer wieder träumte. War sie der Schlüssel zu allem? War er gemeinsam mit ihr geflohen? Aber was war mit ihr geschehen? War sie ertrunken? Oder hatte irgendein Fischerboot sie gerettet? Verdammt, warum hatte er nur kein scharfes Bild vor Augen? Warum konnte er sich weder an ihren Namen noch an seine Gefühle für sie erinnern?

Am Nachmittag kam Brida. Diesmal ohne Marieke.

»Danke, du kannst uns allein lassen«, sagte sie zum Wächter, kaum dass der Eriks Zelle aufgeschlossen hatte.

Der Mann zögerte. »Ihr wollt allein bei ihm bleiben?«

Mit einem Ruck drehte Brida sich um, ihre Augen blitzten. »Selbstverständlich. Was glaubst du denn? Dass er wie ein wildes Tier über mich herfällt? Wenn du nach wilden Tieren suchst, dann wende dich lieber denen zu, die ihn so zugerichtet haben!«

»Ich dachte ja nur …«

»Denk draußen weiter!«, unterbrach Brida ihn ungehalten. »Ich habe keine Geduld für solchen Unfug.«

Der Wächter war klug genug zu wissen, wann es geraten war, den Rückzug anzutreten.

Erik grinste. Welch eine Frau.

Brida sah sein Grinsen, und zu seiner Überraschung errötete sie.

»Ich … äh …«

»Keine Rechtfertigungen für gerechte Worte«, entgegnete er immer noch grinsend. »Ich bewundere Eure Art, Euch durchzusetzen, Jungfer Brida.«

Konnte es sein, dass er sie noch verlegener gemacht hatte? Das lag nun wirklich nicht in seiner Absicht.

»Ich danke Euch, dass Ihr gekommen seid«, sagte er, um die lastende Stille zu durchbrechen. »Bitte setzt Euch doch!«

Sie folgte seiner Aufforderung.

»Claas sagte, Ihr braucht meine Hilfe.«

»Jungfer Brida, ich hätte auch gesagt, dass ich Euch brauche, wenn ich völlig unversehrt wäre.« Er lächelte sie an, und sie errötete abermals. Irgendetwas machte er falsch.

»Also geht es Euch den Umständen entsprechend gut?«, fragte sie leise.

»Den Umständen entsprechend. Aber ich muss mit Euch reden. Sagt, vertraut Ihr dem Stadtrat?«

»Claas? Ja, natürlich. Ich kenne ihn seit meiner Kindheit. Er ist ein aufrechter, anständiger Mann. Hochgeachtet, und auch mein Vater hält große Stücke auf ihn.«

»Das mag sein. Zugleich ist er jedoch eine Amtsperson. Brida, ich möchte Euch etwas fragen, und ich möchte Eure ehrliche Meinung hören. Aber versprecht mir, es nicht an den Stadtrat weiterzugeben. Das müsst Ihr mir überlassen.«

Ihre Augen blitzten überrascht. »Wisst Ihr wieder, wer Ihr seid?«

»Nein, ich weiß nicht mehr als das, was ich Euch gestern erzählte. Aber da gibt es noch etwas. Keine wirkliche Erinnerung, sondern nur ein Gefühl. Werdet Ihr es für Euch behalten?« Er sah sie eindringlich an, und schließlich nickte sie.

»Ich habe mich bislang nur an Bruchstücke erinnert, an nichts von wirklicher Aussagekraft. Aber es hat gereicht, dass Ihr Euch ein Bild von mir gemacht habt. Ihr glaubt, ich sei in Vordingborg zu Hause, möglicherweise das Mitglied einer Kaufmannsfamilie, und mein Schiff sei im Sturm untergegangen.«

»Das ist doch einleuchtend, oder nicht?«, fragte sie.

»Ja, aber da gibt es einige Dinge ...« Er zögerte. Sollte er sich ihr offenbaren? Oder es für sich behalten? Andererseits musste er sich unbedingt mit jemandem austauschen, wenn er nicht verrückt werden wollte. Und wenn er jemandem vertrauen konnte, dann ihr, so, wie sie für ihn eintrat.

»Wie kommt es, dass ich eine Schwertwunde habe? Und nach Eurer Einschätzung habe ich sie mir nicht beim Untergang des Schiffs zugezogen, sondern sie ist mindestens einen Tag älter, oder?«

»So genau kann ich das nicht sagen«, wich Brida aus.

»Angenommen, es wäre so, dann bedeutet es, dass ich vorher verletzt wurde. Ich habe mich an Vordingborg erinnert, aber es gibt einen Unterschied in meinen Gefühlen. Das Vordingborg meiner Kindheit, in dem mein Bruder mich ruft, ist ein anderer Ort als der, den ich verlassen habe.«

Sie starrte ihn verwirrt an. »Was wollt Ihr damit sagen?«

»Der Gedanke an Vordingborg erfüllt mich mit unerklärlichem Grauen. Ich weiß nicht, wovor ich mich fürchte, aber die Angst ist allgegenwärtig. Was, wenn das untergegangene Schiff gar nicht mir gehörte, sondern ich aus Vordingborg geflohen bin?«

Brida wurde blass. »Warum hättet Ihr fliehen sollen?«

»Das weiß ich eben nicht. Zwei Bilder verfolgen mich. Das eine kennt Ihr. Die geheimnisvolle Frau im Wasser. Das andere habe ich Euch bislang verschwiegen.« Er atmete tief durch, dann erzählte er ihr von dem Kerkerbild.

»Aber das ergibt doch keinen Sinn«, wandte Brida ein, nachdem er geendet hatte. »Ihr wart frisch rasiert, und Eure Kleidung sah nicht danach aus, als hättet Ihr in einem Kerker gelegen.«

»Ich weiß. Gerade das macht mich so stutzig. Es gibt Bruchstücke in meinen spärlichen Erinnerungen, die nicht zusammenpassen. Und Gefühle, die ich nicht einordnen kann.«

»Welche Gefühle bringt Ihr der Frau aus Eurem Traum entgegen? Steht sie Euch nahe?«

»Ich weiß es nicht. Über allem lastet die Angst, sie loszulassen. Bin ich mit ihr zusammen geflohen? Wollte ich sie retten? Oder ist sie einfach nur ein Sinnbild für den Verlust? Wenn sie mir wichtig war, müsste ich mich doch an Einzelheiten erinnern, so wie bei meinem Bruder. Und ihr Leichnam müsste längst angespült worden sein, wenn es sie wirklich gab und ich sie losgelassen habe. Es sei denn, irgendwer hätte sie gerettet. Aber wer?«

»Bei dem Sturm war gewiss kein Fischer draußen«, erklärte Brida. »Und weitere Tote wurden nicht angespült.«

Erik nickte.

»Ihr glaubt also«, fuhr Brida fort, »dass Ihr einen Grund

hattet, aus Dänemark zu fliehen? Womöglich mit dieser Frau?«

»Nein … das heißt, ich weiß es nicht.« Ihre Blicke trafen sich, und diesmal errötete sie nicht, sondern sah ihn wieder voller Mitgefühl an. »Brida, ich … ich habe keine Ahnung, was dahintersteckt. Aber ich bin mir ganz sicher, dass es nicht so einfach ist, wie es scheint. Nur kann ich mich niemandem anvertrauen außer Euch. Denn wenn es so ist und ich tatsächlich nicht das harmlose Opfer eines Sturms geworden bin, dann könnte die Rückkehr nach Dänemark für mich unter Umständen tödlich sein.«

Nun war es ausgesprochen. Seine größte Angst, die er sich bis dahin nicht eingestanden hatte.

»Niemand wird Euch zwingen«, flüsterte Brida.

»Brida, es wird niemanden kümmern, was mit mir geschieht, wenn ich nach Dänemark zurückkehre, sofern das Lösegeld stimmt oder irgendein wichtiger Mann gegen mich ausgetauscht werden kann.«

Sie war blass geworden. »Aber wir wissen doch gar nichts.«

»Nein, wir wissen nichts«, wiederholte er leise. »Das ist das Schlimme.« Wieder das Pochen in seinem Schädel, das ihn seit seinem Gespräch mit Claas unablässig quälte. Er presste die Fingerspitzen gegen die Schläfen.

»Ihr habt Schmerzen«, sagte Brida. »Wartet, dagegen kann ich etwas tun. Dreht Euch um.«

Er tat, was sie verlangte, und fragte sich zugleich, was sie wohl gegen das fürchterliche Pochen tun wollte. Dann spürte er ihre Finger zwischen Schulter- und Nackenmuskeln, merkte, wie sie die verspannte Muskulatur knetete. Ein seltsamer Druck, aber er half. Der Schmerz in seinem Kopf ließ nach.

»Besser?«

»Ja. Wie bringt Ihr das zuwege?«

»Harald hat es mir vor vielen Jahren gezeigt«, sagte sie, ohne aufzuhören. »Alles im Körper hängt zusammen, und wenn er sich verspannt, dann steigt der Schmerz entweder in den Kopf oder in den Unterleib.«

»Kann es sein, dass ich gerade den Verstand verliere?«, fragte Erik, während er sich ihren heilenden Händen ganz überließ und merkte, wie der Schmerz im Schädel immer schwächer wurde. »Dass ich nicht mehr unterscheiden kann, was Wirklichkeit ist und was Albtraum?«

»Es tut Euch nicht gut, in diesem Gefängnis zu sitzen. Vater versucht alles, Euch hier herauszuholen. Aber er braucht noch etwas Zeit.«

»Wie will er das schaffen?«

»Er wird für Euch bürgen.«

»Bürgen? Aber er kennt mich doch gar nicht.«

»Muss man den Namen eines Menschen wissen, um ihn zu kennen?«

Er spürte ihren Atem im Nacken, während ihre Hände ihn weiter massierten und den letzten Schmerz vertrieben.

»Womit habe ich Eure Fürsorge verdient, Brida?«

»Heißt es nicht in der Heiligen Schrift: Was ihr dem geringsten meiner Brüder tut, das habt ihr mir getan?«

Sie ließ ihn los.

»Jetzt müsste es gut sein, oder?«

»Ich hätte es noch länger ausgehalten.« Er wandte sich um und schenkte ihr ein Lächeln. »Wie kommt es, dass Ihr und Euer Vater Euch viel mehr um die Gebote der christlichen Nächstenliebe kümmert als der Pfarrer?«

»Vielleicht weil wir viel mehr erlebt und gesehen haben«, antwortete sie. »Vielleicht weil mein Vater sich einmal in einer ähnlichen Lage befand wie Ihr.«

»Was meint Ihr damit?«

»Es war lange vor meiner Geburt, er war etwa in Eurem Alter, da verlor auch er ein Schiff. Es war im Mittelmeer. Er wurde an einer Küste angespült, die er nicht kannte. Von Leuten gefunden, deren Sprache er nicht verstand. Dort war es noch üblich, dass alles, was das Meer hergab, den Findern gehörte. Sogar der Leib des Schiffbrüchigen. Aber mein Vater hatte Glück. Der Mann, der ihn fand, war das Oberhaupt des Dorfs, und er stellte meinen Vater unter seinen Schutz. Dennoch dauerte es über ein Jahr, bis es Vater gelang, einen Weg zurück nach Hause zu finden, denn er war im maurischen Teil Spaniens gestrandet. Er lernte Menschen kennen, die man hier fürchtet und verachtet, weil sie keine Christen sind. Und doch fand er unter ihnen genauso viele aufrechte Leute wie anderswo auf der Welt. Und auch genauso viele Schurken. Ich habe meinen Vater immer als jemanden gekannt, der ins Herz der Menschen blickt, ganz unabhängig von Stand und Herkunft. Er hat auch in Euer Herz geblickt, Erik. Deshalb will er für Euch bürgen.«

»Und wenn ich es nicht wert bin?«

»Diese Frage würde nur jemand stellen, der es wert ist.«

»Ich habe Euch von den Ungereimtheiten in meinen Erinnerungen erzählt, Brida. Was ist, wenn ich tatsächlich nur ein Flüchtling bin?«

»Das ändert nichts daran, dass wir Euch als aufrechten, anständigen Mann kennen.«

Ihre Bereitschaft, zu ihm zu stehen, rührte ihn auf seltsame Weise an.

»Brida, ich habe Euch gebeten, dem Stadtrat nichts zu sagen. Ich möchte Euch auch weiterhin darum bitten. Aber Ihr solltet es Eurem Vater erzählen. Ich will nicht, dass er unter falschen Voraussetzungen irgendetwas für mich tut. Vielleicht habe ich eine verwerfliche Tat begangen, die mich zur Flucht zwang.«

»Der Gedanke quält Euch? Hört auf damit! Woher wollt Ihr wissen, dass die düsteren Erinnerungen mit Eurer Gegenwart zu tun haben? Vielleicht habt Ihr vor vielen Jahren einmal einen Kerker betreten, aus welchem Grund auch immer. Beziehen sich nicht die meisten der Erinnerungen, die Ihr noch habt, auf Eure Kindheit? Könnte es nicht sein, dass Ihr als Junge heimlich an einen verbotenen Ort geklettert seid und dort Dinge gehört und gesehen habt, die nicht gut für ein Kind sind?«

Er schluckte. Auf diesen Gedanken war er noch gar nicht gekommen.

»Aber wie wurde ich dann verwundet?«

»Wer kann das wissen? Es gäbe viele Möglichkeiten, und die meisten wären ehrenhaft.«

Die Tür klappte. Der Wächter stand vor ihnen.

»Ihr seid schon sehr lange bei dem Gefangenen«, sagte der Mann zu Brida. »Es wird Zeit, dass Ihr geht.«

Für einen Moment befürchtete Erik, Brida werde aufbrausen, stattdessen nickte sie nur.

»Lebt wohl, Erik. Ich will mich bemühen, so bald wie möglich wieder nach Euch zu sehen.«

»Ich danke Euch, Jungfer Brida.«

In dieser Nacht klapperten wieder die Würfel. Die Wächter lachten und tauschten deftige Zoten aus. Am Ende der Nacht hatte Erik den Eindruck, alle ihre Eroberungen zu kennen, und fragte sich, wie viele davon wohl erfunden waren. Vermutlich die meisten.

In den nächsten Tagen waren die Wächter die einzigen Menschen, die er sah. Keiner sprach mit ihm, alles geschah wortlos.

Anfangs hatte er tagsüber viel geschlafen und sich langsam erholt. Aber je kräftiger er wurde, umso mehr machte ihm die Enge seiner Zelle zu schaffen. Drei Schritte in der Breite, vier in der Länge. Das Gitter des Oberlichts war so hoch, dass er es nur mit ausgestreckten Armen erreichen konnte, wenn er sich auf einen der Schemel stellte. Er versuchte, die Gitterstäbe zu packen und sich daran hochzuziehen. Der Blick nach draußen war nicht sonderlich unterhaltsam. Unmittelbar vor dem Oberlicht ragte ein steinerner Pfosten mit einem Eisenring auf, an dem Pferde angebunden werden konnten. Dennoch gewöhnte er es sich an, sich mehrmals täglich dort hinaufzuziehen, immer darauf bedacht, dass die Wächter sein Treiben nicht bemerkten. Das war nicht sonderlich schwer, denn sie ließen sich nur zweimal am Tag blicken. Morgens, wenn der Eimer geleert wurde, und um die Mittagszeit, wenn sie ihm sein Essen brachten.

Immerhin konnte er über die Verpflegung nicht klagen, aber das verdankte er nicht den Wächtern, sondern Brida, die ihm regelmäßig einen Korb mit nahrhaften Speisen schicken ließ. Das waren die einzigen Gelegenheiten, bei denen die Wächter das Wort an ihn richteten. Wenn sie ihm sagten, wer ihm die Lebensmittel geschickt hatte. Vermutlich hätten Brida und Marieke ihnen sonst die Hölle heiß gemacht.

Irgendwann verlor er das Gefühl für die Zeit. Tage verstrichen im steten Einerlei. Jedes Mal, wenn er Schritte hörte, hoffte und fürchtete er zugleich, es könne der Stadtrat sein, der Neuigkeiten bringe. Aber es waren immer nur die Wächter.

Ob man ihn vergessen hatte? Nein, dann hätte Brida ihm nicht regelmäßig Essen ins Gefängnis geschickt. Schade, dass sie es ihm nicht selbst bringen durfte. Oder wenigstens Marieke.

Wenn er gerade nicht schlief oder sich am Oberlicht hochzog, um nach draußen zu schauen und seine Armmuskeln zu kräftigen, beobachtete er die Mäuse in seiner Zelle. Er wusste recht bald, wo sie ihre Verstecke hatten, und bewunderte ihre Geschicklichkeit, mit der sie an den rauen Wänden hinauf- und hinabkletterten. Er legte Brotkrumen vor den Mäuselöchern aus und wartete ab, bis sie kamen. Manche waren vorsichtig und ängstlich, andere vorwitzig genug, sich ganz in seine Nähe zu wagen. Oft saß er stundenlang still, ein Stückchen Brot in der ausgestreckten Hand. Tatsächlich schlich sich eins der Tiere immer weiter vor, bis es schließlich den Mut fand, die Vorderfüßchen auf seine Hand zu stellen, um sich dann blitzschnell die Brotkrume zu schnappen. Er lachte über sich selbst, weil es ihm ein seltenes Triumphgefühl verlieh, die Maus durch seine stundenlange Geduld anzulocken.

Es blieb sein einziger Triumph in all der Düsternis, die ihn umfing.

Er hatte gehofft, dass er sich mit der Zeit an weitere Einzelheiten erinnern werde, aber sein Gedächtnis blieb wie leer gefegt. Ob es daran lag, dass er tagein, tagaus nur die grauen Wände seiner Zelle betrachtete? Die wenigen Bruchstücke seiner Erinnerung waren ihm immer dann gekommen, wenn er etwas gesehen hatte, das früheren Begebenheiten glich. Er träumte auch nicht mehr von seiner Vergangenheit. Nur die geheimnisvolle Frau, die ihn in die Tiefe zog, verfolgte ihn noch immer.

Irgendwann verlor er die Geduld, stundenlang die Mäuse zu beobachten. Sein Körper sehnte sich nach Bewegung. Immer wieder lief er die drei mal vier Schritte ab. Aber es nützte nichts. Seine innere Anspannung wurde nur größer. Am liebsten hätte er gegen die Tür getreten, geschrien und getobt, aber er nahm sich zusammen. Nur nicht auffallen. Nur nicht den Ärger der Wächter auf sich ziehen. Das hätte alles verschlimmert.

Ein neuer Markttag zog ins Land. Der Tuchhändler stritt mit einer Kundin. Wie jedes Mal. Der Lärm war inzwischen zu einer angenehmen Abwechslung geworden.

Seit drei Wochen saß er nun schon in dieser Zelle. Schon? Was war das schon? Nichts, verglichen mit der Zeit, die ihm womöglich noch bevorstand. Warum meldete der Stadtrat sich nicht endlich? Wusste er immer noch nicht, wohin er gehörte? Oder war er schon in Verhandlungen getreten? Und was war mit Bridas Vater? Hatte man seine Bürgschaft abgelehnt?

Schritte vor der Tür. Der Schlüssel wurde ins Schloss gesteckt. Erik sprang auf. Es war nicht die übliche Zeit, zu der die Wächter kamen.

»Guten Morgen, Erik.« Der Stadtrat stand vor ihm.

Erik merkte, wie er unruhig wurde. Seine Hände zitterten. Er verschränkte sie hinter dem Rücken. Nur keine Schwäche zeigen.

»Ich hoffe, dass der Morgen gut ist«, antwortete er.

»Ich denke schon«, versicherte ihm Claas.

»Dann habt Ihr inzwischen herausgefunden, wer ich bin?« Die Unruhe hatte mittlerweile seinen ganzen Körper ergriffen. Verdammt, warum fiel es ihm so schwer, sich zusammenzureißen?

»Das nicht«, antwortete Claas. »In diesen Zeiten ist es schwierig, unauffällig Erkundigungen einzuziehen. Aber der Rat der Stadt hat dem Ersuchen von Kapitän Hinrich stattgegeben, dass der Käpt'n für Euch bürgen darf. Das heißt, Ihr könnt unter seiner Obhut in seinem Haus abwarten, bis sich alles geklärt hat.«

Erik brauchte eine Weile, bis er begriff.

»Das heißt, ich werde aus dem Gefängnis entlassen?«

»Das heißt es.« Der Stadtrat lächelte ihm aufmunternd zu.

»Ich danke Euch!«

»Dankt Kapitän Hinrich. Ihr solltet auch wissen, was die Bürgschaft bedeutet. Hinrich wollte zwar nicht, dass ich Euch darüber in Kenntnis setze, aber ich halte es für meine Pflicht, es doch zu tun.« Claas' Gesicht war ernst geworden. »Er hat sich dafür verbürgt, dass Ihr nicht flieht, sondern bis zum Abschluss der Verhandlungen bei ihm bleibt. Er hat seinen Anteil an der *Adela* als Pfand eingesetzt. Solltet Ihr fliehen, verliert er sein Schiff und damit seinen Lebensunterhalt.«

»Das hat er getan?« Erik starrte Claas fassungslos an. Hatte Brida ihrem Vater etwa nichts von seinen Sorgen erzählt? Warum ging der Kapitän ein solches Risiko ein?

»Er muss große Stücke auf Euch halten«, bestätigte Claas. »Und nun kommt, er wartet oben vor dem Ratssaal. Der Entschluss wurde gerade erst gefasst, und ich wollte es mir nicht nehmen lassen, es Euch als Erster zu verkünden.«

Hinrich empfing ihn mit seinem unverkennbaren Lächeln, väterlich und fürsorglich, aber auch ein bisschen verschmitzt.

»Na, dann kommt mal mit«, sagte er und legte ihm eine Hand auf die Schulter.

»Danke«, sagte Erik leise. Es hätte überschwänglicher Worte bedurft, um seine Dankbarkeit auszudrücken, aber in diesem Moment versagte ihm fast die Stimme. Trotzdem schien Hinrich seine Gefühle genau zu spüren und klopfte ihm noch einmal aufmunternd auf die Schulter.

Zum ersten Mal seit drei Wochen wieder den Himmel sehen. Erik atmete tief durch. Es war Mai geworden, überall blühte und grünte es. Die Farben auf dem Markt blendeten ihn. Der Tuchhändler war gar nicht klein und schmächtig, sondern groß und dürr.

»Der Stadtrat hat mir erklärt, was die Bürgschaft bedeutet«, sagte er, nachdem sie den Markt hinter sich gelassen hatten und auf dem Weg zu Hinrichs Haus waren.

»Hat er das?« Der Kapitän runzelte die Stirn. »Ich wollt's eigentlich nicht.«

»Warum riskiert Ihr Euer Auskommen, um mir zu helfen?«, fragte Erik. »Hat Brida Euch nichts von meinen Befürchtungen erzählt? Dass ich womöglich gar nicht der bin, für den Ihr mich haltet?«

»Riskiere ich es? Werdet Ihr davonlaufen?«

»Nein, natürlich nicht.«

»Na also.«

»Aber das beantwortet nicht meine Frage.«

Hinrich blieb stehen. »Wie lange hättet Ihr es in der Enge

der Zelle noch ausgehalten? Ich meine, ohne gegen die Tür zu treten oder Euch die Fingerknöchel an den Wänden blutig zu schlagen? Noch eine Woche? Zwei Wochen? Vielleicht sogar einen Monat?«

»Woher wisst Ihr …« Er brach ab, denn er erinnerte sich an Bridas Worte.

»Ihr habt es selbst erlebt, nicht wahr?«

»Ja. In einer Welt, deren Sprache mir unbekannt war und in der ich nicht begriff, dass es eigentlich zu meinem Schutz geschah. Das erfuhr ich erst viel später, als ich gelernt hatte, die Menschen zu verstehen.«

»Brida erzählte mir davon. Ihr befandet Euch unter Mauren.«

Hinrich nickte. »Nur sind wir hier nicht unter Mauren, und es gibt keinen Grund, Euch einzusperren. Leider hat es gedauert, dem Rat dies klarzumachen. Man wollte erst abwarten, was Claas über Eure Herkunft erfährt.«

»Aber er hat nichts erfahren.«

»Nein, noch nicht.«

»Nicht einmal einen Verdacht?«

»Zumindest nichts, das er mir mitgeteilt hätte. Was ist mit Euch, Erik? Habt Ihr Euch an etwas Neues erinnert?«

Erik schüttelte den Kopf. »Nichts. Es war, als würden die Wände der Zelle mich erdrücken und alle Gedanken in mir absterben.« Er holte tief Luft. »Wisst Ihr, was das Schlimmste war? Ich konnte nicht einmal Zuflucht in alten Erinnerungen finden, mich nicht fortträumen. Weil es da nur diese Leere gab. Und die Dinge, an die ich mich erinnerte, waren nicht geeignet, mir Vertrauen einzuflößen.«

»Es ist vorbei«, sagte Hinrich. »Ganz gleich, was Claas herausfindet, wir werden einen gangbaren Weg für Euch finden.«

»Was ist, wenn ich wirklich aus Vordingborg geflohen bin?«

»Claas sucht nach Eurer Familie, nicht nach möglichen Verfolgern. Hört auf, Euch derartige Sorgen zu machen. Wenn man zu lange eingesperrt ist, kommen einem die unsinnigsten Gedanken und erfüllen die Seele mit Schrecken. Bei Tageslicht betrachtet ist alles halb so schlimm.«

Die Art, wie Hinrich mit ihm sprach, nahm ihm tatsächlich einen Teil seiner Sorgen, wenn auch nicht die letzte Furcht. Die frisch verheilte Schwertwunde in seiner Brust war keine Einbildung.

7. Kapitel

Na, fühlt Ihr Euch jetzt wieder menschlich?«, fragte Hinrich, als Erik in die gute Stube kam.

»Das kann man wohl sagen.« Erik fuhr sich mit den Fingern durch die noch feuchten Haare, bevor er am Kamin Platz nahm.

Brida war erleichtert, dass ein Bad, frische Kleidung und eine Rasur genügt hatten, ihm sein altes Selbstbewusstsein zurückzugeben. Sein Anblick nach der Freilassung hatte sie erschüttert. Es war nicht der ungepflegte Vollbart, durch den sein Gesicht seltsam fremd wirkte. Auch nicht die streng riechende Kleidung, die er dringend zu wechseln wünschte. All das kannte sie von den Männern auf See.

Es waren seine Augen. Dieser gehetzte, angespannte Blick, wie ein Raubtier, das in die Enge getrieben wird und gleich zubeißen könnte. Zudem fiel ihr auf, dass seine Hände zitterten. Er versuchte es zu verbergen, verschränkte sie hinter dem Rücken, als er ihren Blick bemerkte, aber gerade das machte es für sie noch schlimmer.

Jetzt lagen seine Hände ruhig auf den Armlehnen des Stuhls, und sein Blick war wieder klar.

»In den nächsten Tagen erwarten wir die *Adela*«, sagte Hinrich. »Ich denk, es wär gut, wenn Ihr Käpt'n Cunard kennenlernt. Der Mann ist weit herumgekommen, vielleicht hat er das eine oder andere aufgeschnappt, das uns nützlich sein könnte.«

»Was meint Ihr damit?«, fragte Erik.

»Euer Schiff wird ein Ziel gehabt haben. Irgendwer wird's vermissen, was meint Ihr?«

»Ihr glaubt immer noch, es sei mein Schiff? Was, wenn ich nur als Reisender an Bord war?«

»Das scheint ja 'ne fixe Idee von Euch geworden zu sein.«

»Ist es so abwegig?«

»Ihr hattet Handelsabschlüsse dabei, die das private Siegel des dänischen Königs trugen.«

»Woher wissen wir, ob es tatsächlich Handelsabschlüsse waren? Es ließen sich nur noch vier Worte erkennen«, stieß Erik hervor.

Brida wunderte sich, wie gereizt seine Stimme klang.

»Irgendetwas passt nicht zusammen!« Er wurde noch lauter. »Wir haben nur eine Möglichkeit in Erwägung gezogen. Die einfachste. Was aber, wenn es genau andersherum ist?«

»Was meint Ihr damit?«

»Claas konnte sich vorstellen, dass ich eine deutsche Mutter habe. Es sei in Vordingborg früher nicht ungewöhnlich gewesen, in Lübecker Patrizierfamilien einzuheiraten. Allerdings würden mir deutsche Verwandte derzeit nichts nützen, sofern ich den Namen einer einflussreichen dänischen Familie trage. Wenn aber meine Mutter Dänin ist? Wenn es der Hof ihres Vaters ist, an den ich mich erinnere? Wenn mein Vater aus Lübeck stammt? Dann wäre ich für die Dänen ein Deutscher.«

Es war so still geworden, dass Brida nur das Prasseln des Feuers und das Knacken der Holzscheite im Kamin hörte.

»Was hättet Ihr dann in Vordingborg gewollt?«, fragte sie.

»Vielleicht hat es mit dieser Frau zu tun, von der ich immer wieder träume. Vielleicht bin ich ihretwegen zurückgekommen.«

»Aber Ihr habt immer noch keine Erinnerungen, wer sie sein könnte.« Hinrich sah ihn aufmerksam an.

»Nein, überhaupt keine. Ich weiß nur, dass etwas Furchtbares geschehen wird, wenn ich sie loslasse. Aber der Traum endet jedes Mal, bevor es geschieht. Ich weiß nicht, ob ich sie losgelassen habe.«

»Und die Dokumente mit dem königlichen Siegel?«, fragte Brida. »Wie passen sie dazu?«

Erik schüttelte den Kopf. »Ich weiß es nicht.« Seine Stimme war leise geworden. Er zeigte wieder diesen nach innen gerichteten Blick, und zum ersten Mal fragte Brida sich, welch ein Mensch er wohl wäre, wenn er sein Gedächtnis nicht verloren hätte. Sie würde ihn gewiss immer noch mögen, aber hinter seiner Freundlichkeit, seinem angenehmen Wesen gäbe es noch einen anderen Erik. Erst jetzt wurde ihr bewusst, wie geschickt er Seyfried und den zweiten Angreifer vor dem Wirtshaus *Zur Seejungfrau* niedergeschlagen hatte. Da hatte es kein Zögern, keine Schwäche gegeben, obwohl er sich wenig später kaum mehr auf den Beinen hatte halten können. Das war auch keine gewöhnliche Schlägerei wie unter Seeleuten gewesen. Trotz seines angeschlagenen Zustands hatte Erik die beiden Angreifer schnell und gezielt unschädlich gemacht. Wie ein Mann, der jahrelange Erfahrung im Kampf hat. Aber bis auf die frische Schwertwunde war sein Körper unversehrt. Keine einzige Narbe, die auf frühere Kämpfe und Verletzungen hinwies.

»Die *Adela* läuft regelmäßig Lübeck an«, hörte sie ihren Vater sagen. »Ein Grund mehr für Euch, Cunard kennenzulernen.«

Erik nickte stumm. Während Brida ihn so ansah, gewann sie immer mehr den Eindruck, dass sich irgendetwas verändert hatte. Er war nicht wirklich laut geworden, nur ungeduldig und gereizt. Bei den meisten Männern wäre es ihr vermutlich nicht einmal aufgefallen. Aber für Erik war dieses Verhalten ungewöhnlich. Seine ruhige, gelassene Art hatte ihr gefallen. Nun, vermutlich war es nicht anders zu erwarten, dass ein Mann nach drei Wochen in einer engen Zelle leicht reizbar war.

Am nächsten Tag sah sie ihn erst am Vormittag. Er hatte lange geschlafen, und es war ihm sichtlich unangenehm, dass er erst so spät erwacht war.

»Es tut mir leid«, versuchte er sich zu entschuldigen, als er in die Küche kam.»Ich muss erst wieder mein Gleichmaß finden.«

»Ihr könnt so lange schlafen, wie Ihr wollt, niemand wird Euch einen Vorwurf machen«, entgegnete Brida.

»Ihr seid sehr gütig.«

»Und Ihr sprecht, als wären wir am königlichen Hof.« Brida lachte.»Ich bin also gütig. Wie das klingt!«

»Na, dann setzt Euch mal«, sagte Marieke und stellte ihm trotz der fortgeschrittenen Stunde das Frühstück auf den Tisch.»Wahrscheinlich hat Euch das Sonnenlicht für Euer Gleichmaß gefehlt.«

»Nein«, entgegnete Erik, während er Mariekes Aufforderung folgte.»Durch das Oberlicht fiel genügend Sonne herein. Aber die Wächter haben immer bis in die frühen Morgenstunden gewürfelt und gezecht, als wären sie in einer Wirtsstube. Ich bin meist erst eingeschlafen, wenn die morgendliche Ablösung kam.«

»Na, das kann ich mir vorstellen. Faules Pack, ich hab's geahnt«, wetterte Marieke.»Sitzen nur rum, würfeln, fressen und saufen.«

»So ungefähr.« Erik grinste und schnitt sich eine Scheibe Brot ab. Immerhin, er konnte schon wieder darüber lachen. Vermutlich wäre er in einigen Tagen wieder ganz der Alte. Jedenfalls hoffte Brida dies inständig.

Hans kam in die Küche gelaufen. Mit einer Miene, finster wie die Nacht. Brida sah, dass der Fünfjährige tapfer gegen die Tränen ankämpfte.

»Was ist denn los?«, fragte sie ihn und beugte sich zu ihm hinunter.

»Der Peter hat mich weggejagt.« Er wischte sich mit dem Handrücken übers Gesicht und hinterließ eine Schmutzspur.

»Warum hat Peter dich weggejagt?« Brida griff nach einem

sauberen Lappen und wischte ihm das Gesicht ab. Hans zog unwillig den Kopf weg.

»Ich bin zu klein, sagt er. Dabei hat er versprochen, mir 'ne Weidenflöte zu schnitzen.«

»Und dann hält er seine Versprechen nicht?«, hörte sie Erik fragen. »Das ist nicht ehrenhaft.«

»Peter ist doch auch erst sieben«, warf Brida ein.

»Alt genug, um ein Versprechen zu halten. Soll ich dir zeigen, wie man eine Weidenflöte schnitzt, Hans?«

Die Augen des Jungen leuchteten. »Au ja. Zeigst du's mir gleich, Erik?«

»Wenn Marieke ein scharfes Messer entbehren kann.« Er schob sein Frühstück beiseite und stand auf.

Marieke hielt ihm eines hin.

»Das ist zu groß«, wehrte er ab. »Wir wollen ja nicht losgehen und einer Horde Schurken die Köpfe abschneiden.«

Hans lachte, und Marieke gab Erik ein kleineres Messer. Er reichte es weiter an Hans.

»So, und nun lass uns in den Garten gehen. Aber pass auf deine Finger auf.«

Brida blickte ihnen durch das Küchenfenster nach. Eriks Fürsorge für den kleinen Hans erfüllte sie mit stiller Freude. Das war wieder der alte Erik, den sie schätzte.

Hans lief voran zur alten Weide vor dem Haus, sprang hoch, um einen Zweig herunterzuziehen und abzuschneiden. Erik kam langsam nach, hielt den Zweig fest und zeigte dem Jungen, wie er es machen musste.

»Er kann gut mit Kindern umgehen, was, Fräulein Brida?« Marieke hatte sich neben Brida ans Fenster gestellt.

»Ja, das kann er«, bestätigte sie. Erik erklärte Hans gerade, wie er die Rinde weich klopfen müsse, um sie vom Holz zu lösen.

Ein Mann näherte sich dem Haus. Brida hatte ihn noch nie gesehen. Er trug die einfache Kleidung der Seeleute, ein geflicktes Hemd und eine schlichte dunkle Hose. Die Schuhe wirkten schon recht abgetragen.

»Ist dies das Haus von Kapitän Hinrich Dührsen?«

»Ja«, antwortete Erik kurz, ohne sich dem Mann zuzuwenden. Seine Aufmerksamkeit gehörte Hans. »So, nun musst du das Holz ganz vorsichtig aus der Rinde ziehen. Aber so, dass sie nicht einreißt, ja?«

»Du bist doch der, der sein Gedächtnis verloren hat, oder?«, rief der Fremde. Jetzt drehte Erik sich ganz zu ihm herum.

»Was willst du von mir?«

»Ich glaub, ich kenn dich.«

Brida spürte, wie Marieke sie vor Aufregung in den Arm kniff. Wenn das stimmte! Es wäre zu schön!

Der Fremde betrat den Vorgarten und ging auf Erik zu. Sie sah, wie Erik den Mann musterte. Er versuchte, sich an irgendetwas zu erinnern, aber sie war sich sicher, dass er nur wieder Leere in sich spürte. Auf einmal ging alles ganz schnell. Brida sah kaum das helle Blitzen der Klinge, die der Fremde plötzlich in der Hand hielt. Ein schneller Sprung vorwärts, geradewegs auf Erik zu. Mariekes Schrei übertönte ihren eigenen. Erik handelte ohne Schrecksekunde, packte die Waffe des Mannes und drehte sie. Ein grauenvoller Schrei, dann sackte der Fremde zusammen. Sein eigenes Messer steckte ihm bis zum Heft in der Brust.

Brida rannte nach draußen. Hans stand blass neben der Weide, in einer Hand immer noch die halb fertige Flöte. Erik hatte sich über den Toten gebeugt und starrte ihm ins Gesicht.

»Wer war das?«, fragte Brida. »Warum wollte er Euch töten?«

»Ich weiß es nicht«, flüsterte er.

Aus den Augenwinkeln sah sie, wie Marieke zu Hans lief und ihn in die Arme nahm.

Plötzlich stand Bridas Vater neben ihnen. Hatte er auch alles beobachtet? Sie suchte seinen Blick. Der Ausdruck in seinen

Augen erschreckte sie noch mehr als das, was sie eben gesehen hatte.

»So kämpft kein Kaufmann«, sagte er mit einem Seitenblick auf Erik. »So kämpft nur jemand, der das Töten gelernt hat.«

Erik richtete sich auf.

»Er hat mich angegriffen. Ich hatte keine Wahl.«

»Nein, die hattet Ihr nicht«, bestätigte der Kapitän. »Aber allmählich glaube ich, dass Ihr recht habt. Ihr seid kein gewöhnlicher Kaufmann, der einfach nur Pech hatte.«

»Ich habe nie versucht, Euch etwas vorzumachen.«

Hinrich nickte. »Das ist wahr. Ich werde den Überfall am besten gleich selbst bei der Stadtwache melden. Ihr solltet ins Haus gehen.«

»Werdet Ihr Eure Bürgschaft für mich zurücknehmen?«

Brida sah die Unsicherheit in Eriks Augen. Oder war es Furcht?

»Warum sollte ich? Wie Ihr schon sagtet, Ihr hattet keine andere Wahl. Ich frag mich nur …«

»Was fragt Ihr Euch?« Eriks Hände fingen wieder an zu zittern.

»Was unser lieber Pfarrer sagen wird, wenn er von der Sache hört. Der ist Euch ja weiß Gott nicht wohlgesinnt. Hat mir tagelang in den Ohren gelegen und versucht, mir die Bürgschaft auszureden. Na, wir werden auch das überstehen.« Er klopfte Erik aufmunternd auf die Schulter, dann ging er in Richtung Rathaus.

Ausgerechnet der kleine Hans war der Erste, der sich von dem Schrecken erholte.

»Das war toll, wie du den Schurken besiegt hast!«, rief er, als sie wieder in der Küche saßen. »Bringst du mir das bei, Erik?«

»Hans!«, empörte sich Marieke.

»Lass ihn«, sagte Erik leise. »Er weiß es noch nicht besser.« Dann wandte er sich dem Jungen zu. »Komm her zu mir.«

105

Sofort war Hans bei ihm. Erik hob ihn auf den Schoß.

»Weißt du noch, wie wir gegen den schwarzen Ritter gekämpft haben?«

Hans nickte eifrig. »Wir haben gewonnen, und am Schluss war er tot.«

»Richtig. Und wo ist er jetzt?«

»Bei Großmutter in meiner Kammer.«

»Du kannst ihn also zurückholen, und wir könnten wieder gegen ihn kämpfen.«

»Soll ich ihn holen?«

»Nein. Aber du könntest es. Und dann würde er wieder leben, und wir könnten abermals gegen ihn kämpfen und gewinnen.«

Wieder nickte Hans.

»Der Mann da draußen wird sich nie wieder erheben, Hans. Er ist tot. Für immer. Und jetzt steht er vor dem himmlischen Richter und muss sich verantworten für alle seine Taten. Und er hatte keinen Priester an seiner Seite, der ihm die Absolution erteilte. Er starb, als er Böses zu tun versuchte. Und er zwang mich, auch etwas Böses zu tun. Ihn zu töten, damit er nicht mich tötet. Darin liegt nichts Gutes, Hans. Und das solltest du nicht früh lernen.«

»Aber …«, wollte der Junge widersprechen, doch Erik fuhr ihm über den Mund.

»Nein, Hans. Das ist kein Spiel. Frag mich nie wieder danach, hast du verstanden?«

Ein bestimmter Klang in Eriks Stimme brachte den Jungen zum Verstummen. Er war nicht eingeschüchtert, aber auf eine Weise betroffen, die Brida noch nie bei diesem lebhaften Kind gesehen hatte.

In der Diele waren die Schritte und die Stimmen mehrerer Männer zu hören. Erik setzte Hans ab und erhob sich. Brida sah die Anspannung, die ihn ergriffen hatte. Er fürchtete, dass man ihn wieder einsperren würde. Aber da lag noch etwas anderes in seinem Blick. Entschlossenheit. Er würde gewiss nicht freiwillig mitgehen.

Ihr Vater betrat die Küche, gefolgt von Claas und Willem, dem Hauptmann der Stadtwache. Erik stand stocksteif neben dem Tisch.

»Marieke, geh doch mit Hans nach draußen«, sagte Hinrich. »Wir andern wollen uns ein bisschen unterhalten.« Dann setzte er sich an den Tisch und wies die Übrigen an, es ihm gleichzutun. Erik zögerte kurz, dann setzte er sich auch.

»Das ist Hauptmann Willem von der Stadtwache«, stellte Hinrich Erik seinen Begleiter vor. Erik sagte noch immer kein Wort. Seine Hände ruhten unsichtbar unter dem Tisch.

»Ihr wurdet angegriffen, wie ich hörte?«, fragte Willem.

»Ja«, bestätigte Erik knapp.

»Ich habe mir den Toten angesehen. Der ist nicht von hier. Kanntet Ihr ihn?«

»Nein. Oder zumindest kann ich mich nicht an ihn erinnern.«

Erik legte die Hände auf den Tisch. Zu Bridas Erleichterung waren sie vollkommen ruhig.

»Könnte es sein, dass Ihr Feinde habt?«, fragte Claas weiter. »Hatte der Mann möglicherweise schon länger Händel mit Euch?«

»Das ist nicht auszuschließen«, antwortete Erik. »Aber ich halte es für unwahrscheinlich.«

»Warum?«

»Ich weiß selbst nicht, wer ich bin. Wie hätte einer meiner Feinde wissen können, wo ich zu finden bin?«

»Die Begründung ist nicht von der Hand zu weisen«, räumte Willem ein. »Was denkt Ihr, warum der Mann Euch töten wollte?«

»Ich …« Eriks weitere Worte erstarben im Lärm auf der Diele.

»Sodom und Gomorrha! Ich habe es gewusst!« Pfarrer Clemens stürzte in die Küche herein. »Hinrich, ich habe dich gewarnt! Dieser Mann bringt dir nichts als Unglück!«

Brida sah, wie Eriks Körper sich erneut anspannte.

»Willem, ich bestehe darauf, dass Ihr diesen Mann erneut in Gewahrsam nehmt. Er ist eine Gefahr für uns alle. Kaum gewährt man ihm die kleinste Gnade, da sticht er munter drauflos, wie es die Dänen zu tun pflegen. Hinrich kann die Verantwortung für ihn nicht länger tragen.«

»Was ich tragen kann, hast du nicht zu entscheiden!« Hinrichs Stimme donnerte durch die Küche. Alle außer Brida zuckten zusammen. Es war lange her, dass jemand Vaters gerechten Zorn gespürt hatte. »Ich hab gesehen, was vorgefallen ist. Und Brida hat's auch gesehen. Erik trifft keine Schuld. Er war mit Hans im Garten, als der Fremde kam und ihn aus heiterem Himmel angriff. Und Gott sei's gedankt, dass Erik die Kraft hatte, den Meuchler zu hindern. Wer weiß, wen's sonst noch getroffen hätte? Ich sah aus dem Fenster, als ich hörte, wie jemand nach mir fragte. Womöglich galt der Angriff gar nicht Erik allein, sondern uns allen. Es war Notwehr, sonst nichts.«

»Das glaubst du doch wohl selbst nicht!« Auch der Pfarrer hatte die Stimme erhoben. »Dieser Mann belügt dich. Er hat seine Erinnerung gar nicht verloren. Das ist kein harmloser schiffbrüchiger Kaufmann! Er war der Einzige, der eine Verwundung hatte. Keiner der toten Seeleute war versehrt.«

»Das bringt mich auf eine andere Frage«, sagte Willem. »Wie konntet Ihr den Mann daran hindern, Euch zu töten, Erik? Ihr wart doch nicht bewaffnet, oder?«

»Ich richtete sein Messer gegen ihn selbst«, erwiderte Erik leise.

»Wollt Ihr mir einmal zeigen, wie Ihr das gemacht habt?«

»Wozu? Ihr habt doch Kapitän Hinrichs Worte gehört. Ich hatte keine Wahl.«

»Ich wüsste es trotzdem gern. Zeigt Ihr es mir?«

Erik atmete tief durch. Da war wieder dieser Blick, der Brida unmittelbar nach seiner Freilassung so erschüttert hatte. Er fühlte sich in die Enge getrieben. Dennoch stand er auf und nickte.

»Dann lasst uns vor die Tür gehen«, schlug der Hauptmann vor.

Brida musterte ihren Vater. Die tiefe Falte zwischen seinen Brauen verhieß nichts Gutes. Zumal Pfarrer Clemens auf einmal sehr zufrieden wirkte.

Brida folgte den Männern nach draußen. Irgendwer hatte den Toten in der Zwischenzeit fortgeschafft.

Willem zog sein Messer.

»Nein«, wehrte Erik ab. »Nicht mit der scharfen Waffe.«

»Habt Ihr Furcht, Euch nicht beherrschen zu können?« Pfarrer Clemens' Stimme klang giftig. Was um alles in der Welt hatte Erik nur an sich, dass der Pfarrer ihn mit derartigem Hass verfolgte? Brida erkannte Clemens kaum mehr wieder. Gewiss, er war schon immer ein schwieriger Mensch gewesen, aber niemals hatte sie ihn so böswillig erlebt.

»Also gut.« Willem schnitt einen kleinen Ast von der Weide ab, der in etwa die Größe seines Messers hatte. »Dann eben damit.« Gleichzeitig stürzte er auf Erik los.

Wieder geschah alles so schnell, dass Brida kaum folgen konnte. Erik machte eine schnelle Bewegung, und der Ast zeigte auf Willems Herz.

»Beeindruckend«, sagte der. »Ich habe bislang nur einen Mann gekannt, der das vermochte.«

Erik schwieg.

»Wer war der Mann?«, fragte Pfarrer Clemens.

»Ein Kaperkapitän, der seine Dienste immer demjenigen anbot, der ihn am besten bezahlte.«

»Na, das erklärt einiges.« Der Pfarrer pfiff durch die Zähne. »Ich hatte dich gewarnt, Hinrich. Dieser Bursche betrügt dich nicht nur, er ist auch gefährlich.«

»Wollt Ihr mir unterstellen, ich sei ein Kaperkapitän?« Erik verschränkte die Arme vor der Brust. »Was kommt als Nächstes?«

»Das habt Ihr gesagt, nicht ich.« Der Pfarrer hob die Brauen. »Auf jeden Fall zieht Ihr Händel an und scheut Euch nicht davor zu töten. Es wäre unverantwortbar, Euch länger frei herumlaufen zu lassen.«

»Ihr vergesst, dass ich derjenige war, der angegriffen wurde.«

»Wer weiß, ob der Tote nicht einen guten Grund hatte?«

»Ach ja?« Eriks Hände ballten sich zu Fäusten. »Was maßt Ihr Euch eigentlich an, Hochwürden?«, brüllte er. »Hätte ich mich erstechen lassen sollen? Von einem Mann, den ich nicht kenne? Weil Ihr glaubt, das sei ein gottgefälliges Werk? Eure verdammte Scheinheiligkeit widert mich an! Wer bin ich in Euren Augen? Der Antichrist? Los, nun sagt es doch! Wer bin ich?«

Der Pfarrer wich drei Schritte zurück.

»Willem! Nehmt diesen Mann fest, er hat mich bedroht!«

Erik fuhr herum, starrte den Hauptmann an. Wieder dieser Raubtierblick, als sei er kurz davor, sich auf jeden Angreifer zu stürzen. Brida zuckte zurück. Das war nicht der Mann, den sie in den letzten Tagen schätzen gelernt hatte. Vaters Worte hallten in ihr nach. So kämpft nur jemand, der das Töten gelernt hat.

»Gemach, gemach.« Claas trat einen Schritt vor, die Hände beschwichtigend erhoben. »Ich habe keinerlei Bedrohung gehört. Die ganze Angelegenheit ist höchst unerfreulich, aber ich sehe keine Gefahr, und wenn Hinrich für den jungen Mann bürgt, so bürge ich für Hinrich und seine Menschenkenntnis. Es gibt keinen Grund, Erik festzunehmen. Es war Notwehr.«

»Das sehe ich auch so«, bekräftigte Willem. Brida war sich nicht sicher, ob er es wirklich so meinte oder aber die offene Auseinandersetzung fürchtete. Der gefährliche Ausdruck in

Eriks Augen konnte ihm unmöglich entgangen sein. Sie warf Erik einen Blick zu. Langsam wurde er wieder zu dem, den sie kannte. Seine Fäuste lösten sich, und seine Haltung war nicht mehr auf Angriff ausgerichtet.

»Das werdet Ihr noch bereuen, ich sag's Euch!«, schrie der Pfarrer. »Das war nicht der letzte Tote, den wir diesem Dänen zu verdanken haben. Und ich bete darum, dass sein nächstes Opfer nicht einer von Euch sein wird.«

»Nu mach mal halblang, Clemens!« Hinrich schob sich mit seiner ruhigen Art vor den Pfarrer. »Nur weil ein Mann sich seiner Haut zu wehren weiß, ist er noch lang kein Mörder.«

»Ich glaube, wir haben vorerst alles geklärt, was es zu klären gibt«, sagte der Hauptmann. »Falls sich noch Fragen ergeben sollten, komme ich später wieder.«

Auch Claas verabschiedete sich und war taktvoll genug, den Pfarrer darauf hinzuweisen, dass er gewiss noch anderes zu tun habe als länger zu verweilen.

Erik atmete erleichtert auf, als die Männer fort waren.

»Na, das war ja man 'n Vormittag«, sagte Hinrich. »Und er hat 'n paar Fragen aufgeworfen, ne?« Dabei sah er zu Erik hinüber.

»Nicht nur bei Euch«, antwortete dieser leise.

»Dann lasst uns mal wieder reingehen. Ist zwar noch 'n bisschen früh, aber ich könnt schon einen Becher Wein vertragen.«

Kurz darauf saßen sie in der guten Stube. Während Bridas Vater einen kräftigen Schluck Wein trank, drehte Erik seinen Becher unschlüssig zwischen den Fingern.

»Also, ein Kaufmann scheint Ihr tatsächlich nicht zu sein«, stellte Hinrich fest.

»Das habe ich auch nie behauptet«, entgegnete Erik. »Aber ein Kaperfahrer bin ich nicht. Auch wenn ich mich an nichts erinnere, der Gedanke an dieses Pack ist mir so zuwider, niemals würde ich mit solchen Leuten gemeinsame Sache machen!«

Brida sah das zornige Blitzen in seinen Augen. Es war nicht gegen sie oder ihren Vater gerichtet, sondern auf irgendetwas in seiner Erinnerung, irgendeine schlechte Erfahrung, die er nicht mehr benennen, sondern nur noch fühlen konnte.

»Also, was bleibt?«, fuhr Hinrich fort. »Es bedarf jahrelanger Übung, bis der Körper noch vor dem Verstand handelt, sobald man angegriffen wird. Die meisten Männer wären überrumpelt gewesen und jetzt tot. Ihr lebt. Die Art, wie Ihr ihn getötet habt, trägt die Handschrift der großen Fechtschulen, die Johann Liechtenauer ins Leben rief.«

»Das mag sein«, antwortete Erik. »Ich weiß nicht, wo ich es gelernt habe.«

»Fassen wir einmal zusammen, was wir wissen.« Hinrich trank einen weiteren Schluck Wein und lehnte sich in seinem Lehnstuhl zurück. »Ihr habt einen etwa zehn Jahre älteren Bruder. Wenn Ihr tatsächlich einer Kaufmannsfamilie entstammt, was ich nicht bezweifle, dann wäre Euer Bruder der Erbe des väterlichen Handels. Wie sähe es für Euch aus? Wenn Ihr im Geschäft bliebt, könntet Ihr auswärtige Kontore für die Familie leiten oder Handelsfahrten unternehmen. Eine andere Möglichkeit wäre der geistliche Stand und die dritte das Kriegshandwerk.«

»Und Ihr glaubt, ich hätte das Kriegshandwerk erlernt.«

»Ja. Aber das bedeutet nicht, dass Ihr auch danach gelebt habt. Es kann für einen Kaufmann von Vorteil sein, wenn er seine Waren zu schützen weiß.«

»Und was glaubt Ihr, Hinrich?«

»Was glaubt Ihr selbst, Erik? Wenn Ihr in Eurem Herzen nachspürt, was fühlt Ihr?«

Erik schüttelte langsam den Kopf. »Ich weiß es nicht. Ich bin mir sicher, dass ich ein Kontor führen könnte. Wenn ich daran denke, sehe ich Bilder langer Zahlenreihen und Vertragsabschlüsse vor mir. Wenn ich an Kämpfe denke, sehe ich nicht viel. Das Bild, wie ein Schwert geschmiedet wird. Wenn ich in meinen Körper hineinhorche, merke ich, dass er die Bewegungen beherrscht. Aber ich kann sie nicht erklären. Es ist, als sei dies ein eigenständiger Teil meiner selbst, dem ich in solchen Momenten die Kontrolle überlasse. Wie vor dem Wirtshaus *Zur Seejungfrau*, als Seyfried mich angriff. Und auch als der Fremde auf mich losging.«

Hinrich nickte.»Damit sind wir bei der nächsten Frage. Warum sollte Euch jemand töten wollen? Und vor allem – woher wusste er, wer Ihr seid und wo Ihr Euch zurzeit aufhaltet?«

»Vielleicht findet Willem heraus, woher der Mann kam«, warf Brida ein.»Er war wie ein Seemann gekleidet, möglicherweise stammt er von einem der Schiffe im Hafen.«

Ihr Vater nickte.»Wenn wir wissen, wer der Täter war, haben wir schon einen Anhaltspunkt. War er Deutscher oder Däne? Auch das könnte uns weiterhelfen.«

Brida fiel auf, dass Erik wieder diesen nach innen gerichteten Blick zeigte.

»Was seht Ihr, Erik?«

»Nur Bruchstücke. Mein Bruder, der mir beide Hände auf die Schultern legt und mich fragt, ob ich das wirklich tun will. Der mich warnt, es sei gefährlich.«

»Wovor warnt er Euch?«

Wieder Kopfschütteln.»Ich weiß es nicht. Aber es kann noch nicht lange her sein. In dieser Erinnerung ist mein Bruder kein Jüngling mehr. Er ist Mitte dreißig und trägt einen Vollbart.«

»In welcher Sprache warnt er Euch?«, fragte Brida.

Ein kurzes Überlegen, dann Kopfschütteln.»Ich kann es nicht genau sagen. In letzter Zeit verwischt es sich. Ich träume inzwischen auf Deutsch. Meine Gedanken sind deutsch, nicht mehr dänisch wie am Anfang.«

»Ihr hattet Euch also auf ein gefährliches Unterfangen eingelassen«, stellte Hinrich fest. »War es abgeschlossen, oder lag es noch vor Euch?«

»Das weiß ich nicht.«

»Könnte es mit der Frau zu tun haben, von der Ihr immer wieder träumt?«, fragte Brida. »Solltet Ihr sie irgendwohin bringen?«

»Ich kann mich nicht erinnern.«

»Könnt Ihr Euren Bruder noch etwas näher beschreiben?«, fragte Hinrich nun. »Haarfarbe, Augenfarbe, Kleidung?«

»Wir sehen uns ziemlich ähnlich«, entgegnete Erik, ohne nachzudenken. »Die gleiche Haarfarbe, die gleichen Augen. Meine Mutter…« Plötzlich stockte er. Ein kurzes, helles Aufleuchten huschte über sein Gesicht. »Ich kann mich wieder an meine Mutter erinnern!«, rief er. »Ihr Name ist Grit. Und sie sagte immer, Jannick und ich seien Zwillinge im Geist, lägen nicht zehn Jahre zwischen uns. Tvillinger i ånden«, wiederholte er auf Dänisch. Zwillinge im Geist.

»Dann ist Eure Mutter Dänin?«, fragte Hinrich.

Erik nickte. »Der Hof in Vordingborg gehört tatsächlich ihrem Vater.«

»Und Euer Vater? Wie ist sein Name?«, bohrte Hinrich nach.

Doch sofort verfinsterte sich Eriks Miene. Der kurze Strom der Erinnerung war versiegt. Hilflos schüttelte er den Kopf.

»Könnt Ihr Euch noch darauf besinnen, wie Eure Mutter Euch als Kind rief?«

»Nein, da ist nichts mehr.«

»Dann fassen wir zusammen«, sagte Hinrich: »Ihr habt einen zehn Jahre älteren Bruder, Jannick, dem Ihr sehr ähnlich seht und der Euch anscheinend auch sehr zugetan ist. Er ist verheiratet mit Elisabeth, einer Deutschen. Eure Mutter heißt Grit und ist die Tochter eines Gutsbesitzers in Vordingborg.«

Erik nickte.

»Euer Bruder warnte Euch vor einem Vorhaben«, fuhr Hinrich fort. »Ihr könnt kämpfen wie kaum ein Zweiter hier. Ihr fürchtet, Ihr könntet aus Vordingborg geflohen sein. Und eine Frau spielt eine Rolle, die möglicherweise ertrunken ist, möglicherweise auch gerettet wurde. Und obwohl Ihr nicht wisst, wer diese Frau ist, macht Ihr Euch große Sorgen um sie.«

»Ja«, sagte Erik leise.

»Also lautet die Frage, wer diese Frau ist. Hattet Ihr den Auftrag, sie aus Dänemark zu holen? Ist sie eine Verwandte? Oder gar Eure Braut?«

Braut! Bei diesem Wort verspürte Brida einen Stich.

»Seltsam«, meinte Erik nachdenklich. »Da sind immer noch keine Gefühle. Nur die Angst, sie loszulassen. Ich muss sie festhalten, alles andere ist bedeutungslos. Sowohl in meinen Träumen als auch in meinen Erinnerungen. Es ist, als fräße die Angst, sie loszulassen, alle meine Gefühle auf.«

»Könnte es Elisabeth sein?«, fragte Brida. »Wir sind bislang immer davon ausgegangen, dass Euer Schiff von den dänischen Inseln kam. Was wäre, wenn es beispielsweise aus Lübeck kam und Ihr Euch bereit erklärt habt, Eure Schwägerin heimzuholen?«

»Das glaube ich nicht«, sagte Erik. »Wenn es um seine Frau gegangen wäre, wäre Jannick selbst gefahren.«

»Was Euren Bruder und Eure Gefühle für ihn angeht, seid Ihr Euch sehr sicher, nicht wahr?«

»Ja. Schon als ich mich an seinen Namen erinnerte, fiel mir eine Last von der Seele. Ich weiß einfach, dass er alles für mich täte – so wie ich für ihn.«

An diesem Tag fanden sie nichts Neues mehr heraus. Langsam kehrte wieder Ruhe ein, und am Abend schien es Brida, als habe Erik seine alte Ruhe und Gelassenheit zurückgewonnen. Dennoch war sie unsicher, und so fragte sie ihren Vater, als sie später allein waren, was er tatsächlich dachte.

»Was meinst du, Deern?«, fragte er zurück. »Hast du gedacht, er hätte nur die freundliche, ruhige Seite?«

»Ich hatte es gehofft«, gab sie zu. »Glaubst du, er hat noch andere Männer getötet?«

»Na, ich glaub nicht, dass der noch lebt, der ihm die Wunde in der Brust zugefügt hat«, antwortete ihr Vater.

Brida schwieg. Sie erinnerte sich daran, was Erik dem kleinen Hans erzählt hatte. Er war keiner, der leichtfertig tötete. Er hatte keine Wahl gehabt. Dennoch …

Ihr Vater schien ihre Gedanken zu lesen.

»Brida, ich hab Augen im Kopf. Ich weiß, dass du ihn magst. Ich mag ihn auch. Aber wir müssen uns damit abfinden, dass er ein anderes Leben geführt hat, als wir anfangs dachten. Er ist der jüngere Sohn. Vermutlich war das seine Art, aus dem Schatten seines Bruders herauszutreten.«

»Indem er das Töten lernte?«

Ihr Vater nickte. »Ich habe mich von Anfang an gefragt, warum Gott ihm seine Erinnerungen nahm. Er ist ein guter Kerl, Brida. Aber vielleicht war der Weg, den er gewählt hat, kein guter.«

»Was meinst du damit?«

Es dauerte eine Weile, bis ihr Vater antwortete.

»In Kriegszeiten gibt es vielerlei Verwendung für einen Mann mit seinen Fähigkeiten. Er könnte sowohl als Däne als auch als Deutscher durchgehen. Er kann kämpfen und töten. Er drückt sich höflich und gewandt aus. Wenn er sein Gedächtnis nicht verloren hätte, wäre er durchaus ein Mann, der sich überall unauffällig zu bewegen wüsste.«

Brida schluckte.

»Du meinst, er könnte ein Spion sein? Aber was ist mit seinen anderen Erinnerungen? Was ist mit dieser Frau?«

»Es gibt viele ungelöste Rätsel. Es ist nur eine weitere Möglichkeit, Deern. Aber eine Möglichkeit, die du niemals außer Acht lassen solltest.«

8. Kapitel

*I*ch glaub, ich kenn dich.«
Ein Funke Hoffnung. *Er kennt mich.* Doch sofort erstirbt er. Sonnenlicht bricht sich in der Klinge. Sein Körper handelt, bevor sein Verstand sich rührt. Niemals wird er erfahren, ob der Mann ihn wirklich kannte.

Ein Ruck geht durch sein Schiff. Schiff? *Bin ich wieder auf dem Schiff?* Gebrüll. Die Kaperfahrer. Alles in ihm spannt sich an. Er greift zum Messer.

»Nej! De vil slå dig ihjel.«[1] Die Frau fällt ihm in den Arm. Aber soll er kampflos zusehen? Sich abschlachten lassen? Einer der Seeräuber stürzt auf die Frau zu. Er stellt sich ihm in den Weg. Er wird sie schützen, um jeden Preis.

Wasser, so kalt, dass es ihm den Leib zerreißt. Wellen peitschen über seinen Kopf. Die Frau hängt schlaff in seinen Armen, ihr nasses blondes Haar fällt ihm in die Augen, raubt ihm jede Sicht. *Ich darf nicht loslassen! Niemals loslassen.* Eine Welle schwappt über ihn hinweg. Salzwasser rinnt in seine Kehle. Er hustet, ringt nach Luft. Versucht, mit seiner Last zu schwimmen. *Ich werde dich niemals loslassen!* Er kämpft, strampelt, will gegen den tödlichen Sog schwimmen, doch alles zieht ihn in die Tiefe, ihr Gewicht, seine vollgesogenen Kleider. Wellen schlagen über ihm zusammen. Seine Lungen brennen. Immer weiter zieht es ihn nach unten.

Schweißgebadet schreckte er aus seinem Traum hoch. Da war sie wieder, die geheimnisvolle Frau. Warum wollte sie nicht, dass er kämpfte? Er hätte sie besiegt. Sie alle. Wenn sie ihn nur gelassen hätte.

---

[1] »Nein! Sie werden dich töten.«

Er atmete tief durch, fand nur langsam in die Gegenwart zurück. War das in jener Nacht geschehen? War sein Schiff doch von Kaperfahrern aufgebracht worden?

Draußen war es noch dunkel. Er stand auf und öffnete die Fensterläden. Ein schmaler roter Streif kündigte den baldigen Tagesanbruch an. Noch Zeit genug, sich wieder hinzulegen. Aber er wusste, dass er keine Ruhe mehr finden würde. Seit gestern stürmten immer mehr Bilder auf ihn ein, doch nach wie vor war nichts wirklich greifbar. War sein Vater Deutscher? Er wusste es nicht. Seine Mutter war Dänin, das schien sicher.

Die Nachtluft strich ihm angenehm kühl über die Haut. Er atmete tief durch, versuchte, seine Gedanken zu ordnen, so ähnlich, wie Hinrich es tags zuvor getan hatte.

Diese Frau. Sie waren gemeinsam auf dem Schiff gewesen. Welches Ziel? Wieder nur Leere. Kaperfahrer hatten sie angegriffen. Irgendwie waren sie über Bord gegangen. War er bei dem Überfall verwundet worden? Aber warum nur er? Warum waren die toten Seeleute allesamt unversehrt?

In der Diele hörte er Schritte. Marieke? Die junge Magd stand immer vor Sonnenaufgang auf. Er goss sich Wasser in die Waschschüssel auf dem kleinen Tisch. Ein gutes Gefühl, sich endlich wieder wie ein Mensch pflegen zu können. Dann zog er sich an und ging in die Küche.

Es war nicht Marieke. Am Küchentisch saß ein Mann, den er noch nie gesehen hatte.

»Guten Morgen«, grüßte der Fremde ihn. »Ich nehme an, Ihr seid Erik?«

»Guten Morgen«, erwiderte er und nickte. »Und wer seid Ihr?«

»Ich bin Kalle.«

Kalle? Der Name sagte Erik nichts. Aber er konnte nicht alle Freunde des Hauses kennen. Wenn dieser Mann denn ein Freund war. Das Erlebnis vom Tag zuvor steckte ihm noch in den Knochen, und ein kurzer Blick zeigte ihm, dass Kalle ein nicht zu unterschätzender Gegner gewesen wäre. Er hatte breite Schultern und kräftige Oberarmmuskeln. In seinem Gürtel steckte ein Messer, fast so lang wie ein Schwert. Allerdings saß er ganz entspannt am Tisch, nichts deutete auf Angriff hin.

»Wollt Ihr Euch nicht zu mir setzen?«

»Gern.« Erik folgte der Aufforderung, blieb aber wachsam. »Ich habe bislang nichts über Euch gehört, aber Ihr über mich.«

»Wer hätte das nicht?« Kalle lächelte ihn gutmütig an. »Ich komm von drüben, von Fehmarn. Ab und an bin ich hier. War ich auch an dem Tag, als Ihr gefunden wurdet. Marieke hat's mir erzählt. Ich hoff ja, dass sie mir bald gut ist. Ich mein, so gut, dass sie meinen Antrag annimmt.« Er zwinkerte Erik zu.

»Also ist sie Eure Braut?«

»Na, das darf ich nicht laut sagen, sonst setzt's was. Aber wenn's nach mir ginge, dann schon.«

»Und deshalb treibt Ihr Euch schon vor Sonnenaufgang hier herum?«

»Ne, doch nicht deshalb. Aber es gibt so manches Tagewerk, das man besser nachts erledigt.«

Er zeigte auf einen Sack in der Ecke der Küche.

»Englisches Tuch. Zollfrei.« Er grinste. »Das ist unsere Art, uns gegen den dänischen König zu wehren.«

»Ihr seid ein Schmuggler?«

»Sagen wir lieber: ein freischaffender Zwischenhändler.« Kalle lachte. »Ich hoffe, das erschreckt Euch nicht.«

»Warum sollte es? Wie ist denn Euer Preis für englisches Tuch?«

»Um ein Drittel unter dem in Lübeck. Der Käpt'n wird sich freu'n.«

»Ihr macht also häufiger Geschäfte miteinander?«

»Warum nicht? Wir sorgen nur dafür, dass es wieder ein bisschen gerechter zugeht, schließlich ist es nicht rechtens, dass die Dänen Steuern am Sund erheben.«

»Die Dänen sehen das gewiss anders.«

»Ach ja, ich vergaß, Ihr seid ja auch einer von denen.«

»Da bin ich mir gar nicht mehr so sicher«, entgegnete Erik. »Wie dem auch sei, es ist Euer gutes Recht, Euren Lebensunterhalt zu bestreiten, wie Ihr es für richtig haltet.«

»Leben und leben lassen, was?«

»So ungefähr.«

Schritte. Marieke kam in die Küche.

»Na, da schau her, gleich zwei Mannsbilder, die hier eigentlich nix um diese Stunde zu suchen haben. Mir scheint, um Euer Gleichmaß ist's noch nicht gut bestellt, Herr Erik.«

»Der gestrige Tag war nicht dazu angetan«, antwortete er.

»Das ist wohl wahr. Und du, Kalle, was fällt dir ein, dich einfach zu bedienen, als wärste hier zu Hause?«

»Bin ich doch fast, mein Marieken.«

»Nenn mich nicht so!«, fuhr sie ihn an. »Ich bin noch nicht die Deine.«

»Och, guck ma, ich hab dir auch was mitgebracht.«

Er stand auf und zog aus dem großen Sack mit dem englischen Tuch einen Beutel hervor.

»Das müsst doch für 'n ordentliches Sonntagskleid reichen, was?« Er hielt ihr den geöffneten Beutel unter die Nase.

Marieke schlug die Hände vor den Mund. »Kalle, biste verrückt? Was das gekostet hat!«

»Na, für dich ist mir nix zu teuer. Weißte doch.«

Erik hatte das Gefühl, bei diesem Getändel überflüssig zu sein. Lautlos erhob er sich von seinem Stuhl und verließ die Küche.

Zurück in die Kammer wollte er nicht, und so öffnete er die Haustür und trat in den Vorgarten hinaus. Die Morgenröte hatte die Nacht vertrieben. Im Hafen lagen zwei Schiffe. Ein

Kraier und eine Kogge. Ob Kalle wohl mit einem davon gekommen war?

Nach den Tagen der Gefangenschaft genoss er es, sich unter freiem Himmel zu bewegen. Am liebsten hätte er einen Spaziergang an den Strand gemacht, zugesehen, wie sich die Sonne über dem Meer erhob. Aber er wagte nicht, den Vorgarten zu verlassen. Zu tief hatte sich das Erlebnis vor dem Wirtshaus *Zur Seejungfrau* in sein Gedächtnis eingebrannt. Er konnte keine weiteren Schwierigkeiten gebrauchen.

Seine Gedanken schweiften zurück zu dem Mann, der ihn hatte töten wollen. Hatte er ihn wirklich gekannt? Und wenn ja, was hatte er getan, um einen derartigen Hass auf sich zu ziehen?

Ein schmaler Lichtschein fiel aus dem Fenster unter der Dachschräge. Brida hatte in ihrer Kammer ein Licht entzündet. Er spähte hinauf. Einen Schatten, mehr konnte er nicht von ihr erhaschen. Sie war gewiss die ungewöhnlichste Frau, die ihm je begegnet war. Und die bezauberndste. Vermutlich sogar die warmherzigste. Der Mann, der sie einmal zur Frau bekäme, könnte sich glücklich schätzen.

»Nej! De vil slå dig ihjel.«[2] Die Frau fällt ihm in den Arm. Aber soll er kampflos zusehen? Sich abschlachten lassen? Einer der Seeräuber stürzt auf die Frau zu. Er stellt sich ihm in den Weg. Er wird sie schützen, um jeden Preis.

Warum kam ihm ausgerechnet jetzt das Bild aus seinem Traum in den Sinn? Wollte es ihn warnen, Brida keine zu innigen Gefühle entgegenzubringen? Verband ihn ein Versprechen mit der Frau vom Schiff? Hatte Hinrich recht? War sie seine Braut? Aber warum fühlte er dann nichts außer der Angst, sie loszulassen? Warum empfand er nicht die Zuneigung, die er seinem Bruder entgegenbrachte? Kein Hauch von Verliebtheit. Nur Angst und Sorge.

---

[2] »Nein! Sie werden dich töten.«

Vielleicht deshalb, weil es eine arrangierte Ehe war? Ein politisches Bündnis? Aber warum hätte er sich dafür in dieser Zeit in Gefahr begeben sollen? Das hätte er nur getan, wenn die Frau ihm wirklich viel bedeutet hätte. Er seufzte. So vieles passte einfach nicht zusammen.

Die Sonne war unterdessen ganz aufgegangen. Im Morgenlicht näherte sich eine weitere Kogge dem Hafen. Ein schönes Schiff, etwas größer als die Kogge, die schon am Kai lag. Ein reines weißes Segel.

Ein neues Bild schob sich in sein Bewusstsein. Eine andere Kogge, vielleicht sogar noch prächtiger. Ihr Segel ist gelb, fast golden. In der Mitte prangt ein zweigeteiltes Wappen. Oben zeigt es einen schwarzen Adler, unten auf blauem Grund einen goldenen Sparren.

»Das ist die *Adela*!« Bridas Stimme holte ihn zurück in die Gegenwart. Sie stand über ihm, halb aus dem Fenster gelehnt, den Blick auf den Hafen gerichtet. Die *Adela*. Er hätte es sich denken können. Noch während er zu Brida hochsah, war sie schon verschwunden. Dann hörte er Schritte hinter der Tür, und plötzlich stand sie neben ihm. Ihr langes braunes Haar fiel ihr weit und offen über den Rücken. Sie hatte sich nicht die Mühe gemacht, es wie sonst zu einem Zopf zu flechten.

»Seht, Erik, das ist unser Schiff!« Der Stolz war ihr deutlich anzuhören. Mit Recht, es war das prachtvollste Schiff im Hafen.

Am liebsten wäre sie wohl gleich an Bord gestürmt, aber noch waren die Seeleute mit dem Anlegemanöver beschäftigt.

»Manchmal vermisse ich die Tage auf See«, sagte sie. »Ich kenne jeden Spanten dieses Schiffs, jedes Stück Holz. Könnt Ihr Euch vorstellen, dass ich schon mit sieben Jahren ganz oben in der Takelage herumgeklettert bin?« Ihre Augen leuchteten. »Manchmal habe ich darüber geflucht, dass eine Frau kein Seemann sein kann. Wäre ich ein Sohn, dann würde ich jetzt die *Adela* führen.«

»Das mag sein, aber es wäre ein großer Verlust für die Männer, Jungfer Brida.«

Flammende Röte ergoss sich über ihr Gesicht. Verdammt, jetzt hatte er sie schon wieder in Verlegenheit gebracht. Dabei meinte er es doch nur ehrlich.

Nachdem die Kogge festgemacht hatte, war Brida nicht mehr zu halten.

»Kommt!«, forderte sie ihn auf. »Es ist viel zu lange her, dass ich auf der *Adela* war.«

»Wie lange?«

»Sie war fast ein halbes Jahr lang unterwegs.«

Es kam ihm vor, als hätte Brida sich wieder in ein Kind verwandelt. Sie sah das Schiff, und jede weibliche Zurückhaltung war verschwunden.

Schon von Weitem winkte sie den Seeleuten zu, rief ihre Namen und wurde herzlich begrüßt. So wie jemand, der nach langer Zeit nach Hause zurückkehrt. Nur dass sie es war, die heimkam. Ihr Eifer berührte Erik auf seltsame Weise. Abermals ertappte er sich bei dem Gedanken, dass der Mann, der sie einst heimführen dürfe, sich glücklich schätzen könne. Wie gern würde er … Nein. Er zwang sich, nicht mehr daran zu denken. Seine Lage war zu ernst, als dass er sich schwärmerischen Narreteien hingeben durfte.

Ein hochgewachsener Mann mit hellblonden Haaren und kurzem Vollbart erschien an Deck. Er war gekleidet wie alle anderen Männer – in ein schlichtes dunkelblaues Hemd und eine ebensolche Hose. Dennoch war er an seiner Haltung sofort als Kapitän zu erkennen.

»Na, da schau her, Brida!«, rief er. »Du hast's wohl gar nicht mehr abwarten können, was?«

»Kann ich nie, wenn die *Adela* kommt.« Ehe der Landungssteg ausgelegt war, kletterte sie unter dem Beifall der Matrosen an Bord, als wäre es das Selbstverständlichste von der Welt.

»Kommt Ihr auch, Erik?«, rief sie ihm vom Schiff aus zu.

Er folgte ihrem Beispiel und fragte sich, wie sie es vermochte, mit ihrem langen Kleid so geschickt zu klettern.

»Das ist Erik«, stellte Brida ihn vor. »Erik, das ist Kapitän Cunard.«

Die beiden Männer schüttelten sich die Hände.

»Wo kommt Ihr her?«, fragte der Kapitän. Eine harmlose Frage. Die selbstverständlichste aller Fragen, wenn zwei Menschen sich in der Fremde begegnen. Nur nicht für Erik.

»Das wüsste ich auch gern«, entgegnete er.

»Er ist nach dem letzten Sturm hier angespült worden«, sprang Brida ihm bei. »Und er hat sein Gedächtnis verloren. Wir dachten, dass du uns vielleicht weiterhelfen könntest, Cunard.«

»Das Gedächtnis verloren?«

Schon wieder dieser ungläubige Blick. Oder war es nur Erstaunen? Erik wollte Kapitän Cunard nichts unterstellen, aber die letzten Wochen hatten ihn dünnhäutiger gemacht.

»Ja, so ist es«, antwortete er eine Spur bissiger, als er es eigentlich wollte. »Ich weiß nicht mal, ob Erik tatsächlich mein Name ist.«

»Wir wissen nicht viel«, fügte Brida hinzu. »Nur ein paar Erinnerungsblitze.« Sie zählte alle Einzelheiten auf, an die er sich bislang erinnert hatte. Cunard hörte aufmerksam zu.

»Ich habe leider nicht viel gehört und schon gar nichts von vermissten Schiffen aus dieser Gegend«, erklärte er schließlich. »Wir waren in den letzten Monaten drunten in Nowgorod, in Reval und Riga, um günstige Pelze zu handeln. Die haben wir zu einem guten Preis in Danzig und Rostock losgeschlagen. Dein Vater kann mit seinem Anteil zufrieden sein. Wir sind auf kürzestem Weg von Rostock nach Heiligenhafen gesegelt.«

»Ihr wart also noch gar nicht in Lübeck?« Brida wirkte enttäuscht.

»Nein. Ich wollte zuerst mit deinem Vater abrechnen.«

»Vielleicht könnt Ihr mir eine andere Frage beantworten«, warf Erik ein. »Als ich die *Adela* einlaufen sah, hatte ich einen weiteren kurzen Erinnerungsblitz. Ich sah eine Kogge mit einem gelben Segel, in dessen Mitte ein zweigeteiltes Wappen war. Oben ein schwarzer Adler, der die Flügel hochreißt, unten auf blauem Grund ein goldener Sparren. Kennt Ihr dieses Wappen vielleicht?«

Cunard überlegte eine Weile, dann schüttelte er den Kopf. »Ich kann mich höchstens an zwei oder drei Begegnungen mit Schiffen erinnern, die ein Wappen auf dem Hauptsegel führten. Und keines davon sah so aus, wie Ihr es beschreibt.«

»Vielleicht weiß Claas Näheres«, sagte Brida. »Er kennt sich doch mit Wappen aus. Wollt Ihr ihn nicht befragen?«

Erik nickte. Der Stadtrat schien ihm tatsächlich die geeignete Person zu sein.

Vom Kai her hörten sie Lärm. Er kam aus dem Wirtshaus *Zur Seejungfrau.* Unwillkürlich spannte Erik sich an, auch wenn es unwahrscheinlich war, dass sich um diese frühe Stunde Betrunkene in der Schenke aufhielten.

»Nu verschwind schon, 's ist noch zu früh! Komm in fünf Stunden wieder.«

Ein Mann stolperte aus der Schenke heraus. Im ersten Moment glaubte Erik, Claas vor sich zu sehen, denn dieser Mann trug eine ähnlich kostbare Heuke. Doch dann erkannte er ihn. Es war Seyfried! Sein Schritt war nicht ganz sicher, und Erik hatte den Eindruck, dass Seyfrieds Hände zitterten.

Brida war Eriks Blick gefolgt.

»Woher hat der Seyfried denn das Geld für so feine Kleider?«, fragte sie. »Der hat doch einen Haufen Schulden auf seinem Hof.«

Erik zuckte die Achseln. Solange Seyfried ihn in Ruhe ließ, kümmerte er sich lieber nicht um ihn.

»Ach, der Seyfried läuft hier auch noch rum?« Cunard war neben Brida an die Reling getreten. »Ich dachte, der hätt sich längst totgesoffen.«

»Na, viel fehlt wohl nicht mehr«, antwortete Brida.

»Ich hoff, er lässt dich in Ruhe. Wenn er dir Schwierigkeiten macht, sag's mir.«

Die Art, wie Cunard Brida dabei ansah, traf Erik wie ein Messerstich. Natürlich, die Tochter des Anteilseigners wäre eine gute Partie.

»Ach, musst du nicht, mit dem werd ich selbst fertig.« Brida lachte unbefangen. Immerhin, sie schien nicht zu merken, wie sie auf Cunard wirkte. Oder wusste sie es längst? Erik hatte geglaubt, sie zu kennen, aber was wusste er schon über sie? Nicht viel mehr als über sich selbst. Immerhin kannte er ihren Namen. Und wenn er Cunard so betrachtete … Das war gewiss ein Mann, der Frauen gefiel. Jemand, vor dessen Vergangenheit man sich nicht fürchten musste. Er erinnerte sich an ihren erschrockenen Blick, als er den Angreifer getötet hatte. An die Worte ihres Vaters: *So kämpft nur jemand, der das Töten gelernt hat.* Was mochten Brida und ihr Vater inzwischen von ihm halten? Hinrichs Überlegungen zu seiner Herkunft klangen nachvollziehbar. Aber glaubte der Kapitän wirklich daran? Wenigstens schien er nicht zu bereuen, für seinen Gast gebürgt zu haben.

»Was ist mit Euch, Erik?« Brida berührte ihn sanft am Unterarm. »Habt Ihr Euch wieder an etwas erinnert?«

»Nein, ich habe nur kurz nachgedacht.«

Sie stellte keine Frage, aber sah ihn so erwartungsvoll an, dass er sich zu einer Antwort verpflichtet fühlte.

»Meint Ihr, ich sollte Claas noch heute aufsuchen, um ihn wegen des Wappens zu fragen?«

»Natürlich. Er hat Euch doch gebeten, ihm alle Neuigkeiten zu berichten.«

»Wo finde ich ihn denn? Im Rathaus?«

»Entweder dort oder in seinem Haus. Er wacht viel am Lager seiner Frau.«

»Ist sie krank?«

»Sie wird den Sommer wohl nicht überleben«, sagte Brida leise. »Aber niemand mag ihm die Wahrheit sagen. Er hat Unsummen für Ärzte ausgegeben, doch keiner konnte Anna helfen.«

Erik senkte den Blick. »Dann sollte ich ihn vielleicht nicht mit meinen Schwierigkeiten belästigen.«

»Wenn er im Rathaus weilt, wird er sich freuen, Neuigkeiten zu erfahren. Er ist Euch wohlgesinnt, das solltet Ihr doch schon gemerkt haben.«

Erik nickte. Auch wenn er in Claas die Amtsperson sah, hatte er doch dessen aufrechte Anteilnahme gespürt.

»Aber zuerst zeige ich Euch die *Adela*. Du hast doch nichts dagegen, Cunard?«

»Wie könnte ich?« Der Kapitän schenkte Brida ein Lächeln. Wieder spürte Erik einen Stachel. Verdammt, der Kapitän war nicht sein Rivale. Und er hatte keinen Grund, eifersüchtig zu sein. Brida hatte sich seiner angenommen, weil sie die Heilkundige des Orts war. Sie brachte ihm menschliche Wärme entgegen, weil dies ihre Art war, nicht weil er ihr gefiel.

Belüg dich nicht!, durchzuckte es ihn. Du gefällst ihr, und du weißt es auch. Sie hat es dir oft genug gezeigt.

Brida führte ihn mit der Begeisterung eines Kindes durch das Schiff. Cunard hatte sich in seine Kajüte zurückgezogen, um die Abrechnungen für Hinrich vorzubereiten. Erik war froh darüber.

Die *Adela* war zwar ein Handelsschiff, aber sie war auch bewaffnet. Voller Stolz zeigte Brida ihm die Kanonen, fünf Stück an jeder Seite.

»Die hat mein Vater schon angeschafft, als ich noch ein Kind war. Zum Glück haben wir sie nur einmal gebraucht.

Habe ich Euch erzählt, wie es war, als uns die Kaperfahrer verfolgten?«

»Ihr erwähntet nur, dass Ihr ihnen entkommen seid.« Er beobachtete, wie Brida beinahe liebevoll über die Kanonen streichelte.»Habt Ihr die Kanonen gebraucht?«, fragte er.

Brida nickte.»Es war ein Konvoi von drei Kaperschiffen. Nun, einer kam uns ziemlich nahe. Der hat eine volle Breitseite abgekriegt, und der Hauptmast ist ihm weggebrochen. Da war's aus mit dem Verfolgen.« Ihre Augen blitzten, als würde sie den Triumph nochmals erleben.»Auf den anderen beiden Schiffen war man sich offenbar unschlüssig, ob man sich weiter an uns heranwagen sollte oder lieber nicht. Die *Adela* hat hart am Wind gedreht und ihnen eine weitere Breitseite verpasst, um den Seeräubern die Entscheidung zu erleichtern. Die hat zwar nur ein Loch oberhalb der Wasserlinie in eines der verbliebenen Schiffe geschlagen, aber wir waren ohnehin schneller.«

»Andere Mädchen hätten bestimmt vor Angst gezittert.«

»Ich war nie wie andere Mädchen. Und ich bin auch nicht wie andere Frauen.«

»Nein, das seid Ihr nicht. Ihr seid außergewöhnlich, Brida.«

Sie lachte.»Ist das nun ein Kompliment, oder benennt Ihr einen Makel?«

»Das ehrlichste Kompliment, das ich Euch machen kann. Denn es zeichnet Euch aus. Viele Frauen sind schön, warmherzig und liebenswert. Ihr seid all das zusammen, aber gleichzeitig noch viel mehr. Jeder Mann mit Verstand würde von einer Frau wie Euch träumen.«

Sie starrte ihn an, und diesmal hatte er das Gefühl, das Blut schösse ihm in den Kopf. Warum um alles in der Welt hatte er nicht den Mund gehalten? Es war weder der rechte Ort noch die rechte Zeit für solche Reden.»Verzeiht«, sagte er.»Ich bin wohl etwas zu weit gegangen.«

»Nein, das seid Ihr nicht. Es waren wunderschöne Worte.«

Nie zuvor waren ihm ihre Augen so blau vorgekommen. Wie sie ihn gefangen hielten und festnagelten! Verdammt, er war wirklich zu weit gegangen. Er hatte Hoffnungen in ihr geweckt. Hoffnungen, die ein Mann ohne Namen und Gedächtnis nicht erfüllen konnte. Auch wenn er es nur zu gern getan hätte.

»Meint Ihr, Claas hält sich zurzeit im Rathaus auf?«, fragte er und hätte sich gleichzeitig ohrfeigen mögen, weil er den Zauber des Augenblicks so plump zerstörte.

»Ja«, antwortete sie. Ein leiser Anflug von Enttäuschung schwang in ihrer Stimme mit. »Vormittags ist er oft dort.«

»Dann sollte ich gleich gehen. Ehe sich zu viele Trunkenbolde in der *Seejungfrau* begegnen und auf dumme Gedanken kommen, wenn sie mich sehen.« Er versuchte ein Lächeln, doch es wirkte gezwungen.

»Soll ich Euch begleiten?«

»Das ist nicht nötig. Ihr habt Euch so gefreut, die *Adela* wiederzusehen. Und wer weiß, ob es Eurem Ruf nicht schadet, allzu häufig allein in meiner Begleitung gesehen zu werden.«

»Glaubt Ihr? Ob ich nun Euch begleite oder allein auf ein Segelschiff voller Männer klettere ...« Sie lächelte ihn verschmitzt an. Es war dasselbe Lächeln, das er von ihrem Vater kannte.

»Immerhin sind Euch diese Männer wie Brüder und Onkel, wenn ich mich recht erinnere. Keine dänischen Mordbuben mit zweifelhafter Vergangenheit.«

Brida verschränkte die Arme vor der Brust. »Ihr redet genauso wie unser Herr Pfarrer. Wer weiß, ob Ihr nicht doch dem geistlichen Stand angehört.«

Erik lachte, und sie fiel in sein Lachen ein. Die Schwere war verschwunden.

»Passt gut auf Euch auf!«, rief sie ihm hinterher, als er sich über die Reling schwang. Der Landesteg war zwar längst ausgefahren, aber er hatte das Gefühl, einer Frau wie Brida einen verwegeneren Abgang bieten zu müssen.

Es war ein seltsames Gefühl, allein in Richtung Rathaus zu gehen. Niemand beachtete ihn sonderlich. Vermutlich weil er in Hinrichs alter Seemannskleidung aussah wie die meisten Männer in der kleinen Stadt. Kurz bevor er die Stufen zum Eingang des Rathauses erreichte, fiel sein Blick auf das vergitterte Oberlicht seiner alten Zelle. An dem Pfosten mit dem Eisenring war ein Pferd angebunden. Es war der Rappe mit den ungleichmäßig abgetretenen Eisen. Erik atmete einmal tief durch, dann betrat er das Rathaus. Er vermied es, auf die Kellertreppe zu schauen, und begab sich geradewegs in die Vorhalle. Ein untersetzter kleiner Mann, seiner Kleidung nach vermutlich ein Schreiber, sprach ihn an.

»Was willst du hier?«

»Ich wollte fragen, ob der Herr Stadtrat Claas zu sprechen ist.«

»Der Stadtrat hat Wichtiges zu tun.«

»Dann ist er hier?«

»Wer bist du überhaupt, dass dich das was angeht?«

Erik lächelte. Es tat gut, nicht sofort als der Däne erkannt zu werden, sondern wie jeder gewöhnliche Bittsteller von oben herab behandelt zu werden.

»Der Stadtrat hat mich gebeten, ihn in Kenntnis zu setzen, wenn mir neue Erinnerungen zu meiner Herkunft kommen.«

Die Überheblichkeit des Schreibers wandelte sich in Verwirrung. »Was soll das heißen?«

»Ich bin der, der die letzten drei Wochen ein Stockwerk tiefer die Gastfreundschaft dieses Hauses genießen durfte, bevor Kapitän Hinrich für mich bürgte.«

Die Augen des Mannes weiteten sich. »Ihr seid der Däne.«

»Ist der Stadtrat hier?«, fragte Erik, ohne auf die Bemerkung einzugehen.

»Ja, aber ich kann ihn nicht stören, er spricht gerade mit dem Bürgermeister.«

»Dann warte ich.«

Der Mann schnaubte verächtlich. »Aber steht nicht im Weg rum, und spuckt nicht auf den Boden.«

»Keine Sorge, ich weiß mich zu betragen.« Erik deutete eine spöttische Verbeugung an.

Er musste ziemlich lange warten. Heiligenhafen war eine kleine Stadt, dennoch wunderte er sich über das rege Treiben im Rathaus. Boten huschten mit Schriftstücken durch die Flure, geschäftig aussehende Männer verschwanden in irgendwelchen Räumen, oft genug in ernste Gespräche vertieft, von denen nur einzelne Wortfetzen zu ihm herüberwehten. Ein junges Mädchen, kaum dem Kindesalter entwachsen, schleppte einen schweren Eimer mit Wasser heran und scheuerte den Boden. Er sah ihr eine Weile zu, bis sie bemerkte, dass er sie beobachtete, und ebenfalls immer wieder zu ihm herüberspähte. Langsam, beinahe unauffällig schob sie ihren Eimer immer näher zu ihm heran, bis sie ganz dicht vor seinen Füßen die Fliesen schrubbte.

»Kann ich Euch zu Diensten sein, Herr?« Sie blickte zu ihm auf. Ihre Augen leuchteten herausfordernd. Es war eindeutig, welchem Nebenerwerb sie nachging.

»Wie alt bist du?«

»Dreizehn«, antwortete sie. »Glaubt mir, ich versteh schon, was die Männer mögen. Bisher hat sich noch keiner beschwert.«

»An mich wär's verschwendet, ich hab kein Geld.«

»Aber vielleicht dann, wenn Ihr wieder welches habt? Ihr könntet nach mir fragen. Ich bin die Johanna.«

»Nein, du bist mir zu jung.«

»Da wärt Ihr aber der Erste, den das stört. Und außerdem werd ich doch mit jedem Tag älter.«

»Na, dann frag mich in fünf Jahren noch mal.«

»Wollt Ihr hier wirklich so lange rumstehen?« Sie kicherte.

»Kommt mir fast schon so lange vor«, antwortete er. »Aber ich habe wirklich keinen Bedarf an deinen Diensten, Johanna. Ich warte auf jemanden.«

»Und ich dachte, Ihr steht hier nur, um mich anzuschauen. Ihr wärt ja wenigstens mal 'n hübscher Kerl gewesen, nicht so 'n oller, fetter wie die meisten hier.« Sie seufzte. »Da habe ich wohl kein Glück heute.« Dann wandte sie sich wieder ihrer Arbeit zu, und Erik fragte sich, ob er überhaupt einen Gedanken an ihr Schicksal verschwendet hätte, wenn sie tatsächlich fünf Jahre älter gewesen wäre. Warum ließ der Pfarrer so etwas eigentlich zu? Bestimmt wusste jeder, dass dieses Kind nicht nur die Böden schrubbte. Oder war der Gottesmann tatsächlich ahnungslos? Das konnte er sich beim besten Willen nicht vorstellen.

Endlich sah er Claas den Flur entlangkommen und stellte sich so, dass der Stadtrat ihn sofort sehen musste.

»Guten Morgen, Herr Stadtrat. Habt Ihr eine kleine Weile Zeit für mich?«, sprach er ihn an. »Ihr wolltet doch, dass ich Euch über alle Neuigkeiten auf dem Laufenden halte.«

»Ihr habt Euch wieder an etwas erinnert?« Der Stadtrat wirkte gehetzt, Sorgenfalten gruben sich in seine Stirn.

»Ja.«

»Dann kommt.« Mit fahriger Geste zog Claas ihn in eine der kleinen Amtsstuben. Dort gab es nur ein Schreibpult und zwei Stühle.

»Wenn ich Euch nicht gelegen komme, sagt es, dann komme ich später wieder.« Irgendetwas stimmte nicht mit dem Stadtrat. Erik dachte daran, was Brida ihm über Claas' Frau erzählt hatte.

»Nein, nein, es ist in Ordnung«, wehrte Claas ab. »Nehmt doch Platz. Wisst Ihr wieder, wer Ihr seid?«

»Nein, das nicht.« Erik setzte sich auf einen der Stühle. »Aber ich habe mich an eine Kogge erinnert. Ein stolzes Schiff mit einem Wappen auf dem Hauptsegel. Es kam mir sehr vertraut vor. Ich kann nicht ausschließen, dass es sogar das Wappen meiner Familie sein könnte.«

»Beschreibt es mir.«

»Es ist zweigeteilt. Ein schwarzer Adler auf goldenem Hintergrund und darunter ein goldener Sparren auf blauem Grund.«

Claas überlegte kurz, dann schüttelte er den Kopf. Wieder fiel Erik auf, wie schlecht der Stadtrat aussah. Sein Gesicht war aschfahl.

»Dieses Wappen ist mir unbekannt. Aber ich werde es herausbekommen. Gebt mir ein wenig Zeit.«

»Ich danke Euch.«

»War das alles, woran Ihr Euch erinnert habt?«

»Ja, obwohl …« Erik zögerte. Es waren doch so viele neue Bilder gewesen. »Da ist noch etwas. Ich weiß wieder, wie meine Mutter hieß. Grit. Sie ist Dänin, der Hof in Vordingborg gehörte ihrem Vater.«

»Und Euer Vater? Ist er Deutscher?«

»Ich weiß es nicht. Aber wenn Eure Vermutungen stimmen, dann müsste er es sein. Vielleicht solltet Ihr in Lübeck nach dem Wappen forschen lassen. Ich habe schon Kapitän Cunard gefragt, aber …«

»Ihr habt mit Cunard gesprochen?«, unterbrach Claas ihn. »Kannte er das Wappen?«

»Dann hätte ich Euch doch nicht damit belästigt.«

Claas nickte. »Ihr habt recht. Nun, wie mir scheint, habt Ihr Euch seit gestern an einiges erinnert. Ihr versteht Euch auf Waffen, Ihr wisst wieder, welchen Namen Eure Mutter trug. Ist Euch auch bekannt, zu welchem Geschlecht sie gehört? Oder wie Euer Großvater aus Vordingborg heißt?«

»Nein, dann hätte ich es Euch gesagt.«

»Vielleicht braucht Ihr meine Hilfe bald gar nicht mehr. Möglicherweise wisst Ihr demnächst wieder, wer Ihr seid.«

»Wobei Ihr eher in Erfahrung bringen wollt, ob ich Däne oder Deutscher bin, nicht wahr?«

»Wenn wir Euren Namen wissen, kennen wir auch Eure Herkunft.« Claas erhob sich. »Verzeiht, wenn ich ungastlich erscheine, aber ich habe noch einiges zu tun.«

»Ich muss mich für die Störung entschuldigen«, sagte Erik und stand ebenfalls auf. »Ich hoffe, ich habe Euch nicht zu viel Zeit geraubt.«

»Nein, ganz und gar nicht.« Der Stadtrat bemühte sich um ein Lächeln, doch es wirkte gequält. Ob es seiner Frau wohl schlechter ging?

Als er das Rathaus gerade verlassen wollte, sah er, wie Johanna mit dem Schreiber sprach, der ihn so von oben herab behandelt hatte. Sie lachte keck, warf den Kopf zurück, dann verschwand sie mit ihm in einer der Amtsstuben. Erik merkte, wie sich seine Rechte zur Faust ballte.

9. Kapitel

Ihr wollt wirklich schon heute Abend wieder auslaufen?« Brida sah Cunard enttäuscht an. »Ich dachte, die *Adela* bleibt ein paar Tage.«

»Du weißt doch, wir sind auf kürzestem Weg von Rostock gekommen, damit ich mit deinem Vater abrechnen kann. Aber den Landurlaub wollen die Männer in Lübeck nehmen.«

Brida nickte. Lübeck bot natürlich viel mehr Abwechslung als Heiligenhafen, und einige Besatzungsmitglieder hatten dort Familie.

»Brida ...« Der Klang in Cunards Stimme ließ sie aufhorchen. So hatte er ihren Namen noch nie ausgesprochen.

»Ja?«

»Ich ... ich bin nicht nur deshalb sofort nach Heiligenhafen gesegelt, um deinem Vater seinen Anteil auszuzahlen. Ich wollte vor allem dich sehen.«

»Und trotzdem willst du gleich wieder nach Lübeck.« Sie hob scherzhaft drohend den Zeigefinger.

»Das ist doch nur wegen der Mannschaft.« Er hielt kurz inne, dann holte er tief Luft. »Brida, ich habe es mir in den letzten Monaten auf See immer wieder ausgemalt. Immer wieder über den Augenblick nachgedacht, wenn ich dich wiedersehe. Ich wollte deinen Vater fragen. Aber vorher möchte ich wissen, ob es in deinem Sinne ist.«

Wie er sie ansah! Und dann dieser feierliche Ton. Einen Augenblick lang war sie verwirrt, dann begriff sie.

»Cunard, du ...«, wollte sie ansetzen, doch er ließ sie nicht aussprechen.

»Brida, willst du meine Frau werden?«

135

Er sah sie an, aus treuen Augen, die ihr eine gesicherte Zukunft versprachen.

»Ob ich …« Sie brach ab. Was sollte sie antworten? Sie mochte ihn, sie hatte ihn immer gemocht. Möglicherweise hätte sie vor seinem letzten Aufbruch ohne Zögern Ja gesagt. Wenn er sie gefragt hätte, bevor sie Erik kannte. Erik …

»Du musst dich nicht sofort entscheiden, wenn es dir zu schnell geht«, sagte er hastig, als er ihre Unentschlossenheit bemerkte. »Wir kommen in zwei Wochen zurück, bevor wir auf die nächste große Fahrt gehen. Ich kann warten. Aber ich hätte vor meiner nächsten Reise gern eine Entscheidung.«

Sie nickte, unfähig, etwas zu sagen. Sie kannte ihn seit Jahren, er war ein aufrechter Mann, auf den ihr Vater große Stücke hielt. Bei Cunard wusste sie, woran sie war. Es wäre nur vernünftig, ihn zu heiraten. Und doch ging ihr Erik nicht mehr aus dem Sinn. Erik, dessen wahren Namen sie nicht kannte. Von dem sie nicht wusste, welches Geheimnis er in sich barg oder ob er gar verheiratet war. Erik, der sie mit seinem Wesen bezaubert hatte, ohne es darauf anzulegen. Und dann seine Worte, kurz bevor er die *Adela* verlassen hatte … Kein Mann hatte ihr bislang ein Kompliment gemacht und war danach errötet, so wie er. Wenn er doch nur endlich seine Erinnerung wiederfände!

»Brida, darf ich deinen Vater fragen? Auch wenn du dir mit deiner Antwort noch Zeit lassen willst?« Cunard sah sie bittend an. »Ich meine, damit er meine Absichten kennt.«

Sie nickte. »Er hat sicher nichts dagegen, das weißt du doch. Er schätzt dich.«

Er schenkte ihr ein Lächeln. Cunard war kein Mann, der Geheimnisse aufwarf. Offen und zuverlässig. Der vollkommene Ehemann. Bis auf die Tatsache, dass er die meiste Zeit des Jahres auf See verbrachte.

Auf See …

»Wenn ich Ja sage, erfüllst du mir dann einen Wunsch?«

»Selbstverständlich.« Seine Augen leuchteten voller Zuversicht.

»Nimmst du mich auf deine Reisen mit? So, wie mein Vater es früher getan hat?«

Er schluckte. »Brida, es ist nicht üblich, dass der Kapitän seine Frau mit an Bord nimmt.«

»Es ist auch nicht üblich, dass der Kapitän seine Tochter an Bord aufzieht. Also, nimmst du mich mit, wenn ich mit dir verheiratet wäre?«

»Vielleicht auf die eine oder andere kürzere Fahrt«, versuchte er sich herauszureden. »Aber nicht auf die weiten Reisen. Das wäre zu gefährlich. Außerdem ...« Er schluckte noch einmal. »... wenn wir erst Kinder haben, brauchen sie ein Heim an Land.«

»Ein Schiff kann ein wundervolles Heim für ein Kind sein. Sogar für ein Mädchen.«

»Ich weiß, du bist nicht wie andere Frauen, deshalb schätze ich dich auch so sehr. Aber ... aber du kannst nicht von mir erwarten, dass ich mich allen Gepflogenheiten widersetze.«

»Nein, das kann ich nicht«, sagte sie leise. »Das konnte ich immer nur von meinem Vater erwarten.«

»Brida, glaubst du wirklich, dein Vater hätte dich als Kind mit an Bord genommen, wenn deine Mutter nicht so früh verstorben wäre? Das waren doch ganz andere Voraussetzungen.«

»Ja, das waren sie.« Brida atmete tief durch. »Ich gebe dir in zwei Wochen eine Antwort.«

»Ich täte alles, um dich glücklich zu machen.« Er ergriff ihre Hände. »Wenn du es wirklich willst, finde ich auch Wege, dich auf einige Reisen mitzunehmen.«

»Das weiß ich«, sagte sie, gerührt von seinem Werben, und konnte doch nicht verhindern, dass Eriks Bild ihr Herz erfüllte.

Die *Adela* legte am frühen Abend ab. Brida blickte vom Fenster ihrer Kammer aus auf den Hafen und sah, wie die stolze

Kogge Fahrt aufnahm. Sie hatte es nicht über sich gebracht, die *Adela* unmittelbar am Kai zu verabschieden. Es tat noch immer weh, sie fortsegeln zu sehen. Als das Schiff schon längst außer Sicht war, gab sie sich noch immer ihren alten Erinnerungen hin.

Das Geräusch, wenn der Wind die Segel fasst. Der Ruck, der durch das Schiff geht, wenn der Hafen es aus seinen Fesseln entlässt. Der Geruch des Meeres, der Geschmack von salziger Gischt auf den Lippen. Schreiende Möwen, die das Schiff begleiten …

Sie seufzte. All das war für immer Vergangenheit. Selbst wenn sie Cunards Antrag annähme, mehr als ein paar kurze Fahrten wären ihr nicht mehr vergönnt.

»Fräulein Brida!« Mariekes Stimme dröhnte durch das ganze Haus. »Das Essen ist fertig!«

Ein weiterer Seufzer. Cunard hätte wenigstens noch mit ihnen essen können. Ihr Vater hatte ihn eingeladen, aber er wollte das Schiff vor Einbruch der Nacht im sicheren Lübecker Hafen wissen.

Hinrich war bester Laune. Brida hatte den Eindruck, dass es nicht nur an den erfolgreichen Geschäftsabschlüssen lag, die Cunard vorgelegt hatte. Gewiss freute ihn der Antrag des jungen Kapitäns.

Erik war erst kurz zuvor zurückgekehrt. War er so lange im Rathaus aufgehalten worden? Auf jeden Fall erschien er ihr sehr nachdenklich.

Sie wollte ihn gerade fragen, ob Claas das Wappen erkannt habe, da ergriff ihr Vater das Wort. »Brida, Cunard hat mich um deine Hand gebeten. Er sagt, er hätt dich auch schon gefragt, und du wärst nicht abgeneigt. Wirst du annehmen?«

Ein Ruck ging durch Erik. Er starrte Brida an, halb erschrocken, halb verstehend. So, als hätte er es noch vor ihr gewusst. Sie erinnerte sich, wie er Cunard abgeschätzt hatte. Da erst wurde ihr bewusst, dass Erik den Kapitän wie einen Rivalen gemustert hatte.

»Ich weiß es noch nicht, Vater.«

»Ich will dich ja nicht drängen, Deern, aber der Käpt'n ist die beste Wahl. Und er ist dir aufrichtig zugetan. Ich habe ihm gesagt, dass er meinen Segen hat. Ich würd mich freuen, wenn du seinen Antrag annimmst.«

Erik starrte in seine Schüssel, als gäbe es sonst nichts auf der Welt. Brida spürte seine Anspannung beinahe körperlich.

»Cunard ist ein Mann, der dir 'ne gesicherte Zukunft bietet und genauso nachsichtig mit deinen Eigenarten umgeht wie ich«, fuhr Hinrich fort. Nach einem kurzen Blick auf Erik sprach er weiter. »So 'n guten, zuverlässigen Kerl wie Cunard findste nicht so schnell wieder, Brida.«

»Entschuldigt mich bitte.« Erik stand vom Tisch auf und verließ die Stube.

Hinrich warf ihm einen langen Blick nach. »Na, da schau her. Das scheint ihm wohl nicht zu gefallen.«

»Das hast du absichtlich gesagt.«

»Natürlich, Deern. Erik muss wissen, woran er ist.«

»Das war nicht nötig.«

»Das war mehr als nötig, Brida.« Hinrichs Stimme wurde auf einmal sehr streng. »Ich hab doch Augen im Kopf. Du hast dich in ihn verguckt. Und er sich in dich. Aber das ist nur 'ne Schwärmerei. Du weißt nix von ihm und kannst dein Leben nicht auf Traumgespinste bauen.«

»Du tust ja gerade so, als wolle ich mit ihm durchbrennen!«

»Nein, aber du solltest die Augen nicht vor der Wirklichkeit verschließen. Gewiss, Erik ist 'n anständiger Kerl, sonst hätt ich nicht für ihn gebürgt. Aber wir wissen nicht, wer er wirklich ist, wohin er gehört und wie er seinen Lebensunterhalt bestreitet. Schlag ihn dir aus'm Kopf, bevor's schmerzhaft wird.«

Selten hatte sie ihren Vater so ernst erlebt.

»Was befürchtest du?«, fragte sie.

»Dass er dir wehtun wird, Deern.«

»Das würde er nie tun! Er ist immer freundlich und höflich.«

»Ja. Er wird dir auch nicht mit Absicht Schmerz zufügen. Aber ein Mann, der so geschickt einen Angreifer tötet, so schnell und ohne jede erkennbare Reue, der hat noch eine andere Seite.«

»Woher weißt du, dass er ohne Reue getötet hat? Ich habe gehört, was er zu Hans gesagt hat, das zeugte von …«

»Nein, Brida«, unterbrach ihr Vater sie hart. »Das zeugt von gar nichts. Nur davon, dass er wusste, was du von ihm erwartest.«

»Warum hast du überhaupt für ihn gebürgt, wenn du ihn so siehst?« Tränen schossen ihr in die Augen. Sie versuchte vergeblich, sie fortzublinzeln.

»Deern, ich hab dir gesagt, dass ich ihn mag. Aber deshalb würde ich ihn noch lang nicht als Schwiegersohn begrüßen.«

»Wie kommst du darauf, dass ich …«

»Brida, mach mir nix vor«, fuhr er ihr über den Mund. »Ich war auch mal jung. Es gibt Zeiten, da ist der Blick für die Wirklichkeit getrübt. Und deiner ist seit einiger Zeit mehr als trüb. Ich will nicht, dass du Dummheiten machst oder dich von Erik in Schwierigkeiten bringen lässt. Cunard wäre dir ein guter Ehemann. Und außerdem magst du ihn. Bevor dieser Erik aufgetaucht ist, hast du Cunard so angesehen. Und wenn der den Mumm gehabt hätte, dich schon vor sechs Monaten zu fragen, dann wärste jetzt die Seine.«

»Ich bin satt.« Brida schob ihre halb volle Schüssel von sich. »Bitte entschuldige mich, Vater.«

Sie stand auf und verließ die Stube. Ein kurzer Blick in die Küche. Marieke spülte Töpfe ab. Erik war nicht da.

Sie ging in den Garten. Erik lehnte an der Weide und starrte ins Abendrot. Als sie näher kam, schenkte er ihr ein wehmütiges Lächeln.

»Erik, ich …«, setzte sie an, doch er unterbrach sie sofort.

»Euer Vater hat recht. Cunard ist ein guter Mann. Bei ihm wisst Ihr, woran Ihr seid.«

»Was soll das?«

»Was meint Ihr? Dass ich Eurem Vater recht gebe?«

»Nein, sondern dass Ihr mich unterbrecht. Kann ich nicht mal mehr meine Gedanken sammeln, ohne dass mir irgendwer über den Mund fährt? Erst Cunard, dann mein Vater und nun auch noch Ihr. So, als wüsst ich nicht selbst, was für mich gut ist, nur weil ich eine Frau bin!« Sie blitzte ihn zornig an.

»Verzeiht, das war nicht meine Absicht.«

»Ich wollte Euch nur sagen, dass ich Cunard nichts versprochen habe.«

»Das sagtet Ihr schon bei Tisch. Aber Ihr solltet seinen Antrag annehmen.«

»Ach ja? Was versteht Ihr schon davon? Und was geht's Euch überhaupt an?«

»Nichts, Ihr habt recht. Ich dachte nur, dass Euer Vater am besten weiß, was für Euch gut ist.«

»Ihr macht es Euch einfach.«

»Ich habe gehört, was er sagte, nachdem ich die Stube verlassen hatte. Es war ja laut genug. Jemand wie ich wird Euch über kurz oder lang nur Schmerz zufügen. Ihr wisst nichts von mir. Ich weiß ja selbst nicht, wer ich bin und ob ich einem achtbaren Handwerk nachgegangen bin.« Er atmete tief durch. »Nur in einem hat Euer Vater unrecht. Ich töte nicht ohne Reue. Was ich zu dem kleinen Hans gesagt habe, galt ihm und diente nicht dazu, Euch für mich einzunehmen.« Seine Stimme war leise geworden.

»Das weiß ich. Und Vater weiß es auch. Er wollte Euch nicht verletzen.«

Erik nickte. »Er macht sich Sorgen um Euch.«

»Er muss sich keine Sorgen machen. Ich bin alt genug, um selbst zu entscheiden, wer gut für mich ist und wer nicht.«

»Cunard wäre gut für Euch.«

»Dann ist es Euch recht, wenn ich seine Frau werde?«, fragte sie trotzig.

»Brida, was mir recht ist, ist doch vollkommen unwichtig. Was kann ein Mann wie ich einer Frau bieten? Vielleicht bin ich längst verheiratet und habe fünf Kinder. Vielleicht habe ich in Dänemark irgendein Verbrechen begangen und bin aus einem Kerker entflohen. Ich bin jemand, der weiß, wie man schnell und zielsicher tötet. Das fördert nicht gerade das Vertrauen. Ich möchte um keinen Preis das Missfallen Eures Vaters erregen, denn ich schätze ihn und verdanke ihm viel. Ich kann mir keine weiteren Schwierigkeiten erlauben. Und ich möchte Euch ebenfalls keine bereiten.«

»Es tut mir leid«, sagte sie. »Aber eine Frage müsst Ihr mir noch beantworten. Eine einzige nur.«

»Welche?«

»Was tätet Ihr, wenn Ihr wüsstet, wer Ihr seid? Wenn Ihr all Eurer Sorgen ledig wärt?«

»Diese Frage beantworte ich Euch, wenn ich wieder weiß, wer ich bin.«

»Das ist feige!«, entfuhr es ihr.

»Ich habe nie behauptet, mutig zu sein.« Er grinste und beugte sich vor. »Außerdem«, flüsterte er dann, »beantworte ich diese Frage gewiss nicht, solange Marieke am Fenster steht und die Ohren spitzt.«

Brida fuhr herum. »Marieke, hast du nix Besseres zu tun, als uns zu belauschen?«

»Was Nützlicheres wohl schon, aber nix Besseres!«, rief die Magd keck, ehe sie sich blitzschnell vom Fenster zurückzog.

Erik lachte laut.

»Das hättet Ihr mir auch früher sagen können!«, fauchte sie ihn an.

»Warum? Ich dachte, Ihr hättet keine Geheimnisse vor Marieke.«

Brida wandte sich um und wollte ins Haus gehen, da fühlte sie, wie Erik sie am Unterarm festhielt.

»Was ist noch?«, fuhr sie ihn an.

»Ich bin Euch noch eine Antwort schuldig«, sagte er leise. »Wenn ich wüsste, wer ich bin, und dass kein Makel auf meiner Herkunft und meinen Taten liegt, dass ich ledig bin und keiner anderen Frau verpflichtet, dann würde ich Euch bitten, die Meine zu werden. Denn Ihr seid all das, was ich Euch schon auf der *Adela* sagte. Leider weiß ich nicht, wer ich bin oder ob meine Herkunft möglicherweise geeignet wäre, Euch in Schwierigkeiten zu bringen. Und deshalb kann es nicht mehr als eine Schwärmerei sein, der wir uns nicht hingeben dürfen.«

Bridas Herz schlug wie rasend. Hatte er das wirklich gesagt?

»Erik ...«

»Geht ins Haus. Marieke ist zwar fort, aber Euer Vater lugt gerade aus dem Fenster.«

Sie blickte hoch. Er hatte recht. Welch ein Mann, der offensichtlich alles im Blick hatte!

»Dann gehe ich. Ich will Euch schließlich nicht in Schwierigkeiten bringen, Herr Erik.«

Am nächsten Morgen traf sie Erik und ihren Vater in aller Frühe in der Küche. Es war, als hätte es den gestrigen Tag nicht gegeben. Hinrich brachte Erik die gleiche Wertschätzung entgegen wie zuvor, und es fiel kein Wort über Cunard oder eine baldige Hochzeit. Vielleicht lag es auch daran, dass Kalle wieder gekommen war und haarsträubende Geschichten zum Besten gab.

»Habt Ihr in letzter Zeit eigentlich mal den Seyfried gesehen? Der hat wohl 'n Goldschatz gefunden. Lief gestern wie so 'n Gockel in feine Kleider rum und hat die Gäste der *Seejungfrau* die halbe Nacht freigehalten«, sagte Kalle.

»Stimmt, ich habe ihn gestern früh gesehen«, bestätigte Erik.

»Aber was schert's mich? Ich bin froh, wenn ich nichts mit ihm zu schaffen habe.«

»Das ist die richtige Einstellung«, lobte Hinrich. »Seyfried macht nur Ärger. Am besten, man beachtet ihn gar nicht.«

»Ich mein ja nur.« Kalle nahm sich einen Becher mit frischer Milch und stürzte den Inhalt in einem Zug hinunter. »Wenn einer, der seinen Hof kaum halten kann, plötzlich so mit'm Geld prasst, kann da was nicht stimmen.«

»Seit wann hat er denn so viel Geld?«, fragte Brida und setzte sich zu den Männern an den Tisch.

Kalle hob die Schultern. »Angeblich seit einer Woche.«

»Das ist wirklich seltsam.«

»Deern, was machste dir darüber 'n Kopf? Sei froh, wenn der Seyfried sein Auskommen hat, dann hört er auf, dir nachzustellen.«

»Das würd ich ihm auch so abgewöhnen.«

Sie hielt inne, als jemand an die Haustür pochte. Marieke lief hinaus und kehrte kurz darauf mit Hauptmann Willem zurück.

»Guten Morgen«, grüßte er. »Tut mir leid, wenn ich so früh störe, aber ich muss noch etwas mit Erik klären.«

Brida sah, wie sich Eriks Wangenmuskeln anspannten. Für einen kurzen Moment glaubte sie wieder, diesen gehetzten Raubtierblick wahrzunehmen.

»Worum geht es?«, fragte er scheinbar gelassen.

»Um den Toten.« Willem zog sich einen Schemel heran. Kalle rückte mit seinem Stuhl ein Stück zur Seite, damit der Hauptmann Platz am Tisch fand. »Ich habe etwas über ihn herausgefunden.«

»Und?« Inzwischen gab Erik sich keine Mühe mehr, seine Erregung zu verbergen.

»Das ist so 'ne Sache.« Willem strich sich übers Haar. »Ich hab ihn mir noch mal genau angesehen. Der Kerl war als Fälscher und Dieb gebrandmarkt. Trug auf der rechten Schulter das lübsche Schandmal. Ein Ausgestoßener. Und wie der Zufall so spielt – einer meiner Leute hat ihn tatsächlich erkannt. Er gehörte zu dem Raubgesindel, das die Straßen zwischen Heiligenhafen und Oldenburg unsicher macht.«

»Ist Euer Mann seiner Sache ganz sicher?«, fragte Erik nach.

»Ja. Wir haben vor ein paar Monaten einen Köder ausgeworfen. Ein schwer bepackter Wagenzug, scheinbar leichte Beute. Aber meine Männer hatten sich unter den Wagendecken versteckt. Es sind nur wenige Räuber entkommen. Der, den Ihr getötet habt, war einer davon. Mein Mann wollte ihn halten und hat den Kerl mit dem Messer am linken Oberarm getroffen, ehe der sich losreißen konnte. Und genau an der Stelle hat der Tote eine Narbe.«

»Und welchen Schluss zieht Ihr daraus?«

»Ihr seht mich gerade so an, als tätet Ihr glauben, ich würd Euch verdächtigen, mit dem Räuberpack gemeinsame Sache gemacht zu haben.« Willem lachte.

»Bei allem, was ich in dieser Stadt schon erlebt habe, würde mich eine derartige Schlussfolgerung nicht wundern«, gab Erik unumwunden zu. »Aber nun sagt, was denkt Ihr wirklich, Hauptmann?«

»Irgendwer hat den Mann angeheuert, um Euch zu töten.«

»Aber warum?«

Willem hob die Schultern. »Das weiß ich nicht. Aber es ist die einzig vernünftige Erklärung. Das wollt ich Euch nur sagen. Seid auf der Hut. Eure Feinde wissen anscheinend doch, wo Ihr Euch aufhaltet.«

»Hast du schon mit dem Stadtrat darüber gesprochen, Willem?«, fragte Hinrich.

Willem schüttelte den Kopf. »Ich wollte ihn damit nicht belästigen. Er ist heut nicht ins Rathaus gekommen. Seiner Frau geht's wieder schlechter.« Er wollte sich gerade erheben und gehen, als Erik ihn zurückhielt.

»Noch auf ein Wort, Herr Hauptmann. Ihr glaubt also, ich

hätte Feinde, die mir einen gedungenen Mordbuben auf den Hals hetzen. Was sagt Euch Eure Erfahrung? Wo mögen die Feinde sitzen? Ihr wisst, dass mir immer noch nicht klar ist, ob ich Däne oder Deutscher bin.«

»Glaubt Ihr, der Arm der Dänen reicht so weit, einen dahergelaufenen Straßenräuber aus dem lübschen Umland anzuheuern?«

Erik erwiderte kein Wort.

»Wenn ich an Eurer Stelle wär, Erik, würd ich drum beten, möglichst bald mein Gedächtnis wiederzufinden, denn wer weiß, ob Eure Feinde noch mal so einen Stümper schicken.«

Brida schlug das Herz bis zum Hals.

»Was sagt Ihr da, Willem? Ihr glaubt, es könnte einen zweiten Anschlag geben?«, fragte sie.

»Ich will Euch keine Angst machen, Brida, aber ja, genau das glaube ich. Deshalb kam ich. Um Euch zu warnen. Vermutlich wärt Ihr in der Zelle sicherer, Erik.«

»Wenn Ihr mich dahin zurückhaben wollt, holt Euch genügend Männer. Freiwillig kriegt Ihr mich nie mehr dorthin.«

Willem lachte. »Keine Sorge, das liegt nicht in meiner Absicht. Ist ja Euer Leben, nicht meins. Und dass Ihr's gut zu verteidigen wisst, habe ich gesehen.«

Die Stille war fühlbar, nachdem Willem die Küche verlassen hatte. Brida sah den sorgenvollen Blick ihres Vaters. Er galt nicht Erik, er galt ihr.

Erik hatte ihn auch bemerkt.

»Ihr befürchtet, ich bringe Euch alle in Gefahr, nicht wahr?«, fragte er.

»Nicht alle, aber ich möcht nicht, dass Brida Euch noch irgendwohin begleitet. Sie könnt dabei zu Schaden kommen«, antwortete Hinrich.

»Ich weiß mich zu wehren!«, warf Brida ein.

»Ja, gegen besoffene Verehrer. Aber nicht gegen bezahlte Meuchelmörder.«

»Euer Vater hat recht, Brida. Zudem ist es nicht schicklich, wenn Ihr zu oft mit mir allein gesehen werdet.«

»Na, das sieht ja aus, als wenn's sich für mich lohnen würde, noch 'ne Weile zu bleiben«, sagte Kalle. »Ich kann mein Marieken und Fräulein Brida doch nicht allein lassen, wenn Gefahr droht.«

»Das ist gut, Kalle.« Hinrich klopfte ihm auf die Schulter. »Auf einen wie dich zähl ich in diesen Tagen. Wär mir übrigens ganz recht, wenn du nicht bei Knut, sondern in meinem Haus bleibst, bis die Gefahr gebannt ist. Marieke, sorg doch dafür, dass in Eriks Kammer noch 'n Schlafplatz eingerichtet wird.«

»Ist das nicht 'n bisschen eng?«, fragte die Magd.

»Na, wennste meinst, mein Marieken, ich komm auch gern in deine Kammer.« Kalle lachte.

»Das hättste wohl gern.« Marieke gab ihm einen Klaps auf den Kopf.

»Och, da hätt ich wohl manches gern, mein Süßen.«

Bridas Blick schweifte zu Erik hinüber. Er sah gedankenversunken aus, aber nicht so, als würde er sich an etwas erinnern. Eher so, als habe er Sorgen.

»Was geht Euch durch den Kopf?«, fragte sie ihn.

»Ich bringe hier alle in Gefahr«, sagte er leise. »Vielleicht hat Willem doch recht.« Er sah Hinrich an. »Ich könnte verstehen, wenn Ihr von Eurer Bürgschaft zurücktretet. Ich lasse mich lieber wieder in der Zelle einsperren als zuzusehen, wie jemand um meinetwillen zu Schaden kommt.«

»Das kommt überhaupt nicht infrage!«, rief Brida, und auch Hinrich schüttelte den Kopf.

»Ich steh zu meinem Wort, Erik. Und mit Kalle an unsrer Seite kann uns nix passieren. Der ist mit dem langen Messer mindestens so geschickt wie Ihr.«

»Soll ich's mal zeigen?« Kalle grinste. »Ich habe schon gehört, dass Ihr gut seid. Wüsst zu gern, ob Ihr wirklich besser seid als ich.«

»Danach steht mir im Augenblick nicht der Sinn«, antwortete Erik. »Später vielleicht.« Er stand auf. »Entschuldigt mich. Ich muss meine Gedanken wieder klar kriegen.«

»Aber passt auf, dass Ihr nicht in schlechte Gesellschaft geratet!«, rief Kalle ihm nach. Erik beachtete ihn nicht.

Auch Brida stand auf. »Ich besuche Anna«, erklärte sie. »Das ist das Mindeste, was ich tun kann, wenn es ihr so schlecht geht, dass Claas sogar dem Rathaus fernbleibt.«

Hinrich nickte. »Das ist wohl wahr. Aber denk dran, ich möcht nicht, dass du mit Erik allein irgendwohin gehst. Gedungenen Mördern ist's gleich, ob sie einen töten oder zwei. Vor allem, wenn sie jemand erkennt.«

»Ich weiß, Vater. Keine Sorge, ich halt mich dran.«

Als Brida das Haus verließ, sah sie, wie Erik gerade in Richtung des einsamen Strands verschwand. Dorthin, wo Arne ihn damals gefunden hatte. Ob er wohl immer noch hoffte, dass das Meer die geheimnisvolle Frau freigab, von der er immer wieder träumte?

Annas Anblick schnitt Brida ins Herz. Nichts war mehr von der tatkräftigen Frau geblieben, die sie immer bewundert hatte. Dünn war sie geworden, dünn und zerbrechlich. Zwischen den weißen Laken wirkte sie klein und verloren. Nur ihr langes blondes Haar, das breit über das Kissen fiel und ihren Kopf wie einen Heiligenschein umgab, hatte seine Schönheit bewahrt.

»Brida ist da«, sagte Claas leise zu ihr, ehe er beiseitetrat, damit Brida an das Bett treten konnte.

»Brida«, hauchte Anna und versuchte, sich aufzurichten. Ihre Augen lagen tief in den Höhlen. »Schön, dass du da bist.«

»Wirst du eine Weile bei ihr bleiben?«, flüsterte Claas. »Dann könnte ich rasch einige dringende Amtsgeschäfte erledigen.«

Anna hatte ihn gehört. »Geh ruhig«, sagte sie. »Ich habe dir doch schon gesagt, dass du nicht ständig bei mir wachen musst. Brida wird mir gute Gesellschaft leisten.«

»Das werde ich.« Brida ergriff Annas zerbrechliche Hand und setzte sich auf die Bettkante.

Nachdem Claas gegangen war, wandte sich Anna mit leiser Stimme an ihre Besucherin. »Er tut mir so leid. Er kann nicht loslassen, obwohl ich es ihm doch leicht machen will.«

»Es gibt immer Hoffnung«, erwiderte Brida. »Daran klammert er sich.«

»Ja, aber meine Hoffnung liegt nicht mehr in dieser Welt. Ich habe es ihm gesagt, gestern.« Anna atmete schwer.

»Und was antwortete Claas?«

»Dass er von einem berühmten Medicus gehört habe, der in Magdeburg praktiziere.« Sie seufzte. »Er will nicht glauben, dass es nirgendwo einen Menschen gibt, der den Tod noch aufhalten kann. Er hat schon nach ihm schicken lassen. Ich habe ihn gebeten, es nicht zu tun, aber er meinte, was gelte ihm schon Geld und Besitz, wenn ich nicht da sei, es mit ihm zu teilen?« Eine einsame Träne rollte über Annas Wange. »Ich wünschte, ich wär schon tot. Damit er aufhören könnte, sich selbst zu zerfleischen. Ich habe Angst um ihn.«

»O Anna!« Brida drückte die Hand der Kranken fester. »Sag mir, was ich tun kann!«

»Bete für ihn.« Annas Stimme war kaum noch ein Flüstern. »Bete für Claas, dass er nicht den Glauben verliert. Wenn er doch auf Gott vertrauen würde, statt sein Heil bei immer neuen Ärzten zu suchen, die mir nicht helfen, sondern mich nur um den Frieden meiner Seele bringen.« Sie atmete schwer. »Vermutlich wäre es anders, wenn ich ihm ein lebendes Kind hätte schenken können, nachdem Gott die kleine Marie von uns genommen hatte.« Anna schloss die Augen. Die letzten Worte hatten all ihre Kräfte aufgezehrt. Bridas Kehle wurde eng. Sie blieb an Annas Seite, hielt schweigend ihre Hand und beobachtete das schwache Heben und Senken des Brustkorbs.

Was wäre, wenn Gott Annas Wunsch erfüllte, bevor Claas zurück war? Wenn sie jetzt starb? Ohne ihn? Eine eisige Faust griff nach Bridas Herz. Das durfte nicht geschehen. Es würde ihn vernichten.

Stunde um Stunde wachte Brida an Annas Lager, wie es sonst Claas getan hatte, wartete auf seine Rückkehr. Als er endlich kam, hatte die Sonne ihren Zenit schon überschritten.

»Verzeih, ich wurde länger aufgehalten«, sagte er. Seine Miene war aschfahl. Brida trat zurück, um ihm den Platz an Annas Seite zu gewähren.

»Du hattest viel zu tun?«, fragte sie leise.

»So einiges«, antwortete er. »Aber ich habe nichts Neues über Erik erfahren, wenn du das meinst.«

»Hast du mit Willem gesprochen?«

»Nein, warum?«

Sie erzählte ihm kurz, was der Hauptmann ihnen am Morgen offenbart hatte. Für einen Moment hatte sie den Eindruck, Claas' Aufmerksamkeit gehöre nur ihr und nicht mehr seiner sterbenden Frau. Vielleicht war es ganz gut, ihn auf diese Weise ins Leben zurückzuholen, und so sprach sie weiter.

»Einiges an der Sache ist merkwürdig, findest du nicht? Wer sollte einen Mann mit einem Schandmal anheuern, um Erik zu töten? Und Kalle erzählte, dass der Seyfried in letzter Zeit mit dem Geld nur so rumprasst. Dabei hat der doch Schulden über Schulden auf seinem Hof.«

»Und du glaubst, da gibt es einen Zusammenhang? Meinst du, Seyfried ist unter die Räuber gegangen und hetzt Meuchler auf?« Claas lachte. »Das ist doch Unsinn.«

»Ich sag ja nicht, dass es so ist. Aber auffällig ist es doch, oder? Es wär vielleicht ganz gut, wenn mal jemand einen Blick auf Seyfried hätte. Er wollte Erik schon einmal an den Kragen.«

»Er war betrunken, Brida. Du weißt selbst, wie schnell der Wein manchen Männern Verstand und Beherrschung raubt.

Erik war nicht der Erste und wird nicht der Letzte sein, den eine aufgebrachte Meute in Gefahr bringt.«

Brida seufzte. »Wenn du meinst.«

»Das meine ich. Aber wenn es dich beruhigt, werde ich mal ein ernstes Wort mit Seyfried wechseln.«

Anna regte sich. Sofort gehörte Claas' Aufmerksamkeit wieder ihr, und der kurze Lebensfunke erlosch, den Brida eben noch in seinen Augen gesehen hatte. Ganz so, als würde Annas Leiden ihn aus der Welt der Lebenden mit hinab in die Unterwelt ziehen. Als Brida sich verabschiedete, hatte er nur noch ein kurzes Nicken für sie übrig.

10. Kapitel

Möwen zogen schreiend ihre Kreise über dem Meer, hielten Ausschau nach leichter Beute, auch wenn das bedeutete, einen Artgenossen um den Lohn seiner Jagd zu bringen. Fast wie die Menschen, dachte Erik.

Er hatte sich im Windschatten der Dünen lang im Sand ausgestreckt und beobachtete die Seevögel. Eine große Silbermöwe war besonders geschickt darin, die kleineren Lachmöwen noch in der Luft anzugreifen und zu berauben.

Die Sonne hatte in diesen ersten Maiwochen bereits etwas von der Kraft des Sommers, auch wenn ihr noch die sengende Hitze fehlte, die den Sand an heißen Julitagen zum Glühen brachte. Wieder schenkte seine Erinnerung ihm alte Bilder. Ein anderer Strand, eine andere Welt. Sommer. Möwen kreischen, der Sand ist heiß unter seinen bloßen Füßen, verbrennt ihm fast die Sohlen. Die Ostsee empfängt ihn mit angenehmer Kühle, wohltuend, nicht so, als wolle es ihn zerreißen. Er hatte als Kind viel Zeit am Meer verbracht. Schon damals die Vögel beobachtet, Mäuse und Frösche gefangen. Ganz gleich, was die Natur ihm bot, alles erregte seine Neugier.

Wenn er sich doch nur an wichtigere Dinge erinnern könnte als an kindliche Vergnügungen! Er war hierhergekommen, um seine Gedanken zu ordnen, aber dann doch ins Träumen geraten. Hatte sich einfach vom Zauber des sommerlichen Tages verführen lassen, als hätte er nicht genügend Sorgen.

Irgendwer wollte seinen Tod. Jemand, der Verbindung zu Ausgestoßenen hatte. Zu gebrandmarkten Verbrechern. Erik seufzte. War er wirklich aus Dänemark geflohen? Wie sollte irgendein dänischer Verfolger wissen, wo er sich aufhielt, und dann auch noch einen lübschen Mörder anheuern? Waren seine Feinde Deutsche? Willems Entdeckung hatte weit mehr Fragen aufgeworfen als beantwortet.

Hinter ihm in den Dünen raschelte es. Sofort sprang er auf, bereit, sich jedem Gegner zu stellen. Etwas bewegte sich im Strandgras. Zu groß für ein Tier, aber auch nicht passend für einen Angreifer, der sich näherte. Was immer es sein mochte, er konnte es sich nicht erlauben, einfach abzuwarten. Vorsichtig schlich er näher. Ein Mann stöhnte. Erik hielt inne. Das Stöhnen klang nicht sonderlich gepeinigt. Ganz im Gegenteil ... Ein Mädchen kicherte. Er wollte sich gerade anstandshalber zurückziehen, um das Paar nicht aufzuschrecken, da hörte er Johannas Stimme. »Hochwürden, Ihr seid mir ja ein ganz Schlimmer!«

»Schneller«, keuchte der Priester. »Ich muss zur Sext zurück sein.«

»Ach, der Küster kann auch ohne Euch läuten. Und ich läute Euch hier.« Sie lachte, und der Pfarrer stöhnte erneut.

Auf einmal war jede Vernunft vergessen. Das Mädchen war erst dreizehn! Und dieser scheinheilige Pfaffe schämte sich nicht, sich ihrer zu bedienen. Eriks Hände ballten sich zu Fäusten.

»So ist das also, wenn Ihr die Kinderlein zu Euch kommen lasst, Hochwürden!«, rief er. »Das hätte ich mir denken können!«

Clemens' Kopf tauchte zwischen den Strandgräsern auf, hochrot. »Verschwinde, oder ich lass dich wieder einsperren!«

»Weil es schlimmer ist, Däne zu sein, als Unzucht mit Kindern zu treiben? Vor allem, wenn man eigentlich ein keusches Leben führen sollte? Ihr widert mich an!«

Noch während er sprach, wusste er, dass er gerade einen Fehler begangen hatte. Er hätte sich nicht von seiner Empörung treiben lassen sollen. Andererseits, der Pfarrer hasste ihn bereits, was machte es da noch aus? Größer konnten seine Schwierigkeiten kaum werden, zumal ihm ohnehin schon

Mordgesindel auf den Fersen war. Vielleicht war es ganz gut, wenn er etwas gegen den Pfarrer in Händen hielt, um ihn notfalls zum Schweigen zu bringen.

Es läutete zur Sext. Pfarrer Clemens rappelte sich hastig auf und stürzte an Erik vorbei in den Ort. Johanna erhob sich viel langsamer, richtete ihr Kleid und kam auf Erik zu. Noch im Gehen strich sie es verführerisch über ihren kleinen Brüsten glatt.

»Ihr wart aber garstig zum Herrn Pfarrer.« Sie kicherte.

»Er hat's verdient«, antwortete Erik.

»Immerhin bezahlt er gut.« Sie zeigte ihm eine Silbermünze. »Und er ist auch nicht so unangenehm wie manch anderer hier.«

»Warum tust du das, Johanna? Gibt es keine andere Möglichkeit für dich, dein Auskommen zu finden?«

»Ihr redet ja, als wärt Ihr der Pfaffe und nicht der Clemens. Und dabei macht Ihr doch ordentlich was her.« Sie musterte ihn keck. »Der Pfarrer hat gut bezahlt. Wenn Ihr mögt, mach ich's Euch dafür umsonst.«

»Du bist mir immer noch zu jung.«

»Ja, aber heut bin ich einen Tag älter.«

»Nicht alt genug.«

»Ja, ja, in fünf Jahren, ich hab's nicht vergessen.« Sie lachte noch einmal, dann folgte sie dem Weg, den der Pfarrer eingeschlagen hatte. Erik blieb zurück und wusste nicht, ob er sie nun bedauern oder ihre Lebendigkeit bewundern sollte.

»Vater ist immer noch nicht zurück.« Brida spähte zum wiederholten Mal aus dem Küchenfenster. Die Sonne hatte ihren Zenit schon vor einiger Zeit überschritten. »Er wollte um die Mittagszeit zurückkommen.«

»Ach, der hat irgendwo jemanden getroffen, der ihn auf ein Glas Wein eingeladen hat«, sagte Kalle.

»Das ist nicht seine Art«, widersprach Brida. »Ich mein, uns einfach warten zu lassen, gerade jetzt, da ...« Sie brach ab, als ihr Blick auf Erik fiel. Sofort hatte Erik Schuldgefühle. Er hätte den Käpt'n nicht länger für sich bürgen lassen dürfen. Es war eine Sache, dass er die *Adela* als Pfand einsetzte, aber eine ganz andere, das Leben seiner Familie in Gefahr zu bringen.

»Wohin wollte er denn?«, fragte er.

»Er sagte nur, er hätte noch was am Hafen zu tun. Keine Ahnung, worum's ging.«

»Vielleicht ist er in der *Seejungfrau*?« Kalle grinste.

»Ach, Kalle, da geht er doch nie hin. Wenn, dann höchstens in die *Fischerstube*.«

Erik stand auf. »Ich werd ihn suchen, dann seid Ihr beruhigt, Brida. Kommt Ihr mit, Kalle?«

»Aber immer doch«, stimmte der Schmuggler zu. »Und wenn wir zwei nicht so schnell wiederkommen, dann haben wir uns bloß dazugesetzt, um Hinrich Gesellschaft zu leisten. Also bloß keine unnötigen Gedanken!«

»Hör auf, dich darüber lustig zu machen«, fauchte Marieke. »Siehst du nicht, dass Fräulein Brida Angst hat?«

»Ist ja gut.« Kalle hob beschwichtigend die Hände. »Wir komm'n auch gleich wieder, wenn wir ihn gefunden haben.« Dann wandte er sich an Erik. »Wollt Ihr keine Waffe mitnehmen?«

»Wozu? Ist doch alles harmlos, oder?«

»Na ja, für mich und den Käpt'n schon, aber für Euch ...«

»Soll ich mir von Marieke ein Brotmesser mitgeben lassen?« Erik lachte. »Ich glaub nicht, dass ihr das recht wär.«

»O doch, Ihr könnt das hier gern haben.« Marieke hielt ihm das große Messer hin, das er am Tag zuvor zurückgewiesen hatte, als er Hans zeigen wollte, wie man eine Weidenflöte schnitzt. »Das ist doch gut, um Schurken die Köpfe abzuschneiden, oder?«

»Lass es, Marieke. Ich komm auch so klar. Und wenn mir ein Schurke auflauert, habe ich ja Kalle an meiner Seite, nicht wahr?« Er schlug dem Schmuggler auf die Schulter, und der nickte grinsend.

»Wir schau'n aber doch erst mal in der *Seejungfrau* nach«, sagte Kalle, kaum dass sie das Haus verlassen hatten. »Väter erzähl'n ihren Töchtern nicht immer, wo sie gern mal einen trinken.«

»Wenn's sein muss. Ich habe mein Herz nicht gerade an die Gäste dieses Hauses verloren.«

»Ach?«

»Hat Marieke Euch das gar nicht erzählt? Die hätten mich am liebsten am nächsten Lasthaken aufgehängt.«

»Ah, doch, ja, hat sie erzählt.« Kalle senkte verlegen den Blick. »Aber keine Angst, das trau'n die sich nicht noch mal. Sonst lass ich mein Messerchen tanzen, und das will da bestimmt keiner sehen.« Er zog es aus der Scheide am Gürtel und vollführte damit einige eindrucksvolle Drehungen.

»Ganz nett«, lobte Erik. Auf einmal wusste er, dass er früher oft mit einer solchen Waffe gekämpft hatte. Lieber als mit dem Schwert, obwohl das lange Messer nur unwesentlich kürzer war. Aber es war leichter und daher schneller zu handhaben.

»Was heißt ganz nett? Das kann hier keiner.«

Erik streckte die Hand aus. »Darf ich mal?«

Kalle reichte ihm das Messer.

»So, wie ging das doch gleich?« Erik wirbelte das lange Messer auf die gleiche Weise herum, nur etwas schneller.

»Angeber!«, rief Kalle.

»Manchmal.« Erik grinste und gab ihm das Messer zurück.

»Ich möchte ja zu gern wissen, was Ihr so getrieben habt, bevor Ihr Euer Gedächtnis verloren habt. Bestimmt wart Ihr um kein Duell verlegen.«

»Wie kommt Ihr darauf?«

»Weil Ihr solche Spielerei beherrscht. Besser kann man seine Gegner doch nicht verunsichern.«

»Das klingt ganz danach, als wärt Ihr auch ein gefürchteter Haudrauf.«

»Manchmal.« Kalle grinste so wie zuvor Erik.

Musik und Gelächter dröhnten aus dem Innern der Schenke *Zur Seejungfrau*. Erik zögerte, aber Kalle öffnete einfach die Tür und trat ein.

»Nu kommt schon!«, forderte er Erik auf. »Im Notfall machen wir Sägespäne aus den Tischen.«

Die *Seejungfrau* war eine Hafentaverne übelster Art. Der Geruch von Bier mischte sich mit dem von saurem Wein und menschlichen Ausdünstungen. Die abgetretenen Dielenbretter waren schon lange nicht mehr gescheuert worden. An einigen Ecken schien es, als sei das Holz bereits durchgefault. Die Tische sahen kaum sauberer aus. Und ob die tönernen Becher jemals gespült wurden? Erik wagte es zu bezweifeln. Er konnte sich beim besten Willen nicht vorstellen, dass Kapitän Hinrich an einem dieser Tische Platz genommen hätte.

Eine stämmige Matrone, die ihre besten Jahre längst hinter sich hatte, kam auf sie zu und schenkte ihnen ein zahnlückiges Lächeln, das wohl aufreizend wirken sollte.

»Na, ihr Hübschen? Sucht ihr Gesellschaft?«

»Nein«, antwortete Kalle. »Wir suchen Kapitän Hinrich Dührsen.«

»Der ist nicht hier. Ist schon ein paar Jahre her, seit er die *Seejungfrau* beehrt hat.«

»Das muss wohl an dem Tag gewesen sein, als die Tische das letzte Mal abgewischt wurden«, entfuhr es Erik.

Die Matrone funkelte ihn wütend an.

Verdammt, warum war ihm die Bemerkung bloß herausgerutscht? Er wollte doch einfach nur still im Hintergrund bleiben.

»Bist wohl 'n ganz Spaßiger, was?«

»Gibt's Ärger, Edda?« Ein Mann, dessen Oberarmmuskeln seinem Schmerbauch in nichts nachstanden, erhob sich.

»Bleib sitzen, Marten, is nix weiter«, beruhigte sie ihn. Dann musterte sie Kalle. »Wenn ihr zwei hier nix trinken wollt, dann seht zu, dass ihr Land gewinnt.«

»Nu mach mal halblang, Edda. Wir suchen Hinrich, und deshalb frag ich jetzt die Leute, klar?« Kalle schob sich vor Erik. »Ich lass mir doch nicht von dir die Tür weisen.«

Seine Hand wanderte wie absichtslos zum Knauf seines langen Messers.

Edda schnaubte wie ein Pferd, sagte aber nichts mehr.

Während Kalle sich umhörte, ertappte Erik sich dabei, wie er unbewusst nach Seyfried Ausschau hielt. Aber Bridas lästiger Verehrer war nirgends zu sehen. Erik merkte, wie er vor Erleichterung aufatmete. Seyfried zu begegnen war seine größte Sorge gewesen. Der Mann hatte schon einmal die Meute auf ihn gehetzt, und er bezweifelte nicht, dass er es wieder täte. Ganz gleich, wie gut Kalle das Messer tanzen lassen konnte.

»Tja, er scheint tatsächlich nicht hier gewesen zu sein«, sagte Kalle nach einer Weile.

»War auch nicht zu erwarten«, entgegnete Erik mit einem Rundblick auf die wenig einladende Umgebung. »Und jetzt? Brida sprach von einer Fischerstube.«

»Die ist in der Nähe vom Rathaus. Na, dann schau'n wir da mal nach.«

Sie hatten die Taverne kaum verlassen, als sie mehrere Männer entdeckten, die zum Hafen eilten. Einer von ihnen war Seyfried. Kalle hatte recht, der Kerl kleidete sich in letzter Zeit wie ein reicher Geck. Dahinter mit rotem Gesicht der Pfarrer und vier Männer, die zur Stadtwache gehörten.

»Da ist er ja! Ich wusste es!«, brüllte Seyfried.

Erik spürte, wie sich die feinen Härchen in seinem Nacken aufrichteten.

»Was will der olle Suffkopp denn?«, fragte Kalle.

»Der will nie was Gutes«, antwortete Erik leise. »Schon gar nicht, wenn er sich mit dem Pfarrer verbündet.«

»Glaubt Ihr, das geht gegen Euch?«

Bevor Erik etwas erwidern konnte, hatten die Männer sie erreicht.

»Das ist er!«, brüllte Seyfried noch einmal und zeigte auf Erik. »Er hat den Käpt'n erstochen und dann ins Hafenbecken gestoßen!«

»Was?« Erik zuckte zusammen. »Sag mal, spinnst du?« Mit allem hatte er gerechnet, aber nicht mit einer solchen Anschuldigung. »Hinrich soll tot sein?«

»Quatsch, der Käpt'n ist nicht tot!«, sagte Kalle. »Das glaube ich nie und nimmer. Wann soll das denn gewesen sein?«

»Heute Mittag«, behauptete Seyfried. »Und jetzt tut dieser dänische Hund so harmlos. Dabei hat er Hinrich ins Wasser gestoßen, damit keiner die Leiche findet.«

»Du redest irre!« Erik musste sich bemühen, Seyfried nicht beim Kragen zu packen, um die Wahrheit aus ihm herauszuschütteln.

Kalle war ebenso aufgebracht. »Ach, du behauptest also, der Erik hätt den Käpt'n umgebracht, aber hast nicht mal 'ne Leiche? Werd erst mal nüchtern.«

»Der Däne ist ein Mörder!«, schrie Seyfried.

»Wenn Erik angeblich den Käpt'n heut Mittag erstochen hat und du's gesehen hast, warum hast's dann nicht gleich gemeldet?« Kalles Tonfall ließ keinen Zweifel daran, was er von Seyfrieds Anschuldigung hielt. »Und warum bist du Hinrich nicht nachgesprungen und hast ihn aus dem Wasser gezogen? Das ist doch alles Blödsinn!«

»Ich ... ich hatte Angst, dass der mich auch umbringt. Ich bin weggelaufen und hab mich versteckt.«

»Lügner!«, schrie Kalle.

»Einen Moment«, mischte sich nun der Pfarrer ein. »Ich

habe Seyfried kurz nach der Sext gesehen. Er war vollkommen aufgelöst. Ich bot ihm meine Hilfe an. Er kam mit mir in die Kirche und hat mir gebeichtet, was er gesehen hat.«

»Kurz nach der Sext, soso«, sagte Erik. »Und wann soll ich den Mord begangen haben?«

»Als es zur Sext läutete!«, schrie Seyfried. »Verfluchter Mörder, ich hab's genau gesehen. Da drüben, hinter den Speichern war's. Der Schrei des Käpt'n ging im Glockenläuten unter.«

»Ihr wisst, dass der Mann lügt, Hochwürden«, sagte Erik und wunderte sich, wie ruhig seine Stimme trotz seiner Anspannung klang.

Der Pfarrer zog die Brauen hoch. »Woher sollte ich das wohl wissen?«

»Weil Ihr wisst, wo ich war, als es zur Sext läutete.«

Pfarrer Clemens verschränkte die Arme vor der Brust. »Na, da bin ich aber neugierig, welche Lügenmärchen Ihr uns auftischen wollt, um Eure Unschuld zu beweisen.«

Eriks Hände ballten sich zu Fäusten. Dieser verdammte Hurenbock! Er hätte nicht gedacht, dass der Pfaffe bereit war, ihm wider besseres Wissen einen Mord anzuhängen. Wenn es denn überhaupt um einen Mord ging. Er konnte sich einfach nicht vorstellen, dass Hinrich tot war.

»Lucas, nehmt den Mann fest!«, verlangte Clemens. »Ich glaube Seyfrieds Worten. Und bis wir Hinrich oder – was Gott verhüten möge – seinen Leichnam gefunden haben, sollten wir lieber sichergehen und diesen gefährlichen Menschen einsperren.«

Die Männer von der Stadtwache traten einen Schritt vor.

»Das ist eine gemeine Lüge!«, brüllte Erik. »Ihr wisst ganz genau, dass ich unschuldig bin!«

»Das werden wir klären«, sagte der Mann, den der Pfarrer Lucas genannt hatte. »Was ist nun? Kommt Ihr freiwillig mit, oder müssen wir Gewalt anwenden?« Die Männer traten einen weiteren Schritt auf ihn zu.

Auf einmal war jede Vernunft erloschen. Allein die Vorstellung, in die Zelle zurückzukehren, erfüllte Erik mit Panik. Und dann noch der Gedanke, dass der Pfarrer ihm böswillig einen Mord in die Schuhe schieben wollte. Ausgerechnet an einem Mann, den er wie keinen zweiten schätzte.

Er stand nur drei Schritte vom Hafenrand entfernt. Ohne weiter nachzudenken, warf er sich herum und sprang ins kalte Wasser.

Noch während die Wellen über ihm zusammenschlugen, hörte er die Schreie hinter sich. Dann herrschte Stille. Er tauchte an dem kleinen Kraier vorbei, der im Hafen lag, kam an dessen Seeseite einmal kurz zum Atemholen hoch, dann tauchte er weiter, schwamm mit der Strömung aus dem Hafen hinaus, so lange, bis ihm die Luft abermals ausging. In seiner Panik spürte er kaum die Kälte des Wassers. Nur weg, bevor ihm jemand folgte.

Noch während er schwamm, kehrte sein Verstand zurück. Hatte tatsächlich jemand Hinrich etwas angetan? Jemand, der ihm ähnlich sah? Was mochten Seyfrieds vom Rausch vernebelte Augen wohl gesehen haben?

An einer uneinsichtigen Strandbiegung tauchte er wieder auf und holte tief Luft. Niemand war hinter ihm. Er hörte weder Ruderschläge noch Schwimmstöße. Das Wasser war ruhig. Vermutlich hatte er die Männer mit seiner Flucht völlig überrascht. Vielleicht hatte Kalle sie auch zurückgehalten.

Das Strauchwerk reichte fast bis zum Strand, und dahinter begann ein kleiner Wald. Eine gute Stelle, um an Land zu gehen. Gerade wollte er sich aus dem Wasser erheben, als er innehielt. An dem Stein vor ihm klebte Blut! Und die Blutspur ging weiter.

War Hinrich tatsächlich verletzt ins Hafenbecken gestürzt und hier ebenfalls an den Strand gekrochen?

»Hinrich?«, fragte er leise ins Unterholz. Ein Stöhnen war die Antwort. Sofort war er aus dem Wasser und folgte dem Laut.

Der Kapitän lag bäuchlings zwischen Farngewächsen.

»Hinrich, ich bin's, Erik.« Vorsichtig berührte er den Verletzten. Der regte sich, versuchte, sich umzudrehen, doch ihm fehlte die Kraft. Erik half ihm.

»Erik«, flüsterte Hinrich.

»Wer hat Euch das angetan?«

Hinrichs Hemd war blutig, der Stich hatte ihn in der Nähe des Herzens getroffen. Anscheinend war die Waffe an der Rippe abgerutscht, sonst hätte er nicht mehr gelebt.

Der Kapitän atmete mühsam. Seine Lippen formten Worte, aber es brauchte eine Weile, bis er wieder genug Kraft fand, sie auszusprechen.

»Seyfried.«

»Seyfried hat Euch niedergestochen?« Eriks Gedanken wirbelten wild durcheinander. »Warum?«

»Weil …« Hinrich wollte sich weiter aufrichten. Erik half ihm. »… weil ich gehört hab, wie er Claas erpresst hat.«

»Er hat Claas erpresst? Womit?«

Wieder schweres Atmen.

»Brida …«, stöhnte Hinrich.

»Ich bring Euch zu ihr.«

»Nein, nicht dahin …« Hinrichs Hand verkrallte sich in Eriks nassem Hemd. »Ist gefährlich … Wir müssen weg. Sag Kalle …« Ein heftiger Hustenanfall. »… sag Kalle, er soll uns nach Fehmarn bringen. Weg von hier.«

»Aber ich kann Euch doch nicht hier zurücklassen.«

»Hol mich mit Kalle. Nach Fehmarn …«

Hinrich sank kraftlos zurück. Erik tastete nach seinem Puls. Er war schwach, aber fühlbar. Dann riss er Hinrichs Hemd weiter auf. Die Wunde blutete noch immer. Verdammt, warum hatte er nichts, um die Blutung zu stillen? Was, wenn es zu spät war, bis Brida kam? Er zog sein eigenes Hemd aus und presste es auf Hinrichs Verletzung, in der Hoffnung, dass der nasse Stoff ausreichte, den Blutfluss aufzuhalten.

»Drückt fest drauf!«, befahl er Hinrich. »Ich hol Kalle und Brida.«

Der Kapitän schenkte ihm ein schmerzverzerrtes Lächeln. »Ich verlass ... mich drauf.«

»Und ich verlass mich drauf, dass Ihr am Leben bleibt, bis ich zurück bin.«

11. Kapitel

*B*rida hörte Schritte in der Diele und sprang auf. Na endlich!

Doch anstelle ihres Vaters betrat Pfarrer Clemens die Küche. Gefolgt von Kalle, der ein finsteres Gesicht zog. Erik war nicht dabei. Auch ihr Vater nicht.

»Mein armes Kind.« Der Pfarrer trat einen Schritt vor und wollte Brida tröstend in die Arme nehmen. Unwillkürlich wich sie zurück.

»Was ist geschehen? Habt Ihr Vater nicht gefunden? Und wo ist Erik?« Das Herz schlug ihr bis zum Hals.

»Brida, dein Vater ...« Der Pfarrer hielt kurz inne, ehe er den Satz vollendete. »Dein Vater ist verschwunden.«

»Verschwunden?« Für einen Moment wollte ihr eben noch wild klopfendes Herz den Dienst versagen. »Was heißt das?«

Clemens atmete tief durch.

»Seyfried hat gesehen, wie Erik deinen Vater zur Sext am Hafen niedergestochen und ins Wasser gestoßen hat.«

»Nein!«, schrie Brida. »Das glaub ich nicht! Wo ist Erik? Das hätte er nie getan.«

Marieke schlug die Hand vor den Mund. Auf einmal war es totenstill in der Küche.

»Brida, ich habe dich von Anfang an vor diesem Mann gewarnt«, brach der Pfarrer die Stille. »Und seine Flucht beweist ...«

»Gar nix beweist die!«, fuhr Kalle dem Geistlichen über den Mund. »Ihr habt ihn in die Enge getrieben. Er hatte ja gar keine Möglichkeit, sich zu rechtfertigen. Und außerdem kann er's nicht gewesen sein. Er hatte ja nicht mal 'ne Waffe. Anstatt hier rumzujammern, sollten wir den Käpt'n suchen.«

»Das wird die Stadtwache übernehmen. Brida, Kind, ich kann deinen Schmerz verstehen, den Vater zu verlieren, ist hart, ich habe …«

»Er ist nicht tot!«, unterbrach sie seinen Redeschwall. War Clemens irrsinnig geworden? Was fiel ihm ein, so salbungsvoll zu reden und Lügenmärchen zu verbreiten?

»Solange ich Vaters Leichnam nicht gesehen habe, glaub ich dem Seyfried kein Wort. Der hat schon manchmal Dinge gesehen, die ihm nur der Suff eingegeben hat.«

Sie fand Kalles Blick und las in seinen Augen ihre eigenen Gedanken.

»Brida …« Der Pfarrer wollte ihr die Hand auf die Schulter legen, doch sie wich drei Schritte zurück, bis sie das Fensterbrett im Rücken spürte.

»Er ist nicht tot! Und Erik hätte so etwas niemals getan«, wiederholte sie beharrlich.

Clemens senkte den Blick. »Kind, du weißt, ich bin immer für dich da. Nicht nur als Pfarrer, sondern auch als nächster Angehöriger, wenn sich, was Gott verhüten möge, meine Worte leider doch als wahr herausstellen sollten.«

»Sucht endlich meinen Vater, statt lang und breit daherzureden!«, schrie sie.

»Das ist Aufgabe der Stadtwache«, entgegnete der Pfarrer erstaunlich gelassen. »Und die Männer werden auch den Mörder fassen. Aber ich sehe schon, du möchtest jetzt allein sein. Ich komme wieder, wenn ich Neuigkeiten habe oder du meines Trosts bedarfst.«

Brida atmete hörbar auf, als Clemens die Tür von außen geschlossen hatte. So tief würde sie niemals sinken, dass sie seinen Trost brauchte!

»So, Kalle, nun erzähl mir, was wirklich geschehen ist!«

Der Schmuggler berichtete ihr von Seyfrieds Beschuldigung am Hafen und von Eriks Flucht.

»Ich glaub auch nicht, dass der Erik so etwas getan hat. Der war wirklich erschüttert, als er das hörte. Hat den Pfarrer angeschrien, der wüsst, dass er unschuldig sei, weil er ihn zur Sext gesehen hätte. Aber das hat der Clemens abgestritten. Wollte dann, dass Lucas ihn festnimmt. Ich glaub, da hat der Erik den Kopf verloren. Ich hab noch den Ausdruck in seinen Augen gesehen. Wie so 'n in die Enge getriebenes Tier.«

Brida nickte. Sie kannte diesen Blick.

»Und dann ist er einfach ins Wasser gesprungen und nicht wieder aufgetaucht«, fuhr Kalle fort. »Der war einfach weg. Keiner wusste, wohin man ihm folgen sollte.«

»Er ist sicher ein guter Schwimmer«, sagte Brida und wunderte sich über ihre eigene Ruhe. »Sonst hätte er nicht als Einziger das Schiffsunglück überlebt. Aber was ist mit Vater?«

Kalle schüttelte den Kopf. »Ich hab keine Ahnung, was der Seyfried gesehen haben will. Ich bin mir nur sicher, dass er lügt.«

»Aber Clemens glaubt ihm.«

»Ach, was der Pfaffe sagt, das kann man doch nicht ernst nehmen.«

»Kalle!«, fuhr Marieke ihn an. »So lästerlich darfst du nicht reden, er ist immerhin der Pfarrer.«

»Umso schlimmer.« Kalle schnaubte verächtlich. »Ich konnte ihn noch nie leiden. Wenn ich's nicht wüsst, dann hätt ich nie geglaubt, dass so 'n verlogenes Stück der Vetter vom Käpt'n ist.«

Für eine Weile herrschte Schweigen.

»Wirst du noch mal nach Vater suchen?«, fragte Brida schließlich. »Und nach Erik?«

Ein leises Klappen in der Diele, so als spiele der Wind mit der Haustür. Sie beachtete es kaum, bis sie Schritte hörte.

»Beides nicht notwendig«, sagte jemand hinter ihr.

Brida fuhr herum. Erik stand in der Tür zur Küche, tropfnass und ohne Hemd.

»Ich habe Hinrich gefunden. Er lebt, aber er ist schwer verletzt. Seyfried hat ihn niedergestochen.«

»Dieses Schwein!«, schrie Kalle. »Wo ist der Käpt'n?«

»Ich bring Euch hin. Aber er wollte, dass ich ihn und Brida mit Euch nach Fehmarn bringe, Kalle. Hier sei's zu gefährlich.«

»Seyfried hat ihn niedergestochen?«, rief Brida. Sie konnte es kaum glauben. Seyfried hatte ihren Vater … O Gott, Vater! Er lag dort irgendwo, hilflos blutend. Und man wollte Erik die Tat unterschieben. Vater … Ein schwarzer Abgrund tat sich vor Brida auf und riss ihre Welt aus den Fugen. Seyfried war ein Meuchler. Und der Pfarrer schützte ihn!

Marieke hatte sich als Erste gefasst. Schneller, als Brida handeln konnte, hatte sie zum Korb mit dem Verbandszeug und Salbentiegeln gegriffen und ihn ihrer Herrin in die Hand gedrückt.

»Was ist mit Eurem Hemd geschehen?«, fragte die junge Magd.

»Ich hab's benutzt, um Hinrichs Blutung zu stillen.«

Marieke verschwand aus der Küche und war sofort wieder da, mit einem Tuch und mehreren frischen Hemden.

»Hier, trocknet Euch ab und zieht das an. Und hier, Fräulein Brida, ich glaub, der Käpt'n braucht auch frische, trockene Sachen. Holt ihn mit Kalle, ich pack hier das Nötigste zusammen und erwart euch alle dann am Hohen Ufer.«

»Mein Marieken, du bist die Beste!« Kalle zog sie an sich und drückte ihr einen lauten Schmatzer auf die Wange.

Während Erik sich das frische Hemd überzog, fand Brida endlich zu ihrer alten Festigkeit zurück.

»Dann lasst uns gehen.«

»Vorsicht«, warnte Erik, als Brida die Tür öffnen wollte. »Wir müssen aufpassen, dass uns niemand sieht. War nicht ganz einfach für mich, unbemerkt hierher zurückzukommen.«

»Vielleicht solltet Ihr doch lieber das hier mitnehmen.«

Kalle stand hinter Erik, in der Hand das lange Küchenmesser, das Marieke ihm schon einmal angeboten hatte.

Erik verzog das Gesicht zu einem Grinsen. Wortlos nahm er Kalle das Messer ab. Zu Bridas Erstaunen steckte er es sich nicht in den Gürtel, sondern in den rechten Stiefel. Warum war ihr vorher nie aufgefallen, dass in seinen Stiefel eine Messerscheide eingenäht war? Vermutlich weil sie gar nicht auf den Gedanken gekommen wäre. Damals, als sie ihn noch für einen gewöhnlichen Kaufmann gehalten hatte, ein harmloses Opfer des Sturms.

Erik öffnete behutsam die Tür, nur um sie rasch wieder zu schließen.

»Was ist?«, fragte Brida.

»Willem«, antwortete er. »Brida, sagt ihm nichts! Euer Vater hält es für zu gefährlich. Wir wissen nicht, was wirklich hinter allem steckt.« Dann verschwand er hastig in seiner Kammer. Keinen Wimpernschlag später klopfte es an der Tür.

Brida öffnete.

»Herr Hauptmann«, begrüßte sie Willem. »Bringt Ihr Neuigkeiten von Vater? Pfarrer Clemens war eben bei mir.«

»Ihr seid im Aufbruch?«, fragte Willem, als er sah, dass sie ihren Umhang trug. Den Korb hatte sie flugs in eine Ecke geschoben.

»Ja, Kalle wollte mich begleiten, um noch einmal alles nach Vater abzusuchen.«

»Darf ich dennoch kurz reinkommen?«

Brida nickte und ließ ihn in die Küche, auch wenn sie sein plötzliches Auftauchen verfluchte. Vater lag immer noch da draußen und verblutete womöglich.

Nein, nicht daran denken!, mahnte sie sich. Ruhig bleiben, keinen Verdacht erregen.

Kalle verschwand. Vermutlich wollte er Marieke warnen, die in der Kammer des Käpt'ns dessen Sachen packte.

»Das ist so'ne Sache«, begann der Hauptmann, während er

sich an den Küchentisch setzte. »Sagt, Brida, Ihr kennt diesen Erik doch recht gut, oder?«

»Ja. Ich glaube auch nicht, dass er Vater getötet hat. Er und Vater schätzten sich, und die Menschenkenntnis meines Vaters steht außer Frage.« Sie setzte sich zu Willem, ohne den Umhang abzulegen.

Der Hauptmann nickte.

»Ich kann es mir auch nicht vorstellen. Erik machte auf mich einen ehrlichen Eindruck. Dennoch ist er geflohen.«

»Könnt Ihr es ihm verdenken? Was tätet Ihr, wenn Ihr einen ganzen Ort gegen Euch hättet und der Pfarrer sich am feindseligsten von allen verhielte?« Es fiel Brida schwer, mit ruhiger Stimme zu sprechen. Jeder Augenblick zählte. Sie musste endlich zu ihrem Vater.

»Ich wollte Euch nur zwei Fragen stellen, Brida, dann seid Ihr mich auch schon los.«

Waren ihr die Gedanken so deutlich anzusehen?

»Wohin, glaubt Ihr, könnte Erik geflohen sein? Könnte er versuchen, nach Dänemark zurückzukehren?«

»Ich weiß es nicht. Er hat sein Gedächtnis verloren, wohin sollte er sich wenden? Nach Vordingborg vielleicht. Er hatte undeutliche Erinnerungen an diesen Ort.«

»Dann bräuchte er ein Schiff.«

»Vielleicht solltet Ihr die Schiffe am Hafen überprüfen«, schlug Brida vor.

»Das habe ich schon getan, auch wenn es mehr als unwahrscheinlich ist, dass Erik sich gerade dort wieder blicken lässt. Und das bringt mich auf meine zweite Frage.«

»Dann stellt sie.«

»Brida, hier gehen seltsame Dinge vor. Ich kann nicht über alles mit Euch sprechen, weil vieles vertraulich ist. Aber ich habe beunruhigende Entdeckungen gemacht.«

»Was für Entdeckungen?« Für kurze Zeit war die Furcht um ihren Vater in den Hintergrund getreten.

Willem atmete tief durch. »Wenn Ihr Erik sehen solltet, sagt ihm, ich muss dringend mit ihm sprechen. Äußerst dringend.«

»Warum sollte ich ihn sehen? Er wird doch verdächtigt, meinen Vater umgebracht zu haben.«

»Ja, aber Ihr glaubt das nicht. Und ich auch nicht.«

Er musterte Brida mit einem eindringlichen Blick.

»Falls er Euch aufsucht, gebt mir umgehend Bescheid. Es ist von großer Bedeutung.«

»Damit Ihr ihn festnehmen könnt?«

»Nein, ich muss ihn etwas fragen. Etwas Wichtiges.«

»Was?«

Willem fuhr sich mit den Händen durch das Haar. Brida sah, wie heftig er mit sich rang.

»Also gut, Brida. Einer meiner Männer hat vor ein paar Tagen eine Beobachtung gemacht. Ein Mann in einem dunklen Umhang hat auf ein kleines Boot gewartet. Die Männer sprachen leise, aber mein Mann hörte, dass sie Dänisch redeten. Was sie sagten, hat er nicht verstanden. Aber es wurde anscheinend Geld an den Wartenden übergeben.«

»Und Ihr glaubt, dass Erik …«

»Nein, Erik wurde erst Stunden später aus dem Gefängnis entlassen. Nachdem Stadtrat Claas sich in der Ratsversammlung noch einmal sehr für ihn und die Bürgschaft Eures Vaters eingesetzt hatte.«

»Aber was steckt dann dahinter? Hat man jemanden erkannt?«

Willem schüttelte den Kopf. »Die Männer waren bewaffnet. Wenn sie meinen Mann gesehen hätten, wäre das wohl sein Todesurteil gewesen. Er war allein und nur zufällig dort. Versteht Ihr, Brida, es treiben sich hier Dänen rum, und die Frage ist, was Erik damit zu tun hat. Sind sie seinetwegen hier? Und wenn ja, sind es seine Freunde oder Feinde? Wenn sie seine Freunde sind, dann ist er womöglich zu ihnen geflohen. Wenn sie seine Feinde sind, könnten sie die Mörder Eures Vaters sein, und Ihr seid alle in Gefahr. Also, wenn Ihr Erik seht, gebt Ihr mir dann Bescheid?«

»Ich glaube nicht, dass er noch einmal hierher zurückkommt«, wich sie aus.

»Ich verlasse mich auf Euch, Brida.«

»Ich danke Euch für Eure Warnung«, entgegnete sie.

Willem erhob sich und verließ das Haus. Brida atmete auf.

Kaum war Willem draußen, stand Erik schon wieder neben ihr. Es war höchst erstaunlich, wie lautlos dieser Mann sich bewegen konnte, wenn er es darauf anlegte.

»Eine bemerkenswerte Geschichte, die der Hauptmann da erzählt hat«, sagte er.

»Ihr habt gelauscht? Wie konntet Ihr unbemerkt bleiben?«

Erik grinste. »Ihr unterschätzt die Stimme des Hauptmanns. Ich habe die Tür zu meiner Kammer einen Spaltbreit offen gelassen. Das hat genügt, um seine Worte gut zu verstehen.«

»Und was sagt Ihr dazu?«

»Dass ich die Dänen, von denen er sprach, nicht kenne. Und nun kommt, wir müssen uns um Euren Vater kümmern.«

Es war seltsam, Erik so befehlsgewohnt zu erleben. Und noch seltsamer, dass Kalle sich seinen Anweisungen wie selbstverständlich unterordnete. Da gab es kein Geplänkel mehr, wie Brida es anfangs zwischen den beiden Männern erlebt hatte. Erik war der unbestrittene Anführer, und das nicht nur deshalb, weil er wusste, wo Hinrich sich aufhielt.

Sie hatten Kalles Boot geholt, und Erik wies ihnen den Weg zu Hinrichs Versteck, auch wenn er sich, während Kalle ruderte, unter einer Decke auf dem Bootsboden verbarg. Kalle mied den Hafen und fuhr einen Umweg durch die kleine Bucht hindurch, die den Binnensee mit dem Meer verband, und lenkte das Boot erst wieder an die Küste, als der Hafen hinter ihnen lag. Niemand bemerkte sie, aber der Wind trug das Stimmengewirr vom Hafen bis zu ihnen herüber. Seyfrieds ungeheuerliche Geschichte hatte sich rasch herumgesprochen und die Menschen zum Hafen getrieben.

Erik hatte sich mittlerweile aufrecht hingesetzt und beobachtete genau die Küste.

»Hier ist es«, sagte er.

Kalle hielt das Boot an, Erik sprang sogleich ins Wasser und erklomm das Gestade. Brida wollte ihm folgen, doch er hielt sie zurück.

»Wartet hier, wir holen ihn ins Boot, damit wir keine Zeit verlieren«, raunte er. »Kommt Ihr, Kalle?«

Der Schmuggler nickte, band das Boot an einem überhängenden Strauchwerk fest und folgte Erik.

Brida griff nach dem Korb mit dem Verbandszeug und sah den beiden Männern nach. Eine schiere Ewigkeit verging, aber niemand kam. Oder waren es nur wenige Augenblicke? In ihrer Sorge um den Vater verlor Brida jedes Zeitgefühl. Am liebsten wäre sie selbst ins Wasser gesprungen, um ihn ins Boot zu holen. Endlich hörte sie Schritte. Kalle und Erik stützten den Verletzten. Vorsichtig hoben sie ihn ins Boot und legten ihn behutsam auf die Decke, unter der Erik sich zuvor versteckt hatte.

»Deern«, hauchte Hinrich, als er sie sah. Und trotz seiner Schmerzen gelang ihm dieses väterliche Lächeln, das sein Gesicht in Hunderte von Fältchen teilte und das sie so sehr liebte.

Er presste noch immer Eriks zusammengeknülltes Hemd auf die Wunde. Behutsam zog Brida seine Finger auseinander, um einen Blick darauf zu werfen.

Der Stich reichte tief in das Gewebe hinein, aber lebenswichtige Organe waren offenbar nicht getroffen worden. Auch die Blutung hatte mittlerweile aufgehört.

»Das Messer ist an der Rippe abgeprallt«, erklärte sie, während sie sich daran machte, die Wunde zu versorgen.

»Er hätt wohl noch mal zugestochen«, sagte ihr Vater

schwach. »Aber ich konnte ihn wegstoßen und ins Wasser springen.«

»Warum hat er das nur getan?«

»Ich hab gehört, wie er Claas erpresste.«

»Wir müssen los«, drängte Erik, setzte sich neben Kalle auf die Ruderbank und griff nach einem der beiden Riemen. »Marieke erwartet uns bestimmt schon.«

Brida nickte nur. Sie konnte sich auch um ihren Vater kümmern, während die beiden Männer ruderten.

»Womit hat Seyfried Claas erpresst?«, fragte Brida. Sie hatte die Wunde soeben verbunden und ihren Vater in eine warme Decke gehüllt.

»Ich weiß nicht so genau«, antwortete Hinrich schwach. »Ging um Geld. Seyfried hat's Blutgeld genannt.« Er schloss die Augen, und obwohl die Fragen in Brida brannten, wusste sie, dass ihr Vater jetzt erst einmal Ruhe brauchte. Er schwebte nicht in Lebensgefahr, wie sie befürchtet hatte – sofern sich kein Wundfieber einstellte. Den Blutverlust würde er schon überstehen, er war zäh. Aber vor allem brauchte er Schlaf.

»Schau an, der Seyfried hat also Claas erpresst«, sagte Kalle, während er gemeinsam mit Erik die Ruder gleichmäßig durchs Wasser zog. »Ob er wohl daher das ganze Geld hatte?«

»Aber womit soll er ihn erpresst haben?«, fragte Brida. »Was meinte er mit Blutgeld?«

Kalle hob die Schultern. Erik schwieg, aber sie sah ihm deutlich an, dass er über irgendetwas nachdachte.

»Was geht Euch durch den Kopf, Erik?«

Er sah sie an, ohne im Rudertakt nachzulassen.

»Ich dachte daran, was Willem gesagt hat. Einer seiner Männer beobachtete vor einigen Tagen ein Gespräch zwischen einem Vermummten und mehreren Dänen. Geld floss. Wer könnte das wohl gewesen sein?«

»Willem wusste es nicht.«

»Zumindest hat er es Euch nicht gesagt«, entgegnete Erik.

»Überlegt mal, Brida. Wer war derjenige, von dem wir uns Hinweise auf meine Herkunft erhofften? Weil er Verbindung zu Dänen hat?«

»Claas!«

»Richtig. Und nun denkt weiter. Stellt Euch vor, Claas trifft sich mit Dänen. Er bekommt Geld. Noch am gleichen Tag setzt er sich während der Ratsversammlung für meine Freilassung und die Bürgschaft Eures Vaters ein. Und noch einen Tag später versucht jemand, mich umzubringen. Claas stellt sich wieder auf meine Seite, verhindert, dass ich festgenommen werde. Tut er das aus reiner Menschenfreundlichkeit?«

»Wenn er tatsächlich derjenige war, den Willems Mann sah«, sagte Brida.

»Ja, wenn. Aber sagtet Ihr nicht auch, dass er viel Geld für die Heilung seiner todkranken Frau ausgegeben hat? Hätte er dann überhaupt noch genügend Mittel, um einen Schmarotzer wie Seyfried ruhigzustellen? Und was sollte Seyfried über ihn wissen? Dass er Geschäfte mit Dänen macht?«

»Aber warum sollte Claas Geschäfte mit Dänen machen? Was könnte er ihnen anbieten?« Noch während Brida diese Frage stellte, kannte sie die Antwort. »Es geht um Euch, nicht wahr?«

Erik nickte. »Ich habe immer noch keine Ahnung, wer ich bin. Aber mein Gefühl hat mich von Anfang an vor Vordingborg gewarnt. Irgendetwas muss dort vorgefallen sein.«

»Und jetzt sind Euch Verfolger auf der Spur, die Euren Tod wollen. Dänen!«

Erik nickte. »Und sie haben hier Verbündete.«

»Etwa Claas?«, fragte Kalle, der die ganze Zeit aufmerksam zugehört hatte.

»Vielleicht«, sagte Erik. »Was wäre, wenn Claas etwas über mich erfahren hat? Wenn er vielleicht längst weiß, wer ich bin? Und sich dafür bezahlen lässt, mich zu beseitigen?«

»Das glaube ich einfach nicht«, sagte Brida. »Ich kenne Claas seit meiner Kindheit. Er war immer ein anständiger, aufrechter Mann. Jeder vertraut ihm. Er lässt sich nicht bestechen, und einen Mord würde er erst recht nicht planen.«

»Manchmal ändern Menschen ihre Gesinnung«, entgegnete Erik. »Ich will ihm nicht unrecht tun, doch wir müssen alle Möglichkeiten in Betracht ziehen.«

»Deern«, hörte sie ihren Vater leise sagen. Sie beugte sich zu ihm hinunter.

»Vielleicht geht's ihm nur um Anna«, flüsterte Hinrich.

»Was meinst du damit, Vater?«

»Dass er Geld braucht, für immer neue Heilmittel.«

Brida dachte an Annas Worte. Claas habe nach einem berühmten Arzt aus Magdeburg schicken lassen. Gewiss, das kostete Geld, aber Claas verfügte noch immer über einen ansehnlichen Besitz.

»Womit könnte Seyfried Claas denn dann erpressen?«, fragte sie. Diesmal war es nicht ihr Vater, der antwortete, sondern Kalle.

»Vielleicht wollte Claas auf 'ne Zaubersche zurückgreifen, um seiner Frau zu helfen. Oder sonst irgendwas machen, was nicht gottgefällig ist.«

»Gibt's hier denn Zaubersche?« Brida musterte Kalle fragend.

»Ja, da gibt's schon eine, die er vielleicht gefragt haben könnt. Aber zu der tät keiner gehen, der seinen Verstand beieinander hat. Die lebt drüben auf Fehmarn.«

»Kennst du sie?«

»Kann man nicht sagen. Ich meide die. Ist 'n komisches Weib.«

»Ich glaub nicht, dass der Stadtrat sich auf Hexenkünste verlässt«, wandte Erik ein. »Das passt nicht zu ihm.«

»Aber wenn er Angst um sein Weib hat? Der hängt wirklich an der Anna«, gab Brida zu bedenken. »Und als ich heute mit Anna sprach, sagte sie, sie hätte auch Angst um ihn, weil er sich nicht mit ihrem nahen Tod abfinden will.«

»Dann passt es doch viel besser, dass er krumme Geschäfte für gutes Geld macht, anstatt sich mit dubiosen Hexen einzulassen«, sagte Erik.

»Man merkt, dass Ihr Claas kaum kennt«, entgegnete sie.

»Ja, vielleicht macht mich das nicht so blind für andere Möglichkeiten.«

Brida schwieg. Es fiel ihr schwer, Claas etwas Unrechtes zu unterstellen. Andererseits, ihr Vater hatte deutlich gehört, dass er erpresst wurde.

Marieke wartete schon am Hohen Ufer. Kalle band das Boot fest und ließ sich die Bündel geben, die sie gepackt hatte. Brida war erstaunt, was Marieke da angeschleppt hatte. Anscheinend hatte sie den halben Hausstand mitgenommen. Nachdem alles an Bord verstaut war, hob Kalle Marieke hoch und trug sie wie eine Braut ins Boot. Sie kicherte und drohte ihm scherzhaft Schläge für seinen unschicklichen Übergriff an.

»Und jetzt heißt's richtig rudern!«, rief Kalle Erik zu. »Nicht nur so 'n bisschen rumschippern.«

Erik grinste. »An mir soll's nicht liegen. Wo geht's lang?«

Kalle zeigte auf den Landstreifen, der sich schmal vor ihnen abzeichnete.

»Das ist Fehmarn. Sieht nicht weit aus, aber bis wir am Ziel sind, dauert's 'ne gute Stunde.«

»Na, dann los.« Erik griff nach seinem Riemen. Brida spürte deutlich, wie die Kräfte der Männer von den Ruderblättern aufgenommen wurden. Beide wollten sich in nichts nachstehen. Sie tauschte einen kurzen Blick mit Marieke. Männer …

»Wie geht's dem Käpt'n?«, fragte Marieke Brida leise.

»Das kannste mich ruhig selber fragen.« Hinrich versuchte, sich ein wenig aufzurichten. »Der Seyfried soll mir nicht noch mal unter die Augen kommen.«

»Vater, bleib bitte liegen!«

»Ach, ich hör schon, Euch geht's besser als gedacht, Herr Käpt'n. Da ha'm wir uns ja ganz unnötig Sorgen gemacht.«

»Genau. Aber sag das mal der Brida.« Er zwinkerte Marieke zu, und auf einmal hatte Brida das Gefühl, als sei ihr eine Last von den Schultern genommen. Ihr Vater mochte angeschlagen sein, aber er besaß noch immer die Stärke, auf die sie ihr Leben lang vertraut hatte.

»Was hast du alles gepackt, Marieke?«, fragte sie mit Blick auf die zahlreichen Bündel.

»Och, nur 'n bisschen Wäsche und natürlich die Truhe mit den wichtigen Dokumenten, dem Geld und dem Schmuck Eurer Mutter.«

»Das hast du gut gemacht, Marieke. Wer weiß, wie lange's dauert«, sagte Hinrich erstaunlich munter. Brida wunderte sich, wie viel ein bisschen Ruhe und Wärme ausmachten.

»Warum wolltest du, dass wir nach Fehmarn fliehen?«

»Ach, Deern, weil alles andere zu gefährlich ist. Wenn keiner mehr weiß, wo wir sind, können wir vielleicht eher rausfinden, wer der Erik wirklich ist und warum man ihn umbringen will. Und anscheinend auch alle, die ihm gut sind.« Er tastete nach seiner Wunde.

»Dann glaubst du auch, dass Claas nicht zu trauen ist?«

»Ich weiß nicht«, sagte Hinrich. »Aber lieber misstrau ich 'nem Freund, als dass ich dein Leben in Gefahr bring, weil ich die Augen verschließe.«

Die Sonne sank immer tiefer, während sich das Boot im gleichmäßigen Rudertakt der Insel näherte. Brida war schon einige Male auf Fehmarn gewesen, aber Kalles Behausung kannte sie nicht.

»So, hier ist es!«, rief der Schmuggler, als sie einen leeren weißen Strand erreicht hatten. Er zog sein Ruder an, und Erik tat es ihm gleich. Die beiden Männer sprangen aus dem Boot und zogen es näher an den Strand. Marieke wollte aufstehen, aber Kalle hielt sie zurück. »Weibervolk und Verletzte bleiben an Bord, bis das Boot an den Strand gezogen ist«, verkündete er.

Sand und Muschelschalen knirschten unter dem hölzernen Boden.

»So, das reicht«, erklärte Kalle. Brida und Marieke kletterten aus dem Boot, Erik half Hinrich. Der Kapitän bestand darauf, selbst zu gehen, musste sich dann aber doch von Erik stützen lassen.

»Männer«, flüsterte Marieke Brida zu. »Müssen immer die Helden spielen.«

»Oder sie sterben an 'nem kleinen Schnupfen«, ergänzte Brida lächelnd. Sie griff nach dem Korb mit dem Verbandszeug und einigen der Bündel, Marieke nahm den Rest. Kalle zog das Boot noch weiter an den Strand, bis hinter die Dünen.

»Da vorn ist meine Kate«, sagte er und zeigte in eine unbestimmte Richtung hinter dem Strandgras.

Kalles Kate erwies sich als reetgedecktes kleines Fachwerkhaus, das sich zwischen die Dünen duckte. Auf den ersten Blick schien er keine Nachbarn zu haben, aber als Brida den Blick etwas weiter schweifen ließ, entdeckte sie in einiger Entfernung ähnliche Häuschen. Und irgendwer musste sich in Kalles Abwesenheit auch um die Ziege und die Hühner gekümmert haben, die vor dem Haus herumliefen.

Brida kannte diese Art einfacher kleiner Reetdachhäuser. Meist besaßen sie nur einen großen Wohnraum. Umso erstaunter war sie, als sie Kalles Haus betrat. Es gab nicht nur eine große Stube, sondern auch die einfache Herdstelle, die sie erwartet hatte, erwies sich als fest gemauerter Kamin, und die Wände waren kunstvoll mit Holz vertäfelt. Eine stabile Leiter führte auf den Dachboden hinauf, und schon ein kurzer Blick nach oben zeigte, dass sich dort ein richtiges Schlafzimmer befand. Doch das Erstaunlichste waren die kleinen Schlafnischen hinter der Holzvertäfelung. Winzige Kammern, die nur ein Bett beherbergten und mit einem Vorhang abgeteilt werden konnten.

»Na, gefällt's?«, fragte Kalle Brida mit verschmitztem Grinsen.

»Wer hätte gedacht, dass ein Junggeselle wie du so vornehm lebt?«, gab sie zurück.

»Tja, nur weil ich 'm Handwerk nachgeh, das nicht so angesehen ist, muss ich ja nicht wie 'n Strandräuber hausen, ne?« Er lachte.

»Ich glaub, der Käpt'n sollt diese Koje nehmen, die ist am bequemsten.« Kalle zog einen Vorhang zurück, hinter dem sich ein breites Bett verbarg.

Erik half Hinrich, sich dort niederzulassen. Brida war sofort an seiner Seite.

»Wie geht's dir, Vater?«

»Bestens, Deern.« Er tätschelte ihr die Hand und lächelte sie an. »So schnell bin ich nicht totzukriegen.«

Aus den Augenwinkeln sah Brida, dass Marieke auch die übrigen Schlafkojen für die kommende Nacht vorbereitete. Kalle war auf den Dachboden geklettert und holte weitere Decken. Erik lehnte an der Wand neben Hinrichs Koje und trug wieder diesen nach innen gekehrten Blick.

»Habt Ihr Euch wieder an etwas erinnert?«, fragte sie ihn.

»Nur eine Kleinigkeit«, antwortete er. »Das Schiff, auf dem ich war, der Kraier ...«

»Ja?«, fragte Brida.

Auf einmal waren alle Blicke auf Erik gerichtet. Marieke hielt in ihrer Arbeit inne, und Kalle kam die Leiter heruntergeklettert. Selbst Hinrich versuchte, sich aufzurichten.

»Es war tatsächlich mein Schiff. Es hieß *Smukke Grit*.«

»*Schöne Grit*«, übersetzte Kalle. »Also seid Ihr Däne. Welcher Deutsche würd sein Schiff schon so nennen?«

»Das muss nicht sein«, widersprach Hinrich. »Erik, hattet Ihr uns nicht erzählt, dass Eure Mutter Grit heißt?«

»Ja. Und ich bin mir sicher, dass sie Dänin ist«, bestätigte er.

Hinrich nickte. »Dann könnt die *Smukke Grit* die Mitgift Eurer Mutter gewesen sein. Aber das sagt noch lange nicht, ob Euer Vater auch Däne ist. Allerdings könnte der Schiffsname ein Anhaltspunkt sein. Ein Schiff, das lange Jahre auf See war, ist in vielen Häfen bekannt, und seinen Eigner herauszufinden dürfte nicht sonderlich schwer sein.« Der Kapitän atmete tief ein, dann lehnte er sich auf dem Bett zurück.

»Ist alles in Ordnung, Vater?« Brida betrachtete ihn besorgt.

»Ja, Deern. Ich bin nur 'n bisschen müde.«

Brida half ihm, sich auszuziehen und zuzudecken, dann zog sie den Vorhang zu, damit ihr Vater Ruhe fand.

Als sie sich nach Erik umwandte, sah sie gerade noch, wie er in Richtung des Strands davonging. So, als erhoffe er sich, im Licht der untergehenden Sonne Antworten auf all die Fragen zu finden, die der Tag aufgeworfen hatte …

12. Kapitel

Der Wind blies ihm den Geruch von Seetang entgegen. Frischer Tang, der etwas vom Atem der Freiheit in sich trug, nicht der verfaulte Schlick, der oft schlimmer stank als eine Jauchegrube. Die Sonne verfärbte sich langsam rot und tauchte die Ostsee in ein goldenes Licht. Auf einmal wusste Erik, dass er diesen Anblick schon Hunderte von Malen genossen hatte. Als Kind am Strand, als junger Mann an Bord von Schiffen. An Bord seines eigenen Schiffs. Die *Smukke Grit*.

Seit er sich an ihren Namen erinnerte, sah er immer öfter weitere Bilder. Die *Smukke Grit* war kein neues Schiff, ihre Planken hatten mehr Jahre kommen und gehen sehen als er selbst. Aber schnell war sie gewesen, die alte Dame, an deren knarrendes Holz er sich plötzlich wieder erinnerte, als wäre es ihre Stimme. Keine Kogge konnte mit der Geschwindigkeit seines Kraiers mithalten. Nicht einmal die stolze *Elisabeth*, das Flaggschiff seines Bruders.

Die Kogge meines Bruders! Das Wappen auf dem Segel, der aufsteigende Adler über dem goldenen Sparren! Es ist das Wappen meiner Familie!

Familie … Name … Wieder nur weißer Nebel. Und doch erfüllte ihn auf einmal eine ungeahnte Zuversicht. Es konnte nicht mehr lange dauern, bis er die entscheidenden Stücke des Mosaiks zusammensetzen würde. Er stand dicht davor.

Hinter ihm knirschten Schritte im Sand. Er wandte sich um. Es war Brida. Die Anspannung der letzten Stunden war aus ihrem Gesicht verschwunden. Vermutlich weil sie wusste, dass die Verletzung ihres Vaters nicht so schwerwiegend war, wie er zunächst befürchtet hatte.

»Ich wollte sehen, wo Ihr so lange bleibt. Einige von Kalles Freunden sind gekommen. Es gibt Gänsebraten.«

»Ein erstaunlich festliches Gericht für einen gewöhnlichen Tag.«

»Wildgänse.« Brida lächelte. »Hier wird nicht nur geschmuggelt, sondern auch gewildert.«

Als er schwieg, fuhr sie fort. »Ihr seid so ernst. Was geht Euch durch den Kopf?«

»Bruchstücke von Erinnerungen. Es werden immer mehr, aber die, die ich mir am sehnlichsten wünsche, sind nicht dabei. Ich weiß noch immer nicht, wer ich bin.«

»Erzählt mir davon.« Sie setzte sich in den warmen Sand. Da es ihm unangenehm war, von oben auf sie hinabzuschauen, gesellte er sich zu ihr.

»Das Schiff, an das ich mich erinnerte, als ich die *Adela* das erste Mal sah, ist die *Elisabeth*, die Kogge meines Bruders Jannick. Und das Wappen, das sie im Segel führt, gehört meiner Familie.«

»Euer Bruder besitzt also eine Kogge, und Ihr hattet einen Kraier.«

Erik nickte.

»Was könnt Ihr mir sonst noch erzählen?« Sie warf ihm einen aufmunternden Blick zu.

»Die *Smukke Grit* war schon ein älteres Schiff. Die Vermutung Eures Vaters könnte stimmen. Ich glaube, sie war ein Teil der Mitgift meiner Mutter. Und …« Er hielt inne.

Ein neues Bild. Er steht im Dom von Lübeck. Ringsum drängen sich Menschen, aber er sieht sie nicht. Der Priester hält den Trauergottesdienst, aber er hört ihn nicht. Er sieht nur auf den dunklen Sarg und weiß, dass er leer ist …

»Was ist mit Euch?« Bridas Stimme holte ihn zurück.

»Ich … Es ist merkwürdig …« Er schluckte, wusste nicht, wie er das langsam aufsteigende Bild in Worte oder die undeutlichen Schatten ordnen sollte.

Auf einmal spürte er Bridas Hände von hinten auf den Schultern. Ähnlich wie im Kerker, als sie seine Kopfschmerzen vertrieben hatte.

»Sagt es mir!«, flüsterte sie, während sie ihn auf dieselbe Weise wie damals massierte. »Was geht Euch durch den Kopf?«

Er fühlte ihren Atem im Nacken. Ihre Hände, die Schmerzen zu lindern vermochten. Nur dass er heute keine Schmerzen litt. Dennoch überließ er sich ihr nur allzu gern, und plötzlich verstand er auch, warum. Ihre Nähe rief weitere Bilder aus der Tiefe seiner Seele herauf.

»Ich war wohl dreizehn oder vierzehn, kein Kind mehr, aber noch längst kein Mann«, begann er, während er sich ganz ihren Berührungen hingab. »Ich glaube, meine Mutter starb zu dieser Zeit, aber ich bin mir nicht sicher. Es sind undeutliche Bilder. Eine Trauerfeier in Lübeck, im Dom. Und ich denke die ganze Zeit nur, dass ihr Sarg leer ist.«

»Ihr meint, sie war gar nicht tot?« Unbeirrt fuhr Brida fort, seine Schultermuskeln sanft zu kneten.

»Ich weiß es nicht. Als Nächstes sehe ich meinen Vater vor mir, der meint, es sei in ihrem Sinn gewesen, wenn ich die *Smukke Grit* bekäme, wenn ich alt genug sei.« Erik atmete tief durch. »Ich glaube, mein Vater stammt aus Lübeck, Brida. Warum hätte man sonst im Dom zu Lübeck eine Trauerfeier abgehalten?«

»Dann sollten wir nach Lübeck reisen«, schlug sie sogleich vor. »Der Hafenmeister weiß sicher, wem die *Smukke Grit* oder die *Elisabeth* mit ihrem auffälligen Wappen gehörte.«

Der Wind hatte gedreht. Der Duft von brennenden Holzscheiten und gebratenem Fleisch wehte von Kalles Schmugglerkate zu ihnen herüber.

»Aber das hat alles Zeit bis morgen. Ich glaube, das Essen ist fertig.« Brida ließ ihn los und stand auf. Er bedauerte es.

Gern hätte er auf den Braten verzichtet, nur um ihre Nähe noch länger zu spüren.

Es war ein Abend voller Freiheit, der alte Erinnerungen an Geborgenheit wachrief, leider ohne ihm die dazugehörigen Bilder zu zeigen.

Kalles Freunde waren Schmuggler wie er selbst. Junge Männer, die hofften, damit den Grundstock eines erklecklichen Vermögens zu begründen, das es ihnen erlaubte, irgendwann eine Frau heimzuführen. Brida und Marieke saßen wie selbstverständlich dazwischen und tranken von dem Bier wie die Männer, wenngleich sie sich eher mäßigten. Sogar Hinrich hatte sich aufgerafft und leistete den Feiernden vor der Hütte Gesellschaft.

Zu seinem Erstaunen stellte Erik fest, dass ihn Bridas Art, mit den Männern wie mit ihresgleichen zu sprechen, nicht nur beeindruckte, sondern geradezu in Bann zog. Nach dem dritten Krug Bier wäre er bereit gewesen, vor ihr auf die Knie zu fallen und ihr einen Heiratsantrag zu machen. Glücklicherweise behielt sein Verstand die Oberhand. Was konnte ein Mann ohne Gedächtnis einer Frau wie Brida schon bieten? Gut, vermutlich entstammte er einer wohlhabenden Familie, aber vielleicht war er längst verheiratet. Sein Bruder war in seinen Erinnerungen Anfang zwanzig gewesen, als er Elisabeth zur Frau genommen hatte. Erik selbst war Mitte zwanzig und hielt es für durchaus möglich, längst Frau und Kinder zu haben.

Aber wenn es so wäre, warum erinnerte er sich nicht an sie so wie an seinen Bruder? Und wer war die Frau, von der er immer wieder träumte und die ihn in die Tiefe zog?

Nach dem dritten Krug Bier beschloss er, an diesem Abend nur noch Wasser zu trinken, damit er sich zu keiner Handlung hinreißen ließ, die er später bereuen würde.

Je länger der Abend wurde und die Nacht sich hinzog, umso lustiger wurden die vorgetragenen Geschichten. Die meisten vergaß Erik, kaum dass er sie gehört hatte. Bis einer der Männer, Joachim, ihn unvermittelt ansprach.

»Euer Schiff ist hier im letzten Monat im Sturm gesunken? War das so 'n Kraier?«

Erik nickte. »Habt Ihr etwas davon mitbekommen?«

»Klar, der Kanonendonner war ja nicht zu überhören. Jedenfalls nicht, wenn man sich am Belt rumtreibt, um Geschäfte vorzubereiten.« Er grinste.

»Kanonendonner?« Schlagartig war Erik stocknüchtern. »Wie kommt Ihr darauf, dass es eine Seeschlacht war?«

»Na, ich hab's doch gesehen.« Joachim schenkte sich ein weiteres Bier ein. »Ich war kurz vor Morgengrauen noch draußen, um nach der Ware zu sehen. Du weißt ja«, sagte er mit Blick zu Kalle hinüber. »Wenn die Grube vollläuft, verdirbt das Zeug. War aber alles gut. Ich wollt dann wieder rein, und da hat's gedonnert. Hab erst gedacht, es wär 'n Gewitter, aber dann hab ich das Blitzen der Geschütze und die Schiffslichter gesehen. Mann, das war vielleicht 'n Riesenkriegsschiff, das kann ich euch sagen. Hätte nicht gedacht, dass die Dänen für so 'n kleinen Kraier so 'n gewaltigen Pott losschicken. Der Kraier hatte schon arge Schlagseite, aber sie haben immer weiter draufgefeuert, bis das Schiff ganz und gar zerstört war. Die wollten keine Überlebenden.«

Auf einmal war es totenstill geworden.

»Warum haste das nicht früher erzählt?«, brach Kalle das betretene Schweigen.

»Ja, wann denn wohl?«, fragte Joachim zurück. »Ich bin doch erst seit zwei Tagen zurück. Und woher hätt ich wissen sollen, dass dich die Sache kümmert?«

Kalle nickte. »Hast ja recht. Aber sag, auf welchem Kurs lag der Kraier? Konntest du das sehen?«

»Na klar. Der segelte Richtung Lübecker Bucht. Beim ersten Morgenlicht hat er noch versucht, den Kurs zu wechseln, um den Verfolger abzuschütteln. Genützt hat's ihm nichts, als Nächstes fiel der Mast, und dann war's aus.«

»Das Schiff wurde versenkt, nicht geentert?«, fragte Erik nach.

»Da war nix mehr zum Entern, als die mit dem Schiff fertig waren.«

Versenkt, aber nicht geentert.

»Nej! De vil slå dig ihjel«.[3] *Die Frau fällt ihm in den Arm. Aber soll er kampflos zusehen? Sich abschlachten lassen? Einer der Seeräuber stürzt auf die Frau zu. Er stellt sich ihm in den Weg. Er wird sie schützen, um jeden Preis.*

Wieder dieser Erinnerungsblitz, den er schon so oft gesehen hatte. Nicht geentert. Nur zerstört. In der Nacht. Im Sturm. Das andere Bild zeigte ihm den helllichten Tag. Sie wurden geentert. Die Frau in seinen Armen. Er wollte sie retten. Ihr Gewicht zog ihn in die Tiefe. Aber das Meer war ruhig. Die Sonne schien. Irgendetwas stimmte nicht. War die Frau eine Erinnerung aus einer anderen Zeit? Oder nur ein Traumgespinst?

»Die Geschichte wird ja immer unheimlicher«, hörte Erik Hinrich sagen. »Erik, ich wüsst zu gern, was Ihr in Dänemark ausgefressen habt.« Der Kapitän zwinkerte ihm gutmütig zu.

»Ihr glaubt nicht, wie gern ich es erst wüsste«, antwortete er. Nur langsam vermochte er seine Gedanken zu ordnen.

»Wir müssen nach Lübeck«, sagte Brida. »Da finden wir's raus.«

Erik nickte, dankbar, dass ihre Überlegungen ihn ganz in die Gegenwart zurückholten.

»Aber wie?«, fragte er. »Mit dem Ruderboot ist das nicht zu schaffen.«

---

[3] »Nein! Sie werden dich töten.«

»Fragen wir doch Helmar«, schlug Kalle vor. »Der hat Schiffe.«

»Das halte ich für gewagt«, warf Hinrich ein. »Die Vitalienbrüder tät ich gern raushalten, den' trau ich nicht über 'n Weg.«

»Vitalienbrüder?«, hakte Erik nach. Erstaunlich, wen Kalle alles kannte.

»Ja, die leben auf Burg Glambeck, um die Insel vor den Dänen zu schützen. Schon seit ein paar Jahren, seit der Graf von Holstein sie zu Hilfe holte«, klärte Hinrich ihn auf. »Aber auch wenn sie auf unserer Seite stehen, ich trau keinem, der seinen Lebensunterhalt mit Überfällen bestreitet.«

»Na ja, das tun sie schon eine Weile nicht mehr«, beschwichtigte Kalle. »Und wenn's gegen die Dänen geht, helfen sie uns bestimmt. So 'ne kleine Fahrt nach Lübeck ist doch nix für die.«

»Na, ob die man wirklich keine Überfälle mehr auf Kauffahrer begehen?« Hinrich wiegte nachdenklich den Kopf. »Ich hab da schon manch andres Gerücht gehört, nur dass sie die Finger von Hanseschiffen lassen.«

»Auf jeden Fall sind sie die Einzigen, die uns schnell ein Schiff zur Verfügung stellen könnten«, sagte Kalle. »Und darum ging's doch, oder?«

»Und wo ist die Burg?«, fragte Erik.

»Sie steht am andern Ende der Insel, mit Blick auf den Sund. Ein guter Ort, um Schiffe rechtzeitig auszuspähen und abzufangen.«

»Also doch Seeräuber?« Erik grinste. »Glaubt Ihr wirklich, die bringen uns mit einem ihrer Schiffe nach Lübeck?«

Kalle trank einen Schluck Bier. »Wenn man sie richtig fragt«, erwiderte er und wischte sich den Schaum von den Lippen. Das schalkhafte Blitzen in seinen Augen verwirrte Erik ebenso wie Hinrichs Stirnrunzeln. Doch niemand widersprach dem Schmuggler. Es schien beschlossene Sache zu sein.

Wasser, so kalt, dass es ihm den Leib zerreißt. Wellen peitschen über seinen Kopf. Die Frau hängt schlaff in seinen Armen, ihr nasses blondes Haar fällt ihm in die Augen, raubt ihm jede Sicht. *Ich darf nicht loslassen! Niemals loslassen.* Eine Welle schwappt über ihn hinweg, Wasser dringt ihm in Mund und Nase. Er hustet, ringt nach Luft. Versucht, mit seiner Last zu schwimmen. *Ich werde dich niemals loslassen!* Er kämpft, strampelt, schwimmt gegen den tödlichen Sog an, doch alles zieht ihn in die Tiefe, ihr Gewicht, seine vollgesogenen Kleider. Wellen schlagen über ihm zusammen. Seine Lungen brennen. Immer weiter zieht es ihn nach unten. *Niemals loslassen!* Seine Lungen schreien nach Luft, wollen ihn zwingen, Atem zu holen. Nein! Er darf nicht atmen. Atmen bedeutet den Tod. Das Sonnenlicht bricht sich in der Wasseroberfläche über ihm, entfernt sich immer weiter. Helle Funken tanzen ihm vor den Augen. Sieht so der Tod aus? Noch immer umklammert er den schlaffen Leib der Frau, kämpft, versucht, mit ihr nach oben zu schwimmen. Immer weiter zieht sie ihn hinab. Plötzlich wird der Drang zu atmen übermächtig. Noch ehe er weiß, was er tut, lässt er sie los. *Nein! Niemals loslassen!* Doch die Stimme seines Gewissens wird stumm angesichts des eigenen Todes. Er durchbricht die Wasseroberfläche. Keinen Augenblick länger hätte er die Gier nach Luft unterdrücken können. Nur einen Wimpernschlag länger, und sein Körper hätte das tödliche Wasser in die Lungen eingesogen. Er holt tief Luft, immer wieder, trinkt sie gierig. Luft bedeutet Leben. Er wird leben. Doch sie ist tot … Er hat sie getötet. Weil er nicht stark genug war …

»Was ist mit Euch?« Ein erschrockener Ausruf weckte ihn. Noch während er in die Gegenwart zurückkehrte, hörte er, wie jemand den Vorhang seines Alkovens aufriss. Brida stand vor ihm, nur im Hemd, das lange Haar ungeordnet, als sei auch sie gerade aus dem Schlaf aufgeschreckt.

»Was … was soll mit mir sein?«, fragte er verwirrt und setzte sich aufrecht hin. Irgendwo raschelte ein weiterer Vorhang.

»Ihr habt im Schlaf geschrien. Ich dachte schon, wer weiß was sei geschehen.«

Er schluckte. »Es tut mir leid. Ich … hatte nur einen schlechten Traum.«

Sie setzte sich auf die Kante seines Betts. »Wollt Ihr darüber sprechen?« Er sah die Sorge in ihren Augen. Nein, nicht Sorge. Eher Fürsorge. Dennoch schüttelte er den Kopf.

»Es ist schon gut, Brida.«

»War es wieder die Frau?«, fragte sie unbeirrt weiter. Konnte sie Gedanken lesen?

»Ja«, sagte er leise. »Es war wieder der alte Traum. Aber diesmal ging er weiter.«

»Ihr habt sie losgelassen, nicht wahr?« In ihrer Stimme lag kein Vorwurf. Es war nur eine Feststellung. Gleichwohl fühlte er sich schuldig.

»Woher wisst Ihr es?«

»Euer Schrei war voller Verzweiflung.« Sie legte ihm eine Hand auf den Arm. »Aber es war nur ein Traum. Niemand weiß, ob es wirklich geschehen ist.«

»Es ist geschehen«, beharrte er.

»Dann wisst Ihr wieder, wer die Frau war?«

»Nein. Aber es ist geschehen. Nur nicht in der Nacht, als die *Smukke Grit* unterging.«

Er erzählte ihr von den Unvereinbarkeiten seiner Erinnerungen. »Versteht Ihr, damals wurde das Schiff geentert. Wir gingen über Bord. Es war helllichter Tag, das Meer war ruhig.«

»Dann ist es eine alte Erinnerung, die sich immer wieder in Euer Bewusstsein schiebt. Eine schmerzhafte Erinnerung.«

Erik nickte.

»Wie alt mögt Ihr damals gewesen sein?«

Wie alt? Darüber hatte er sich nie Gedanken gemacht. Im Gegensatz zu den anderen Bildern hatte er keine Vorstellung davon, ob er ein Kind oder ein Mann gewesen war. Die Furcht, die Frau loszulassen, hatte über allem gestanden, jede weitere Einzelheit ausgelöscht.

»Kann es sein, dass diese Erinnerung in die Zeit gehört, da Ihr schon kein Kind mehr wart, aber auch noch kein Mann?«, fragte Brida unbeirrt weiter.

»Wie kommt Ihr darauf?« Eine kalte Faust griff nach seinem Herzen. Lass sie nicht weiterfragen, hämmerte es in ihm. Lass sie nicht weiterfragen, du wirst es nicht ertragen.

Er wischte den Gedanken fort. Er würde es ertragen. Er musste es ertragen.

»Ihr erzähltet mir von der Trauerfeier im Dom zu Lübeck. Ihr habt die ganze Zeit den Sarg angestarrt. Ihr wusstet, dass er leer war. Warum sollte man eine Trauerfeier um einen leeren Sarg veranstalten und die Tote nicht aufbahren, wie es üblich ist? Dafür gibt es nur eine Erklärung.«

»Nein! Sprecht nicht weiter. Bitte nicht!«

Doch sie hörte nicht auf ihn. »Die Frau, die ertrank, war Eure Mutter. Ihr habt versucht, sie zu retten. Habt mehr gegeben, als ein Mensch geben kann. Mehr, als ein Knabe von dreizehn oder vierzehn Jahren vermag. Es gab keinen Leichnam, denn das Meer hat sie nicht wieder hergegeben.«

Seine Gedanken rasten, irrten hilflos umher. Sein Kopf füllte sich mit weißem Nebel, verschloss das Tor der Erinnerungen und erfüllte ihn mit einer seltsamen Gleichgültigkeit. So, als wäre all das nie geschehen, als hätte er niemals diesen Traum gehabt.

»Was ist mit Euch?« Brida berührte ihn sanft an der Schulter.

»Ich weiß gar nichts mehr«, flüsterte er. »Aber ich glaube, Ihr habt recht.«

»Ihr habt den Schmerz ganz tief in Eurer Seele verschlossen«, sagte sie ebenso leise wie er. »Von Anfang an. Und ich glaube, in der Nacht, als die *Smukke Grit* unterging und Ihr dem Tod erneut ins Auge blicken musstet, da kehrte der alte Schmerz zurück. Und er war so stark, dass Ihr ihn nur ertragen konntet, indem ihr Euch von all Euren Erinnerungen lossagtet.«

»Ihr meint, deshalb habe ich mein Gedächtnis verloren? Weil ich zu schwach war?«

»Nein, weil Ihr stark genug wart, am Leben bleiben zu wollen. Wenn man um sein Leben kämpft und alle Kraft braucht, darf man sich nicht mit alten Schuldgefühlen belasten, denn sie würden einen töten.«

»Aber wenn Ihr recht habt, dann müsste ich doch inzwischen wieder wissen, wer ich bin. Weil ich meiner Schuld ohnehin niemals davonlaufen konnte.«

»Vielleicht gibt es noch einen anderen Grund«, erklärte Brida. »Einen, der ebenso tief liegt. Einen Grund, den wir in Lübeck erfahren werden.«

Ein schwacher rötlicher Schimmer fiel durch die Ritzen der Fensterläden.

»Seht, die Sonne geht auf!« Brida deutete auf die morgendlichen Strahlen. »Ich mache mich rasch fertig, und das solltet Ihr auch tun. Wir brauchen gewiss drei Stunden, wenn wir Burg Glambeck zu Fuß erreichen wollen.«

Sie mussten nicht zu Fuß gehen. Kalles Nachbarn liehen ihnen einen einfachen Leiterwagen und ein kräftiges Zugpferd.

Hinrich verabschiedete sich von Erik. »Passt gut auf Brida auf, wenn Ihr in Lübeck seid!«, rief er ihm zu.

Erik musterte Hinrich mit einem überraschten Blick.

»Immerhin kenne ich mich dort gut aus«, erklärte Brida mit einem Lächeln. »Und vergesst nicht, die *Adela* liegt in Lübeck. Cunard kann uns gewiss weiterhelfen.«

Cunard. Also deshalb hatte Hinrich nichts dagegen, dass Brida mitkam. Der alte Kapitän wollte immer noch, dass Brida sich für seinen Nachfolger entschied. Dafür ließ er sie sogar unbesorgt mit ihm zu den Vitalienbrüdern und nach Lübeck reisen. Der Stich traf Erik schmerzhafter, als er erwartet hätte.

»Ich gebe gut auf sie acht«, antwortete er Hinrich.

»Und ich bin ja man auch noch da, ne?«, fügte Kalle hinzu. »Der Brida wird nix widerfahren, da steh'n wir mit'm Leben für.«

Hinrich lachte. »Ich weiß, Kalle.«

»Und du schonst dich, damit du gesund bist, wenn ich wiederkomme«, mahnte Brida und gab ihrem Vater einen Kuss auf die Wange. »Marieke wird auf dich aufpassen, mindestens so gut wie Erik und Kalle auf mich.«

»Solang du ihr nicht aufträgst, sie soll mich am Bett festbinden, geht's ja.«

Brida lächelte. »Versuch lieber nicht, es herauszufinden, Vater.«

Es wurde wieder ein wunderschöner Tag. Die Maisonne hatte fast schon so viel Kraft wie im Hochsommer. Kalle lenkte den Wagen über schmale Sandwege, die die Felder und Wiesen durchschnitten.

Anfangs fuhren sie nur gelegentlich an einem Haus vorbei, das in seiner Bauart dem von Kalle glich. Je weiter sie sich jedoch der Inselmitte näherten, desto stärker veränderte sich das Landschaftsbild. Es gab nun auch größere Häuser, prächtige Gutshöfe. Aber viele von ihnen waren zerstört. Schwarze Balken ragten in den Himmel auf und erzählten ihre eigene Geschichte von Brandschatzung und Tod. Erik erinnerte sich daran, was Brida ihm berichtet hatte. Auch die Schwester des Pfarrers und ihre Familie waren bei dem Überfall der Dänen vor acht Jahren ums Leben gekommen.

Die Menschen schienen den Ruinen mittlerweile keine besondere Bedeutung mehr beizumessen. Mehrfach beobachtete Erik junge Leute, die sich im Schatten verkohlter Balken eine kleine Rast von der Feldarbeit gönnten.

»So, und nu nicht erschrecken!«, rief Kalle und warf Brida einen scharfen Blick zu. »Das, was da hinter dem kleinen Wäldchen kommt, ist nix, was man gern sieht.«

»Was meinst du damit?«, fragte sie zurück.

»Da wohnt die Zaubersche, von der ich schon erzählt hab. Und sie hat ... nun ja, ihren eigenen Geschmack.«

»Vermutlich meint er, dass dort Krötenaugen und Salamander gekocht werden.« Erik lachte. Doch das Lachen blieb ihm im Hals stecken, als Kalle den Wagen um die nächste Wegbiegung lenkte. Es war ein kleines Haus, ähnlich dem, in dem Kalle lebte, aber doch ganz anders. Die schwarzen Balken verrieten, dass es auch abgebrannt, aber wiederaufgebaut worden war. Nur dass die Zaubersche, wie Kalle sie nannte, sich dabei besonderer Baustoffe bedient hatte. Der Türsturz bestand aus menschlichen Oberschenkelknochen, und darüber waren zwei Schädel eingemauert, die mit ihren leeren Augenhöhlen in die Unendlichkeit blickten.

»Sie hat die Toten geschändet!« Brida schlug die Hand vor den Mund.

»Das waren die Dänen, die ihr Haus abgebrannt haben. Jedenfalls sagt sie das«, erklärte Kalle. »Sie hat sie verflucht, damit sie auf alle Ewigkeiten wachen müssen.«

»Und niemand sagt etwas dazu?«, fragte Erik. »Mordbrenner hin oder her, aber menschliche Gebeine für so etwas zu verwenden, das ist ... das ist ...« Ihm fiel kein Wort ein, das seinen Abscheu richtig wiedergab.

»Gegen jede göttliche Ordnung«, sprang Brida ihm bei.

»Genau, gegen jede göttliche Ordnung. Wie kann die Kirche das zulassen?«

Kalle lachte. »Ich glaub, die finden's sogar gut, dass die Zaubersche die Dänen verflucht hat. Ist doch eigentlich nicht viel anders als die aufgespießten Piratenköpfe in den hanseatischen Häfen, oder?«

Erik schwieg. Er hatte eher den Eindruck, dass die Priester

auf Fehmarn nicht viel anders waren als Clemens. Zu feige, sich mit denen anzulegen, die ihnen vielleicht gefährlich werden konnten, dafür aber schnell bei der Hand, wenn es um die Verdammung von Schwächeren ging.

Er betrachtete den schaurigen Türsturz, bis der Wagen um die nächste Biegung fuhr und die Hütte der Zauberschen außer Sicht geriet.

Eine gute Stunde später hatten sie Burg Glambeck erreicht. Erik hatte keine besondere Vorstellung von der Burg gehabt, war nun aber doch erstaunt, wie gut sie befestigt war. Sie bestand aus rotem Backstein, genau wie die Häuser in Lübeck, an die er sich dunkel erinnerte. Zwei mächtige Türme sicherten das Haupttor, doch zeigten auch sie Spuren der letzten Schlachten, denn die hölzernen Balken waren noch immer schwarz vom Feuersturm. Rings um die Burg zogen sich ein Erdwall und ein breiter Graben, der Belagerer abhalten sollte. Am meisten beeindruckten Erik indes die roten Mauern, hoch und fest, bereit, jedem Feind zu trotzen.

Kalle lenkte den Wagen geradewegs auf die Zugbrücke zu, die um diese Zeit heruntergelassen war.

Zwei Wächter standen davor. Keine Türhüter in edlen Wappenröcken, die sofort anzeigten, wer der Burgherr war, sondern einfach gekleidete Männer in dunklen Hemden und Hosen, die zum Teil geflickt waren. Nur einer von ihnen trug abgelaufene Schuhe, der andere war barfüßig. Ihre Gefährlichkeit ergab sich einzig aus ihrer Bewaffnung. Lange Messer, die fast die Größe von Kurzschwertern hatten, hingen an ihren Gürteln. Dazu trug jeder von ihnen zwei Dolche, und an der Wand lehnte eine Armbrust, die allerdings nicht gespannt war.

Kalle hielt den Wagen vor der Zugbrücke an.

»Was wollt ihr?« Der mit den Schuhen trat einen Schritt vor. Erik sah, dass die Sohle sich schon löste. Wer so abgerissen

herumlief, unternahm bestimmt keine erfolgreichen Kaperfahrten.

»Wir müssen mit Helmar sprechen«, sagte Kalle.

»Der Käpt'n hat keine Zeit für dahergelaufene Bauern.«

»Erstens bin ich kein dahergelaufener Bauer, und zweitens
hat Helmar immer Zeit für mich. Sag ihm, Kalle will ihn sprechen. Und zwar 'n bisschen plötzlich.«

»Kalle, der Schmuggler?« Aus irgendeinem Grund wurde
die Miene des Mannes ehrfürchtig, und Erik fragte sich, welcher Art die Beziehung des Schmugglers zu den Vitalienbrüdern wohl sein mochte.

»Genau. Nu mach schon!« Kalle grinste.

Die beiden Männer ließen das Fuhrwerk passieren. Kalle
lenkte es auf den Burghof. Erik sah sich erstaunt um. Eine
Seeräuberfestung hatte er sich anders vorgestellt. Vor allem
fielen ihm die vielen Frauen auf, die den Hof als ihr Besitztum
zu betrachten schienen. Eine Wäscheleine hing quer über dem
Hof, voller Laken und Hemden. Darunter spielten kleine Kinder. Männer waren kaum zu sehen, und die wenigen, die Erik
sah, waren alt oder verkrüppelt.

»Das sind Vitalienbrüder?«, fragte er Kalle.

»Ne, das sind Flüchtlinge, die hier Obdach gefunden haben«, antwortete der Schmuggler. Er hielt den Wagen an.
»Kommt, ich zeig Euch, wo die eigentlichen Herren der Burg
sind.«

Erik wollte Brida beim Absteigen helfen, aber sie war längst
heruntergesprungen. Was hatte er auch erwartet? Sie war
schließlich auf Schiffen groß geworden.

Kalle führte sie zielstrebig in den Palas. Niemand stellte
sich ihnen in den Weg. Erst als sie vor einer schweren, reich
beschnitzten Holztür ankamen, entdeckten sie wieder einen
Wächter. Immerhin trug der anständige Stiefel, und seine
Kleidung wirkte nicht so abgerissen wie die der beiden Männer an der Zugbrücke.

»Na, da schau an, der Kalle!« Der Wächter grinste breit, aber er blickte nicht sonderlich freundlich drein.

»Schau an, der Wentzel«, entgegnete Kalle. »Hat man dich mal wieder nicht reingelassen? Na, wird schon sein' Grund haben, ne?«

Kalle hatte seinen Satz noch nicht vollendet, da hatte Wentzel schon sein Messer gezogen. Ebenso lang wie das, das Kalle stets trug.

»Noch ein Wort, und ich schneid dir die ...« Wentzel brach ab, denn schneller, als er gedacht hatte, saß ihm Kalles Messer an der Kehle.

»Ja, was schneidste mir ab? Nur das Wort oder gar die Ohren?«

Wentzel schluckte und steckte seine Klinge weg.

»Schon gut, ich meld dich Helmar.«

»So ist's brav.« Auch Kalle schob sein Messer zurück in den Gürtel.

»Er probiert's doch jedes Mal«, raunte er Brida und Erik zu, als Wentzel die Tür öffnete.

»Ihr seid schnell«, sagte Erik.

»Will ich doch meinen.« Kalle grinste. »Ich hoff, Ihr habt gut zugeschaut. Das ist die Sprache, die die hier verstehn.«

Hinter der Tür tat sich eine breite Treppe auf. Wentzel war vorausgeeilt, um sie zu melden. Bis hierher hörten die Besucher das Geklapper von Schüsseln und Bechern sowie dröhnendes Gelächter.

»Scheint ja mal wieder hoch herzugehen«, meinte Kalle. »Vermutlich sind schon wieder alle betrunken. Na, das ist dann gut für die Geschäfte.«

»Ah, ich verstehe«, lachte Erik. »Ihr schmuggelt auch Wein?«

»Ja, ich hab da eine gute Quelle. Natürlich nur den guten italienischen. Und wer sich's mit mir verscherzt, der muss eben den sauren Fusel trinken.«

Erik sah das feine Lächeln auf Bridas Lippen. Sie hatte es gewusst, da war er sich ganz sicher. Vermutlich wurde der edle Wein im Haus ihres Vaters auch von Kalle geliefert.

»Ist das der Grund, warum Ihr hier so geachtet seid?«

»Na ja, nicht ganz.« Kalle kratzte sich am Hinterkopf. »Da gibt's noch 'ne Kleinigkeit. Aber die verrate ich Euch später.«

Sie erreichten eine weitere Tür, die diesmal sogar zweiflügelig und mit reichen Schnitzereien versehen war. Sie hätte einem königlichen Thronsaal zur Ehre gereicht. Als sie sich öffnete, hatte Erik den Eindruck, in eine andere Welt zu schreiten. Brida schien es genauso zu ergehen, denn er hörte sie hinter ihm leise keuchen.

Eine lange Tafel voller Köstlichkeiten. Ein ganzes Schwein, kein Spanferkel, nein, ein erwachsenes Tier, lag auf einer Platte. Daneben gefüllte Gänse, Hühner, duftende Brote, eingelegtes Obst, Pasteten, Süßspeisen aller Art. Krüge voller Wein, Bier und Met.

Hinrich hatte recht. Diese Männer gingen noch auf Kaperfahrt, sonst hätten sie sich einen derartigen Überfluss nicht leisten können.

Im Gegensatz zu den zerlumpten Gestalten im Hof und am Tor waren die Gäste in diesem Raum gut gekleidet. Hemden aus feinen Stoffen oder weichem Leder. Mehr als einer trug ein reich besticktes Wams. Und in der Mitte, auf einem hohen Lehnstuhl, der fast schon einem Thron glich, saß ein Hüne. Sein Hemd leuchtete in hellem Rot, die Ärmel waren mit goldenen Stickereien versehen. Das Wams aus weiß gegerbtem Leder, vermutlich Hirsch oder Reh, zierten ebenfalls reiche Ornamente. Das helle Haar fiel ihm bis auf die Schultern, und seine Augen waren von so hellem Blau, dass sie sein Gegenüber förmlich durchbohrten.

Und Erik hatte Seyfried in seiner neuen Kleidung schon für einen Gecken gehalten …

»Grüß dich, Helmar.« Kalle kannte keine Scheu und schritt geradewegs auf den Riesen zu.

»Ah, Kalle. Komm, nimm Platz!« Der Hüne wies auf einen Stuhl zu seiner Linken. Sofort sprang einer der Männer auf und räumte für Kalle das Feld. Erik staunte nicht schlecht. Ein Blick zu Brida hinüber verriet ihm, dass sie ebenfalls höchst überrascht war. Ganz gleich, wie gut der Wein war, den Kalle lieferte, so viel Ehrerbietung brachte ein Mann wie Helmar keinem einfachen Schmuggler entgegen.

»Nu sag, Kalle, wen haste mir da gebracht?« Helmar wies auf Erik und Brida.

»Freunde von mir. Brida, die Tochter von Kapitän Hinrich Dührsen, und ihren Gast Erik. Sie brauchen ein Schiff, um nach Lübeck zu kommen. Und ich dachte, du könntest sie hinbringen.«

»Dachtest du, soso.«

»Willst du ihnen keinen Platz anbieten? Ich mag's nicht mit ansehen, wenn du Fräulein Brida einfach stehen lässt.«

Eine kurze Handbewegung, zwei weitere Männer sprangen auf und überließen Brida und Erik ihre Plätze. Was er hier erlebte, kam Erik immer irrwitziger vor. Fragend spähte er zu Kalle hinüber, doch der grinste nur.

»Bedient Euch!« Helmar wies auf die Tafel.

Erik rührte sich nicht, aber Brida griff sofort nach einer Gänsekeule. »Vielen Dank. Ihr wisst, was Gastfreundschaft bedeutet«, sagte sie artig. »Bekomm ich auch einen Krug Bier?«

Helmar lachte. »Das ist eine Frau nach meinem Geschmack. Na los, gebt ihr schon ein Bier!«

Erik stellte fest, dass er in seinem früheren Leben vermutlich keine Erfahrungen im Umgang mit Vitalienbrüdern gesammelt hatte, denn er fühlte sich seltsam fehl am Platz.

»Nun nehmt doch auch schon was!«, raunte Brida ihm zu.

Zögernd griff er nach einer Pastete.

»Du hast merkwürdige Freunde, Kalle«, sagte Helmar. »Eine

Frau, die sich wie ein Mann gebärdet, und einen Mann, der schüchtern wie ein Mädchen ist.«

»Vorsicht«, warnte Kalle. »Ich würd mich an deiner Stelle nicht mit Erik anlegen. Der ist mit'm langen Messer noch schneller als ich.«

»Ach, tatsächlich? Meinste, er wär auch besser als ich?«

Erik sah das gefährliche Blitzen in Helmars Augen.

»Kann jemand besser sein als du?«, gab Kalle zurück. »Ich mein, außer mir?«

»Du bist heute ganz schön frech, Brüderchen.«

Brüderchen! Erik starrte Kalle an, und der brach in Gelächter aus.

Helmar stimmte in Kalles Lachen ein. »Ihr solltet eure Gesichter sehen. Hat Kalle euch gar nix von mir erzählt?«

Erik warf Brida einen Seitenblick zu. Sie war genauso verblüfft wie er.

»Nein«, antwortete er. »Aber so lange kenne ich Kalle auch noch nicht.«

»Sag, Kalle, schämst du dich etwa für mich?«

»Ich bin 'n ehrlicher Schmuggler. Das ist 'ne Lebenseinstellung. Mit Kaperfahrten hab ich's nicht, das weißt du doch.«

Helmar versetzte seinem Bruder einen freundschaftlichen Knuff. »Ein ehrlicher Schmuggler, ja klar, bei deinem Vater konnt ja auch nix anders aus dir werden.« Dann wandte er sich wieder an Erik. »Kalle und ich sind Halbbrüder. Mein Vater war 'n bisschen bekannter als seiner.«

»Aha«, sagte Erik.

»Biste gar nicht neugierig?«

»Eigentlich nicht«, gab Erik zu. »Aber wenn du's mir unbedingt erzählen willst, hör ich zu.«

Helmar guckte, als wäre gerade die Halle eingestürzt.

Kalle prustete los und hätte sich fast an seinem Bier verschluckt.

»Ich wüsste es gern«, sagte Brida schnell und trat Erik unter

dem Tisch so heftig gegen das Schienbein, dass er fast aufge-
schrien hätte. »Wer war Euer berühmter Vater?«

»Mein Vater war der Klaus Störtebeker.«

Der Name weckte irgendeine dunkle Erinnerung in Erik,
aber er konnte sie nicht fassen. Alte Geschichten. Geschichten,
die ihm jemand erzählt hatte, als er noch ein kleiner Junge
gewesen war.

»Wirklich?«, rief Brida. »Der gefürchtete Seeräuber?«

Erik spürte, dass ihre Begeisterung geheuchelt war. Aber
Helmar merkte es nicht.

»Ja, der war's«, bestätigte er mit stolz geschwellter Brust.

Kalle hustete. Erik schwieg.

»Na, und du sagst nichts dazu?« Helmar sah Erik fest in die
Augen.

»Ich bin sprachlos. In Ehrfurcht erstarrt.« Nun ja, den
begeisterten Tonfall hatte er nicht so gut getroffen wie Brida.

»Du klingst aber nicht so.« Helmar runzelte die Stirn.

Erik überlegte kurz. Sollte er doch noch ein wenig heu-
cheln? Ach was, das brachte er sowieso nicht glaubhaft zustande. Lieber gleich zur Sache kommen.

»Ich wollte auch nicht über deine Familie reden, sondern
über Schiffe. Kalle sagt, du könntest uns nach Lübeck bringen.«

»Für 'n Bittsteller bist du ganz schön vorlaut.«

»Mag sein. Aber ich verliere nur ungern Zeit. Also, wirst du
uns ein Schiff zur Verfügung stellen oder nicht?«

»Und was habe ich davon?«

»Du tust mir einen Gefallen, und dafür hast du für die
Zukunft einen bei mir gut. Ist das ein annehmbares Angebot?«

Helmar musterte Erik von oben bis unten.

»Was könntest du schon für mich tun?«

»Unterschätz ihn nicht«, mischte Kalle sich ein. »Ich wette,
dass er dich ganz schnell mit dem langen Messer fertigmacht.

Ich habe noch nie jemanden gesehen, der so geschickt ist wie Erik.«

Helmar sprang auf. »Gut, das werden wir sehen. Wenn du mich besiegst, kriegst du das Schiff. Wenn nicht, trittst du in meine Dienste.«

»Von mir aus.« Erik blieb gelassen. »Kalle, leiht Ihr mir Euer Messer?«

Der Schmuggler reichte es ihm, und als Erik es durch die Luft wirbelte, hörte er anerkennende Rufe unter den Männern.

»Nicht schlecht«, gab Helmar zu. »Aber wir wollen nicht spielen, sondern kämpfen!« Und schon stürzte er mit erhobener Klinge auf Erik zu. Der zögerte nicht lange, packte mit der Linken Helmars rechtes Handgelenk, drückte dessen Messer nach unten und setzte ihm gleichzeitig sein eigenes an die Kehle.

Ein Aufschrei ging durch den Saal. Überraschung mischte sich mit Anerkennung. Niemand hatte mit einem so raschen Ende des Kampfs gerechnet.

»Ich sagte doch, ich verlier nicht gern viel Zeit.« Erik senkte sein Messer. »Krieg ich jetzt ein Schiff?«

Helmar starrte ihn an, unfähig, ein Wort zu sagen, und nickte nur. Kalle lachte. »Habe ich dir doch gesagt, ne? Der ist gut, der Junge.«

Als Erik sich wieder an den Tisch setzte, beugte sich Kalle zu ihm herüber. »Wusst ich doch, dass Ihr das Zeug habt, den Döspaddel zu beeindrucken.«

»So redet Ihr von Eurem Bruder?«

Kalle grinste. »Versteht mich nicht falsch, ich schätz ihn, aber 'n Döspaddel ist er trotzdem. Das würdet Ihr mir besiegeln, wenn Ihr ihn so gut kennen tätet wie ich.«

Helmar kehrte an die Tafel zurück. »Wann wollt Ihr in See stechen?«

»Am besten sofort«, antwortete Erik.

»Gut. Die *Katharina* liegt unten vor Anker. Sie wird Euch nach Lübeck bringen, aber dort nicht auf Euch warten. Ich brauch sie hier.«

Kalle erhob sich.

»Ich dank dir, Helmar. Du hast was gut bei mir.« Die Art, wie Kalle seinen Bruder zum Abschied ansah, verriet Erik, dass er weit mehr von ihm hielt, als er zugeben mochte.

❧ 13. Kapitel ❧

Der Himmel war noch immer blau, und die See schimmerte grünlich in der Sonne. Brida liebte diese Farbe, die nur die Ostsee hatte. Kein bleiernes, schweres Blau wie in der Nordsee, sondern ein Meer, so grün wie Eriks Augen. Seine Augen … Ihr Herz schlug schneller. Hätte er doch nur endlich gewusst, wer er wirklich war! Sie sehnte den Augenblick herbei, doch zugleich fürchtete sie ihn. Was, wenn ihr Vater recht hatte? Wenn Erik längst verheiratet war oder Geschäften nachging, die nicht geeignet waren, eine Familie zu unterhalten? Nein, das konnte und wollte sie sich nicht vorstellen. Immer wieder erinnerte sie sich an seine Worte, an jenem Abend, nachdem Cunard sie gebeten hatte, ihn zu heiraten.

Wenn ich wüsste, wer ich bin, und dass kein Makel auf meiner Herkunft und meinen Taten liegt, dass ich ledig bin und keiner anderen Frau verpflichtet, dann würde ich Euch bitten, die Meine zu werden.

Die Seine. Das hatte er wirklich gesagt. Er fühlte genau wie sie, aber seine fehlende Vergangenheit nahm ihm jede Zukunft.

Heilige Stella Maris, Stern des Meeres, betete sie in Gedanken. Lass ihn seine Vergangenheit wiederfinden. Lass ihn frei und ledig sein. Lass meinen Traum wahr werden.

Erik lehnte an der Reling und blickte über den Horizont. Ob er sich wohl wieder an etwas erinnerte? Die *Katharina* war ein einfacher Kraier. Schnell und wendig, aber nicht sonderlich gut bewaffnet, nur zwei Kanonen an jeder Seite. Ob sie der *Smukken Grit* ähnelte?

Brida gesellte sich schweigend neben ihn. Sofort wandte er

sich ihr zu. Er lächelte sie an. Seine Augen strahlten. Grüner als das Meer.

»Wir werden wohl am frühen Nachmittag in Lübeck ankommen«, erklärte er.

»So gut erinnert Ihr Euch an die Strecke?«

»Nein, Kalle hat's gesagt.« Erik wies auf den Schmuggler, der sich etwas weiter längs mit Rudger unterhielt, dem Kapitän des Schiffs. »Das heißt, wenn's auf der Trave nicht wieder eng wird.«

Brida nickte. Lübeck lag nicht unmittelbar am Meer wie etwa Heiligenhafen. Manchmal dauerte die Fahrt die Trave hinauf länger als die ganze Strecke von Heiligenhafen bis nach Travemünde.

Kalle hatte sein Gespräch mit dem Kapitän beendet und trat zu ihnen. Ein breites Grinsen lag auf seinem Gesicht. Jetzt konnte Brida sich nicht mehr zurückhalten.

»Warum hast du uns eigentlich nie erzählt, dass du Helmars Bruder bist? Vater wäre gewiss weniger beunruhigt gewesen, wenn er es gewusst hätte.«

Kalles Grinsen verschwand. Verlegen kratzte er sich am Hinterkopf. »Na ja, weißte, ich schätz ihn ja, den Helmar, aber das ist nicht gerade 'ne Verwandtschaft, mit der man prahlt.«

»Der Sohn vom Störtebeker.« Brida schüttelte lachend den Kopf. »Eine dolle Geschichte.«

»Ach, Unfug, damit brüstet er sich nur gern. Außer seiner Mutter weiß keiner, wer sein Vater war. Er war sieben, als unsere Mutter meinen Vater geheiratet hat. Aber da Muttern von Rügen stammt, hat er oft Geschichten über die Freibeuter von unserer Großmutter gehört. Und mit vierzehn ist er von zu Hause ausgebüxt. Muttern war wild wie nix Gutes. Wir haben dann Jahre nix von ihm gehört, er ist erst wieder aufgetaucht, als die Vitalienbrüder Glambeck übernommen haben.«

»Immerhin war er erfolgreich. Kapitän bei den Vitalien-brüdern – nicht schlecht.« Erik pfiff anerkennend durch die Zähne.

»Ja, auf die eine oder andere Weise war unsere Sippe schon immer erfolgreich.« Kalle grinste wieder von einem Ohr zum anderen. »Nur ist Helmar einer, der sich gern von seinen Ge-fühlen leiten lässt. Wenn man ihn beim Stolz packt, kriegt man alles, was man will. Der handelt, ehe er nachdenkt. Aber das hat auch sein Gutes. Sonst hätten wir wohl die *Katharina* nicht bekommen. Ihr habt ihn schwer beeindruckt. So schnell hat ihn noch keiner besiegt. Dafür hat er auch genügend Größe, das zuzugeben. Und dafür schätz ich ihn.«

»Vermutlich hätte es länger gedauert, wenn er nicht schon angetrunken gewesen wäre.«

»Macht Euern Sieg nicht kleiner, als er ist. Ich wüsst ja zu gern, wo Ihr das gelernt habt.«

»Und Ihr? Wo habt Ihr's gelernt, Kalle?«

»So hier und da. Immer wenn mal jemand was konnte, was ich nicht beherrschte, habe ich ihn dazu gebracht, es mir zu zeigen. Mit den Jahren kommt einiges zusammen.«

Die Sonne stand schon tief, als die *Katharina* endlich den Lübecker Hafen erreichte, denn natürlich stauten sich die Schiffe wie üblich in der Trave. Kapitän Rudger fluchte so laut, als ein Lastkahn ihm den Weg unabsichtlich versperrte, dass Brida lachen musste. Die Flüche im Nadelöhr vor Lübeck gehörten einfach dazu. Davor war selbst ihr Vater in seiner ruhigen Art nicht gefeit gewesen. Duhnkopp und Döspaddel waren noch die harmlosesten Worte.

Rudger verzichtete darauf, im Hafen anzulegen, sondern ließ die Reisenden kurz vorher ausbooten. Brida konnte das gut verstehen. Es lohnte sich nicht, sich um einen der be-gehrten Anlegeplätze zu bemühen, wenn es keine Ladung zu löschen gab.

Zwei von Rudgers Männern ruderten sie an den Kai. Noch während sie im Boot saß, spähte Brida zu den Nowgorodfahrern hinüber. Dort hatte die *Adela* ihren Stammplatz, seit Cunard sich auf den einträglichen Pelzhandel verlegt hatte. Tatsächlich, da lag sie, zwischen zwei Kraiern und einer anderen Kogge.

»Lasst uns als Erstes Cunard aufsuchen«, schlug sie vor und deutete auf die *Adela.* »Vielleicht hat er schon etwas über Euer geheimnisvolles Wappen erfahren.«

Erik nickte. Für einen Moment hatte sie den Eindruck, er blicke wieder nach innen.

»Erinnert Euch der Hafen an etwas?«, fragte sie.

»Er kommt mir bekannt vor. Aber noch sehe ich keine Bilder. Es ist nur das undeutliche Gefühl, dass ich schon oft hier gewesen bin.«

Brida nickte. Sie hätte den Lübecker Hafen mit geschlossenen Augen erkannt. Das Geschrei der Möwen, die hier so aufdringlich waren wie nirgendwo sonst und die Schiffe belauerten, um sich dann um die Abfälle zu balgen. Einmal, Brida war noch ein kleines Kind von knapp vier Jahren gewesen, hatte ihr eine große Silbermöwe sogar eine Pastete aus der Hand gerissen.

»Vor Seeräubern musste dich hüten«, hatte ihr Vater lachend gesagt, als sie dem Vogel und ihrer Pastete verblüfft hinterhergestarrt hatte. Dann hatte er ihr an einer der Buden eine neue gekauft, und sie hatte sie tapfer gegen jeden gefiederten Räuber verteidigt.

An diesem Tag herrschte besonders viel Betrieb. Allenthalben wurden Schiffe entladen, die Gehilfen des Hafenmeisters schrieben die Schiffsnamen samt der Ladung in ihre Listen und trieben die Gebühren ein.

Die Buden, an denen Bier und Met, salzige Heringe, Honigkuchen und Pasteten feilgeboten wurden, hatten sich in all den Jahren nicht verändert. Wie eh und je wurden sie von den aufdringlichen Möwen belagert. Dann gab es die Gassenjungen, die sich gern am Hafen herumtrieben und von Abenteuern auf See träumten. Manch einer versuchte, sich als Schiffsjunge zu verdingen, meist ohne Erfolg, denn ein ehrbarer Kapitän nahm keinen Jungen ohne das Einverständnis von dessen Vormund an Bord. Und die Schiffsherren, die sich nicht darum scherten, waren kaum besser als Kaperfahrer.

Das Ruderboot hatte mittlerweile angelegt. Erik reichte Brida die Hand, um sie beim Aussteigen zu stützen. Natürlich hätte sie seine Hilfe nicht gebraucht, aber es gefiel ihr, dass er so zuvorkommend war.

»Brida!« Cunards Augen leuchteten, als er sie erkannte. »Wie kommst du nach Lübeck?«

»Eine längere Geschichte«, entgegnete sie. »Und die würde ich dir gern in Ruhe erzählen, nicht hier an Deck.«

Der Kapitän nickte und führte sie, Erik und Kalle in seine Kajüte. Wieder tauchten die alten Bilder von den Reisen an der Seite ihres Vaters auf. Sie erinnerte sich an Tage, da dieser Raum geschwankt hatte, als würde gleich alles umstürzen. Wenn Stürme die *Adela* rüttelten. Aber niemals hatte sie daran gezweifelt, dass ihr Schiff jedem Unwetter zu trotzen vermochte. Die *Adela* war unsinkbar. Ebenso, wie ihr Vater unsterblich war.

»Ich habe auch einiges erfahren«, erklärte Cunard, nachdem sie alle um den kleinen Tisch in der Kapitänskajüte Platz genommen hatten. »Ich glaube, ich weiß, wer Erik wirklich ist.«

Für einen Moment stand die Welt still, und Bridas Herz hörte auf zu schlagen. »Du weißt es?«

Cunard nickte. Sie sah zu Erik hinüber, der ebenso erstarrt war wie sie.

»Wer bin ich?«, fragte er leise.

»Das Wappen, das Ihr mir beschrieben habt, brachte mich

auf die richtige Spur. Aber ich fürchte, meine Erkenntnisse machen Euch nicht glücklich.«

»Dann kommt endlich zur Sache!« Erik wurde ungeduldig.

»Immer mit der Ruhe! Ich fange am besten von vorn an.«

Brida sah, wie Eriks Hände sich zu Fäusten ballten. Er wollte nicht länger warten, ihm hätte es wohl genügt, einfach seinen Namen zu erfahren, aber er beherrschte sich und machte Cunards Spiel mit.

»Es gibt nur eine Kogge, die dieses Wappen in ihrem Segel führt. Es ist die *Elisabeth*. Und sie gehört Johann von Wickede, dem ältesten Sohn des einflussreichen Ratsherrn Ulrich von Wickede.«

»Von Wickede«, wiederholte Erik den Namen der Familie leise. Doch sein Blick wirkte immer noch nach innen gekehrt. Vergeblich suchte Brida in seinen Augen nach dem Funken des Wiedererkennens.

»Ihr sagtet, Euer Bruder heißt Jannick«, bemerkte sie.

Erik nickte. »Das muss kein Widerspruch sein. Jannick ist die dänische Form von Johann.«

»Ulrich von Wickede hat zwei Söhne«, fuhr Cunard fort. »Johann, den Ältesten, und Simon, der zehn Jahre jünger ist als Johann.«

Für einen kurzen Moment flackerte Eriks Blick.

»Ist das Euer Name?«, fragte Brida. »Simon von Wickede?«

»Ich … ich weiß nicht. Es könnte sein.«

»Wartet ab, die Geschichte geht weiter«, sagte Cunard. »Vor einigen Monaten kam es zu einem riesigen Aufruhr. Simon überwarf sich mit seiner Familie und segelte bei Nacht und Nebel mit seinem Kraier, der *Smukken Grit*, nach Dänemark. Es heißt, er habe dem Rat der Hanse geheime Dokumente gestohlen und sich in den Dienst des dänischen Königs gestellt. Seither ist ein Preis auf seinen Kopf ausgesetzt, und er gilt als Verräter.«

»Nein!«, schrie Erik. »Das ist nicht wahr! Ich hätte niemals einen Verrat begangen!«

»Das erzählt man sich jedenfalls in Lübeck«, fuhr Cunard unbeirrt fort. »Und alle behaupten, das passe zu Simon. Er war schon immer ein Mann, der sich gern in Händel verstricken ließ. Der keinem Duell auswich und für seine spitze Zunge gefürchtet war. Der mit Schwert und Messer umgehen konnte wie kein Zweiter. Die Leute sagen, sie hätten sich immer gewundert, warum Ulrich von Wickede seinem Jüngsten so viel habe durchgehen lassen. Und sie könnten nicht verstehen, warum Johann von Wickede sich auch jetzt noch weigere, schlecht von seinem Bruder zu reden, obwohl der doch ein Verräter sei.«

»Weil ich kein Verräter bin!« Erik sprang auf.

»Ist Simon Euer wahrer Name?«, fragte Brida.

»Vermutlich. Ich kann mich immer noch nicht erinnern, aber ich weiß, dass ich kein Verräter bin.«

»Wenn ich an Eurer Stelle wäre, dann würde ich zusehen, so schnell wie möglich aus Lübeck zu verschwinden«, riet Cunard. »Ich glaube nicht, dass Euch die Stadtwache mit Samthandschuhen anfassen wird.«

»Ihr könnt mit mir zurück nach Fehmarn kommen«, schlug Kalle vor. »Da findet Euch keiner, und so schlecht ist das Leben als Schmuggler gar nicht.«

»Nein. Ich werde nicht verschwinden. Ich will endlich wissen, was damals geschehen ist. Und wenn ich wirklich ein Verräter bin, dann trage ich auch die Folgen.« Eriks Augen blitzten voller Entschlossenheit. »Ich sterbe lieber, als noch länger in dieser Ungewissheit zu verharren.«

Er stürzte aus der Kajüte.

»Erik, wo wollt Ihr hin?« Brida lief ihm nach. Er wartete auf sie.

»Zum Haus der Wickedes.«

»Wisst Ihr denn, wo es steht?«

»Ja, die Straße dort hinunter.«

Auch Kalle und Cunard waren ihm nachgeeilt.

»Ich würd's mir gut überlegen«, warnte der Schmuggler. »Vielleicht solltet Ihr lieber auf Fehmarn abwarten, bis Euer Gedächtnis ganz zurückgekehrt ist. So könnt Ihr Euch doch gar nicht verteidigen, wenn Ihr wirklich unschuldig seid.«

Erik rieb sich mit beiden Händen die Schläfen. »Der Nebel lichtet sich langsam. Wenn ich das Haus sehe, weiß ich vielleicht wieder, wer ich bin und was geschehen ist. Irgendetwas in mir schreit danach, nicht länger zu warten. So, als bliebe mir nicht mehr viel Zeit.«

»Ihr müsst wissen, was Ihr für richtig haltet«, sagte Kapitän Cunard. »Aber ich gebe Kalle recht. Ich tät's nicht.«

»Ihr seid nicht ich«, entgegnete Erik. »Ich bin für Eure Hilfe dankbar, aber meine Angelegenheiten regle ich selbst.«

Brida zuckte zusammen. War da wieder ein Hauch von Rivalität zu spüren? Sie tauschte einen Blick mit Kalle. Der Schmuggler hob die Schultern und schickte sich an, Erik zu folgen. Brida wandte sich ein letztes Mal dem Kapitän zu.

»Ich danke dir, Cunard. Für alles, was du herausgefunden hast. Wir sehen uns.«

»Pass auf dich auf, Brida. Du weißt, wo du mich findest, wenn du Hilfe brauchst.«

Obwohl Erik angab, sich noch immer nicht zu erinnern, eilte er zielstrebig durch die Gassen. Vorbei an kleinen Gängevierteln, die rings um den Hafen lagen, über den Marktplatz, vorbei am Rathaus, bis zu einer breiten Straße, die mit Blaubasalt gepflastert war. Hinter sich hörte Brida Kalle anerkennend pfeifen. »Noble Ecke hier. Diese von Wickedes müssen wirklich Geld haben.«

Auf einmal hielt Erik inne. Sie standen vor einem prächtigen roten Backsteinbau. Ein Haus, drei Stockwerke hoch, die Fenster verglast.

»Ist es hier?«, fragte Brida leise.

»Ja«, antwortete Erik. »Hier ist es.«

»Onkel Simon!«

Erik fuhr herum. Ein kleiner Junge von vielleicht sieben Jahren stürmte auf ihn zu. Ein Kind mit weizenblondem Haar und Augen, so grün wie die Ostsee an hellen Sommertagen. Eriks Augen. Die Augen seines Bruders.

Ein Ruck ging durch Erik.

»Thomas!« Er fing den Jungen auf, der sich in seine Arme warf, und hob ihn hoch in die Luft.

»Endlich bist du wieder da!«, rief der Junge und schmiegte sich in Eriks Arme.

»Ja, das bin ich!« Er drückte das Kind an sich, und Brida entdeckte die Zuneigung in seinen Augen. Doch zugleich sah sie noch etwas anderes. Der nach innen gekehrte Blick war verschwunden. Erik wusste endlich wieder, wer er war.

Langsam setzte er Thomas ab. »Wo ist dein Vater?«

»Im Hafenkontor. Soll ich ihn holen?«

»Ja, hol ihn. Es ist wichtig.«

Thomas rannte die Straße hinunter, und Erik wandte sich Brida zu.

Jede Unsicherheit war aus seinen Augen verschwunden. Vor ihr stand ein Mann, der mit sich im Reinen war, für den es keine ungelösten Fragen mehr gab.

»Mein Name ist Simon von Wickede«, sagte er. »Ich bin kein Verräter, wie Cunard behauptete, sondern habe im Auftrag des Rats der Hanse gehandelt.«

»Dann wisst Ihr wieder alles?«

Simon nickte. »Ich glaube, ja. Es ist verrückt. Es fühlt sich so an, als sei in meinem Kopf ein Tor aufgegangen. Das Tor, hinter dem alle Erinnerungen verborgen waren. Sie sind da, aber ich glaube, ich brauche Zeit, um sie alle in Ruhe zu betrachten. Fragt mich irgendetwas.«

»Wer ist die Frau, von der Ihr immer wieder geträumt habt?«

Viel lieber hätte sie ihn gefragt, ob er schon eine eigene Familie gegründet habe, aber das erschien ihr unangemessen, zumal Kalle neben ihr stand und alles mithörte.

Er antwortete, ohne zu zögern. »Sie war meine Mutter, Ihr hattet ganz recht. Alte Erinnerungen mischten sich mit der Gegenwart. Ich war damals vierzehn. Unser Schiff wurde von dänischen Kaperfahrern überfallen.«

»Und was ist in jener Nacht, als Euer Schiff unterging, tatsächlich geschehen?«

»Ich war auf dem Weg von Vordingborg nach Lübeck, denn …«

Als hastige Schritte auf dem Blaubasalt zu hören waren, hielt er inne. Thomas flitzte über die Straße. Hinter ihm, etwas gemesseneren Schritts, ein Mann, der Simon verblüffend ähnlich sah, auch wenn er älter war und einen kurzen Vollbart trug. Es waren die gleichen Augen, der gleiche Gang. Er trug ein ähnliches Hemd wie das, das Simon beim Schiffsuntergang getragen hatte, blütenweiß mit reichen Verzierungen. Aber er hatte die Ärmel lässig hochgekrempelt. Ein Mann, der es nicht nötig hatte, seinen Reichtum durch ein makelloses Äußeres zur Schau zu stellen, sondern der ihn als gegeben hinnahm und vermutlich auch in einem Fischerhemd eine beeindruckende Erscheinung geboten hätte.

»Jannick!« Simon lief dem Mann entgegen. Keinen Moment später lagen die beiden einander in den Armen.

»Du bist zurück!«, rief Jannick. »Du ahnst nicht, wie groß unsere Sorgen waren, als keine Nachrichten mehr von dir kamen.«

»Eine lange Geschichte.«

»Lass uns ins Haus gehen.«

Der kleine Thomas öffnete die Haustür.

»Warte noch, ich muss dir erst meine Begleiter vorstellen.«

Simon lächelte. »Das ist Jungfer Brida Dührsen, die Tochter

von Kapitän Hinrich Dührsen. Ich verdanke ihr und ihrem Vater mein Leben.«

Brida merkte, wie sie errötete, als Jannick ihr die Hand reichte und sie lächelnd willkommen hieß.

»Und das ist Kalle, ein Freund der Familie, dem ich beinahe ebenso viel verdanke.«

Jannick schüttelte auch Kalle die Hand, dann betraten alle das Haus.

Schon angesichts der prächtigen Außenmauern hatte Brida erkannt, dass die Wickedes mehr als wohlhabend waren. Als sie jedoch ins Innere gelangte, wurde ihr klar, dass diese Familie zu den reichsten der Stadt gehörte. Anders als bei den meisten Kaufleuten war dies ein reines Wohnhaus. Die Kontore lagen außerhalb.

Die Wände waren mit kostbaren Hölzern vertäfelt, selbst in der Diele hing ein Wandteppich. Der Boden war so blank gescheuert und gewachst, dass man sich im Holz spiegeln konnte. Als sie in die Stube traten, entdeckte sie einen prächtigen Kamin und kostbare dunkle Möbel. An allen vier Ecken des Zimmers standen mächtige Kohlebecken, die wie Löwenköpfe gearbeitet waren und deren Füße in Löwenpranken endeten. Ein weiterer großer Wandteppich hing über dem Kamin. Er zeigte den Lübecker Hafen mit seinen Schiffen. Eine stolze Kogge lief soeben ein. Ihr geblähtes Segel zeigte das Wappen, an das Simon sich erinnert hatte. Simon ... es fiel ihr schwer, ihn bei diesem Namen zu nennen. Es war Erik, in den sie sich verliebt hatte. Simon war ihr ein Fremder, und er bewegte sich in einer Welt, die sie nur aus Erzählungen kannte.

Sogar Kalle, sonst wahrhaftig nicht auf den Mund gefallen, verstummte angesichts der Pracht im Haus der Wickedes.

Dafür tobte der kleine Thomas durch die Räume. »Mutter, Großvater, Onkel Simon ist wieder da!«, rief er in einem fort.

Brida suchte Simons Blick. Auf einmal fühlte sie sich unbehaglich in ihrem einfachen Kleid, dem die Reise deutlich anzusehen war. Was mochte Simons Vater nur von ihr denken, wenn er sie so sah? Hastig versuchte sie, ihr Haar zu ordnen.

»Ihr seid wunderschön«, flüsterte Simon ihr zu. »Kein Grund, unsicher zu werden.« Sein Lächeln beruhigte sie ein wenig.

Ulrich von Wickede begrüßte Brida ebenso freundlich, wie es schon Jannick getan hatte. Vor allem als Simon bei ihrer Vorstellung abermals erwähnte, dass sie ihm das Leben gerettet hatte. Brida merkte, wie ihr das Blut in die Wangen stieg. Sie hatte sich völlig unnötig Sorgen gemacht. Simons Familie strahlte die gleiche Freundlichkeit aus, die sie aus dem Haus ihres Vaters kannte, auch wenn Jannicks Frau Elisabeth einen eher strengen Zug um den Mund aufwies. Unwillkürlich erinnerte Brida sich an Simons Erzählung von der kreischenden jungen Braut, die sich vor einer Maus erschreckt hatte.

Außer einem kurzen Willkommensgruß sagte Elisabeth nicht viel. Dafür erschien eine weitere Person auf der Treppe und stürmte mit solcher Wiedersehensfreude auf Simon zu, dass Brida fast das Herz stillstand. Es war junges Mädchen von etwa siebzehn Jahren.

»Simon, du bist wieder da!«

Sie fiel ihm in die Arme. Simon fing sie auf und wirbelte sie genauso mühelos durch die Luft, wie er es zuvor mit Thomas getan hatte.

»Barbara, du bist kein Kind mehr!«, fuhr Elisabeth die junge Frau an. »Bitte etwas mehr Schicklichkeit.«

»Nun sei nicht so streng mit ihr«, lachte Simon. »Ich war lange fort.«

Lange fort … Ein Stich traf Brida mitten ins Herz. War er doch einer Frau verpflichtet?

Als hätte er ihre Gedanken erraten, wandte er sich ihr zu.

»Brida, das ist meine kleine Schwester Barbara.« Er zwinkerte ihr zu. Hatte er ihr erleichtertes Aufatmen bemerkt?

»Barbara, würdest du dich ein bisschen um Brida und Kalle

kümmern? Ich habe mit Vater und Jannick Wichtiges zu besprechen.«

»Selbstverständlich.« Barbara schenkte Brida ein strahlendes Lächeln, während die gestrenge Elisabeth im Hintergrund nur den Kopf schüttelte. Brida war Simon dankbar, dass er sie nicht der Obhut seiner Schwägerin anvertraute.

14. Kapitel

Endlich hatte sich das Tor in Simons Kopf geöffnet. Auf dem Weg zum Studierzimmer seines Vaters strömten immer neue Bilder auf ihn ein, gaben ihm zurück, was so lange verborgen gewesen war.

Es hatte im vergangenen Sommer begonnen. Die große Niederlage am Öresund. Simon erinnerte sich gut daran, wie die Flüchtlinge im Lübecker Hafen eingetroffen waren. Verbrannte Segel, gesplitterte Masten. Bei den meisten Schiffen hatte er sich gefragt, wie sie überhaupt noch seetüchtig sein konnten. Thomas hatte ihn damals zum Hafen begleitet. Zum ersten Mal hatte er den Schrecken im Gesicht seines kleinen Neffen gesehen, als die Verwundeten von Bord getragen wurden. Männer, denen Arme oder Beine fehlten. Thomas hatte sich eng an ihn gepresst und kein Wort gesagt. Nur mit großen Augen auf die geschlagene Flotte gestarrt. Und in Simons Herz loderte der alte Hass erneut auf.

Die Dänen hatten sechsunddreißig hanseatische Schiffe erobert, von den versenkten nicht zu reden. Der angesehene Hamburger Bürgermeister Hein Hoyer war in dänische Gefangenschaft geraten.

In Lübeck und Wismar brachen nach der Niederlage Unruhen aus.

Obwohl niemand aus Simons Familie die Verantwortung für den Untergang der Flotte trug, befürchtete Elisabeth in den ersten Tagen, dass aufgebrachte Bürger auch ihr Heim stürmen könnten. Bei jedem Lärm vor der Tür zuckte sie zusammen, bekreuzigte sich und zeigte kaum noch etwas von der inneren Ruhe und Gelassenheit, die sie sonst ausstrahlte.

Um den Zorn der Bevölkerung zu besänftigen, ließ der Rat

den Oberbefehlshaber der geschlagenen Flotte, Bürgermeister Tidemann Steen, in Ketten legen. Ein demütigendes Los, das Steen in Simons Augen nicht verdient hatte, aber es war immer noch besser als das Schicksal, das zwei Wismarer Bürgermeister ereilte. Sie wurden von der aufgebrachten Bevölkerung ohne Prozess hingerichtet. Der Aufruhr tobte durch die Hansestädte. Sie waren besiegt!

Im Rat der Hanse stritten sich jene, die nach sofortiger Vergeltung schrien, mit den besonneneren Männern, zu denen auch Simons Vater gehörte. Eine weitere Schlacht konnte die Hanse sich derzeit nicht erlauben.

Simon hörte davon Tag um Tag. Er verfluchte seine eigene Untätigkeit. Er hatte nicht an der Schlacht am Sund teilgenommen, weil sein Vater nicht wollte, dass eines der Handelsschiffe seiner Familie zum Kriegsschiff umgerüstet wurde. Natürlich hatte der Vater recht gehabt – es wäre ein unsinniges Vorhaben gewesen. Nicht einmal die stolze Kogge *Elisabeth* hätte dem Ansturm der dänischen Kriegsschiffe standgehalten, wenn selbst mächtige Holke zerschossen wurden. Dennoch fand sich Simon nur schwer damit ab, dass er nichts tun konnte, um die Dänen in ihre Schranken zu weisen. Zu tief war sein Hass auf Erik VII. Es waren dänische Kaperfahrer gewesen, die das Schiff seiner Mutter angegriffen und ihren Tod verschuldet hatten. Damals, vor mehr als zehn Jahren.

Als die gemäßigten Ratsherren sich durchsetzten und vorschlugen, man solle einen Spion an König Eriks Hof schicken, einen Mann, der bereit sei, sein Leben zu wagen, um im Auftrag der Hanse die dänischen Pläne zu erkunden, der vielleicht sogar das Unmögliche schaffe, nämlich Hein Hoyer zu befreien, da meldete Simon sich freiwillig.

»Willst du das wirklich tun?«, hatte Jannick ihn gefragt. »Du weißt, es ist gefährlich.«

Ja, er wollte es tun. Vielleicht als Wiedergutmachung, weil er bei der Schlacht am Öresund nicht dabei gewesen war. Vielleicht auch, weil er noch immer eine Rechnung mit König Erik offen hatte. Welche Ironie des Schicksals, dass Simon in den letzten Wochen ausgerechnet den Namen des verhassten Dänen wie seinen eigenen getragen hatte. Er hatte sich beinahe vertraut angefühlt. Ebenso wie das Gefühl, ein Däne zu sein.

Seine Gedanken schweiften weiter zurück. Seine dänische Abkunft hatte ihn zum vollkommenen Werkzeug der Hanse gemacht. Ebenso wie seine Ausbildung an der Deutschen Fechtschule. Er war ein Mann, der das Dänische so gut beherrschte wie das Deutsche, der von Hein Hoyer selbst in die Kunst der Diplomatie eingeweiht worden war. Ein Mann, der fechten konnte wie der Teufel. Und der zugleich einen unversöhnlichen Hass gegen den dänischen König in seiner Brust trug.

Auf einmal erfüllte Simon Scham. Brida und ihr Vater hatten stets zu ihm gestanden. Ihnen war es gleich gewesen, woher er kam und was er war. Sie sahen den Menschen, halfen ihm ohne jede Bedingung, allein aus Nächstenliebe. Hätte er das auch gekonnt? Oder wäre er jemand gewesen, der gemeinsam mit Pfarrer Clemens gegen alles Dänische gewettert hätte?

»Willst du das wirklich tun?« Immer wieder hatte Jannick ihm diese Frage gestellt. Und jedes Mal hatte er genickt. Ja, er wollte es tun. Wollte die Pläne der Dänen ergründen, wollte versuchen, Hein Hoyer zu befreien. Er war sich so sicher gewesen, dass er es schaffen würde. Der Plan war einfach. Ein gespielter Bruch mit der Familie. Wertlose Dokumente der Hanse, die er als Beglaubigung am Hof des dänischen Königs vorwies. Dokumente, denen zufolge er ein Überläufer war. Ein guter Plan, den er in Kopenhagen mühelos in die Tat umsetzte.

Bis Christian auftauchte. Sein Vetter. Nein, er war mehr als sein Vetter. Er war der Freund seiner Kinderjahre. Jeden Sommer hatte er mit ihm verbracht. Vieles verband sie. Auch die Zweisprachigkeit. Damals hatten sie noch keinen Gedanken daran verschwendet, dass ein Unterschied darin bestand, ob der Vater oder die Mutter dänisch war. Zwei kleine Jungen, die sich in beiden Welten zu Hause fühlten. Aber Christian war Däne, Simon war Deutscher.

Alte Bilder erfüllten Simons Herz mit schmerzhafter Erinnerung. Wie sie gemeinsam in dem Teich hinter Großvaters Hof geangelt hatten. Immer war ihnen Christians kleiner Bruder Magnus hinterhergelaufen, der mit unendlicher Liebe an seinem großen Bruder hing. Simon seufzte. Christian hätte Bridas Vater gefallen, denn er war frei von jener Verbitterung, die Simon in sich trug. Und so machte Christian einen entscheidenden Fehler. Er glaubte Simons Täuschung. Wollte ihn mit seiner Familie versöhnen. Wann immer Simon am Hof des dänischen Königs seine Rolle spielte und auf die Hanse schimpfte, sich selbst einen Dänen nannte und seinen deutschen Vater verfluchte, da stellte Christian sich schützend vor Simons Vater. Versuchte zu vermitteln. Und geriet schon bald in den Verdacht, aufseiten der Deutschen zu stehen. Immerhin hatte Christian eine deutsche Mutter. Und sprach er nicht viel zu gut von der Hanse? Das Getuschel nahm zu, doch Christian scherte sich nicht darum.

Vielleicht hätte er Christian die Wahrheit sagen sollen. Aber er hatte Angst. Christians aufrechte Versuche, ihn mit seiner deutschen Familie zu versöhnen, machten Simons Rolle glaubwürdiger. Und so schwieg er. Nur kein Wagnis eingehen. Einzig der Auftrag zählte.

Eines Abends glückte es Simon endlich, unbemerkt in die Privaträume des Königs zu gelangen, während im Schloss ein rauschendes Fest stattfand. Kaum einer der Männer war noch bei klarem Verstand. Auch er spielte den Betrunkenen, doch er war nüchtern genug, um sich durch die Räume zu schleichen. Er fand die Dokumente, nach denen er so lange gesucht hatte. Und sah seine schlimmsten Befürchtungen bestätigt. Am 24. Mai wollte die dänische Flotte erneut zuschlagen. Ihr Ziel war Heiligenhafen. Ein Ort, den er damals nur vom Namen her kannte. Und von seiner strategischen Bedeutung. Jetzt kannte er die Menschen. Bridas Heimat. Ihm wurde kalt …

Der 24. Mai. Der Hanse blieben kaum mehr zwei Wochen, um ihre ausgedünnte Flotte in Bereitschaft zu versetzen und alle Vorbereitungen zu treffen.

Weitere Bilder stürzten auf ihn ein. Bilder, die er am liebsten für immer aus seinem Gedächtnis getilgt hätte.

Aus meinem Gedächtnis getilgt?

Die Erkenntnis durchzuckte ihn wie ein Messerstich. Genau diese Gnade war ihm widerfahren. Doch es war keine Gnade gewesen. Es war ein Fluch. Ein Fluch, der einen Feigling getroffen hatte, der sich seiner Vergangenheit nicht länger stellen wollte. Simon atmete tief durch, dann zwang er sich, die alten Erinnerungen zu betrachten.

In Kopenhagen bemerkte man bald das Fehlen der Dokumente. Niemand verdächtigte ihn, denn er war geschickt genug gewesen, keine Spuren zu hinterlassen. Aber König Erik brauchte einen Schuldigen.

Es war am frühen Morgen gewesen. Er war gerade aufgestanden und hatte sich ein reichliches Frühstück gegönnt. Scherzte mit den Mägden, wie er es in seiner Rolle als verwöhnter jüngster Sohn, der mit seinem Vater gebrochen hatte, so gern tat. Da hörte er, dass man Christian noch in derselben Nacht festgenommen hatte. Man hielt ihn für den Spion. Christian, der niemals jemandem etwas zuleide getan hätte. Der sich niemals in dieses Spiel aus Hass und Gewalt verstricken lassen wollte. Der sowohl zum Erbe seines Vaters als auch seiner Mutter stand.

Wasser läuft am rauen Mauerstein hinab, an den Wänden hängen Ketten. Es riecht nach Moder, Fäulnis und Angst. Irgendwo schreit jemand. Ein Schrei, der ihn nie mehr loslassen wird …

Es war Christian, der geschrien hatte. Simon war zu spät gekommen. Er konnte seinen Vetter nicht aus dem Kerker befreien, er musste an seinen Auftrag denken. Und so verließ er Kopenhagen mit Ziel Vordingborg. Er musste Hein Hoyer befreien. Für Christian konnte er nichts mehr tun.

Konnte ich es wirklich nicht? Hätte ich mich stellen müssen, um ihm die Folter zu ersparen? Um sein Leben zu retten?

Damals war ihm die Antwort leichtgefallen. Er hatte einen Auftrag. Er musste das Wohl vieler über das seines Vetters stellen. Auch über sein eigenes. Doch die Wahrheit war viel einfacher. Er war zu feige gewesen. War vor lauter Angst davongelaufen. Hatte Christian einfach seinem Schicksal überlassen …

In Vordingborg verließ ihn sein Glücksstern endgültig. Er schaffte es zwar noch bis in den Turm, in dem man Hoyer gefangen hielt, aber dann wurde er entdeckt. Drei gegen einen. Hochreißen, Ausfall, Parade, das Geräusch, wenn Metall über Metall schrammt. Eine schnelle Drehung. Verdammt, er ist nicht schnell genug …

Auf einmal bekamen alle Mosaikteilchen, die ihn in den letzten Wochen verfolgt hatten, eine Bedeutung. An jenem Abend war er verwundet worden. Konnte sich mühsam auf sein Schiff retten, doch schon hatten die Wachen Alarm geschlagen. Seine Mannschaft zögerte, wollte bei dem heftigen Sturm nicht auslaufen, aber als sie das Geschrei aus Vordingborg hörten, war alles Zaudern vergessen. Die *Smukke Grit* war ein schnelles Schiff. Aber gegen die Kanonen des dänischen Kriegsschiffs war sie machtlos. Holz splitterte, der Mast fiel. Die alte Dame sang ihr Totenlied unter dem Donner dänischer Kanonen. Bevor das Schiff ganz unterging, sprang

Simon über Bord, griff nach einem herumtreibenden Stück Holz. Das Wasser war eisig kalt. Hinter ihm schrien die Männer. Und wieder war er einfach davongelaufen. Nicht bis zum Schluss an Bord des Schiffs geblieben. Wieder schützte ihn sein Auftrag. *Ich muss die Botschaft nach Lübeck bringen. Alles andere ist unwichtig.*

Als der Morgen graute, da war sein Leben zwar gerettet, aber er hatte alles verloren, was ihn selbst ausmachte. Nichts war ihm geblieben. Nicht einmal sein eigener Name. Und Ironie des Schicksals – sie nannten ihn nach seinem ärgsten Feind ...

Im Studierzimmer des Vaters sah es aus wie immer. Scheinbar achtlos durcheinandergeworfene Dokumente, die einem Fremden leicht den Eindruck eines Chaos vermitteln konnten, tatsächlich aber Vaters eigene Ordnung zeigten. Nur eines hatte sich verändert. Um die Augen seines Vaters lagen Schatten, die er nie zuvor gesehen hatte. Er hatte sich um seinen Jüngsten gesorgt.

Sie setzten sich an den kleinen Tisch, auf dem noch eine halb volle Karaffe mit Wein stand. Jannick holte drei Gläser. Die teuren aus Venedig für besondere Anlässe.

»Nun erzähl, Simon! Was hast du erlebt? Konntest du den Auftrag erfüllen?« Die Zuneigung in den Augen des Vaters minderte die Sorgenfältchen und dunklen Schatten. Jannick schenkte ihnen ein.

»Am 24. Mai wird die dänische Flotte Heiligenhafen angreifen«, begann Simon, während er eines der Gläser ergriff. Wozu sich lange mit Vorreden aufhalten? Zuerst das Wichtigste, das hatte er schon früh gelernt. »Leider sind die Dokumente, mit denen ich es belegen konnte, beim Untergang der *Smukken Grit* unleserlich geworden.«

»In zwei Wochen schon. Das wird knapp.« Ulrich von Wickede wandte sich an seinen Sohn Jannick. »Wir sollten einen berittenen Boten nach Hamburg schicken. Vielleicht kann Simon von Utrecht die Nordseeflotte zusammenziehen.«

»In zwei Wochen schafft er das nicht«, widersprach Jannick. »Wollt Ihr wirklich einen unserer eigenen Boten schicken, Vater? Wäre es nicht besser, den Rat mit einzubeziehen?«

»Selbstverständlich wäre das besser.« Ulrich trank einen Schluck. Simon bemerkte, dass die Hand seines Vaters leicht zitterte. Wie immer, wenn er erregt war. Eine Angewohnheit, die er zu seinem Leidwesen geerbt hatte.

»Aber wir haben keine Zeit. Ich werde den Rat für morgen zusammenrufen, doch der Bote muss heute schon los.«

Jannick nickte. »Ich kümmere mich darum.«

»Und nun erzähl von dir, Simon! Wie kam es, dass die Jungfer in deiner Begleitung dir das Leben retten konnte?«

Simon schluckte einmal, dann fing er an zu erzählen. Vom Schicksal Christians, das seinen Vater ebenso bestürzte wie seinen Bruder, doch sie machten ihm keinen Vorwurf. Von seinem gescheiterten Versuch, Hein Hoyer zu befreien, seiner Flucht, dem Untergang der *Smukken Grit* und den Tagen, da man ihn Erik nannte, weil seine Erinnerung ihn verlassen hatte.

»Mir scheint, die Jungfer Brida hat in dir etwas mehr zum Klingen gebracht«, sagte Jannick lachend, nachdem Simon geendet hatte. Simon merkte, wie seine Ohren heiß wurden. Jannick hatte ihn schon immer durchschaut.

»Eine verständliche Schwärmerei.« Ulrich von Wickede lächelte nachsichtig. »Aber ich hoffe, nichts Ernstes.«

»Was meint Ihr damit, Vater?« Simon musterte seinen Vater aufmerksam, versuchte, in seinem Gesicht zu lesen.

»Jacob von Oldesloe hat vor einiger Zeit angefragt, was ich von einer Verbindung unserer beiden Häuser hielte.«

Simon amtete tief ein. Sein Vater redete gleichfalls nicht lange um den heißen Brei herum. Oldesloes Tochter Kathrin

223

war im vergangenen Monat siebzehn geworden und galt als die beste Partie der Stadt. Jedenfalls, was die Höhe ihrer Mitgift anging.

»Ist das schon beschlossen, oder habe ich noch etwas mitzureden?«

»Oh, oh!«, rief Jannick. »Es ist ihm ernst, Vater.«

»Ich habe Oldesloe noch nichts versprochen, Simon.«

»Aber Ihr würdet es gern?«

»Es wäre eine vorteilhafte Verbindung. Und es ist an der Zeit, dass du dich den ernsten Dingen des Lebens zuwendest und deine wilden Jahre beendest.«

Simon überlegte fieberhaft, was er erwidern sollte. Er kannte seinen Vater gut genug. Auch wenn der noch nicht zugesagt hatte, so stand es für ihn fest, dass eine Verbindung zu den Oldesloes längst überfällig war. Nur hatte er immer gedacht, dass es Barbara treffen werde. Schließlich hatte Oldesloe auch einen Sohn im passenden Alter.

»Ihr habt recht, Vater, es ist an der Zeit, mein bisheriges Leben zu ändern«, begann er vorsichtig. »Und Kathrin von Oldesloe ist gewiss eine gute Partie, was ihre Mitgift betrifft.«

Simons Vater runzelte die Stirn. Natürlich, er kannte seinen Jüngsten gut genug, um zu wissen, wann der versuchte, den Kopf mit wohlgesetzten Worten aus der Schlinge zu ziehen.

»Allerdings«, fuhr Simon unbeirrt fort, »dachte ich bislang immer, eine Mitgift sei nicht so wichtig wie der Fortbestand unseres Geschlechts. Und wenn ich mich recht erinnere, hat Kathrin von Oldesloe eine ältere Schwester, die, obgleich seit Jahren verheiratet, immer noch kinderlos ist.«

»Was nicht an ihr liegen muss. Lucas Wullenwever ist nahezu dreißig Jahre älter als sie.«

»Ja, gewiss, Vater. Aber als er sie heiratete, war er erst so alt wie Ihr, als Barbara geboren wurde.«

Simon sah, wie Jannick still vor sich hin grinste.

»Hör auf damit, Simon! Glaubst du wirklich, du könntest mich durch solche Überlegungen von meiner Meinung abbringen?«

»Nein, das glaube ich nicht. Ich hatte es nur gehofft. Ihr sagtet, Ihr habt Oldesloe noch nichts versprochen. Es wäre mir sehr lieb, wenn es dabei bliebe. Ich möchte Kathrin von Oldesloe nicht heiraten.«

»Wegen Jungfer Brida?« Jannick grinste noch immer.

»Ja«, antwortete Simon mit fester Stimme.

»Die Frage einer Eheschließung ist zu ernst, als dass man sich närrischen Schwärmereien hingeben darf. Kathrin von Oldesloe ist eine tugendhafte, liebenswerte Jungfer aus bester Familie. Sie wird dir eine gute Frau sein.« Die Hände seines Vaters zitterten stärker. Zu seinem Ärger merkte Simon, dass es ihm genauso erging.

»Das wäre Brida auch«, sagte er leise, während er die Finger ineinander verschränkte und seine Hände so zur Ruhe zwang.

»Was spräche denn dagegen, es ihm zu erlauben, Vater?«, fragte Jannick plötzlich. »Ich meine, nach allem, was wir gehört haben, stammt sie aus einer ehrbaren Familie, und ihr Vater ist ein angesehener Kapitän.«

»Fängst du nun auch noch an?«

»Ich möchte nur zu bedenken geben, dass Simon sich keiner dahergelaufenen Hafendirne an den Hals werfen möchte, sondern sein Herz einer ehrbaren Jungfer geschenkt hat, der wir genauso viel verdanken wie er, da sie dafür sorgte, dass er überhaupt zu uns zurückkehren konnte.«

»Du hast dich damals sofort in die Ehe mit Elisabeth gefügt.«

»Ja, weil mein Herz frei war. Wäre es anders und wäre die Betreffende eine standesgemäße Braut gewesen, dann hätte ich mich ebenfalls gewehrt.«

Ulrich von Wickede schwieg eine Weile. »Lasst mich allein!«, verlangte er schließlich. »Ich muss nachdenken.«

Beim Hinausgehen klopfte Jannick Simon einmal kurz auf

die Schulter und zwinkerte ihm zu. Eine warme Welle der Zuneigung durchströmte Simon. Er konnte sich immer noch auf seinen Bruder verlassen. Genau wie damals, als er noch ein Kind war.

15. Kapitel

Obwohl Simon seine Schwester Barbara gebeten hatte, sich um Brida und Kalle zu kümmern, war Elisabeth ihnen nicht von der Seite gewichen. Inzwischen konnte Brida sich mühelos vorstellen, wie sich diese Frau fünfzehn Jahre zuvor verhalten hatte, als Simon kurz vor ihrer Hochzeit die Maus entwischt war. Humor schien nicht ihre starke Seite zu sein, und die strenge Falte um ihren Mund wurde immer tiefer, je mehr Fragen Barbara stellte. Harmlose Fragen – wie sie Simon gefunden hatten und was dann geschehen war. Elisabeth schien jede dieser Fragen für ungehörig zu halten. Kalle war deutlich anzusehen, wie unwohl er sich in der Gegenwart von Jannicks Frau fühlte.

»Ich glaub, ich geh noch mal zum Hafen«, sagte er. »Wir haben Kapitän Cunard doch recht schnell verlassen, und ich denk, er hat ein Recht auf die Vorgeschichte.«

»Kapitän Cunard?« Es war die erste Frage, die Elisabeth von sich aus stellte. »Ich halte es für höchst unpassend, wenn Ihr Vertrauliches überall herumerzählt. Mein Schwager Simon hat schließlich sein Leben zum Wohl der Hanse eingesetzt.«

»Cunard ist 'n Ehrenmann«, entgegnete Kalle. »Dem vertrau ich blind. Er hat uns oft geholfen. Und außerdem will er Fräulein Brida heiraten.«

Brida zuckte zusammen. Woher wusste Kalle davon? Der Schmuggler deutete ihren Blick richtig.

»Dein Vater hat's mir gesteckt«, erklärte er. »Der würd sich doch so freuen, wenn er den Cunard zum Schwiegersohn bekäm.«

Zum ersten Mal sah Brida Elisabeth lächeln. »Wenn das so

ist, solltet Ihr den Kapitän zum Essen einladen. Wir speisen kurz nach dem Abendläuten.«

»Vielen Dank, ich werd's ihm ausrichten.« Kalle erhob sich und ging. Ein wenig beneidete Brida ihn darum, Elisabeth entkommen zu sein. Und zugleich fragte sie sich, wie Simons Bruder es mit dieser steifen Frau wohl aushielt. Oder war sie nur Fremden gegenüber so abweisend?

Kaum hatte Kalle die Stube verlassen, da wurde die Tür abermals geöffnet, und eine Magd steckte den Kopf herein. »Frau Elisabeth, Herr Ulrich wünscht Euch zu sprechen.«

Mit einem Seufzer erhob Elisabeth sich und folgte der Magd.

»Na endlich.« Barbara zwinkerte Brida zu. »Jetzt können wir offen reden. Also, Simon hatte tatsächlich sein Gedächtnis verloren?«

»Ja«, bestätigte Brida noch einmal.

»Und wie war er so ohne Erinnerung?« Barbaras Augen blitzten. »Noch immer so vorlaut und überheblich?«

Simon sollte vorlaut und überheblich sein? Das konnte Brida sich überhaupt nicht vorstellen.

»Nein, im Gegenteil, er war freundlich und zurückhaltend.«

»Oh.« Barbaras Nase kräuselte sich. »Er kann auch zurückhaltend sein? Es geschehen noch Zeichen und Wunder.«

»Ich verstehe nicht ganz …«

»Könnt Ihr ja auch nicht.« Barbara lächelte. »Nicht, dass Ihr mich falsch versteht, ich liebe meinen Bruder. Ich liebe ihn genau so, wie er ist. Aber er ist jemand, der Leute, die er nicht mag, mit Worten zur Weißglut treiben kann. Er legt es regelrecht darauf an, dass sie ihn zum Duell fordern. Und dann macht er kurzen Prozess.«

»Er tötet sie?«, rief Brida erschrocken aus.

»Nein, natürlich nicht.« Barbara lachte. »Er macht sich einen Spaß daraus, den Angreifer schnell zu entwaffnen, im schlimmsten Fall fügt er ihm eine kleine Verletzung am Arm zu. Und das war's dann. Aber der Unterlegene ist zutiefst gedemütigt. Vor allem wenn der vorher groß getönt hat, es Simon endlich mal zu zeigen.«

»Und warum tut er das?«

»Weil es ihm Spaß macht. Er ist dafür berüchtigt. Das war ja auch der Grund dafür, weshalb er vom Rat der Hanse ausgewählt wurde, den Überläufer zu spielen und die Dänen auszukundschaften. Er hatte den entsprechenden Ruf. Jeder hat es ihm geglaubt.«

Brida gewann zunehmend den Eindruck, Barbara spreche von einem Fremden. Auf einmal kam es ihr so vor, als seien Erik und Simon zwei grundverschiedene Menschen. Sie erinnerte sich an die Vermutung ihres Vaters: Vielleicht war der Weg, den Erik eingeschlagen hatte, nicht der richtige. Vielleicht hatte Gott ihm die Erinnerung genommen, damit er sich selbst wiederfinden konnte.

»Ihr seid so nachdenklich, Brida. Habe ich Euch verschreckt?«

»Nein, Barbara. Ich habe gerade nur darüber nachgedacht, was ein Mensch ohne seine Erinnerung ist.«

»Und was ist er?«

»Auf sich selbst zurückgeworfen. Auf den Kern seines Wesens. Und da war er ganz anders, als Ihr ihn beschreibt.«

Barbara senkte die Lider. »Das mag sein«, sagte sie leise. »Jannick hat einmal gesagt, er habe unseren Bruder nicht wiedererkannt, als er ihn damals in Travemünde abholte.«

»Damals?«

»Nach dem Tod unserer Mutter.« Barbaras Stimme war leise geworden. »Simon war mit ihr in Vordingborg gewesen. Auf der Rückreise nach Lübeck wurde ihr Schiff von dänischen Kaperfahrern versenkt. Simon war der einzige Überlebende.« Barbara hielt eine Weile inne. »Er muss stundenlang im Meer ausgeharrt haben, bis ihn Fischer fanden und nach Travemünde brachten. Er erklärte nur, unsere Mutter sei tot.

Kein weiteres Wort. Ich war damals sieben, ich habe ihn immer wieder gefragt, wie sie gestorben ist, aber er hat nichts weiter gesagt. Nie mehr. Auch nicht Jannick oder Vater gegenüber. Auch nichts zu unseren älteren Schwestern Margret und Agnes, die mit ihren Ehemännern in Rostock und Hamburg leben und nur zu Mutters Trauerfeier kamen.«

»Er hat nie darüber gesprochen?«, wiederholte Brida. Und zugleich begriff sie, dass er auch ihr niemals etwas verraten hätte, hätte er sein Gedächtnis nicht verloren. Die Frau, die ihn in die Tiefe zog. Seine Mutter. Er hatte sie stundenlang gehalten. Irgendwann hatte ihn die Kraft verlassen, und um nicht selbst zu ertrinken, hatte er sie losgelassen. Niemand hätte ihm dafür einen Vorwurf gemacht. Seine Mutter vermutlich am allerwenigsten. Aber seine Schuldgefühle waren so groß gewesen, dass er es für immer verschwieg. Und doch war diese Erinnerung die mächtigste überhaupt. Selbst der Verlust seines Gedächtnisses konnte das alte Bild nicht bannen. So sehr drängte es an die Oberfläche. Vermischte sich mit frischen Bildern.

»Was meinte Jannick damit, dass Simon sich verändert hatte?«

»Er war irgendwie anders. Ich weiß es auch nicht so genau, ich war damals noch zu jung. Nur an eines erinnere ich mich, denn das fiel mir sofort auf. Unser Vater neigt dazu, dass ihm die Hände zittern, wenn er innerlich aufgewühlt ist. Seit dem Tod unserer Mutter zeigt auch Simon dieses Leiden.«

Brida erinnerte sich an seinen Anblick, kurz nachdem man ihn aus dem Kerker entlassen hatte. Wie er hastig seine Hände hinter dem Rücken verschränkt hatte, um das Zittern zu verbergen. An jenem Tag hatte sie sich zum ersten Mal gefragt, wie er wohl sein mochte, wenn er wieder wüsste, wer er war.

Sie atmete tief durch. Alles in ihr sehnte sich danach, endlich mit ihm allein zu sprechen, von ihm selbst zu erfahren, was in ihm vorging. Ihm dabei zu helfen, jene Dinge zu überwinden, die ihn noch immer quälten.

»Wie ging es dann weiter?«, fragte sie Barbara. »Nachdem Eure Mutter tot war?«

»Im Jahr darauf verließ Simon unser Haus, um der Fechtschule Johann Liechtenauers in Franken beizutreten. Unser Vater unterstützte sein Vorhaben. Simon blieb fünf Jahre fort, in der Zeit hat er all das gelernt, was die Burschen hier inzwischen fürchten.« Barbara lachte vergnügt. Die Zuneigung, die sie ihrem Bruder schenkte, erfüllte den Raum, und auch Brida wurde es warm ums Herz. »Er war mit einem Freund gemeinsam sogar eine Weile in Italien, um seine Kampfkunst weiter zu vervollkommnen. Als er nach Lübeck zurückkehrte, war er ein Mann, vor dem sich seine Feinde hüten mussten. Er hat Jannick und Vater bei den Handelsabschlüssen unterstützt, aber auch viel Zeit in Hamburg verbracht. Dort lebt nicht nur unsere Schwester Agnes, sondern auch sein Patenonkel Simon von Utrecht.«

»Simon von Utrecht ist sein Pate?«, rief Brida erstaunt. Der Name war ihr wohlbekannt. Der große Seeheld, der Goedeke Michel und Klaus Störtebeker auf den Richtblock gebracht hatte. Wenn Helmar das gewusst hätte …

»Ja«, bestätigte Barbara. »Und Simon von Utrecht hat ihn im Haus des Hamburger Bürgermeisters Hein Hoyer eingeführt. Deshalb war es Simon auch ein besonderes Anliegen, Hoyer zu befreien. Während seiner Zeit in Hamburg haben Simon und Hein Hoyer Zuneigung zueinander gefasst, und Simon hat von ihm viel über die Kunst der Diplomatie gelernt. Unser Vater hofft, dass Simon, wenn er seine wilden Jahre überwunden hat, wie er es nennt, in die Fußstapfen der großen Diplomaten tritt.«

»Ich glaube, er hat viel Talent dafür«, entgegnete Brida und erinnerte sich, wie gewählt er sich von Anfang an ausgedrückt hatte.

War es wirklich erst am Tag zuvor gewesen, dass sie mit Kalle nach Fehmarn gerudert waren, um ihren Vater zu retten und sich zu verstecken? Es kam ihr so vor, als wäre es Jahre her.

Elisabeth kehrte zurück. Sie strahlte über das ganze Gesicht. Sogar der strenge Zug um den Mund war verschwunden.

»Barbara!«, rief sie. »Vater hat auch die Oldesloes eingeladen. Es wird also ein etwas größerer Kreis. Bitte, sieh nach, ob du ein passendes Kleid für Brida findest, das du ihr für diesen Abend leihen kannst.«

»Gern.« Barbara erhob sich und forderte Brida auf, ihr zu folgen. Brida sah Elisabeth beinahe ungläubig an. War das wirklich dieselbe Frau? So freundlich und fürsorglich? Gar nicht mehr streng? Vermutlich hatte sie ihr unrecht getan. Elisabeth gehörte gewiss zu jenen steifen Patrizierinnen, von denen ihr Vater ihr früher erzählt hatte. Frauen, die nach außen hin einen Panzer trugen, um ihren Haushalt zusammenzuhalten, aber in ihrer Brust schlug ein lebendiges Herz.

»Ich glaube, Grün ist Eure Farbe.« Barbara hatte verschiedene Kleider aus ihrer Truhe geholt und auf dem Bett ausgebreitet.

»Das müsste Euch passen.« Sie zeigte auf ein Gewand aus hellgrünem Stoff, das mit dunkelgrünem Samt gesäumt war und zarte Goldstickereien aufwies.

»Das hat gewiss ein Vermögen gekostet. Es ist viel zu kostbar, als dass Ihr es einer Fremden leihen solltet.«

»Ihr seid keine Fremde. Ihr habt meinem Bruder das Leben gerettet. Außerdem steht mir die Farbe überhaupt nicht.«

Wie gut Barbara doch lügen konnte! Das Grün passte ganz hervorragend zu Barbaras Augen und hellen Haaren, die denen von Simon so ähnlich waren.

Brida probierte das Kleid an. Es saß fast so gut, als wäre es für sie geschneidert worden. Barbara suchte ihr auch noch ein Schappel aus, ebenso hellgrün wie das Kleid, das mit bunten Seidenblumen verziert war.

»Ihr seid wunderschön«, sagte sie. »Euer Verlobter wird sich freuen, Euch so zu sehen.«

Bei dem Gedanken an Cunard verspürte Brida einen leichten Stich. »Wir sind nicht verlobt«, widersprach sie. »Ich habe seinen Antrag noch nicht angenommen.«

»Aber hat Euer Vater nicht bereits zugestimmt?«

»Er wäre einverstanden, wenn ich Ja sage.«

»So überlässt er Euch die Entscheidung ganz allein?« Barbara war überrascht. »Das täte unser Vater niemals. Eine Ehe ist eine viel zu ernste Angelegenheit. Und da die Oldesloes kommen, gehe ich davon aus, dass Vater endlich das Bündnis mit ihnen festigen will.«

»Das Bündnis?« Der leichte Stich, den Brida bei der Erwähnung von Cunard verspürt hatte, verwandelte sich in einen Schwerthieb.

»Na ja, Jacob von Oldesloe ist ein alter Freund unseres Vaters und möchte seine Kathrin gern mit Simon verbinden.«

Bridas Herzschlag setzte aus. Nur einen Wimpernschlag lang. Aber es reichte, um sie in die Wirklichkeit zurückzuholen. Wie hatte sie nur träumen können, eine reiche und angesehene Familie wie die von Wickedes könnten sich die Tochter eines einfachen Kapitäns als Schwiegertochter vorstellen? Ganz gleich, was Simon für sie empfinden mochte, er konnte sich nicht gegen die Wünsche seiner Familie stellen. Das war undenkbar. Umso sehnlicher wünschte sie sich, endlich mit ihm zu sprechen.

Sie sah Simon erst kurz vor dem Abendmahl wieder. Auch er hatte sich umgekleidet. Beinahe sah er wieder so aus wie an jenem Morgen nach dem Sturm, als man ihn bewusstlos zu ihr gebracht hatte. Ein junger Mann aus reichem Haus. Nur dass er über dem weißen Hemd nun ein schlichtes Wams aus fein gegerbtem hellbraunem Wildleder trug. Ob er ein derartiges Kleidungsstück auch getragen hatte, als er verwundet wurde?

Hätte das weiche Leder tatsächlich den Schwerthieb abzuhalten vermocht?

Ihre Blicke trafen sich. Er lächelte sie an und wollte gerade einen Schritt auf sie zugehen, als sein Vater erschien.

»Simon, ich muss noch einmal mit dir sprechen.«

Simon nickte, das Lächeln verschwand. Dann folgte er seinem Vater, und Brida hatte das unbestimmte Gefühl, dass die Zeiten, da sie mit Simon allein sprechen konnte, unwiederbringlich vorbei waren.

Kalle und Cunard kamen als Erste. Dass Cunard in angemessener Kleidung erschien, war für Brida eine Selbstverständlichkeit, aber wo um alles in der Welt hatte Kalle das gute Hemd aufgetrieben? So vornehm hatte Brida den Schmuggler noch nie gesehen.

Cunard bekam große Augen, als er Brida in Barbaras Kleid erblickte.

»Du bist wunderschön«, stammelte er und schien unfähig, etwas Geistvolleres zu sagen. Kalle zwinkerte ihr zu. Wenigstens er war der Alte geblieben und ließ sich nicht so leicht durch das vornehme Umfeld in Verlegenheit bringen.

Elisabeth war eine erstaunlich liebenswürdige Gastgeberin, die alle Ankömmlinge bereits an der Tür begrüßte. Es war deutlich zu spüren, dass sie diese Rolle schon seit Jahren ausfüllte. Kurz nach Cunard und Kalle erschien die Familie Oldesloe. Jacob von Oldesloe war ein unscheinbarer Mann um die sechzig mit schneeweißem Haar und einem kurzen, ebenso weißen Bart. Seine Gattin Franziska war kaum jünger als er, aber sie strahlte dieselbe alterslose Lebendigkeit aus, die Brida von ihrem eigenen Vater kannte. Der Anblick von Kathrin von Oldesloe verschlug Brida geradezu den Atem. Kathrin war eine außergewöhnlich schöne junge Frau mit einem liebreizenden Lächeln und langem goldschimmerndem Haar, das ihr weit über den Rücken fiel. Noch dazu trug sie ein dunkel-

rotes Kleid, durchwirkt mit Hunderten von Gold- und Silber-
fäden, in dem sie wie ein Stern am Firmament leuchtete. Auf
einmal kam Brida sich plump und ungelenk vor. Simon begrüßte Kathrin und ihre Eltern höflich, aber seinem Lächeln
fehlte die Wärme, die sie von ihm gewohnt war.

Ihre Blicke trafen sich, und plötzlich war die Wärme wieder
da. Während Elisabeth die Gäste in die gute Stube führte, in
der die Tafel schon gedeckt war, schob Simon sich neben
Brida.

»Ihr seht bezaubernd aus, Jungfer Brida«, raunte er ihr zu.
»Ich könnte Euch stundenlang ansehen, ohne dass ich befürchten müsste, von dem Funkeln übertriebener Goldfäden
Kopfschmerzen zu bekommen wie beim Anblick manch anderer Kleider hier.« Er zwinkerte ihr aufmunternd zu, und
plötzlich schwand ihre Unsicherheit. Sie war nicht plump
und ungelenk. Sie war die Frau, die Simon begehrte. So sehr
wie sie ihn. Zu dumm nur, dass keiner nach ihren Wünschen
fragte.

Die Sitzordnung bei Tisch sprach für sich. Brida neben Cunard,
Simon neben Kathrin. Selbstverständlich die Ehepaare beieinander, Barbara saß zwischen ihrem Vater und Kalle.

Irgendwo im Hintergrund war eine weibliche Stimme zu
hören, die den kleinen Thomas ins Bett scheuchte, der sich im
Nachthemd noch einmal die Stufen bis zum Speisesaal herun-
tergeschlichen hatte.

Brida sah, wie Simon still vor sich hin lächelte. Kein Wunder, dass er so gut mit Hans umzugehen verstand. Er schien viel
Zeit mit seinem kleinen Neffen verbracht zu haben.

»Stimmt es, dass Ihr ein Nowgorodfahrer seid?«, hörte sie
Jacob von Oldesloe Kapitän Cunard leise fragen.

»Ja.«

»Ihr handelt überwiegend Pelze?«

»Zobel«, bestätigte Cunard.

»Der bringt in Lübeck hohe Preise. Ihr müsst einen beachtlichen Gewinn machen.«

»Es reicht für unser Auskommen.«

»Meine lieben Gäste!« Ulrich von Wickede ergriff das Wort. »Ich freue mich, gemeinsam mit Euch die unversehrte Rückkehr meines Sohns Simon feiern zu können. Ihr alle wisst, dass er sich großen Gefahren aussetzte, um im Auftrag der Hanse Nachrichten aus Dänemark herauszuschmuggeln. Doch der heutige Abend sei nicht dem Krieg gewidmet, sondern der Freude, dass Simon wohlbehalten wieder bei uns ist. Und dafür möchte ich ganz besonders Jungfer Brida danken, denn sie hat den größten Anteil daran, dass Simon noch am Leben ist. Ich möchte mein Glas auf die tapfere Jungfer erheben, die so viel gewagt hat, damit unser Sohn heimkehren konnte, und ihr unser aller Dank aussprechen.«

Bridas Wangen wurden heiß, als alle ihr Glas erhoben. Sie war nie schüchtern gewesen, aber in diesem Augenblick hätte sie sich gern in ein Mauseloch verkrochen. Vor allem als Simons Vater weitersprach.

»Auch die schönsten Worte vermögen nur annähernd meine Dankbarkeit auszudrücken, liebe Jungfer Brida. Aber vielleicht gibt es doch eine Kleinigkeit, die Euch Freude bereiten könnte. Wie ich hörte, hat Kapitän Cunard um Eure Hand angehalten, und es wäre mir eine große Freude, Eure Hochzeit ausrichten zu dürfen.«

Elisabeth fing an zu klatschen, und rasch stimmten die Übrigen in den Applaus ein. Alle außer Simon, der seinen Vater mit versteinerter Miene musterte. Brida wurde schwindelig. Hatte sie überhaupt noch die Möglichkeit, Nein zu sagen? Sich aus der Falle zu befreien, in der sie sich gefangen fühlte? Cunard ergriff ihre Hand und strahlte sie verliebt an.

»Ich … ich bin gerührt«, brachte sie hervor. »Aber … aber ich …« Verdammt, was sollte sie nur erwidern?

»Vater, bitte erlaubt mir, etwas zu sagen«, mischte Simon sich nun ein. »Ich kenne Jungfer Brida besser als die meisten hier, Kalle und Kapitän Cunard einmal ausgenommen. Und deshalb weiß ich, wie wichtig es ihr wäre, dass ihr Vater seinen Segen dazu geben kann. Doch Kapitän Hinrich liegt derzeit schwer verletzt in einem Versteck auf Fehmarn. Und seiner Heimat Heiligenhafen droht tödliche Gefahr aus Dänemark. Ich halte es, sosehr ich Eure edle Geste schätze, verehrter Vater, für verfrüht, von Hochzeitsfeierlichkeiten zu sprechen, während Brida sich um ihren Vater und ihre Heimat sorgen muss.«

Betroffene Stille. Im ersten Moment war Brida erleichtert, aber dann begriff sie, was Simon da gesagt hatte.

»Was heißt das – Heiligenhafen sei in Gefahr?«

»Ihr wisst es noch nicht«, antwortete er. »Aber wir haben heute schon Boten nach Hamburg gesandt, damit die Nordseeflotte zusammengezogen wird. Der dänische König plant am 24. Mai die Eroberung Heiligenhafens. Das war die Botschaft, die ich so dringend nach Lübeck überbringen musste.«

»Am 24. Mai schon«, hauchte Brida, unfähig, lauter zu sprechen. Das waren gerade noch zwei Wochen. Simon nickte.

Ulrich maß seinen Sohn mit strengem Blick. »Wir wollten heute Abend nicht vom Krieg sprechen. Dieser Abend dient der Feier deiner Rückkehr und dem Schluss neuer Bündnisse.« Er warf Kathrin von Oldesloe einen Blick zu.

»Verzeiht, Vater, aber ich hielt es für notwendig, diese Umstände zur Sprache zu bringen. Ich kann nicht an rauschende Feste denken, wenn mein Herz bei denen ist, deren Leben auf dem Spiel steht. Die Sicherheit all derer, die uns wichtig sind, geht vor. Sie zu retten ist meine erste Pflicht, alles andere kommt danach. Und ich weiß genau, dass Brida, dass Kapitän Cunard und Kalle genauso denken.« Er nickte Brida und den beiden Männern bei der Nennung ihrer Namen jeweils zu.

»Ist auch schon ein Bote nach Heiligenhafen geschickt worden?«, fragte Cunard.

»Nein, wir werden die Bewohner selbst warnen«, antwortete Jannick. »Die *Elisabeth* wird morgen in aller Frühe auslaufen und dabei helfen, Frauen und Kinder in Sicherheit zu bringen. So haben wir es beschlossen.«

»Die *Adela* wird sich Euch anschließen. Allerdings kann sie erst im Lauf des Vormittags auslaufen, denn ein Großteil meiner Mannschaft hat Landurlaub, und es wird eine Weile dauern, bis ich sie alle wieder an Bord habe.« Er wandte sich an Brida. »Wirst du mit mir fahren?«

Brida spürte, wie ihr Herz immer schneller schlug. Wieder auf der *Adela* sein. Zu Hause, auf ihrem Schiff. Wie gern hätte sie Ja gesagt, doch zugleich wusste sie, dass sie bei Simon sein wollte. Sie warf ihm einen schnellen Blick zu.

»Simon hat mir angeboten, auf der *Elisabeth* mitzufahren, damit wir schneller bei Vater sind. Ich mache mir große Sorgen um ihn.« Die kleine Lüge kam ihr erstaunlich glatt über die Lippen.

»Ja, das verstehe ich.« Cunards liebevolles Lächeln trieb ihr das Blut in die Wangen. Zum Glück schien er es für ein Zeichen ihrer Zuneigung zu halten und erkannte darin nicht die Scham über ihre Lüge.

Von dem üppigen Mahl, das aufgetragen wurde, bekam Brida kaum einen Bissen hinunter, seit sie wusste, welche Gefahr ihrer Heimat drohte. Sie probierte höflich von all den Köstlichkeiten, die die Mägde auftrugen, trank auch einen Schluck des teuren Weins, blieb aber sehr maßvoll. Hatte sie wirklich erst wenige Stunden zuvor so beherzt eine Gänsekeule von der Tafel der Vitalienbrüder genommen und nach einem Krug Bier verlangt?

Jacob von Oldesloe schien der bevorstehende Angriff auf Heiligenhafen am wenigsten zu kümmern. Immer wieder suchte er das Gespräch mit Cunard, um mit ihm über den

Pelzhandel zu sprechen. Der Kapitän war geschäftstüchtig genug, darauf einzugehen, und Brida war sich sicher, Zeugin eines vorteilhaften neuen Handelsbündnisses zu werden. Ihr Vater wäre gewiss hochzufrieden gewesen.

Zufrieden ... wäre er das wohl auch mit ihrem Wunsch, nicht Cunard, sondern Simon zu heiraten? Sie blickte zu Simon hinüber und entdeckte, dass er sie ebenfalls unverwandt ansah. Er lächelte ihr zu, sagte aber kein Wort.

»Ich habe noch nie einen lebenden Zobel gesehen«, mischte Barbara sich plötzlich in das Gespräch zwischen Cunard und Oldesloe ein. »Nur die hübschen Pelzbesätze. Könnt Ihr mir ein solches Tier beschreiben?«

Elisabeth warf ihrer Schwägerin einen strengen Blick zu, doch Cunard schien sich über die Frage zu freuen.

»Wenn es Euch gefällt, zeige ich Euch beim nächsten Mal gern einen unverarbeiteten Pelz«, bot er an. »Als ich das erste Mal einen Zobel zu Gesicht bekam, glaubte ich, ein Wiesel habe mit einem Fuchs Hochzeit gehalten. Der Körper schlank wie beim Wiesel, aber das Gesicht listig wie ein Fuchs und die Rute ebenso buschig.«

»Ein Wiesel, das mit einem Fuchs Hochzeit gehalten hat. Was da wohl die Brauteltern gesagt haben?« Barbara kicherte und erntete einen weiteren strengen Blick von Elisabeth.

»Da sieht man mal, dass auch vermeintlich unpassende Ehen zu guten Ergebnissen führen«, sagte Jannick und zwinkerte Simon zu. Der fing schallend an zu lachen, so ansteckend, dass alle einstimmten, sogar Elisabeth. Auf einmal war die Schwere verschwunden, die seit Simons Rede über der Tischgesellschaft gelastet hatte, und Brida hatte das Gefühl, dass es vielleicht doch noch Hoffnung gab. Für ihre bedrohte Heimat und für ihre Träume.

Es war spät geworden, als die Tafel aufgehoben wurde. Jacob von Oldesloe und seine Familie ließen sich von Fackelträgern heimgeleiten, obwohl ihr Haus nur zwei Straßen weiter lag. Barbara begleitete Brida zu ihrer Kammer, einer kleinen Gästestube, in der ein Bett und ein winziger Tisch mit einer Waschschüssel standen, davor zwei fein gedrechselte Stühle, die Brida beinahe zu kostbar erschienen, als dass sie darauf hätte Platz zu nehmen gewagt.

»Und wundert Euch nicht, wenn es unter Euch etwas lauter wird. Simon ist wieder da.« Barbara zwinkerte ihr keck zu.

»Was meint Ihr damit?«

»Ach, er macht manchmal die Nacht zum Tag, und seine Kammer liegt unter Eurer. Ich hatte darunter auch schon zu leiden, meine Stube befindet sich ja gleich nebenan. Ich wünsche Euch eine gesegnete Nachtruhe, Brida.«

Barbara wandte sich zur Tür und ging.

Seine Kammer lag unter ihrer … Brida atmete tief durch. Den ganzen Tag lang hatte sie sich gewünscht, mit ihm allein sprechen zu können. Immer war etwas dazwischengekommen. Sollte sie es wirklich wagen, noch zu dieser Stunde zu ihm zu gehen? Was würde er wohl von ihr denken?

Vermutlich nichts, sie hatte ihn schließlich schon unbekleidet im Bett gesehen. Leise öffnete sie die Tür und stieg die Treppe hinunter. Ihr Herz schlug schneller, als sie vor seiner Tür anlangte. Sollte sie wirklich klopfen? Ja, was denn sonst? Beherzt pochte sie gegen das Holz und zuckte zusammen, so laut kam ihr das Geräusch in dem mittlerweile stillen Haus vor.

»Herein«, hörte sie seine Stimme.

Sie öffnete die Tür.

Simon saß an einem kleinen Schreibpult und arbeitete an einem Brief. Ob dies wohl der Bericht für den Rat der Hanse war?

Bei ihrem Eintreten legte er die Feder beiseite und erhob sich.

»Jungfer Brida! Ich hoffe, meine Schwägerin weiß nicht, dass Ihr um diese Stunde noch zu mir kommt.«

War das Überraschung oder gar Missfallen in seinem Blick? Verunsichert schloss Brida die Tür hinter sich.

»Glaubt Ihr, dann wäre ich bis hierher vorgedrungen? Barbara hat mir verraten, wo Eure Kammer liegt.«

Er lächelte sie an. »Was kann ich für Euch tun?«

Brida atmete auf. »Wie das klingt! Als würde ich einen Kaufmann aufsuchen, um seine Waren zu begutachten.«

Ihre Blicke wanderten durch den Raum. Er war mindestens viermal so groß wie ihre kleine Gästestube. Neben dem Schreibpult stand ein großer Tisch mit sechs Stühlen, deren Beine ebenso fein gedrechselt waren wie jene in ihrer Kammer. In einer Nische stand ein Bett, breit genug, dass zwei Menschen bequem darin Platz gefunden hätten. Daneben ein großes Kohlebecken, dessen Beine wie Löwenpranken geformt waren, und über dem Bett hing ein Wandteppich, der eine ähnliche Ansicht des Lübecker Hafens zeigte wie der riesige Gobelin über dem Kamin in der guten Stube. Nur dass auf diesem Bild keine Kogge, sondern ein Kraier zu sehen war.

»Die *Smukke Grit*?«, fragte sie. Er nickte. Ihr Blick glitt weiter. Neben dem Schreibpult befand sich ein Wandbord, auf dem einige in Leder eingeschlagene Bücher standen. Kostbare Einbände, mit Goldbuchstaben verziert. Brida musste an sich halten, um nicht danach zu greifen. Mit welchen Werken mochte Simon sich beschäftigen?

Er folgte ihren Blicken, sagte aber kein Wort.

An der gegenüberliegenden Wand hingen mehrere Waffen. Ein mächtiger Zweihänder zog als Erstes ihre Aufmerksamkeit auf sich. Sie ging darauf zu. Das Schwert war gewiss so schwer, dass sie es kaum heben konnte. Daneben hingen ein einhändiges Schwert und ein langes Messer. Das Messer erinnerte sie an Kalles Waffe. Es war nur unwesentlich kürzer als der Einhänder.

Ihre Finger strichen vorsichtig über die Messerklinge.

»Dass Ihr damit gut umgehen könnt, habe ich erlebt.«

»Das lange Messer ist mir die liebste Waffe«, antwortete er.

»Warum? Ich dachte, das Schwert sei die Waffe eines Edelmanns.«

»Das Messer ist leichter. Wer geschickt ist, kann damit auch einen Schwertkämpfer besiegen.«

»Geschickt wie Ihr.« Sie trat von der Waffe zurück. »Barbara hat mir einiges erzählt.«

»Ich hoffe, sie hat mich nicht allzu schlecht gemacht.« Simon lächelte.

»Nein, sie liebt Euch. Sie würde gewiss nie etwas Böses über Euch sagen. Aber ihre Worte haben mich zum Nachdenken gebracht.«

Das Lächeln verschwand. Hatte sie ihn verletzt? Wie dem auch sein mochte, sie musste sich Gewissheit verschaffen.

»Für einen Moment hatte ich den Eindruck, jener Simon sei ein ganz anderer Mensch als der, den ich kennengelernt habe.«

»Sie hat Euch also von meinen Händeln berichtet.« Simon seufzte. »Seht es einmal so: Die Welt ist voller Kerle wie Seyfried. Ihr greift zur Bratpfanne, und ich nehme ein langes Messer.«

»Ich weiß nicht, ob sich das vergleichen lässt. Seyfried wurde zudringlich, ich wusste mir nicht anders zu helfen. Barbaras Erzählungen klangen anders.«

»So, als hätte ich den Streit gesucht?«

Brida schluckte. »Ja, so habe ich sie verstanden.«

Er verschränkte die Hände hinter dem Rücken, dennoch entging ihr das Zittern nicht, das er vor ihr zu verbergen suchte. Genau wie in den Tagen nach seiner Gefangenschaft. Auf einmal schämte sie sich dafür, ihn in die Enge getrieben zu haben.

»Verzeiht, ich wollte Euch nicht verletzen. Ihr hattet gewiss gute Gründe für Euer Handeln.«

Sie trat zum Tisch mit den Stühlen.

»Erlaubt Ihr, dass ich mich setze?«

»Selbstverständlich. Ich hätte Euch schon viel früher einen Platz anbieten müssen.« Er schob ihr einen Stuhl hin. Seine Hände waren wieder ruhig.

»Es ist so viel geschehen in den letzten zwei Tagen«, sagte sie, während sie sich vorsichtig niederließ, achtsam darauf bedacht, ihr Kleid nicht zu zerdrücken. »Und vor allem heute. Ihr wisst wieder, wer Ihr seid, aber ich habe das Gefühl, ich wüsste es nicht mehr. Und dabei war ich mir so sicher, Euch zu kennen.«

»Ich bin immer noch derselbe, Brida.« Er nahm ihr gegenüber Platz.

»Seid Ihr das wirklich? Jetzt, da ihr wieder Euren wahren Namen kennt? Wie viel von Erik steckt noch in Simon von Wickede?«

»Alles«, antwortete er. »Jeder einzelne Gedanke, den ich als Erik dachte, jedes Gefühl, dass ich als Erik verspürte. Vor allem meine Gefühle für Euch, Brida.« Er holte tief Luft. »Erinnert Ihr Euch an meine Worte in Eurem Garten, an jenem Abend, nachdem Cunard Euch gebeten hatte, seine Frau zu werden?«

»Ihr habt mir geraten, seinen Antrag anzunehmen.«

»Ja, weil ich nicht wusste, wer ich bin, und Marieke ihre neugierigen Ohren überall hatte. Aber ich habe noch etwas gesagt.«

Bridas Wangen wurden heiß. »Würdet Ihr es wiederholen?«

»Wollt Ihr es denn noch einmal hören?«

Auf einmal war die Erinnerung an jenen Abend so lebendig, als hätte sie wieder bei ihm unter der Weide gestanden. Als sie sich so sehr nach seinem Bekenntnis gesehnt hatte. An ihren Zorn, weil er schwieg, ihr sogar noch zuredete, Cunard zu ehelichen. Und dann die Erleichterung, als er sich ihr doch noch erklärte. Damals war es nur ein Traum gewesen, unerreichbar und nicht zu erfüllen.

Das Herz schlug ihr bis zum Hals. Vor allem als sie seinen Blick auffing, in dem sich Unsicherheit mit Zuneigung mischte. Endlich war er wieder der, der er immer gewesen war. Ganz gleich, wie viele Händel er in der Vergangenheit ausgetragen haben mochte. Sie hatte ihn so kennenlernen dürfen, wie er wirklich war. Ein Mann, der sich keinem Status verpflichtet fühlen konnte, weil all dies ihm genommen war.

»Ja, ich will es hören.«

Simon erhob sich. »Brida Dührsen«, sagte er feierlich, »ich habe dir Folgendes versprochen: Wenn ich wieder weiß, wer ich wirklich bin, wenn keine Schande auf meinem Namen liegt und ich keiner Frau verpflichtet bin, dann werde ich dich bitten, die Meine zu werden. Du kennst inzwischen meinen Namen. Ich bin keiner Frau verpflichtet, selbst wenn mein Vater eine Ehe mit Kathrin von Oldesloe anbahnen möchte. Ich habe ihm gesagt, dass ich Kathrin nicht heiraten will. Weil ich dich liebe, Brida. Nur dich. Willst du meine Frau werden? Dann werde ich alles in Bewegung setzen, damit es wahr wird.«

Sie sprang auf. »Ja! Ja, ich will, dass du es möglich machst!«

Er nahm sie in die Arme, behutsam, sanft. »Glaubst du, dass dein Vater mit mir einverstanden wäre? Er hätte doch so gern Cunard zum Schwiegersohn.«

»Weil er nicht wollte, dass ich mich unerreichbaren Träumereien hingebe. Mein Herz an einen Mann ohne Gedächtnis verschenke. Doch es war längst zu spät. Ich liebe dich, Simon.«

Er zog sie fester an sich. Sie spürte seine Wärme, seinen Atem, der ihr Gesicht streifte. Und dann tat er es endlich. Das, was sie sich so lange in ihren Träumen ausgemalt hatte. Seine Lippen fanden die ihren, erstaunlich weich und zart, aber doch voller Leidenschaft und Begehren. Sie schlang die Arme um ihn, wild und ungestüm. Nie wieder wollte sie ihn loslassen.

Sie hörte kaum das Klopfen an der Tür, alles war ihr in diesem Moment gleich. Auch Simon schien das Geräusch nicht wahrzunehmen. Erst als ein Räuspern die Stille durchbrach.

»Ich wollte dich eigentlich nur fragen, ob du den Bericht für Vater fertig hast.« Jannick stand im Türrahmen und musterte die beiden schmunzelnd.

»Du hättest warten können, bis ich dich hereinbitte.« Simon ließ Brida los und trat zum Schreibtisch. »Hier ist der Bericht.« Er hielt seinem Bruder das Pergament entgegen.

Jannick nahm es, blieb aber stehen.

»Was ist noch?« Simon wurde ungeduldig.

»Was ihr da gerade tut, halte ich nicht für sonderlich klug.«

»Ich habe Brida soeben gebeten, meine Frau zu werden.«

»Ohne das Einverständnis eurer Väter? Ich dachte, Brida ist verlobt.«

»Nein, das bin ich nicht«, widersprach sie heftig. »Ich habe Cunards Antrag bislang mit keinem Wort angenommen. Mein Vater weiß das.«

»Das war Elisabeths Einfall, nicht wahr?« Simon runzelte die Stirn. »Cunard einzuladen und dann so zu tun, als sei alles längst beschlossen?«

»Sie hat es nur gut gemeint«, erwiderte Jannick. »Sie wusste nicht, dass ich in eurem Sinn auf Vater einzuwirken versuche.«

»Und hattest du Erfolg?« Simon verschränkte die Arme vor der Brust.

»Gib mir noch ein bisschen Zeit. Ich habe dir versprochen, dass ich mich für dich verwende, und meist hört Vater auf mich. Aber das ist nur möglich, wenn Bridas Ruf makellos bleibt. Also keine verborgene Liebschaft.« Er hielt kurz inne. »Ich schlage vor, dass Barbara uns morgen begleitet, um Bridas Ruf zu schützen.«

»Brida braucht keine Anstandsdame und ich erst recht nicht!«

»Das mag ja sein. Aber ich brauche sie, um deine Wünsche bei Vater durchzusetzen. Jungfer Brida, ich glaube, es ist an der Zeit für uns zu gehen. Es ist schon spät, und wir müssen morgen früh aufbrechen.«

Jannick hielt ihr die Tür auf. Sie nickte, dann wandte sie sich noch einmal an Simon. »Gute Nacht«, sagte sie leise. Bevor er antworten konnte, hatte sie seine Kammer verlassen.

16. Kapitel

Seit Monaten die erste Nacht im eigenen Bett. Die erste Nacht, seit er wieder seinen Namen kannte. Die erste Nacht ohne Albträume. Simon war zu Hause.

Viel zu früh weckte ihn ein hartes Klopfen an der Tür.

»Schläfst du etwa noch?« Barbara stürzte in seine Kammer, schon in Reisekleidung.

Bevor sie ihm die Bettdecke wegziehen konnte, wie sie es früher so gern getan hatte, richtete er sich auf.

»Hat Elisabeth dir immer noch nicht beigebracht, was sich schickt?«

»Ach was, du bist doch mein Bruder. Es schickt sich immer, wenn ich dir schwesterlich helfe, rechtzeitig aus den Federn zu kommen.« Ihre Augen blitzten keck, als sie ihm erneut das Bettzeug zu entreißen versuchte. Er war schneller, hielt es an einem Zipfel fest und warf ihr gleichzeitig ein Kissen an den Kopf.

»Verschwinde, du kleiner Quälgeist!«

Sie lachte und warf das Kissen zurück. »Nur wenn du aufstehst.«

»Das hätte ich längst getan, wenn ich mich deiner Angriffe nicht erwehren müsste.«

»Aber vergiss nicht, dich zu rasieren. Du stachelst schon wieder. Oder willst du auf deine alten Tage männlich wirken? So wie Jannick oder dieser überaus ansehnliche Kapitän Cunard?«

Bevor er abermals mit dem Kissen nach ihr zielen konnte, lief sie lachend aus der Tür.

Er wollte gerade nach unten gehen, da entdeckte er einen Schatten vor der Zimmertür seines Bruders.

»Pass gut auf dich auf!«, hörte er Elisabeths Stimme, ungewohnt zärtlich. Im Halbdunkel des Flurs beobachtete er, wie sie Jannick liebevoll über die Wange strich. Simon lächelte. Es war selten, Zeuge einer Zuneigungsbekundung zwischen Jannick und Elisabeth zu werden, denn seine Schwägerin hielt es für unschicklich, ihre Gefühle vor anderen zur Schau zu stellen. Er erinnerte sich daran, wie aufgebracht Elisabeth kurz nach ihrer Hochzeit gewesen war, wenn Jannick sie vor anderen in die Arme hatte nehmen wollen. Simon war damals zehn, und erstmals hatte sich etwas anderes als Liebe und Bewunderung in seine Gefühle für den großen Bruder gemischt. Mitleid. Welche Frau hatte er da heiraten müssen, die sich nicht nur vor Mäusen fürchtete, sondern sich nicht einmal anfassen ließ? In Simons Familie war es üblich, sich allenthalben zu herzen und zu küssen. Manchmal war es ihm fast schon zu viel geworden, wenn seine Mutter alle in ihrer überschwänglichen Art liebkoste. Also hatte er seinen Bruder in kindlicher Unbefangenheit gefragt, was denn mit Elisabeth nicht stimme.

»In ihrer Familie gilt es als unanständig, vor anderen seine Zuneigung auf diese Weise zu zeigen«, hatte Jannick geantwortet. »Aber wenn wir allein sind, ist das ganz anders.« Er hatte ihm zugezwinkert, aber Simon war damals noch zu jung gewesen, diese Andeutung zu verstehen.

Jahrelang hatte er seinen Bruder im Stillen bedauert, auch wenn dieser nach außen hin recht zufrieden schien. Mit Elisabeth war Simon nicht warm geworden. Er hatte das sichere Gefühl, sie mochte ihn nicht und verübelte ihm noch immer die Geschichte mit der Maus. Bis zu jenem Tag, als seine Mutter ertrunken war. Kurz nachdem er sie nicht mehr hatte halten können, war er von Fischern gerettet worden. Sie brachten ihn nach Travemünde, schickten einen Boten nach Lübeck, um die Familie zu benachrichtigen. Jannick kam, ihn heimzuholen. Und er kam nicht allein. Elisabeth begleitete ihn. Zunächst war sie zurückhaltend wie immer, doch als Jannick

Fragen stellte und Simon immer nur den Kopf schüttelte, nicht erklären konnte, was geschehen war, war Elisabeth diejenige, die ihn unerwartet in die Arme schloss, ihn ungeachtet fremder Menschen ringsum an sich drückte und Jannick aufforderte, endlich mit der Fragerei aufzuhören. In diesem Moment hatte Simon zum ersten Mal ihre andere Seite gespürt, gemerkt, dass sie ihn verstand, ihn besser zu trösten vermochte als Jannick, der angesichts des Todes der geliebten Mutter nicht minder erschüttert war als sein Bruder. Seit jenem Tag betrachtete Simon seine Schwägerin mit anderen Augen und schätzte sie auf seine Weise.

Jannick eilte die Stiege hinunter, ohne sich noch einmal umzusehen. Elisabeth wandte sich um und wollte in ihr Zimmer zurückkehren. Da erst bemerkte sie Simon.

»Ihm wird schon nichts geschehen«, sagte er lächelnd. »Auch wenn ich offenbar dazu neige, Schiffsuntergänge anzuziehen.«

»Damit solltest du keinen Scherz treiben, Simon.«

»Wenn ich darüber scherze, muss ich nicht darüber nachdenken«, erwiderte er. »Leb wohl, Elisabeth. Wir sehen uns, wenn alles vorbei ist.« Er schickte sich an zu gehen.

»Simon, warte noch!«

»Ja?« Er hielt inne.

»Jannick hat mir erzählt, dass du Brida heiraten willst.«

»Hast du etwas dagegen?«

»Nein, nicht gegen die Verbindung. Aber mir tut ihr Verlobter leid. Er ist ein anständiger, netter Mann. Hat er es wirklich verdient, dass du ihm seine Braut nimmst?«

»Ich nehme ihm gar nichts!«, fuhr Simon seine Schwägerin heftiger an als beabsichtigt. »Er kennt Brida seit Jahren. Sie ist in einem Alter, da sind die meisten Frauen längst verheiratet und haben Kinder. Hätte er sie doch früher gefragt! Außerdem hat sie ihm nicht zugesagt, sondern mir! Und ich hätte sie noch am gleichen Tag wie er gefragt, wäre ich mir sicher gewesen, wer ich bin. Hast du eine Ahnung, wie es ist, wenn man keinen Namen mehr hat, keine Vergangenheit und kein Volk? Wenn man immer nur Bilder sieht, die sich nicht einordnen lassen? Kannst du dir vorstellen, dass ich mich für einen Dänen hielt? Ausgerechnet ich? Ein Mann ohne Vergangenheit darf nicht an die Zukunft denken. Das kann ich erst wieder seit gestern, und ich werde Brida heiraten, denn sie ist die Richtige für mich.«

Elisabeth senkte den Blick. »Verzeih, Simon, ich wollte dich nicht kränken. Ich habe immer nur Kapitän Cunard vor Augen, wie er Brida betrachtet. Es wird ihn schmerzlich treffen.«

»Er wird es überleben.«

»Davon gehe ich aus. Aber du solltest es ihm sagen. Du selbst, Simon. Nicht Brida. Und zwar noch heute. Das bist du ihm und ihr schuldig.«

»Und was soll ich ihm sagen? Dass ich ihm die Braut ausgespannt habe?«

»Nein, du solltest die gleichen Worte wählen wie mir gegenüber. Aber vielleicht etwas weniger heftig und ohne Vorwurf. Mach ihn dir nicht zum Gegner!«

Elisabeths Ratschlag hatte seine Leidenschaft ein wenig abgekühlt.

»Du hast recht, er ist ein anständiger Kerl. Aber soll ich deshalb auf die Frau verzichten, die ich liebe? Du hast dich niemals in dieser Lage befunden. Für dich war immer klar, dass du Jannicks Frau wirst.«

»Ach, Simon …« Elisabeth schüttelte den Kopf. »Glaubst du, ich hätte niemals nach einem anderen Mann geschaut?«

»Du?« Er bekam große Augen.

Elisabeth lachte. »Du musst los, sie warten schon auf dich.«

Von dem strahlenden Sonnenschein des vergangenen Tages war nichts mehr geblieben. Über Nacht war eine schwarze

Wolkendecke aufgezogen, und es regnete in Strömen. Barbara verzog unwillig das Gesicht, als sie einen Blick vor die Tür warf.

»Bis zum Hafen hinunter sind wir so nass, als wären wir unter dem Schiff durchgetaucht.«

»Das trocknet auch wieder«, sagte Simon. Brida lachte und zwinkerte ihm vergnügt zu. Das schätzte er so an ihr. Weder Wind noch Wetter oder Mäuse brachten sie jemals aus der Ruhe. Er konnte sich bildlich vorstellen, wie sie als Kind an der Seite ihres Vaters jedem Sturm an Bord der *Adela* getrotzt hatte. Die *Adela* ... Bei dem Gedanken an das Schiff ihres Vaters kehrte sofort der Gedanke an Cunard zurück. Elisabeth hatte recht, es war seine Pflicht, den Kapitän darüber in Kenntnis zu setzen, dass auch er um Bridas Hand angehalten und dass sie zugesagt hatte. Nur wann? Die *Adela* lag am anderen Ende des Hafens bei den Nowgorodfahrern. Sollte er es sofort tun? Oder erst wenn Cunard in Heiligenhafen anlegte? Lieber erst in Heiligenhafen, dachte er bei sich. Wenn ich mit Bridas Vater gesprochen habe.

Die *Elisabeth* war so schön und stolz, wie Simon sie in Erinnerung hatte. Selbst Jacob von Oldesloe hatte kein derart prächtiges Flaggschiff in seiner Handelsflotte. Genau wie die *Adela* war auch die *Elisabeth* bewaffnet. Fünf Kanonen an jeder Seite, die schon so manchen Kaperfahrer auf Abstand gehalten hatten.

Barbara lief behände über den Landungssteg an Bord, um sich in Jannicks Kajüte vor dem nassen Wetter in Sicherheit zu bringen. Brida folgte ihr erheblich langsamer, begutachtete das Schiff, als wäre sie ein Seemann, strich ungeachtet der Regentropfen, die dunkle Flecken auf ihrem Kleid hinterließen, über das feuchte Holz der Reling.

»Gefällt sie Euch, Jungfer Brida?«, fragte Jannick, dem ihre Aufmerksamkeit nicht entgangen war.

»Sie ist wunderschön. Wie alt ist sie? Zehn Jahre?«

Jannick lachte. »Ihr seid bemerkenswert, Jungfer Brida. Die *Elisabeth* lief vor acht Jahren vom Stapel. Wie konntet Ihr das Alter so gut schätzen?«

»Mein Vater hat es mir vor Jahren erklärt. Seit etwa zehn Jahren setzt man die Spanten etwas anders als noch bei der *Adela*.«

»Pass nur auf, Jannick! Von Brida könnte mancher Kapitän noch etwas lernen.« Simon grinste.

»Das merke ich schon. Aber nun lasst uns auch in die Kajüte gehen, hier wird es allmählich ungemütlich.« Er gab seinen Männern die Befehle zum Ablegen und hielt Brida die Tür auf.

Obgleich Jannick der Schiffseigner war, zeichnete sich seine Kajüte durch eine schlichte, zweckmäßige Einrichtung aus. Ein schmales Bett in einer Nische, auf dem Barbara Platz genommen hatte und Brida durch Zeichen eifrig zu verstehen gab, sie möge sich zu ihr setzen, ein kleiner Holztisch, der am Boden verschraubt war, und vier Stühle, die bei stürmischer See übereinandergestapelt und in einer Ecke der Kajüte verzurrt werden konnten. Simon hatte niemals einen Sturm auf der Elisabeth erlebt. Er war nur selten auf der Kogge seines Bruders gefahren. Meist dann, wenn es um repräsentative Besuche in benachbarten Hansestädten ging. Für längere Reisen hatte er sein eigenes Schiff bevorzugt. Seine *Smukke Grit* …

Ein Ruck ging durch die *Elisabeth*. Das Geräusch des Winds, als er die Segel fasste, das leise Knarren der Planken.

Zum ersten Mal, seit Simon seine Erinnerungen wiedergefunden hatte, verspürte er aufrichtige Trauer. Die *Smukke Grit* war für alle Zeiten verloren. Hatte ihr Ende auf derselben Route gefunden wie seine Mutter, deren Namen sie getragen hatte. Und damit das letzte Band zerschnitten, das ihn noch an seine Mutter gebunden hatte.

Kalles Stimme riss ihn aus seinen trüben Gedanken. »Wenn wir Hinrich abgeholt haben, schnapp ich mir den Seyfried. Der soll mir dafür büßen.«

»Auf mich könnt Ihr zählen«, entgegnete Simon. »Seyfried wird uns einiges zu berichten haben. Auch über den feinen Stadtrat Claas.« Er wandte sich an Brida. »Bei wem müssen wir vorstellig werden, um Anklage gegen einen Stadtrat zu erheben? Beim Bürgermeister von Heiligenhafen oder beim Vogt?«

»Du glaubst, Claas ist schuldig geworden? Bislang wissen wir nur, dass Seyfried ihn mit irgendetwas erpresst hat.«

»Das wird uns der Seyfried schon sagen«, knurrte Kalle. »Spätestens dann, wenn ich mit ihm fertig bin.«

»Am besten wendet sich Vater an den Bürgermeister«, antwortete Brida. »Er kennt ihn gut, und der Bürgermeister weiß, dass Vater ein Freund von Claas ist. Er würde ihn nicht ungerechtfertigt beschuldigen. Denn weißt du, der Bürgermeister hält ebenfalls große Stücke auf Claas und sah in ihm schon seinen Nachfolger.«

»Wann erreichen wir Heiligenhafen?« Barbara strich sich mit einer ungeduldigen Bewegung das Kleid glatt. Simon sah ihr deutlich an, dass sie sich viel lieber an Deck aufgehalten hätte, aber seine kleine Schwester scheute den Regen mehr als eine Katze.

»Hängt davon ab, wie schnell wir auf der Trave vorankommen«, entgegnete Jannick. »Ich schätze, heute Mittag sind wir vor Fehmarn.«

Jannick behielt recht mit seiner Einschätzung. Auf der Trave gab es längst nicht so viel Schiffsverkehr wie am Tag zuvor. Als sie die Ostsee erreichten, hatte auch der Regen aufgehört. Barbara stürmte aus der Kajüte hinaus. Elisabeth hätte darüber nur den Kopf geschüttelt, aber an dem Unterfangen, aus Barbara eine zurückhaltende junge Dame zu machen, war selbst sie gescheitert.

Auch die anderen waren froh, an Deck zurückzukehren, nur Brida rührte sich nicht vom Fleck und warf Simon einen langen Blick zu. Er begriff sofort. Sie wollte mit ihm allein sprechen, und so blieb auch er zurück.

»Was wirst du mit Seyfried anstellen?« Sie musterte die Scheide mit dem langen Messer, die er am Gürtel trug.

»Ihn zum Reden bringen.«

»Wäre das nicht eher Aufgabe der Büttel?«

»Hast du etwa Mitleid mit ihm? Nach allem, was er getan hat?«

Brida schüttelte den Kopf. »Das nicht. Aber ich mag mir nicht vorstellen, dass du Gewalt ausübst. Das passt nicht zu dem Bild, das ich von dir habe.«

»Ich überlasse es nicht Kalle allein, sich Seyfried vorzuknöpfen. Ich will ihn schließlich lebend übergeben.«

Ein flüchtiges Lächeln huschte über Bridas Lippen.

»Das klingt schon eher nach dir«, sagte sie.

»Glaubst du?«, fragte er. »Dein Vater sagte einmal, ich würde ohne Reue töten.«

»Du weißt, dass er es nicht so gemeint hat.«

»Ja«, antwortete er. »Aber ein Funke Wahrheit liegt darin. Als Schüler in einer der Fechtschulen wird dir zuvörderst Härte beigebracht. Härte gegen dich selbst und Härte gegen den Gegner. Wer im Kampf Mitgefühl zeigt, der ist tot, denn der Feind wird dich nicht schonen. Niemals darfst du deine Gefühle zeigen. Am besten, du fühlst überhaupt nichts.«

Brida legte ihm eine Hand auf den Arm. »Du fühlst etwas dabei.«

»Ja«, sagte er leise. »Aber ich habe gelernt, es tief in mir zu verschließen. So tief, dass es nur noch als böser Traum an die Oberfläche kommen kann.«

»Simon ...«

Die kleine Tür zur Kajüte öffnete sich. Es war Barbara, die

Wangen von der frischen Seeluft gerötet, die Augen blitzend, doch mit einem unwilligen Zug um den Mund.

»Wollt ihr beide nicht an Deck kommen? Die Sonne scheint.«

»Was geht es dich an?«, fragte Simon zurück.

»Weil Jannick sagt, ich soll ein Auge auf euch haben, damit Bridas Ruf gewahrt bleibt. Und ich habe keine Lust, bei strahlendem Sonnenschein hier drinnen zu sitzen.«

Brida erhob sich. »Wir wollten ohnehin gerade nach draußen gehen.«

Während Brida und Barbara gemeinsam über die Reling blickten und sahen, wie Travemünde sich immer weiter entfernte, ging Simon auf seinen Bruder zu.

»Es war nicht nötig, uns Barbara nachzuschicken.«

»Ich habe dir gesagt, dass mir Bridas Ruf wichtig ist. Vor allem weil du sie heiraten willst.«

»Sie wollte kurz mit mir allein sprechen!«, brauste Simon auf. »Es gibt einige wichtige Dinge zu regeln. Dieser Seyfried hat ihren Vater niedergestochen und mir den Mordversuch angehängt.«

»Ich weiß, das hast du gestern schon erzählt.«

»Und warum hetzt du dann Barbara hinter uns her?« Simon verschränkte die Arme vor der Brust. »Und sagst ihr noch, sie soll ein Auge auf uns haben, damit Bridas Ruf gewahrt bleibt? Glaubst du wirklich, wir könnten hier Unzucht treiben?«

»Nein, das glaube ich nicht. Das wäre wohl schon gestern geschehen, wenn ich nicht zufällig in deine Kammer gekommen wäre.«

»Was?« Simons Hände ballten sich zu Fäusten. »Sag mal, was denkst du eigentlich von mir? Ich hatte nie den Ruf, ein loser Frauenheld zu sein.«

»Aber mit einem Mönch würde dich auch keiner verwechseln.« Jannick grinste, und für einen Moment zuckte Simons Faust.

»Nun beruhige dich doch, Lillebror.« Jannick verpasste ihm einen freundschaftlichen Knuff. »Seeleute sind schlimmere Schwätzer als Waschweiber. Und wenn du zu lange mit Brida allein in meiner Kajüte bleibst, könnte es einer bemerken und dumme Geschichten in Umlauf setzen.«

Simon atmete tief durch. Wie immer, wenn sein Bruder ihn Lillebror nannte, verrauchte sein Zorn, wurde erstickt von dem alten Gefühl der Zuneigung und des bedingungslosen Vertrauens, das er Jannick seit der Kindheit entgegenbrachte.

»Wann wirst du Vater sagen, dass ich Brida die Ehe versprochen habe?«

»Wenn wir zurück sind. Aber ich werde es ein bisschen diplomatischer ausdrücken.«

»Nur nicht zu diplomatisch. Er soll wissen, wie ernst es mir ist.«

»Oho, soll ich ihm sagen, dass du mit ihr durchbrennen willst?«

»Wenn's sein muss.«

»Zu dumm, dass dein Schiff gesunken ist. Da wird es schwer werden mit dem Durchbrennen.«

»Ich könnte bei den Vitalienbrüdern anheuern oder Kalle beim Schmuggeln helfen. Der hat es mir angeboten, als er hörte, dass ich angeblich als Verräter gesucht werde.« Simon grinste.

Auf einmal verschwand das Lächeln aus Jannicks Augen, das ihr Wortgeplänkel bis dahin begleitet hatte.

»Was ist?« Simon wurde unsicher.

»Nichts weiter.« Jannick schüttelte den Kopf, als wolle er eine unangenehme Erinnerung fortwischen. »Ich habe nur daran gedacht, wie schwer es anfangs für uns war, das doppelte Spiel mitzutragen. Du ahnst nicht, wie rasch sich die Menschen voller Gier auf deinen vermeintlichen Verrat gestürzt haben. Es war das Stadtgespräch. Alle wollten es gewusst haben. Außer denen, die die Wahrheit kannten, stand keiner mehr zu dir.«

»Das war doch auch der Sinn der Sache.«

Jannick nickte schwach. »Das war es. Aber es hat mir weh-getan, wie schnell alle bereit waren, ein Urteil über dich zu fällen.«

»Mein Lebenswandel hat wohl dazu beigetragen.« Simon seufzte, dachte wieder an die zahlreichen Händel, die er mit großspurigen Kaufmannssöhnen ausgefochten hatte. Gottschalk war der erste gewesen. Damals, vor bald fünf Jahren, als Simon nach Lübeck zurückgekehrt war. Voller Selbstsicherheit, erfahren in allen Waffen und nur allzu gern bereit, sie zu erproben. Es war im Ratskeller gewesen. Gottschalk hatte schon einiges getrunken, sich mit seinen zahlreichen Liebschaften und damit gebrüstet, wie dumm die Weiber seien. Habe sich doch die Tochter eines Fleischhauers allen Ernstes eingebildet, er werde sie heiraten, nur weil sie ein Kind von ihm bekam. Er war über sie hergezogen, hatte sie als Hure beschimpft. Simon hatte am Nachbartisch gesessen, und je mehr Gottschalk das Mädchen mit seinen Worten entehrt hatte, umso zorniger war er geworden. Er kannte sie nicht, aber er kannte Gottschalk und seine Art, mit Frauen umzugehen. Irgendwann hatte er sich mit seinem freundlichsten Lächeln eingemischt.

»Ich würde mir da keine Sorgen machen, Gottschalk«, hatte er gesagt. »Niemand wird dir die Vaterschaft unterstellen. Ist unter den Mägden doch allgemein bekannt, dass du keinen hochbekommst.«

Totenstille. Gottschalk hatte ihn mit hochrotem Kopf angestarrt und im nächsten Moment sein Messer gezogen. Simon hatte nur gelacht. Kurz darauf hatte Gottschalk mit einer tiefen Fleischwunde im rechten Oberarm wimmernd den Ratskeller verlassen.

In der Folgezeit hatten einige von Gottschalks Freunden Streit mit Simon gesucht. Er ging keinem Kampf aus dem Weg, im Gegenteil. Schon bald war er gefürchtet. »Leg dich nicht mit Simon von Wickede an«, raunten die Menschen. »Das ist noch keinem gut bekommen.« Simon gefiel das. Schon bald genügte es, nur mit der Augenbraue zu zucken, und die Feiglinge überließen ihm das Feld.

»Ich habe es nie verstanden.« Jannicks Stimme schreckte Simon aus seiner Erinnerung. »Warum du dich mit jedem Dummkopf messen musstest, nur damit dich alle für gefährlich hielten.«

Als sein Bruder ihm diese Frage stellte, kam es ihm auf einmal selbst unwirklich vor. Wie das Leben eines anderen. Und plötzlich kannte er die Antwort.

»Ich habe dir nie erzählt, wie unsere Mutter starb, obwohl du mich damals immer wieder danach gefragt hast«, begann er leise.

Jannick zuckte zusammen. »Was hat unsere Mutter damit zu tun?«

»Als die Kaperfahrer unser Schiff damals aufbrachten, wollte sich einer auf Mutter stürzen. Ich ging dazwischen, wollte sie schützen, aber sie fiel mir in den Arm, hatte Angst, der Mann würde mich töten. Im Handgemenge, das dann folgte, fiel sie über Bord.«

Jannick erblasste. »Sie konnte nicht schwimmen«, murmelte er.

»Nein«, bestätigte Simon. »Und deshalb sprang ich ihr nach. Ich fand sie und hielt sie stundenlang. Im Wasser treibend sahen wir, wie die Kaperfahrer das Schiff plünderten und alle niedermetzelten. Zum Schluss zündeten sie das Schiff an. Die Rauchsäule begleitete uns eine Ewigkeit. Und eine Ewigkeit harrten wir im Wasser aus. Ringsum nur Meer, fernab jeder Küste.«

Simon brach ab, als er das Gesicht seines Bruders sah – fahl wie ein Leichentuch.

»Was geschah mit Mutter?« Es war kein Vorwurf in Jannicks Stimme, nur tiefe Trauer.

Simon atmete tief durch, schluckte, atmete noch einmal. Es fiel ihm schwer, die Worte hervorzubringen, Jannick sein Versagen einzugestehen, von den Stunden im Meer und von dem Augenblick zu berichten, da ihn die Kraft verlassen und er die Mutter losgelassen hatte …

Als er geendet hatte, wandte er den Blick ab. Er wollte nicht, dass Jannick das feuchte Schimmern in seinen Augen sah.

»Warum hast du mir das nie erzählt?« Jannicks Stimme zitterte, als er Simon sacht die Hand auf die Schulter legte.

»Ich konnte es nicht«, flüsterte Simon. »Hätte ich nur ein wenig länger ausgehalten, dann würde sie noch leben. Wenige Augenblicke, nachdem ich sie losgelassen hatte, sah ich das Fischerboot am Horizont.«

»Lillebror, du warst erst vierzehn!« Jannick riss ihn an der Schulter herum, zwang ihn, seinem Blick standzuhalten. Auch in den Augen seines Bruders glänzten Tränen. »Du hast getan, was du konntest. Mutter hätte nie gewollt, dass du mit ihr stirbst, wenn du leben kannst.«

»Das habe ich mir auch immer wieder gesagt. Aber wenn ich damals schon gekonnt hätte, was ich heute kann, glaubst du wirklich, es wäre geschehen? Ich hätte das Schwein, das über unsere Mutter herfallen wollte, sofort niedergestreckt.«

»Langsam fange ich erst an, dich zu verstehen, Simon. Verzeih mir!« Im selben Moment drückte er ihn an sich, und Simon spürte das Beben, das durch Jannicks Körper ging, all den Schmerz, den sein Bruder in den Jahren nach dem Verlust der Mutter gelitten und sich doch niemals eingestanden hatte. Und zum ersten Mal begriff Simon, welche Bürde auch Jannick getragen hatte, er, der Ältere, der immer mannhaft bleiben musste, seine Trauer nicht zeigen durfte, obwohl er ihre Mutter ebenso sehr geliebt hatte.

17. Kapitel

Ein leichter Dunstschleier hing über der Küste Fehmarns, als die *Elisabeth* sich der Insel näherte. Jannick ließ sein Schiff auf der Höhe von Kalles Bucht vor Anker gehen und das Beiboot aussetzen.

Brida sah das überraschte Blitzen in Jannicks Augen, als sie ohne Zögern über die schwankende Strickleiter ins Boot kletterte. Simon grinste. Er hatte gewiss nichts anderes von ihr erwartet. Dann folgte er ihr gemeinsam mit Kalle.

Ob Marieke wohl schon die große Kogge gesehen hatte? Oder kümmerte sie sich noch um den Vater? Der Strand war leer und von der kleinen Schmugglerkate nur das reetgedeckte Dach zu erkennen, das sich zwischen die Dünen schmiegte.

Kalle und Simon nahmen je einen Riemen. Wenige Ruderschläge später hatten sie den Strand erreicht und zogen das Boot an Land, sodass Brida trockenen Fußes aussteigen konnte.

Marieke stand vor der Kate, einen Zuber mit Lauge vor sich, und wusch Hemden.

»Sieh mal einer an!«, rief sie, als sie Brida, Simon und Kalle erkannte. »Gestern erst weg und nu schon wieder da?«

»Ich konnt's eben nicht so lange ohne mein Marieken aushalten«, sagte Kalle zwinkernd und drückte sie ungeachtet ihrer nassen Hände an sich. Marieke wehrte sich nur halbherzig gegen seinen Übermut. Vermutlich wäre sie sogar enttäuscht gewesen, hätte Kalle sich zurückhaltender gezeigt.

Die Tür klappte, und Hinrich stand vor ihnen. Immer noch blass, aber aufrecht, so wie Brida ihn aus der Zeit vor seiner Verwundung in Erinnerung hatte.

»Na, da habe ich ja doch recht gehört. Willkommen zurück!«

»Vater, du solltest dich noch schonen!«, rief sie und lief ihm entgegen.

»Ach, Deern, mir geht's schon wieder gut. Und, habt ihr was über Eriks Herkunft rausgefunden?« Er maß Simon, der Brida gefolgt war, mit einem forschenden Blick.

»Ja«, antwortete der. »Gestattet, dass ich mich Euch richtig vorstelle. Mein Name ist Simon von Wickede. Aus Lübeck.«

»Also doch kein Däne.« Ein verschmitzter Zug legte sich über Hinrichs Gesicht. »Den Namen habe ich übrigens schon mal gehört. Ist aber ein paar Jährchen her.«

»Wir sind eine große Familie.«

»Ne, das mein ich nicht. Es war vor ungefähr fünf Jahren, da sind wir noch gefahren. Ich hab öfter mit Johann Crispin Geschäfte gemacht, und eines Tages hat der sich bitterlich beklagt, weil sein Sohn Gottschalk ihm nu für 'ne Weile nicht mehr zur Hand gehen konnte.«

Brida fiel auf, dass Simon bei der Erwähnung des Namens Gottschalk blass wurde.

»Ah, Ihr erinnert Euch auch?«, fragte Hinrich, indem er Simons Blässe richtig deutete.

Simon nickte.

»Worum geht es hier eigentlich?«, fragte Brida.

»Na, der Johann Crispin schimpfte über so 'n Lümmel, der seinen Sohn Gottschalk mit'm Messer verletzt hatte. Und leider könnt er nichts gegen den Raufbold unternehmen, weil der Ratsherr Ulrich von Wickede immer schützend die Hand über seinen jüngsten Sohn Simon halte.«

»Hat Johann Crispin möglicherweise verschwiegen, dass Gottschalk als Erster zum Messer griff?«, fragte Simon.

Kapitän Hinrich lachte. »Ihr müsst Euch nicht rechtfertigen, Eri… äh, Simon. Ich kenn den Gottschalk. Habe noch gedacht, jetzt hat er endlich seinen Meister gefunden.«

Simons Gesichtszüge entspannten sich.

»Und nu, da wir wissen, dass Ihr aus Lübeck seid, wird's wohl nicht schwer werden, den Seyfried anzuklagen, was?« Das Lächeln ihres Vaters erinnerte Brida daran, dass er noch nichts von der Gefahr wusste, die ihrer Heimat bevorstand.

»Der Seyfried ist wohl unsere kleinste Sorge«, sagte sie und warf Simon einen Blick zu. Er nickte, dann erzählte er Hinrich in knappen Worten, was ihnen drohte. Hinrich schwankte einen Schritt zurück und ließ sich auf der kleinen Bank neben der Eingangstür nieder.

»Teufel, das ist bitter.« Sein Blick schweifte zum Strand. Von hier aus waren nur die Masten der *Elisabeth* zu sehen, der stattliche Rumpf der Kogge wurde von den Dünen verborgen.

»Es wird noch bitterer.« Simon war Hinrichs Blick gefolgt. »Ich habe mir auf der Fahrt hierher so einige Gedanken gemacht. Über Seyfried, den Mordanschlag auf mich und später auch auf Euch, Hinrich. Ihr sagt, Seyfried habe Claas erpresst, und Ihr habt's gehört. Aber worum es ging, wisst Ihr nicht.«

Hinrich schüttelte den Kopf.

»Mir kam da so ein Gedanke«, fuhr Simon fort. »Was, wenn der Claas schon längst wusste, wer ich wirklich bin, und Seyfried davon erfahren hat?«

»Ich versteh nicht recht ...« Hinrich musterte Simon fragend. »Wenn der Claas gewusst hätte, wer Ihr seid, warum hätte er's verheimlichen sollen?«

»Ich habe den Verräter gespielt, um am dänischen Hof glaubhaft zu wirken. Die Hanse hat ein Kopfgeld auf mich ausgesetzt, aber das war nicht sonderlich hoch. Man wollte mir nicht allzu viele Jäger auf die Fersen hetzen, es sollte nur überzeugend wirken. Ich kann mir vorstellen, dass die Dänen einen höheren Preis für mich geboten hätten. Am liebsten tot, denn dann hätte ich mein Gedächtnis ganz gewiss nicht wiedergefunden.«

»Das wäre ja perfide!« Der alte Kapitän schüttelte den Kopf.

»Dem Seyfried, dem trau ich das zu, aber nicht dem Claas. Der war immer ein Ehrenmann.«

»Hat er nicht eine kranke Frau, für deren Wohl er schon viel Geld geopfert hat?« Simon verschränkte die Arme vor der Brust. »Und seid ehrlich, Hinrich: Wenn Claas nur die Geschichte von meinem Verrat kannte, warum hätte er dann Mitleid mit mir haben sollen? Mich der Hanse auszuliefern, hätte ihm kaum Gewinn gebracht, aber mich im Auftrag der Dänen ermorden zu lassen, das hätte ihm schon ein hübsches Sümmchen beschert. In seinen Augen hätte ich den Tod ohnehin verdient, und ob's nun der Henker in Lübeck verrichtet oder ein gedungener Meuchelmörder – bleibt sich das nicht gleich?«

Brida hatte die ganze Zeit mit angehaltenem Atem zugehört. »Aber da gibt es einen Fehler in deiner Annahme, Simon«, sagte sie. Aus den Augenwinkeln bemerkte sie, wie ihr Vater aufhorchte, als sie Simon mit dem vertraulichen Du ansprach. »Wenn Claas erfahren hätte, wer du bist, und dich im Auftrag der Dänen umbringen lassen wollte, dann hätte er sich denken müssen, dass du kein einfacher Verräter bist, sondern möglicherweise doch im Auftrag der Hanse gehandelt hast. Die Dänen hätten sonst ja keinen Grund gehabt, dich zu töten.«

Simon schwieg. Brida sah deutlich, wie ihre Worte auf ihn wirkten.

Kalle und Marieke hatten die ganze Zeit stumm hinter ihnen gestanden. Nun mischte Kalle sich ein.

»Ich denk mal, wir müssen uns den Seyfried schnappen. Der wird's uns sagen. Und der Claas darf solange nicht wissen, dass Simon sein Gedächtnis wiedergefunden hat und bei uns ist.«

»Was schlägste vor, Kalle?«, fragte Hinrich.

»Dass Simon und ich allein nach Heiligenhafen rudern, ehe die *Elisabeth* dort einläuft. Wir gehen heimlich an Land und packen den Seyfried. Dann bringen wir ihn hierher und hör'n uns an, was er zu sagen hat.«

Simon nickte. »Ich bitte Jannick, hier vor Anker zu bleiben, bis wir mit Seyfried zurück sind.« Dann wandte er sich an Brida. »Ich hoffe, dass wir den Seyfried fassen, ehe die *Adela* anlegt. Sonst könnte Cunard uns unbeabsichtigt einen Strich durch die Rechnung machen und Claas zu früh warnen.«

»Wenn Claas überhaupt etwas damit zu tun hat«, widersprach Brida. Sie wollte einfach nicht glauben, dass der Stadtrat aus Liebe zu seiner sterbenden Frau gemeinsame Sache mit Meuchelmördern gemacht haben sollte.

»Ach, den Seyfried haben wir schnell hergebracht.« Kalle grinste. »Der liegt bestimmt noch besoffen im Bett. Wenn Ihr das Beiboot zurück zur Kogge bringt, hol ich Euch gleich mit meinem Kahn ab.«

Simon nickte. Dann verabschiedete er sich kurz von Brida und Hinrich und verschwand hinter den Dünen. Brida sah ihm nach, bis sie die Hand ihres Vaters auf der Schulter spürte.

»Deern, ich glaub, wir müssen mal reden.«

Sie wandte sich um. »Was meinst du damit, Vater?«

»Nicht hier. Komm, wir gehen nach drinnen.« Er öffnete die Tür zu Kalles Haus. Ein eigenartiges Kribbeln zog durch Bridas Magen. Ihr Vater klang so seltsam ernst, obwohl er sie Deern genannt hatte. Unsicher folgte sie ihm.

Durch die geöffneten Fensterläden fiel helles Licht herein, und Brida hörte, dass Marieke sich wieder ihrem Waschzuber zugewandt hatte.

Hinrich setzte sich an den Tisch, und Brida nahm ihm gegenüber Platz.

»So, Deern, nu erzähl. Was ist mit dir und Eri… äh, Simon?«

Trotz ihrer Anspannung musste Brida lächeln. Es fiel ihrem Vater schwer, sich an den wahren Namen zu gewöhnen. Sie atmete tief durch. Lange um irgendetwas herumzureden war nie ihre Sache gewesen.

»Simon hat mich gestern Abend gebeten, seine Frau zu werden.«

Sie hatte gehofft, ihr Vater würde sich freuen. Immerhin stammte Simon aus einer der angesehensten Familien Lübecks, er war kein Verräter, sondern ein Held. Aber zwischen den Brauen des Kapitäns bildete sich eine tiefe Falte.

»Das hatte ich befürchtet«, presste er zwischen den Zähnen hervor. »Und was sagt sein Vater dazu?«

Brida schluckte. »Er weiß es noch nicht.«

Hinrich nickte. »Wie ich's mir dachte. Deern, der Simon mag ein aufrechter, anständiger Kerl sein. Aber er ist ein von Wickede.«

»Ja und? Ist der Ruf der Familie etwa schlecht? Oder seiner? Wirfst du ihm seine Jugendsünden vor?«

Ihr Vater schüttelte den Kopf. »Das ist es nicht, Deern.«

»Was ist es dann?«

»Geld heiratet immer zum Geld. Die von Wickedes sind eines der reichsten Patriziergeschlechter. Sie stellen seit über hundert Jahren die einflussreichsten Ratsherren und so manchen Bürgermeister. Glaubste wirklich, Simons Vater lässt zu, dass sein Jüngster eine einfache Kapitänstochter heiratet?«

»Simons Bruder Jannick wird sich für uns verwenden.«

»Brida, kein Mensch heiratet aus Liebe. Eine Ehe ist ein Bündnis zwischen zwei Familien. Da geht's um Geld und Einfluss. Du hast da nichts zu bieten. Denk mal nach. Was bleibt, wenn die Liebe irgendwann erkaltet? Du kennst ihn seit kaum einem Monat.«

»Aber wir haben ihn so kennengelernt, wie er wirklich ist«, widersprach Brida. »Ein Mann ohne Vergangenheit, der uns nichts vorspielen musste.«

Ihr Vater seufzte. »Das mag sein, aber inzwischen hat er seine Erinnerungen wieder. Er entstammt einer reichen, mächtigen Familie. Ob er es will oder nicht, jetzt muss er sich wieder in seine Rolle fügen. Und glaubst du wirklich, dass Segen auf einer Ehe liegen kann, die gegen den Willen seines Vaters geschlossen wird?«

Brida schluckte. »Wir wollen nicht gegen den Willen seines Vaters heiraten. Jannick hat uns verspro…«

»Ach was!«, fuhr Hinrich ihr barsch über den Mund. »Deern, glaub mir, es liegt kein Segen auf einer Ehe aus Leidenschaft.«

»Woher willst du das wissen?« Auch Bridas Stimme war lauter geworden. Einen Wimpernschlag lang hatte sie den Eindruck, ihr Vater sei zusammengezuckt. Zugleich war sie sich aber sicher, dass dies nicht an ihrer Widerrede gelegen hatte.

Seine nächsten Worte bestätigten ihr Gefühl.

»Ach, Brida«, sagte Hinrich leise. »Vielleicht muss ich dir doch etwas erzählen, das ich eigentlich für immer überwunden glaubte.«

Schmerz flackerte in seinen Augen auf. Kein körperlicher Schmerz, sondern etwas, das viel tiefer lag.

»Ich weiß besser, was in dir vorgeht, Deern. Vielleicht weil ich es selbst bis zur bitteren Neige ausgekostet habe.« Er atmete noch einmal tief durch, dann fuhr er fort. »Du erinnerst dich an die alten Geschichten, damals, als ich noch ein junger Mann war und mein Schiff vor der Küste Spaniens verlor, nicht wahr?«

Brida nickte.

»Nun, ich habe dir damals nicht alles erzählt. Zum einen, weil du noch ein Kind warst, aber auch deshalb, weil die Erinnerung grausam war. Wenn ein Bild, das den Geist eigentlich mit Freude erfüllen sollte, nur noch Trauer und Qual hervorruft, dann gibt es keine Worte mehr. Jedenfalls keine Worte, die ein Kind hören sollte. Aber nun bist du kein Kind mehr.«

»Was ist dort geschehen?«

»Das, was dir mit Eri… äh, Simon widerfahren ist. Ich war der Fremde, der von Mauren gerettet wurde. Wenn der Dorfälteste sich meiner nicht angenommen hätte, weil er sich trotz seines muslimischen Glaubens christlicher verhielt als so mancher Mann in diesem Land, dann wäre es mir schlecht ergangen.«

Brida nickte. Diesen Teil der Geschichte hatte sie oft gehört.

»Ich habe es ihm schlecht gedankt.« Ihr Vater senkte den Blick. »Seine jüngste Tochter Zafira war wie eine wilde Rose. Ich habe sie vom ersten Augenblick an geliebt, und sie erwiderte meine Gefühle. Doch eine Verbindung zwischen uns beiden war nicht möglich. Ihr Vater wollte mir eine Brücke bauen, doch die konnte ich nicht überschreiten. Ich hätte dem Christentum entsagen und mich zu Zafiras Glauben bekennen müssen. Dann hätte er mir ihre Hand gewährt.« Hinrich seufzte. »Wie hätte ich das tun können? Keine Leidenschaft wiegt das Seelenheil auf, keine Liebe darf über der Liebe zu Gott stehen. Dennoch wollten wir nicht voneinander lassen, und so habe ich Zafira überredet, mit mir zu fliehen. Unsere Liebe machte uns für alle Widrigkeiten blind. Wir glaubten, nur durch unsere Liebe die Welt zu verändern. Alles würde gut, solange wir zusammen wären.« Der alte Kapitän schaute Brida eindringlich an. »Kommt dir das bekannt vor, Deern?«

Brida wurde der Hals eng. Wortlos nickte sie.

»Nun, die Kraft unserer Liebe half uns tatsächlich, unversehrt bis nach Hamburg zu kommen. Dort hatte ich genügend einflussreiche Freunde, um bald wieder eine gute Heuer zu bekommen. Aus Liebe zu mir brachte Zafira das Opfer, das ich für sie nicht hatte bringen wollen. Sie ließ sich taufen und nahm meinen Glauben an. Ich betrachtete es damals nicht als Opfer, sondern dachte, ich hätte ihre Seele vor der Verdammnis gerettet. Und sie wollte mir nur zu gern glauben.« Hinrich seufzte. »Wir heirateten, und ich war davon überzeugt, nun könnten wir für alle Ewigkeiten glücklich sein.« Er hielt einen Moment lang inne. Brida sah das feuchte Schimmern in den Augen ihres Vaters. »Aber Zafira wurde nicht glücklich. Es fiel ihr schwer, sich in der fremden Umgebung einzuleben, fernab ihrer Familie, die sie niemals wiedersehen würde. Für die sie wegen ihrer Sünde als tot galt. Sie litt darunter, wenn ich auf langen Reisen war. Dann wurde sie schwanger, und wir hofften beide, dass ihre Schwermut sich nach der Geburt des Kindes, das wir uns beide so sehr wünschten, verlieren würde.« Hinrichs Stimme stockte. »Ich werde nie erfahren, ob sich unsere Wünsche erfüllt hätten, denn sie starb kurz nach der Geburt. Aber unser Sohn Robert war ein kräftiger Junge, und er gedieh prächtig, auch wenn ich nicht viel Zeit mit ihm verbringen konnte, denn ich hatte inzwischen mein erstes Schiff als Kapitän übernommen.«

»Ich habe einen Bruder?« Brida starrte ihren Vater fassungslos an. »Warum hast du nie von ihm erzählt?«

Hinrich senkte den Blick. »Er war fünf, fragte mich immer, wann ich ihn endlich mit auf Fahrt nähme. Ich vertröstete ihn. Er war noch zu klein, ich hatte Furcht, ihm könnte was widerfahren.«

»Du hast mich schon mitgenommen, als ich kaum laufen konnte. Und ich war ein Mädchen.«

»Ja, Deern. Denn als ich zurückkam, erfuhr ich, dass Robert während meiner letzten Reise einem schweren Fieber erlegen war, das zahlreiche Kinder hinweggerafft hatte.« Eine einzelne Träne stahl sich aus ihres Vaters Auge. Hastig wischte er sie fort.

»Das war die Geschichte der großen Liebe. Sie hat Zafira das Leben gekostet, und es war uns auch nicht bestimmt, dass etwas überdauerte. Vermutlich hat Gott den kleinen Robert zu sich gerufen, um mich für meinen Hochmut zu strafen.«

Eine Weile schwiegen Vater und Tochter.

Schließlich brach Brida das Schweigen. »Und Mutter hast du nicht geliebt?«, fragte sie zaghaft.

»Doch, aber das war eine ganz andere Liebe und eine ganz andere Geschichte. Nach Roberts Tod war alles leer, und ich verschloss alle Gefühle tief in meiner Brust. Meine Ehe mit deiner Mutter war eine Zweckgemeinschaft, aus der sich erst langsam Liebe entwickelte. Sie war eine Kapitänstochter, schon etwas älter, aber noch immer unverheiratet. Ihr Vater war überraschend gestorben, und sie suchte einen Mann, der sein

Schiff führen konnte. Sie hatte zudem Schwierigkeiten mit einem entfernten Verwandten, der ihr das Erbe streitig machen wollte und versuchte, die Vormundschaft über sie zu erlangen. Wir haben geheiratet, um ihren rechtlichen Stand abzusichern. Daraufhin musste der lästige Erbschleicher sich geschlagen geben.« Ein flüchtiges Lächeln huschte über Hinrichs Gesicht. »Glaub mir, Brida, obwohl ich Zafira mit kaum vorstellbarer Inbrunst geliebt habe, die glücklichere Ehe führte ich mit deiner Mutter Mathilde. Vielleicht gerade deshalb. Zuneigung und gegenseitige Achtung hatten wir uns von Anfang an entgegengebracht. Mehr hatten wir beide nicht erwartet. Umso glücklicher waren wir, als sich die Gefühle langsam vertieften und mit deiner Geburt gekrönt wurden.« Hinrich seufzte, und diesmal spürte Brida, wie auch ihr das Herz schwer wurde. Sie hatte keine deutlichen Erinnerungen an ihre Mutter, die starb, als sie knapp drei Jahre alt war.

»Hast du mich deshalb von Anfang an mit auf alle unsere Fahrten genommen, Vater? Weil Robert starb, als du nicht da warst?«

Hinrich nickte. »Ich wollte nicht Gefahr laufen, dich ebenso zu verlieren wie ihn. Und ganz gleich, was die Menschen sagten, bei mir auf'm Schiff, da warste sicherer als in der Stadt mit all ihren Seuchen, die sogar einen kräftigen Jungen wie Robert dahinraffen konnten.«

Wieder herrschte eine Weile Schweigen.

»Dir wäre es nach wie vor lieber, wenn ich Cunard heirate, nicht wahr?«

Hinrich nickte. »Gleich zu gleich, Brida. Alles andere bringt nur Schmerz und Trauer.«

»Nur ist Simon kein Maure. Uns trennen keine unüberwindbaren Grenzen so wie dich und Zafira. Wir sind uns ebenbürtig. So wie du und Mutter.«

»Ach, Deern, möchtest du unbedingt deine eigenen Fehler machen und nicht aus meinen lernen?«

»Es ist kein Fehler, wenn ich Simon heirate. Du sagst, ich hätte nichts zu bieten, aber das stimmt nicht ganz. Du bist ein angesehener Mann, du bist der größte Anteilseigner der *Adela*. Und Simon ist nur der jüngste Sohn, noch dazu hat er durch den Untergang seines Kraiers einen guten Teil seines Erbes verloren. Er kann dankbar sein, wenn ich ihn heirate.«

Da fing Hinrich an zu lachen. »Deern, auf den Mund warst du noch nie gefallen! Na, dann warte ich, ob Simon mich fragt, und entscheide dann, ob ich euch meinen Segen gebe.«

»Und wovon machst du deine Entscheidung abhängig?«

»Davon, wie er fragt.« Hinrich zwinkerte seiner Tochter vieldeutig zu, und auf einmal wurde Brida ganz warm ums Herz.

18. Kapitel

Nur noch wenige Ruderschläge, dann hatten sie den Strand erreicht. Kalle sprang aus dem Boot, Simon folgte ihm. Gemeinsam zogen sie das Ruderboot über Sand, Steinchen und knirschende Muschelschalen bis zu dem geschützten Platz zwischen den Dünen, den Kalle immer nutzte, wenn er in Heiligenhafen war. Niemand sah sie, nur die Möwen zogen kreischend ihre Kreise über ihren Köpfen.

»So, jetzt noch ein kleiner Fußmarsch. Seyfrieds Hof liegt oberhalb der Steilküste.« Der Schmuggler wies in die entsprechende Richtung.

Sie brauchten nicht lange, bis sie die Steilküste erreichten. Zielstrebig verließ Kalle den Strand und führte Simon auf dem schnellsten Weg nach oben, wo sie auf ein ansehnliches Fachwerkhaus und mehrere kleine Nebengebäude stießen. Ein frischer Misthaufen türmte sich hinter dem Stall. Simon sah einen alten Knecht, der noch immer mit dem Ausmisten beschäftigt war, und zögerte. Ganz anders Kalle, der sofort auf den Mann zuging.

»Hallo Contz. Sag mal, wo is'n deine Herrschaft?«

Der Alte machte nur eine kurze Kopfbewegung in Richtung des Hauses.

»Hat er wieder die Nacht gebechert?«, fragte Kalle. Ein kurzes Grunzen, das vermutlich ein Ja bedeutete, war die Antwort.

»Na, dann gucken wir mal kurz nach ihm. Geht um Geschäfte.«

Der Alte nickte, dann kümmerte er sich wieder um den Misthaufen.

Simon sah Kalle fragend an.

»Keine Sorge, der Contz is 'n bisschen blöde. Reicht gerade zum Stallausmisten. Wenn er etwas heller wär, hätte er sich schon längst 'n andern Herrn gesucht.«

Anscheinend war Contz der einzige Knecht auf dem ganzen Hof. Niemand sonst kümmerte sich um die anfallende Arbeit, keine Magd, keine Köchin, keine Wäscherin.

Kalle öffnete die Tür zum Wohnhaus und trat ein. Simon folgte ihm, wäre aber fast rückwärts wieder hinausgetaumelt. Es gab nur einen einzigen großen Raum, in dem sich der Unrat stapelte. Es stank schlimmer als in der Nähe des Misthaufens. Erbrochenes mischte sich mit dem Inhalt eines umgestürzten Nachttopfs. Stühle waren umgekippt, auf dem Boden lag zerschlagenes Geschirr.

»Holla, muss ja heute Nacht heiß hergegangen sein!« Unbeeindruckt von dem Gestank pfiff Kalle durch die Zähne. Dann bahnte er sich geschickt einen Weg durch den Müll, geradewegs auf das Bett am anderen Ende der Stube zu.

Seyfried lag halb angezogen auf seinem Lager und schnarchte. Als Kalle ihn mit einem Ruck hochzog, öffnete Seyfried nur kurz die Augen und murmelte etwas Unwirsches.

»Voll bis oben hin. Na, dann kriegen wir ihn leichter mit. Fasst Ihr mit an?«

Simon nickte und bemühte sich, seinen Ekel zu unterdrücken, während er Seyfrieds linken Arm packte und Kalle den rechten. Seyfried stank genauso erbärmlich wie seine Behausung.

»Wo bringt Ihr ihn hin?«, rief Contz ihnen nach, als sie Seyfried über den Hof in Richtung Strand schleiften.

»Zum Ausnüchtern, damit er wieder klar für die Geschäfte ist«, sagte Kalle ungerührt.

Contz nickte, als halte er das für das Selbstverständlichste der Welt.

Je weiter sie sich Kalles Boot näherten, umso spürbarer regte sich Seyfried.

»Na, der olle Suffkopp wird doch wohl nicht etwa munter?« Kalle zog die Augenbrauen hoch.

»Dann sollten wir ihn lieber fesseln«, schlug Simon vor.

»Aber womit?«

Simon ließ Seyfrieds Arm los und tauschte einen kurzen Blick mit Kalle, der Seyfried daraufhin ebenfalls losließ. Der Trunkenbold stürzte zu Boden.

»Was'n los?«, murmelte Seyfried, als er sich bäuchlings im Sand wiederfand. Simon gab ihm keine Erklärung, sondern riss ihm das Hemd vom Leib und stützte das rechte Knie auf Seyfrieds Rücken, bis der sich nicht mehr rühren konnte. Dann drehte er das verdreckte, zerrissene Hemd zu einem Strick zusammen und fesselte Seyfried die Hände auf dem Rücken, ehe der noch begriff, was mit ihm geschah.

»Das Hemd hätt' sowieso keiner mehr sauber gekriegt, nicht mal mein Marieken.« Kalle lachte laut.

Seyfried aber war durch die ruppige Behandlung wacher geworden. »He, was soll'n das?«, brüllte er.

Simon zerrte ihn unbarmherzig auf die Füße und zwang den Kerl, ihm ins Gesicht zu sehen.

»Jetzt kriegst du, was du verdienst, du verdammter Mordbube!«

»Der Däne!« Seyfried war aschfahl geworden.

»Falsch, kein Däne. Aber ich wette, das weißt du längst.«

Kalle hatte inzwischen sein Boot zum Wasser geschoben. Simon stieß Seyfried vor sich her.

»Kalle!«, schrie Seyfried, als er den Schmuggler erkannte. »Du kannst doch nicht mit dem da gemeinsame Sache machen! Wir kennen uns doch seit Jahren!«

»So wie du den Käpt'n«, zischte Kalle. »Hat dich aber nicht gehindert, ihm 'n Messer zwischen die Rippen zu jagen, ne?«

»Was … wer hat das behauptet? Der Däne? Kalle, bitte, ich bin doch dein Freund, ich …«

»Halt's Maul!«, schrie Kalle und schlug Seyfried mit der Faust ins Gesicht. Hätte Simon den Mann nicht gehalten, wäre der zu Boden gegangen. So hielt er immerhin den Mund und wehrte sich nicht mehr, als die beiden ihn zwangen, sich bäuchlings auf den Boden des Boots zu legen.

Kalle ließ es sich nicht nehmen, seinen rechten Stiefel zwischen Seyfrieds Schulterblätter zu drücken.

»Nur damit du schön da unten liegen bleibst. Wir woll'n ja nicht, dass du über Bord gehst und ertrinkst, ne?«

Seyfried stöhnte. Simon grinste.

Als sie Kalles Bucht erreichten, hatte die Sonne den Zenit bereits überschritten. Ob die *Adela* schon in Heiligenhafen ankerte? Vermutlich nicht, überlegte Simon, denn Cunard wollte erst um die Mittagszeit auslaufen.

Kalle nahm seinen Stiefel von Seyfrieds Rücken, nicht ohne dem Kerl dabei einen leichten Tritt zu versetzen, und zog ihn hoch.

»Du glaubst doch nicht etwa, dass wir dich gemütlich im Boot an den Strand ziehen, was?« Er stieß Seyfried ins flache Wasser. Seyfried schrie und prustete, als er sich mühsam auf die Knie erhob und ihm das Wasser bis zum Bauch reichte.

»Biste verrückt geworden?«, schrie er. »Das ist schweinekalt!«

»Ah, er wird nüchtern«, stellte Simon lachend fest. »Und dabei ist's hier nicht halb so kalt wie im Hafenbecken, in das du Hinrich gestoßen hast.«

»Wer sagt das?«, brüllte Seyfried. »Du hast ihn erstochen, ich hab's genau gesehen, du dreckiger Däne!«

»Na, dreckig ist hier nur einer.« Der Schmuggler war aus dem Boot gesprungen. »Nämlich du. Und das werden wir jetzt mal ändern!« Er packte Seyfrieds Kopf und tauchte ihn kräftig unter. Seyfried wehrte sich heftig, das Wasser schlug Wellen, Luftblasen stiegen auf, aber er hatte keine Möglichkeit, sich gegen Kalles Griff zu wehren.

»Passt nur auf, dass er nicht ertrinkt!«, rief Simon.

»So schnell geht das nicht«, erwiderte Kalle, aber er ließ Seyfried los, der prustend und stöhnend nach Luft rang.

»Na, jetzt biste wohl sauber genug, dass wir dich den Damen zeigen können, du alte Stinklurche.«

»Das werdet ihr noch bereuen! Das zahl ich euch heim!«

»Das wirste wohl kaum können, wenn wir dich mit 'm Felsbrocken um den Hals im Sund versenken.«

Seyfrieds eben noch gerötetes Gesicht wurde bleich. »Das ist Mord!«

»Ne, das wär 'n Gottesurteil.« Kalle lachte. »Wenn du unschuldig bist, wird Gott verhindern, dass du untergehst. Aber wenn du den Käpt'n wirklich niedergestochen und das 'nem Unschuldigen in die Schuhe geschoben hast, gehste unter.«

»Hör mal, Kalle, wir können doch über alles reden.« Seyfried schluckte.

»Wir werden reden«, sagte Simon. »Aber nicht hier.« Er warf Kalle einen kurzen Blick zu. Der zerrte den nassen Seyfried an den Oberarmen hoch und schleifte ihn an den Strand, während Simon das Boot an den Strand zog.

Vor Kalles Haus wurden sie schon erwartet. Jannick und Barbara hatten sich inzwischen übersetzen lassen. Simon erfasste mit einem Blick, dass Jannick dem alten Kapitän gefiel, so, wie sie beisammen auf der Bank vor der Tür saßen und miteinander sprachen. Bei ihrem Erscheinen erhoben sie sich, und Hinrich trat ihnen entgegen. Nicht ganz so kraftvoll, wie Simon es von ihm gewohnt war, die Wunde machte dem Kapitän noch zu schaffen, aber doch sicher genug.

»Sieh mal einer an, der Seyfried!«, sagte er. »Das hättste nicht gedacht, mich noch mal lebend zu sehen, was?«

Seyfried erstarrte. Kalle stieß ihn ein Stück vor, sodass Seyfried fast gestürzt wäre.

»Hinrich«, stammelte er.

»Ja, genau!«, donnerte Bridas Vater. »Und jetzt wirste uns mal erzählen, warum du mich umbringen wolltest und was du mit'm Claas für Geschäfte machst.«

Seyfried schluckte. Kein Wort kam ihm über die Lippen. War es der Schreck, der ihm die Stimme geraubt hatte, oder war es Trotz? Simon war sich nicht sicher.

Kalle verlor als Erster die Geduld.

»Marieke, biste mit der Wäsche schon fertig?«, rief er mit Blick auf den Waschzuber mit der Lauge.

Die Magd nickte und zog das letzte Hemd aus dem Wasser.

»Na, dann woll'n wir mal.« Kalle trieb Seyfried vor sich her bis zum Zuber.

»Also, nu sach! Warum haste den Hinrich niedergestochen?«

Seyfried schwieg. Sofort saß ihm Kalles harte Hand im Nacken und drückte ihm den Kopf in das schmutzige Waschwasser.

»Bisschen Sauberkeit hat noch keinem wie dir geschadet.«

Blasen stiegen auf. Kalle lockerte seinen Griff, sodass Seyfried stöhnend hochkam und nach Luft schnappen konnte.

»Ich warne dich, Seyfried, ich ersäuf dich so wie du deine überzähligen Katzen, wenn du nicht bald redest.«

Seyfried würgte. Angewidert stieß Kalle ihn zu Boden, gerade noch rechtzeitig, ehe Seyfried sich in einem Schwall erbrach.

»Igitt!«, hörte Simon Barbaras Stimme. »Ich geh ins Haus, das ist mir zu ekelhaft.«

Jannick lachte laut. »So sind die Männergeschäfte, Schwesterchen.«

Simon sah sich zu Brida um. Anders als Barbara schien sie der Anblick kaum zu beeindrucken. Vermutlich hatte sie dergleichen schon oft auf den Fahrten an der Seite ihres Vaters miterlebt.

Kalle zerrte Seyfried auf die Füße.

»So, du Mistkerl, und nu redest du. Also, warum haste den Käpt'n niedergestochen?«

Seyfried würgte noch immer, aber sein Magen war inzwischen leer.

»Soll ich dich noch mal in die Lauge tauchen?« Drohend legte Kalle seine Hand um Seyfrieds Nacken.

»Der Claas wollte es so«, keuchte Seyfried. »Er hat gesagt, ich muss Hinrich zum Schweigen bringen.«

»Der Claas?« Der alte Kapitän war blass geworden. »Warum?«

Seyfried ächzte.

»Nu red schon, der Käpt'n hat dich was gefragt!« Kalle drückte Seyfrieds Kopf unbarmherzig in Richtung der scharfen Lauge.

»Weil er Angst hatte, der Hinrich hätt's gehört!«, schrie Seyfried voller Panik.

»Was hätte ich gehört?«

»Dass der Claas hinter dem Anschlag auf den Erik steckte.« Seyfried zitterte. War es die Kälte oder schlichtweg die Angst?

Kalle lockerte seinen harten Griff.

»So, dann mal von vorn. Wir hören.«

»Mach mir erst die Hände los!«

»Ich tauf dich gleich noch mal, wenn du nicht endlich redest.«

Mit Kalles unbarmherziger Faust im Nacken gab Seyfried den letzten Widerstand auf.

»Claas wusste schon bald, wer der da ist.« Seyfried nickte zu Simon hinüber. »Zwar nur 'n halber Däne, aber 'n ganzer Verräter.«

»Ich warn dich, Seyfried, schön höflich bleiben!«, knurrte Kalle.

Seyfried atmete tief durch. »Ich hab gehört, wie Claas mit

den Dänen verhandelt hat. Das war 'n paar Tage, bevor die Bürgschaft vom Käpt'n zugelassen wurde. Die Dänen hatten wohl auch genug von dem Verräter und wollten ihn loswerden. Ging um 'n ganz hübsches Sümmchen. Ich habe dem Claas angeboten, ihm zu helfen, wenn er mir was abgibt.«

Simon schluckte. Er hatte es von Anfang an vermutet, aber es so klar zu hören war doch ein harter Brocken für ihn. Auch er hatte Claas vertraut, geglaubt, der Mann wolle ihm helfen … Er sah sich um. Der Käpt'n war totenbleich geworden, Brida hatte die Hand vor den Mund geschlagen und starrte Seyfried mit großen Augen an.

»War nur zu dumm, dass der Käpt'n so'n Narren an dem Erik gefressen hatte«, fuhr Seyfried fort. »Vor allem, als wir nicht wussten, was er mitgekriegt hat. Der hätt womöglich drauf bestanden, dass wir ihn nach Lübeck ausliefern. Dabei haben die Dänen für seinen Tod das Vielfache von dem geboten, was uns die Lübecker für den Verräter gezahlt hätten.«

»Wusste Claas, dass du Hinrich niederstechen wolltest?«, zischte Kalle.

»Na, der hat mich doch geschickt.«

»Das glaub ich nicht!«, schrie Hinrich. »Das glaub ich einfach nicht! Nicht der Claas!«

Seyfried lachte dreckig.

»O doch, der feine Claas. Seit die Anna im Sterben liegt, hat er den Verstand verloren. Dem ist nix mehr wichtig, nur seine Anna. Der würd jeden umbringen, wenn's der Anna nützen tät.«

»Wusste Claas, warum die Dänen meinen Tod wollten?«, bohrte Simon weiter.

»Keine Ahnung. Wen schert schon so 'n Verräter wie du?«

Seyfried hatte kaum ausgesprochen, da hatte Kalle ihn wieder gepackt und in den Laugenzuber gedrückt. »Ich hab dich gewarnt, du miese Ratte!«

278

»Hör auf, Kalle!«, rief Hinrich. »Wir brauchen ihn noch. Das soll er vorm Bürgermeister wiederholen.«

Kalle nickte und ließ Seyfried los. Der prustete und schüttelte den Kopf wie ein nasser Hund.

Jannick stand mit ernster Miene neben Hinrich.

»Bringen wir ihn aufs Schiff und dann nach Heiligenhafen«, sagte er knapp.

»Wer bist'n du?«, zischte Seyfried.

Jannick grinste. »Sein großer Bruder.« Er wies auf Simon. »Und nun nimm dich bloß zusammen, denn ich kann noch viel böser werden als er und Kalle.«

Seyfried schwieg, und während Kalle ihn zum Boot zurücktrieb, wandte sich Simon fragend an seinen Bruder und den Kapitän. »Ihr habt euch also schon bekannt gemacht?«

Die beiden nickten einvernehmlich.

»Ich bin schon sehr gespannt, mir die *Elisabeth* mal näher anzuschauen. Ein schönes Schiff«, sagte Hinrich.

»Dann sollten wir das jetzt tun«, schlug Jannick vor und rief nach seiner Schwester. »Barbara, komm, wir legen ab!«

»Ist der eklige Kerl weg?« Barbara sah sich angewidert um.

»Ja, nur seine Hinterlassenschaften sind noch da.« Jannick wies auf die Lache mit dem Erbrochenen.

»Pfui, du bist widerwärtig!«

Simon lachte.

»Und du bist blöd!«, bekam er dafür von seiner Schwester an den Kopf geworfen.

»Ich dachte immer, bei den vornehmen Leuten geht's gesittet zu.« Bridas Vater schüttelte den Kopf, aber sein Schmunzeln war unübersehbar.

»Das dachte meine Frau auch, bevor sie mit mir verheiratet war.« Jannick zwinkerte Hinrich zu.

Es war ein erhebendes Gefühl, so offen in den Hafen zurückzukehren, den er zuletzt als Flüchtling verlassen hatte. Simon stand an der Reling, als das Schiff sich dem Hafenbecken näherte. Auf einmal stand sein Bruder neben ihm.

»Tust du mir einen Gefallen?«, fragte Jannick.

»Ja, welchen?«

»Begib dich bitte in meine Kajüte. Ich möchte nicht, dass die Leute dich gleich sehen.«

»Warum? Ich habe keinen Grund, mich zu verstecken.«

»Nein, aber ich würde mir gern einen Spaß erlauben. So ein richtig schöner, offizieller Auftritt als Johann von Wickede, Mitglied der Kaufmannsgilde und der ehrenwerten Zirkelgesellschaft von Lübeck. Und dann, wenn alle beeindruckt sind, stelle ich ihnen meinen kleinen Bruder vor, der hier ja bestens bekannt ist.«

»Bist du gemein!« Simon lachte.

»Ein bisschen Beschämung zur rechten Zeit heilt so manche Verlegenheit«, reimte Jannick. »Also, steigst du jetzt in die Kajüte hinunter und wartest dort mit Brida und Hinrich?«

Simon nickte.

»Ein schönes Schiff hat Euer Bruder«, sagte Hinrich, als Simon zu ihm und Brida in die Kajüte kam und am Tisch Platz nahm. »Dagegen ist die *Adela* schon 'ne gesetzte Dame.«

»Ja, Jannick hängt auch sehr an der *Elisabeth*«, bestätigte Simon.

»Wie heißt er nun wirklich? Jannick oder Johann?«, fragte Bridas Vater weiter.

»Wie hat er sich Euch denn vorgestellt?«

»Als Jannick von Wickede.«

Simon grinste.

»Sein Taufname ist Johann, aber unsere Mutter hat ihn immer Jannick genannt. Und dabei ist es dann geblieben. Für Fremde ist er Johann von Wickede, für die Familie Jannick.«

Der Kapitän zeigte ein ernstes Gesicht. »Muss ich mir nu

was dabei denken, dass er sich mir vorgestellt hat, als gehörten wir schon zu einer Familie?«

Simon schluckte und atmete tief durch, bevor er antwortete.

»Nun ja …«, begann er. »Eigentlich wollte ich eine bessere Gelegenheit abwarten, Euch zu fragen, aber manches sollte man wohl nicht zu lange hinauszögern. Ich habe Brida gefragt, ob sie meine Frau werden will. Sie hat mir zugesagt, und deshalb wollte ich Euch nun fragen, ob Ihr damit einverstanden seid.«

»Und was sagt Euer Vater dazu?«

Bildete Simon sich das nur ein, oder hatten sich tatsächlich zwei strenge Falten um Hinrichs Mundwinkel gebildet?

»Er hat sich noch nicht geäußert.«

»Das ist nicht gut.« Die Falten vertieften sich.

Simon merkte, wie seine Hände zu zittern begannen.

»Er wird seine Zustimmung geben«, versprach er. »Brida ist eine ehrbare Jungfer und eine Zierde für unser Haus.«

Hinrich machte eine wegwischende Handbewegung. »Geld heiratet doch immer zum Geld.«

Brida hatte den Blick gesenkt und starrte auf ihre Schuhspitzen.

Simon holte tief Luft. »Was kann ich dafür, dass meine Familie reich ist? Ihr tut ja gerade so, als sei das eine Schande.«

»Nein, das ist es nicht. Aber es wird für Brida schwer werden, in Euren Kreisen die Anerkennung zu erhalten, die sie verdient. Und Eurem Vater wird's nicht recht sein, sonst hätte er Euch seinen Segen schon gegeben.«

»Es kam alles sehr schnell«, gestand Simon. »Er hat nicht damit gerechnet. Er hatte andere Pläne.«

»Eben!« Hinrich schlug mit der flachen Hand auf den Tisch. »Er hatte andere Pläne. Wie soll daraus was Gutes werden, wenn Ihr Euch Eurem Vater widersetzt und eine Ehe erzwingt, die er nicht gutheißt? Brida hätte keinen guten Stand in Eurer Familie. Das will ich ihr ersparen.«

Simon suchte Bridas Blick, doch sie starrte immer noch zu Boden. Verdammt, warum tat sie so, als ginge sie das Ganze nichts an?

»Ich werde überhaupt nichts erzwingen!«, sagte Simon. »Aber im Augenblick habe ich das Gefühl, Eure Zustimmung zu bekommen ist viel schwerer als die meines Vaters. Warum? Sagt es mir bitte offen ins Gesicht. Was missfällt Euch? Dass ich Händel hatte?«

»Ach was, Händel hat fast jeder junge Mann, der nicht gerade zum Mönch geboren ist«, wehrte der Kapitän ab.

»Was ist es dann? Dass jeder in Lübeck glaubt, ich sei ein Verräter?«

»Nun, das spricht nicht sonderlich für Euren Ruf«, gestand Hinrich. »Aber viel mehr sorg ich mich darum, wie es Brida in Eurer Familie ergehen wird, eine einfache Kapitänstochter, nicht so 'n vornehmes Fräulein. Was ist, wenn die Leidenschaft erkaltet? Lasst Ihr sie dann fallen?«

»So ein Unsinn!«, brauste Simon auf. »Ihr habt Jannick und Barbara kennengelernt. Wenn das Gerücht stimmt, dass Ihr in die Herzen der Menschen blicken könnt, dann wüsstet Ihr, dass Brida willkommen ist. Nicht nur wegen meiner Leidenschaft und Liebe, sondern weil sie zu uns passt. Aber wisst Ihr, was ich glaube? Das ist Euer eigener Standesdünkel! Eine Kapitänstochter soll einen Kapitän heiraten und nicht so 'n döspaddeligen reichen Pfeffersack wie mich, der noch dazu so blöd ist, sein Schiff von den Dänen versenken zu lassen.«

Die scharfen Falten um Hinrichs Mund zuckten.

»Das sind harte Worte«, sagte er.

Simon war verunsichert. Hatte er sich zu viel herausgenommen?

Die Falten zuckten stärker. Simon wollte schon etwas sagen, um seine Aussage abzumildern, als Hinrich in schallendes Gelächter ausbrach.

»Döspaddeliger reicher Pfeffersack, das ist gut!«, wiederholte er Simons Worte. Zu allem Überfluss fing Brida auch noch an zu lachen. Simon sah verwirrt zwischen ihr und ihrem Vater hin und her, bis Hinrich ihm schließlich auf die Schulter klopfte und sich eine Lachträne aus dem Augenwinkel wischte. »Ist gut, mein Jung, du sollst sie haben! Auch wenn du nur'n döspaddeliger, reicher Pfeffersack bist.« Er konnte sich kaum beruhigen.

Erst als ein Ruck durch das Schiff ging und ihnen zeigte, dass soeben mit dem Anlegemanöver begonnen worden war, wurde Hinrich wieder ernst. Ob der alte Kapitän wohl an das Zusammentreffen mit Claas dachte, den er bis dahin für seinen Freund gehalten hatte? Simon spürte einen bitteren Geschmack im Mund. Auch er hatte dem Stadtrat vertraut, aber das war etwas anderes als die jahrelange Freundschaft, die Hinrich und Brida für Claas gehegt hatten. Auf einmal begriff Simon, warum Hinrich an Seyfrieds Worten zweifelte, denn ohne dass er es wollte, nagte der Zweifel auch in ihm. Trotz aller Hinweise, trotz aller Vermutungen, die er selbst schon angestellt hatte …

19. Kapitel

Ein letzter Ruck, dann kam das Schiff am Kai zur Ruhe. Brida erhob sich und schickte sich an, an Deck zu gehen. Zu ihrer Verwunderung blieb Simon sitzen.

»Mein Bruder hat mich darum gebeten«, antwortete er auf ihren fragenden Blick hin. »Er möchte sich anscheinend einen Spaß machen.«

Hinrich zog die Brauen hoch. »Einen Spaß?«

Simon nickte. »Ich fürchte, er will einige Leute damit beschämen, dass ich sein Bruder bin.«

»Kein schlechter Gedanke.« Hinrich grinste. »Dein Bruder gefällt mir immer besser. Vielleicht sollte ich auch noch ein bisschen abwarten, ehe ich mich zeige.«

Brida ließ den Blick unschlüssig zwischen ihrem Vater und Simon hin und her schweifen. Sollte sie gleichfalls zurückbleiben?

Die Tür klappte, und Jannick stand vor ihnen.

»Jungfer Brida, dürfte ich Euch um einen Gefallen bitten?« Jannicks Augen leuchteten wie die eines Lausbuben und zeigten nicht mehr viel von der Würde eines einflussreichen Kaufmanns. Kein Wunder, dass Simon seinen Bruder so schätzte.

»Selbstverständlich.«

»Dann kommt doch bitte mit mir an Deck.« Er wandte sich kurz an Hinrich. »Leistet Ihr meinem Bruder noch eine Weile Gesellschaft?«

»Ich weiß, Ihr plant ein Schelmenstück. Ihr habt meine Unterstützung.«

»Ich danke Euch, Käpt'n Hinrich.« Jannick deutete eine scherzhafte Verbeugung an, dann hielt er Brida die Tür auf und folgte ihr an Deck.

»Simon erzählte, der Pfarrer sei der Vetter Eures Vaters. Könntet Ihr den Geistlichen bitten, an Bord meines Schiffs zu kommen und mich in die rechten Kreise einzuführen? Ihr wisst selbst, wie wichtig es ist, die Bevölkerung vor dem Angriff zu warnen.«

»Und was soll ich sagen? Woher kenne ich Euch angeblich?«

»Bleibt einfach bei der Wahrheit. Natürlich ein bisschen verkürzt. Ihr hättet Euch nach dem Verschwinden Eures Vaters nicht mehr sicher gefühlt und Freunde in Lübeck aufgesucht, um Euch ihrer Unterstützung zu versichern.«

Noch während Jannick mit ihr sprach, hatten die Seeleute die Segel eingeholt und die *Elisabeth* fest am Kai vertäut. Der Landungssteg wurde ausgefahren, und Brida konnte das Schiff verlassen.

Neugierige bewunderten die prächtige Kogge, aber es waren keine anderen Blicke als die, welche allen fremden Schiffen galten. Brida erinnerte sich gut daran, wie man die *Adela* in fremden Häfen begafft hatte.

Sie sah hinauf zum Kirchberg und atmete tief durch. Dann machte sie sich an den Aufstieg. Was würde Pfarrer Clemens wohl denken, wenn er erfuhr, dass der vermeintliche Däne einer angesehenen Lübecker Kaufmannssippe entstammte? Insgeheim freute sie sich darauf, dass der anmaßende Pfaffe endlich einmal gedemütigt würde. Zu gut erinnerte sie sich an seine Böswilligkeit Simon gegenüber, als man ihn noch Erik rief. Wie er darauf bestand, ihn einzusperren, und später Seyfried Glauben schenkte, als der den Schiffbrüchigen beschuldigte, ihren Vater erstochen zu haben.

Sie fand den Pfarrer im Garten hinter der Kirche. Bei ihrem Anblick fuhr er zusammen, als hätte er einen Geist erblickt.

»Brida! Kind, ich habe mir große Sorgen um dich gemacht. Wo warst du in den letzten beiden Tagen?«

»Seid gegrüßt, Herr Pfarrer«, begann sie artig und überging, dass er in seinem Schrecken auf jede Begrüßung verzichtet hatte. »Ich hatte Angst nach Vaters Verschwinden. Deshalb habe ich den Schutz von Freunden in Lübeck gesucht. Ich bin mit der *Elisabeth* zurückgekommen.« Sie wies auf die prächtige Kogge unten im Hafen. Clemens folgte ihrem Blick.

»Johann von Wickede, ihr Eigner, hat mir sehr geholfen«, fuhr sie fort. »Er bat mich, Euch an Bord zu bitten, denn es gibt wichtige Angelegenheiten zu regeln.«

»Selbstverständlich, Kind.« Clemens wischte sich die Hände am Talar ab und folgte ihr den Kirchberg hinab zum Hafen. Bridas Herz klopfte schneller. Sie konnte sich der aufkommenden Schadenfreude nicht erwehren, was wohl geschähe, wenn Clemens erfuhr, wer der verhasste Däne tatsächlich war.

»Ein stolzes Schiff«, stellte Clemens fest. »Ich wusste gar nicht, dass Hinrich so einflussreiche Freunde in Lübeck hat.«

»Ihr kennt die Familie von Wickede, Hochwürden?«

Pfarrer Clemens schüttelte den Kopf. »Nein, aber selbstverständlich ist mir der Name ein Begriff.«

Jannick erwartete sie an Deck. Noch während Clemens über den Landungssteg an Bord ging, fragte Brida sich, ob er die Ähnlichkeit zwischen Jannick und Simon wohl bemerken würde. Doch nichts dergleichen geschah. Selten hatte Brida Pfarrer Clemens so ausgesucht höflich erlebt. Formvollendet begrüßte er Jannick, hieß ihn in Heiligenhafen willkommen und dankte ihm für die Hilfe, die er seiner Verwandten hatte angedeihen lassen. Ein feines Lächeln umspielte Jannicks Lippen, während er den Geistlichen musterte.

»Ihr müsst mir nicht danken, Hochwürden. Jungfer Brida und ihr Vater sind Freunde der Familie. Sie haben meinem jüngeren Bruder Simon vor einiger Zeit aus einer üblen Verlegenheit geholfen. Es war mir eine Ehre, Jungfer Brida nun auch behilflich zu sein.«

»Kind, warum hast du mir davon nie erzählt?« Pfarrer Clemens wandte sich zu Brida um.

»Von unserer Hilfe für Simon?«, fragte sie und stellte sich dumm. »Nun, das war unsere Christenpflicht, und darüber gilt es keine großen Worte zu machen.«

»Deine Bescheidenheit ehrt dich, Brida.« Clemens strich ihr über die Wange, als wäre sie noch ein kleines Mädchen, und Brida ließ es geschehen, ohne zurückzuzucken.

»Vor allem weil es eine so großherzige Tat war«, bestätigte Jannick. »Mein Bruder war im Auftrag der Hanse mit wichtigen Nachrichten unterwegs, die auch dem Schutz dieser Stadt dienen. Deshalb ist es wichtig, dass Ihr uns beim Bürgermeister einführt.«

»Selbstverständlich«, versprach der Pfarrer. »Doch sagt, warum ist Euer Bruder nicht selbst zu uns gekommen?«

»Das ist er, doch er wartet noch in der Kajüte, hat er doch in dieser Stadt keine guten Erfahrungen gemacht. Abgesehen von seiner Freundschaft zu Brida und ihrem Vater. Es herrschen böse Zeiten.«

Clemens seufzte. »Ja, die Welt ist voller Gewalt und Tücke.« Sein Blick fiel wieder auf Brida. »Es ist hart, einen so guten Vater zu verlieren, und dann auch noch gemeuchelt von der Hand eines Mannes, dem er so viel Gnade zuteilwerden ließ. Wahrhaftig böse Zeiten.«

Brida tauschte einen schnellen Blick mit Jannick. Sie wollte ihm die weitere Führung des Gesprächs gern überlassen.

»Gott sei Dank ist der ehrenwerte Kapitän Hinrich nicht tot«, sagte Jannick. »Mein Bruder fand ihn schwer verletzt und konnte durch seine Hilfe etwas von der Schuld abtragen, in der er seit seiner Rettung durch Jungfer Brida und ihren Vater steht.«

»Hinrich lebt?« Die Erleichterung in den Worten des Pfarrers war echt und versöhnte Brida fast ein wenig mit dem falschen Zeugnis, das er gegen Erik abgelegt hatte. »Wo ist er?«

»Hier, an Bord meines Schiffs.«

»Ich muss ihn sehen, sofort!«

Jannick lächelte. »Das sollt Ihr auch. Aber zuvor möchte ich Euch meinen Bruder Simon vorstellen. Er wartet schon sehnsüchtig darauf, Euch offiziell vorgestellt zu werden.«

»Sehr gern. Einem so tapferen Mann reiche ich gern die Hand.«

Brida biss sich auf die Lippen, um ein Lachen zu unterdrücken. Jannick beherrschte die Kunst der Verstellung vollendet. Nichts ließ erahnen, was hinter seiner ernsten Miene vorging.

»Simon, kommst du bitte?«, rief er in Richtung der Kajüte. »Ich möchte dich jemandem vorstellen.«

Schritte. Bridas Herz schlug schneller. Das Klappen der Tür. Simon trat an Deck. Sie musterte den Pfarrer. Sein salbungsvolles Lächeln gefror zu einer Maske. Sie hörte, wie er den Atem einsog. Simon lächelte.

»Mein Bruder, Simon von Wickede«, stellte Jannick Simon vor, so als hätte er die Veränderung im Gesicht des Pfarrers nicht wahrgenommen.

Simon streckte Clemens die Hand entgegen.

»Ich freue mich, Euch endlich unter meinem wahren Namen kennenzulernen«, sagte er. »Es steht ja noch die Frage offen, wer für die Bestattung meiner ertrunkenen Seeleute aufkommt. Mein Bruder wird das großzügig regeln.«

Clemens schluckte, starrte auf Simons ausgestreckte Hand, dann in sein Gesicht. Ein kurzes Zucken, doch er ergriff Simons Hand nicht.

»Ihr!«, schrie er.

»Oh, ihr kennt euch schon?« Jannick blickte seinen Bruder so unschuldig an, dass Brida beinahe laut losgelacht hätte. »Das hättest du mir sagen müssen, Simon.«

»Nun ja …« Simon machte ein betretenes Gesicht und zog die ausgestreckte Hand zurück. »Kennt man sich wirklich, wenn man einander noch nicht richtig vorgestellt wurde?«

Brida biss sich abermals auf die Lippen. Erstaunlich, wie geschickt beide Brüder ihre wahren Gefühle zu verbergen wussten.

»Hochwürden, gab das Verhalten meines Bruders etwa Anlass zum Tadel?«, fragte Jannick. »Oder hat es einen anderen Grund, dass Ihr ihm nicht die Hand reichen mögt?«

Clemens wurde rot bis unter die Haarwurzeln.

»Nein, ich war nur überrascht, ich ...« Hastig streckte er Simon die Rechte entgegen, der sie mit ernster Miene ergriff.

»Ich bin erleichtert, dass ich mich in Euch geirrt habe«, stammelte der Pfarrer.

»Das haste wohl wirklich, lieber Vetter.« Hinrich war hinter Simon aus der Kajütentür getreten, ein breites Grinsen auf den Lippen.

Clemens ließ Simons Hand los und ging auf Hinrich zu.

»Du lebst! Ich dachte, du seist tot!«

»Nun, so schnell bin ich nicht totzukriegen. Schon gar nicht durch die Hand vom Seyfried.«

»Seyfried? Er sagte mir, der Däne ...« War es möglich, dass der Pfarrer noch tiefer erröten konnte?

»Eigentlich hättet Ihr es doch besser wissen müssen, nicht wahr, Hochwürden?«, fragte Simon, noch immer mit ernster Miene. »Schließlich habt Ihr mich zur Sext gesehen.«

Clemens würgte. »Äh ... ja, jetzt, da Ihr es sagt ...« Ein hilfloser Blick flog zu Jannick hinüber. »Äh ... Ihr wolltet doch, dass ich Euch dem Bürgermeister vorstelle. Ich werde sogleich alles in die Wege leiten.« So schnell hatte Brida Pfarrer Clemens noch nie laufen sehen.

»Scheinheiliger Kuttenträger!« Jannick schüttelte lachend den Kopf.

»O ja, das ist er«, bestätigte Simon. »Hätte lieber den wahren Täter entkommen lassen, nur um mir einen Mord anzuhängen.« Er sah sich um. »Wo steckt eigentlich Barbara?«

Jannick wies mit dem Daumen zum Heck. »Sie hat Gefallen

an Marieke gefunden. Wer weiß, was sie sich wohl gerade erzählen!«

»Gewiss nichts für Elisabeths gestrenge Ohren.« Simon grinste. »Und Kalle?«

»Unter Deck bei Seyfried.«

Es dauerte nicht lange, bis der Pfarrer zurückkehrte und ihnen mitteilte, der Bürgermeister sei bereit, Johann von Wickede anzuhören. Jannick bat Brida und Kapitän Hinrich, ihn und seinen Bruder zu begleiten, um Simons Aussagen zu bestätigen.

Brida fragte sich, warum Clemens wohl selbst den Botengang auf sich genommen hatte. Er hätte auch einen Laufburschen schicken können. Noch mehr wunderte sie sich allerdings, dass der Pfarrer Simon auf dem Weg zum Rathaus nicht mehr von der Seite wich.

Simon schien es ähnlich zu ergehen. »Womit habe ich Euren Beistand verdient, Hochwürden?«, fragte er, nachdem Clemens so dicht neben ihm dahinschritt, dass sie sich fast berührten.

»Nun, äh … ich habe mich in Euch geirrt, das tut mir leid«, stammelte der Geistliche. Simon zog die Brauen hoch und musterte den Pfarrer von oben bis unten, so wie dieser Simon angesehen hatte, als man ihn noch Erik nannte.

»Ja, wer hätte das nicht? Ihr habt mich schließlich für einen Dänen gehalten.«

Clemens atmete auf. »Ich wusste es – Ihr versteht mich! Ihr tragt gleichfalls einen Groll gegen alles Dänische in Euch, nicht wahr?«

»Meine Mutter war Dänin. Ich habe sie sehr geliebt.«

Clemens schluckte. Brida verkniff sich ein Kichern.

»Was ich da vor ein paar Tagen zur Sext mit anhören musste …«, fuhr Simon fort. »Ich hoffe, das wird nie wieder vorkommen, oder?«

Wovon um alles in der Welt sprach Simon? Brida sah ihn fragend an, doch er beachtete sie nicht.

Ein noch heftigeres Schlucken des Pfarrers. »Nein, das wird nie wieder vorkommen.«

»Dann habe ich auch nichts gesehen, Hochwürden.«

Brida wurde immer neugieriger. Sie musste Simon unbedingt fragen. So kleinlaut hatte sie Clemens noch nie erlebt.

Der Bürgermeister war nicht allein. Vier Mitglieder des Stadtrats befanden sich in seiner Amtsstube. Brida sah auf den ersten Blick, dass Claas nicht unter ihnen war. Am liebsten hätte sie sofort nach ihm gefragt, aber das stand ihr nicht zu. Es war in den Augen der Heiligenhafener Würdenträger ungewöhnlich genug, dass sie die Männer begleitete, aber doch verständlich, da sie ihren verletzten Vater stützte. Hinrichs Anblick überraschte die Männer nicht. Pfarrer Clemens hatte gewiss erzählt, dass Hinrich noch am Leben war.

Brida hatte Jannick bislang als Simons großen Bruder erlebt. Ein Mann, der keinem Spaß abgeneigt war und der trotz seiner vornehmen Herkunft keinen Standesdünkel zu kennen schien. Doch nun lernte sie Johann von Wickede kennen, den edlen Lübecker Patrizier, der es vortrefflich verstand, Würde und Überlegenheit auszustrahlen. Vermutlich war er bei diesem Auftritt genau der Gatte, den Elisabeth sich wünschte.

Mit ernster Miene sah Jannick den Pfarrer an und erwartete, von ihm vorgestellt zu werden. Clemens hatte sich noch immer nicht ganz von seiner beschämenden Begegnung mit Simon erholt, aber er straffte die Schultern und kam der unausgesprochenen Aufforderung nach.

»Herr Bürgermeister, Ihr Herren, ich freue mich, Euch Herrn Johann von Wickede, Patrizier aus Lübeck und Sohn des einflussreichen Lübecker Ratsherrn Ulrich von Wickede, vorstellen zu dürfen, der gemeinsam mit seinem Bruder Simon« – er nickte in dessen Richtung, und Brida hatte kurz den Eindruck, Clemens würge an dem Namen – »zu uns kam, da er wichtige Nachrichten bringt.«

Ein Lächeln huschte über Simons Gesicht, das sich vertiefte, als man ihnen sogleich den Bürgermeister Martin Overs und die vier Stadträte vorstellte und ihnen dann Plätze an dem runden Tisch anbot.

»Ihr Herren, ich nehme an, die Geschichte meines Bruders ist Euch bekannt«, begann Jannick, kaum dass er sich gesetzt hatte.

»Sollte sie das?«, fragte Martin Overs. Sein Blick flog zu Pfarrer Clemens hinüber, der so aussah, als würde er sich am liebsten in Luft auflösen.

»Nun, ich dachte, Ihr erinnert Euch an den Schiffbrüchigen, der sein Gedächtnis verloren hatte und den alle für einen Dänen hielten.« Jannick runzelte die Stirn und blickte leicht herablassend in die Runde. »Mein Bruder war in einer wichtigen Mission der Hanse unterwegs. Leider hat er durch diesen unglücklichen Umstand viel Zeit verloren, und ohne die Unterstützung von Kapitän Hinrich und Jungfer Brida wäre es ihm wohl schlecht ergangen.«

»Ihr wart das?« Der Bürgermeister starrte Simon wie ein seltenes Tier an. »Claas Wippermann hatte sich des Falls angenommen, weil er noch Verbindungen zur dänischen Seite hat. Nun, da hat er wohl in die falsche Richtung ermittelt.«

»Da Ihr ihn erwähnt, Herr Bürgermeister …« Simon beugte sich ein wenig vor. »Wo ist er derzeit? Es wäre gut, er wäre bei der Klärung wichtiger Angelegenheiten dabei.«

Martin Overs schlug die Augen nieder. »Er ist in Trauer. Sein Weib wurde vor zwei Tagen heimgerufen.«

Brida bekreuzigte sich. Sie hatte Annas Tod seit Langem erwartet, aber zu hören, dass es tatsächlich geschehen war, machte sie betroffener als erwartet. Auch ihr Vater senkte den Blick. »Arme Anna«, murmelte er. »Nun hast's hinter dir.«

Simon atmete tief durch. »Das tut mir sehr leid.«

»Nun, vielleicht ist es von Vorteil, wenn Claas Wippermann nicht anwesend ist«, warf Jannick ein. Er trug noch immer diese dünkelhafte Miene zur Schau, die ihn in einen völlig anderen Menschen zu verwandeln schien, auch wenn Brida genau wusste, dass es nur eine Maske war. »Simon, es ist an der Zeit, dass du allen dein Wissen kundtust.«

Simon nickte. Dann berichtete er von seiner Mission und dem geplanten Überfall der dänischen Flotte auf Heiligenhafen.

Die Ratsmitglieder wurden blass. Doch es kam noch schlimmer, als er von Seyfrieds Geständnis und dem Verdacht gegen Claas Wippermann erzählte.

Martin Overs sprang auf.

»Das kann nicht sein!«, rief er. »Der Seyfried, ja, das ist ein Trunkenbold, dem trau ich alles zu. Aber nicht der Claas!«

»Ich hatte es auch nicht geglaubt«, sagte Hinrich leise. »Aber ich hab gehört, dass Seyfried ihn erpresst hat.«

Einer der Stadträte, ein junger Mann namens Harald Wever, beugte sich zum Bürgermeister vor. »Wir müssen der Sache nachgehen. Auch wenn Claas in Trauer ist, ein solcher Vorwurf duldet keinen Aufschub.«

»Keinen Aufschub duldet der Schutz unserer Stadt«, widersprach Overs. »Wenn Eure Aussage stimmt, droht uns in den nächsten zwei Wochen ein schwerer Angriff. Wie viele Schiffe haben wir zu unserer Hilfe zu erwarten?«

»Die Nordseeflotte unter Simon von Utrecht«, antwortete Jannick.

Overs runzelte die Stirn. »Die Nordseeflotte wird nicht rechtzeitig eintreffen.«

»Vermutlich nicht.«

»Was bleibt uns dann?«

»Ich biete die *Elisabeth*, um die Menschen und ihr Hab und

Gut in Sicherheit zu bringen. Auch die *Adela* wird noch heute eintreffen, um uns zu unterstützen.«

»Also schlagt Ihr vor, wir sollen fliehen?«

»Zumindest Frauen, Kinder und Alte«, bestätigte Jannick. »Meine Familie hat Güter im Lübecker Umland. Wir wären bereit, dort Flüchtlinge aufzunehmen.«

Eine Weile sagte niemand ein Wort. Alle Blicke waren auf den Bürgermeister gerichtet. Doch Overs schwieg ebenso wie alle anderen. Es war der junge Stadtrat Harald Wever, der als Erster den Mut fand, einen Vorschlag zu machen.

»Was ist mit den Mönchen von Cismar? Sie werden uns gewiss helfen. Das Kloster ist gut geschützt. Wir könnten dort Wertsachen und Lebensmittel lagern.«

»Die Wege sind nicht sicher«, widersprach der Bürgermeister. »Wir müssten große Teile der Stadtwache abziehen, um die Ochsenkarren zu bewachen.«

»Oder den Seeweg nehmen«, bot Jannick an. »Ich stelle Euch die *Elisabeth* für die gesamte Zeit zur Verfügung. Von Lenste aus ist es nur ein Katzensprung bis Cismar, und mit der *Elisabeth* sind wir in kurzer Zeit vor Ort.«

»Ihr seid sehr großmütig. Was erwartet Ihr für Eure Hilfe?«

»Nichts. Meiner Familie ist es wichtig, dass die deutschen Häfen sicher bleiben. Krieg ist schlecht für die Geschäfte, und eine Besetzung Heiligenhafens böte König Erik nur eine neue Basis für weitere Angriffe auf Hansestädte.«

»Ich könnte einen Boten zum Kloster schicken«, bot Harald an. »Mein Onkel ist dort Prior. Er wird sich für unsere Sache verwenden.«

Martin Overs nickte. »Ein guter Gedanke. Tut, was Ihr für richtig haltet, Harald. Wir werden inzwischen beraten, wie wir die Stadt sichern. Wo finde ich Euch, Herr Johann? An Bord Eures Schiffs?«

Jannick wollte gerade bejahen, doch Kapitän Hinrich antwortete schneller. »Ihr findet ihn bei mir, als Gast in meinem Haus. Das ist das Mindeste.«

Der Bürgermeister machte den Eindruck, als sei das Gespräch für ihn beendet, und erhob sich von seinem Stuhl.

»Eine Frage noch, Herr Bürgermeister«, sagte Simon. »Was ist nun mit Claas Wippermann? Werdet Ihr Seyfrieds Aussage nachgehen?«

»Das soll Hauptmann Willem tun. Übergebt ihm Seyfried, er wird sich um alles Weitere zu kümmern wissen.«

Simon nickte, und Brida hatte den Eindruck, es bereite ihm eine tiefe innere Zufriedenheit, Seyfried an den Hauptmann der Stadtwache übergeben zu dürfen.

20. Kapitel

Seyfried zitterte. Vermutlich nicht allein vor Furcht, denn es war bitterkalt in den dunklen Gewölben unterhalb des Rathauses. Zum ersten Mal sah Simon die Kerkerzellen, die unter dem Trakt der Wächter und seiner ehemaligen Zelle lagen. Düstere, enge Verliese ohne jede Möglichkeit für die Gefangenen, das Sonnenlicht zu sehen. Ein eiserner Ring war in die Wand eingelassen, an dem eine Kette befestigt werden konnte. Auf dem steinernen Boden lagen einige Büschel Stroh, weit weniger, als in dem Strohsack steckten, den Simon damals auf seiner Pritsche vorgefunden hatte. Sonst gab es nichts. Keine Decke, keinen Eimer für die Notdurft, keinen Schemel, nur kalten Stein.

Hauptmann Willem trat einen Schritt vor.

»Und, bist du inzwischen bereit, deine Aussage zu wiederholen, Seyfried? Denk dran, Hinrichs Wort hat mehr Gewicht als deins. Und das der Männer, denen du schon gestanden hast, nicht weniger.«

Unwillkürlich wich Seyfried einen Schritt zurück. Angst und Trotz flackerten in seinen Augen. Anfangs hatte er noch versucht, sich aus der selbst geknüpften Schlinge herauszuwinden, und Kalle und Simon beschuldigt, ihn unrechtmäßig festgenommen zu haben. Doch damit war er bei Willem an den Falschen geraten. Kaum war die Beschuldigung über Seyfrieds Lippen gekommen, hatte der Hauptmann der Stadtwache ihn ins tiefste Verlies schaffen lassen. Simon und Kalle waren ihm nur zu gern zur Hand gegangen.

Willem setzte nach. »Ich warte nicht mehr lang, Seyfried. Wenn du nicht redest, lass ich dich so eng an die Wand schmieden, dass du dich nicht mehr regen kannst.«

Seyfried redete.

Nachdem er seine Aussage wiederholt hatte, verschloss Hauptmann Willem die Zellentür.

Beim Weg zurück nach oben streifte Simons Blick kurz seine alte Zelle. Obwohl es Zeiten gegeben hatte, da er in diesem Geviert um ein Haar den Verstand verloren hätte, fühlte er sich auf eigentümliche Weise versöhnt, nachdem er gesehen hatte, wo gewöhnliche Verbrecher wie Seyfried untergebracht wurden. Auf einmal wurde ihm bewusst, dass noch keine Woche vergangen war, seit man ihn dank Hinrichs Bürgschaft freigelassen hatte.

»Begleitet Ihr mich zum Haus von Claas Wippermann?« Willems Frage riss ihn aus seinen düsteren Erinnerungen.

»Na, auf jeden Fall!«, rief Kalle.

»Sehr gern«, antwortete er selbst. »Haltet Ihr ihn für schuldig?«

Der Hauptmann fuhr sich mit der rechten Hand durchs Haar. Simon erinnerte sich an diese Geste von früheren Begegnungen her. Ein Zeichen von Verlegenheit.

»Ich fürchte, ja. Es würde zu der Beobachtung passen, die einer meiner Männer vor wenigen Tagen gemacht hat.«

»Von der Ihr Brida berichtet habt? Von dem Mann, der mit Dänen verhandelte?«

»Sie hat Euch davon erzählt?«

»Ich habe es mit angehört. Ich hielt mich zwei Türen weiter verborgen, und Eure Stimme ist nicht eben leise.«

»Wer hätte gedacht, dass unsere Brida so gut lügen kann?« Willem lachte leise vor sich hin. »Ich habe wirklich geglaubt, sie weiß nicht, wo Ihr seid.«

»Das war auch besser so.«

»Je nun«, widersprach Willem. »Ich war mir schon damals sicher, dass Ihr nichts mit Hinrichs Verschwinden zu tun hattet.«

»Das glaube ich Euch sogar. Aber Ihr seid eine Amtsperson. Ihr müsst Euch an Befehle halten. Auch wenn sie Euch nicht gefallen.«

»Da habt Ihr recht. Vermutlich war es tatsächlich besser so.«

Sie verließen das Rathaus.

»Claas' Haus liegt drei Straßen weiter.« Willem wies in die entsprechende Richtung. Simon fiel auf, dass der Hauptmann sich wieder durchs Haar fuhr. Es war ihm unangenehmer, als er zugab, den Stadtrat so kurz nach dem Tod seiner Frau derartiger Vergehen beschuldigen zu müssen.

Eine alte Frau öffnete ihnen.

»Grüß dich, Clara.« Willem war einen Schritt vorgetreten. »Ist der Stadtrat für uns zu sprechen?«

»Er ist in Trauer«, antwortete die Alte mit ausdrucksloser Miene. »Er will niemanden sehen.«

»Es tut mir leid, aber es ist notwendig. Ich habe vom Bürgermeister persönlich den Auftrag.«

Die Alte zögerte. Schließlich gab sie nach und ließ die drei Männer ein.

Selten hatte Simon ein so finsteres Haus betreten. Der Tod schien in jeder Ecke zu wohnen. Die Fensterläden waren vermutlich seit dem Heimgang der Hausherrin nicht mehr geöffnet worden. Ein süßlicher Geruch hing in der Luft. Der Geruch des Todes.

Die alte Clara ging voraus und führte sie in eine kleine Schlafkammer, in der die Tote noch immer in ihrem Bett aufgebahrt war. Simon wunderte sich, dass der Stadtrat seine Frau nicht in die Kirche hatte überführen lassen, wie es sich gehörte.

Claas schien das Eintreten seiner Besucher kaum zu bemerken. Er kniete neben dem Bett der Toten, hatte das Gesicht an ihre kalte Brust geschmiegt.

»Herr Stadtrat«, sagte Clara leise, »Hauptmann Willem ist da.«

Claas rührte sich nicht. Willem fasste ihn sacht an der Schulter. »Mein herzliches Beileid, Herr Stadtrat. Bitte verzeiht, dass ich Euch in der Zeit Eurer Trauer stören muss, aber der Bürgermeister schickt mich.«

Langsam hob Claas den Kopf und sah den Hauptmann an. Ein fiebriger Blick, leer, ausdruckslos und doch voller Verzweiflung. Ohne dass Simon es verhindern konnte, schlich sich Mitleid in sein Herz.

»Was wollt Ihr?«, flüsterte Claas.

Willem räusperte sich. »Ich habe leider die unangenehme Pflicht, Euch einige Fragen zu stellen, denn Seyfried hat schwere Beschuldigungen gegen Euch erhoben.«

»Beschuldigungen gegen mich? Seyfried?« Für einen Moment kehrte das Leben in die Augen des Stadtrats zurück. Schneller, als Simon erwartet hatte, erhob sich Claas.

»Was hat dieser Trunkenbold für Geschichten verbreitet?«

Willem fuhr sich mit der Rechten durchs Haar. Bevor er antworten konnte, war Claas' Blick auf Simon gefallen.

»Erik?«, stutzte er. »Hat es etwas mit Euch zu tun?«

»Mein Name ist Simon von Wickede«, entgegnete dieser, obwohl Claas das sicherlich längst wusste.

»Ihr habt Euer Gedächtnis wiedergefunden?«

»So ist es«, bestätigte Simon. »Und Seyfried behauptet, Ihr hättet schon viel länger gewusst, wer ich bin, es aber für Euch behalten.«

Claas zuckte kurz zusammen. »Warum hätte ich das tun sollen?«

»Seyfried behauptet, die Dänen hätten Euch viel Geld für meinen Tod geboten.«

»So ein Unsinn!« Der Stadtrat schnaubte verächtlich. »Hat Seyfried wieder zu tief in den Becher geschaut?«

»Würdet Ihr dazu eine Aussage machen?«, fragte Willem.

»Das ist nicht nötig, Seyfried lügt!«

»Kapitän Hinrich sagt, er habe gehört, dass Ihr von Seyfried erpresst wurdet. Kurz darauf hat Seyfried versucht, Hinrich niederzustechen. Und er sagt, Ihr hättet ihn gedungen«, warf Willem ein.

Claas lachte bitter auf. »Seyfried hat mich nicht erpresst. Vielleicht mag es sich so angehört haben, aber ...« Er hielt kurz inne. »Wartet einen Moment, ich zeige Euch, worum es tatsächlich ging. Damit dürfte alles klar sein.« Claas ging an Willem und Simon vorbei, auch Kalle trat einen Schritt zurück, um Claas aus der dunklen Kammer mit der Toten hinauszulassen. Sie hörten, wie er über die Dielenbretter eilte. Dann klappte die Tür.

»Wo will er denn hin?« Kalle tauschte einen kurzen Blick mit Willem, der den Kopf schüttelte.

In diesem Augenblick begriff Simon.

»Verdammt, der haut ab!« Er rannte hinterher, riss die Tür auf und sah nur noch, wie Claas auf einem ungesattelten Pferd davongaloppierte.

»Der hat uns ja sauber reingelegt, der Dreckschieter!«, fluchte Kalle.

»Meine Leute werden ihn finden«, zischte Willem. »Ich setze sie sofort auf seine Fährte. Und dann stelle ich ihn zur Rede. Trauer hin oder her!«

»So wie Seyfried?« Kalle zog ein finsteres Gesicht, das keine Gnade kannte. »Nebenan war doch noch 'ne Zelle frei.«

Nur Simon schwieg.

»Ihr seid so still«, stellte Willem fest. »Was geht Euch durch den Kopf?«

»Was ist, wenn Eure Leute ihn nicht rechtzeitig fassen? Wenn er zu den Dänen flieht?«

»Die Dänen wollen uns ohnehin angreifen. Was macht es also aus?«

Simon verschränkte die Arme vor der Brust. »Ja, am 24. Mai. Aber was ist, wenn sie wissen, dass wir gewarnt sind? Ihre Kriegsflotte könnte auch früher auslaufen.«

Willem schluckte. »Meine Männer kriegen ihn zu fassen. Ganz sicher!«

Während Willem sich aufmachte, die Stadtwache hinter Claas herzujagen, begaben sich Simon und Kalle zum Haus von Kapitän Hinrich, wo man sich zum gemeinsamen Mahl verabredet hatte. Ein Blick auf den Hafen verriet ihnen, dass auch die *Adela* inzwischen eingetroffen war. Simon atmete tief durch. Nun konnte er dem Gespräch mit Kapitän Cunard nicht länger ausweichen. Besser, er brachte es schnell hinter sich.

»Geht schon vor, Kalle. Ich muss noch etwas mit Cunard klären.«

Der Schmuggler musterte ihn schief von der Seite, sagte aber nichts weiter.

Simon fragte einen der Seeleute an Deck nach Kapitän Cunard. Der Mann wies stumm mit dem Daumen auf die Hafenmeisterei.

Die üblichen amtlichen Vorschriften. Simon erinnerte sich gut daran und wartete vor der Tür auf Cunard.

Es dauerte nicht so lange, wie er befürchtet hatte, denn noch während er zusah, wie die Seeleute die *Adela* endgültig vertäuten, kam Cunard zurück. Als er Simon erkannte, lächelte er ihm freundlich zu. »Wartet Ihr auf mich?«

Simon spürte einen bitteren Geschmack auf der Zunge, während er nickte. »Ja, ich muss dringend mit Euch sprechen.«

»So ernst? Gibt es Schwierigkeiten?«

»Einige. Manche davon werden Euch härter treffen als andere.«

Das Lächeln verschwand aus Cunards Gesicht.

»Gehen wir in meine Kajüte!«

Nachdem sie in der Kapitänskajüte Platz genommen hatten, atmete Simon noch einmal tief durch. Dann erzählte er zunächst von Seyfrieds Festnahme und der Flucht des Stadtrats sowie seinen Befürchtungen, dass die Dänen vorzeitig angreifen könnten. Cunard hörte ihm aufmerksam zu.

»Das sind in der Tat üble Neuigkeiten.«

»Ja. Aber das ist nur ein Teil. Der Teil, der alle angeht. Aber ich habe noch etwas auf dem Herzen.«

»Noch etwas?« Cunard sah ihm offen ins Gesicht. Simon konnte seinem Blick nicht standhalten und senkte die Lider.

»Ja«, sagte er leise. Er merkte, wie ihm die Hände zitterten, und legte sie rasch unter dem Tisch auf die Oberschenkel. Dann hob er den Kopf und maß Cunard mit offenem Blick.

»Ich habe Brida gestern Abend gebeten, meine Frau zu werden. Und sie hat mir ihr Jawort gegeben.«

Cunards Züge erstarrten.

»Ihr treibt Euren Scherz mit mir!«

Simon schüttelte den Kopf. »Nein, es ist mir ernst. Und ich hätte sie viel früher gefragt, wenn ich gewusst hätte, wer ich bin. Doch ein Mann ohne Vergangenheit hat auch keine Zukunft. Das konnte ich ihr nicht zumuten. Erst als ich wieder wusste …« Er brach ab.

Cunards Augen brannten sich wie glühende Kohlen in seine Seele.

»Und sie hat Euch zugesagt?« Die Stimme des Kapitäns bebte, seine Hände hatten sich zu harten Fäusten geballt. Die Fingerknöchel traten weiß hervor.

Simon nickte. »Ich liebe sie, und sie liebt mich. Hinrich neigte zunächst zum Zweifel – er hätte lieber Euch als Schwiegersohn gesehen. Aber er hat heute früh zugestimmt.«

Cunards Faust zuckte.

Simon entging die kurze, verräterische Bewegung nicht. »Wenn es Euch danach besser geht, schlagt mir ins Gesicht«, sagte er. »Ich wehre mich nicht.«

»Das ist wohl das Letzte!« Cunard donnerte mit der Faust

auf die Tischplatte. »Als hätte ich Spaß daran, einen Mann niederzuschlagen, der sich nicht wehrt!«

»Der Tisch wehrt sich ja auch nicht«, entfuhr es Simon.

»Ihr seid ein verdammter Mistkerl!«

»Ja«, gestand Simon. »Aber ich bin lieber ein Mistkerl, als auf die Frau zu verzichten, die ich liebe.«

Cunard schnaubte. »Die Frau, die Ihr liebt! Wie lange kennt Ihr Brida überhaupt? Gerade einen Monat. Was wisst Ihr schon von ihr?«

»Und wie lange kennt Ihr sie?«, gab Simon zurück. »Mir genügten wenige Tage, um zu erkennen, welch ein Schatz sie ist, welch großartige Frau. Und von dem Augenblick an war ich mir sicher, dass ich alles für sie täte. Nur konnte ich ihr nichts bieten. Ich kannte mich nicht einmal selbst, wusste nicht, ob ich frei und ungebunden war oder ob Schande auf meinem Namen lag. Doch Ihr wusstet das alles seit Jahren. Warum habt Ihr sie nicht viel früher gefragt? Glaubt Ihr wirklich, sie hätte auch nur einen Blick an mich verschwendet, wenn sie Euer Weib gewesen wäre?«

Simon erwartete einen neuen Ausbruch, stellte sich innerlich auf einen Faustschlag mitten ins Gesicht ein. Stattdessen blieb der Kapitän erstaunlich ruhig.

Die Stille, die nun eintrat, bedrückte Simon viel stärker, als es blinder Zorn vermocht hätte. Cunards Fäuste hatten sich gelöst, und seine Hände lagen ruhig auf der Tischplatte.

»Ich möchte Euch nicht zum Gegner haben, Cunard«, brach Simon das Schweigen. »Auch wenn ich Euch vermutlich schlimmer gekränkt habe als je ein Mann vor mir.«

Der Kapitän sog hörbar die Luft ein und durchbohrte Simon mit Blicken. Simon widerstand dem Drang, die Lider zu senken, und hielt dem Starren stand.

»Ich habe es von Anfang an gewusst«, sagte Cunard schließlich. »Als ich Euch das erste Mal sah – und Bridas Blicke, die sie Euch schenkte.«

»Habt Ihr ihr deshalb den Antrag gemacht?«

Jetzt war es der Kapitän, der Simons Blick auswich.

»Vermutlich.« Er seufzte. »Ihr habt schon recht, ich hätte es früher tun sollen. Aber ich war zu feige. So lange, bis es zu spät war.«

»Ich …«, wollte Simon ansetzen, doch Cunard unterbrach ihn.

»Sagt nichts mehr. Ich glaube, es ist besser, wenn Ihr jetzt geht.«

Simon erhob sich. Kurz bevor er die Tür erreicht hatte, sprach Cunard weiter. »Ich will Euch auch nicht zum Feind haben, Simon von Wickede, selbst wenn ich Euch derzeit am liebsten in der Ostsee ersäufen würde.«

»Es tut mir leid.«

»Nein, das tut es nicht«, widersprach Cunard. »Sonst hättet Ihr es nicht getan.«

Simon ging.

Die alte Köchin Elsa hatte sich selbst übertroffen, um die wohlbehaltene Rückkehr von Kapitän Hinrich zu feiern. Steinbutt im Kräuterbett, so schmackhaft zubereitet, dass Jannick mit einem Augenzwinkern fragte, ob er Elsa wohl abwerben könne. Trotz der drohenden Gefahr wurde gelacht und gescherzt. Simon indes blieb still und in sich gekehrt. Und er war nicht der Einzige. Cunard hatte genügend Rückgrat bewiesen, sich ebenfalls in Hinrichs Haus einzufinden, und nun saßen sich die beiden Männer schweigend gegenüber, während Jannick und der Käpt'n das Tischgespräch bestritten, ab und an von Barbaras und Kalles munteren Einwürfen unterbrochen. Aber auch Brida war erstaunlich still. Simon vermutete, dass sie sofort bemerkt hatte, was zwischen ihm und Cunard vorgefallen war.

Vielleicht wäre die Tischgesellschaft dennoch ohne jeden Zwischenfall verlaufen, wenn Barbara nicht unbedacht das

Gespräch auf Bridas und Cunards geplante Hochzeit gebracht hätte.

»Es wird keine Hochzeit geben«, sagte Cunard knapp. »Jedenfalls nicht zwischen Brida und mir.«

»Aber ... ich verstehe nicht ganz.«

»Barbara, vielleicht ist es besser, wenn du für eine Weile den Mund hältst«, sagte Simon. Er hatte sich bemüht, die Zurechtweisung in freundlichem Ton vorzubringen, dennoch war seine Verärgerung herauszuhören, und Barbara sprang sofort darauf an.

»Du hast mir nicht den Mund zu verbieten!«

»Wenn du es selbst nicht merkst«, herrschte Simon seine Schwester an.

»Sag, Brida, bist du sicher, die rechte Wahl getroffen zu haben?« Kapitän Cunard musterte Brida mit besorgten Blicken. »Willst du dich wirklich an einen Mann binden, der sich nicht einmal seiner Schwester gegenüber höflich benimmt?«

»Was soll das denn heißen?«, brüllte Simon und ärgerte sich zugleich, dass er laut geworden war. Genauso hatte er früher andere zur Weißglut getrieben, und jetzt fiel er selbst darauf herein.

»Dass Eure Selbstbeherrschung nicht die beste ist, weiß wohl jeder in Lübeck, nicht wahr? Trotz Eurer Heldentaten in den letzten Monaten, für die die Hanse Euch ewig zu Dank verpflichtet sein wird. Ich hoffe, Brida wird unter Eurem Jähzorn nicht zu leiden haben.«

Cunards Worte trieben Simon das Blut ins Gesicht. Er atmete tief durch. Nein, er wollte sich nicht reizen lassen. Nicht von Cunard. Er hatte es nicht nötig. Er wollte ganz ruhig bleiben. Er verschränkte die Hände ineinander und wandte sich an Barbara. »Bitte verzeih, dass ich dir so hart über den Mund gefahren bin. Es wird nicht wieder vorkommen.«

Barbara starrte ihn mit großen Augen an. Ihr Blick wanderte von ihm zu Cunard und dann zu Brida.

»Du und Brida?«, hauchte sie, während ihr Gesicht die Farbe einer reifen Erdbeere annahm. Simon nickte. War seine Schwester wirklich so blind gewesen?

»Es tut mir leid«, stammelte sie. »Du hast recht, es war ungehörig.«

Unversehens fuhr sie hoch und rannte aus dem Haus.

»Ich glaube, es ist besser, ich gehe auch«, sagte Cunard und erhob sich ebenfalls.

»Nun, wenigstens haben die zwei ihre Teller geleert«, sagte Jannick nüchtern. »Wäre ja auch schade um den guten Fisch. Ich hätte gern noch eine Portion.«

Simon sah, dass Bridas Vater sich ein Lächeln verkneifen musste. »Das lässt sich machen«, entgegnete Hinrich und rief nach Elsa.

Als sie sich sehr viel später vom Tisch erhoben, war Barbara noch nicht ins Haus zurückgekehrt. Jannick hatte es ebenfalls bemerkt.

»Ich hoffe, sie hat keine Dummheiten gemacht«, murmelte er.

Marieke, die gerade dabei war, das Geschirr abzuräumen, beruhigte ihn. »Wenn Ihr Fräulein Barbara meint, die ist im Garten. Ist aber alles ganz schicklich.«

»Schicklich?«, wiederholte Simon.

»Na, wie sie mit Käpt'n Cunard plaudert. Aber der ist ja auch 'n Mann von Ehre.«

»Hast du wieder lange Ohren gemacht, Marieke?«

»Ja, hat sich aber nicht gelohnt. Er hat ihr nur was von Zobeln und vom Pelzhandel und so 'nem komischen Ort Nowgodings erzählt.«

Jannick und Brida lachten, aber Simon spürte die gleiche Verärgerung, die ihn bei Tisch erfasst hatte. Jetzt machte der Kerl sich aus reiner Bosheit an seine Schwester heran! Simons Blick flog zu Jannick hinüber. Dass Brida erleichtert war, konnte er noch verstehen, aber Jannick sollte sich doch um Barbaras Ruf sorgen. Wieso kam er seiner Pflicht nicht nach?

»Was ist, Lillebror? Hast du eine Gräte verschluckt?« Jannick verpasste ihm einen freundschaftlichen Schlag auf die Schulter.

»Wirst du Barbara zur Ordnung rufen, oder muss ich es tun?«

»Weil sie im Garten in aller Öffentlichkeit mit Cunard spricht? Mach dich nicht lächerlich, Simon.«

»Ach so, ich mache mich lächerlich? Aber du hetzt mir Barbara als Anstandsdame hinterher, wenn ich mit meiner künftigen Frau spreche.«

Jannick seufzte. »Wenn du Streit suchst, geh in die nächste Hafentaverne und schlag dich mit den Trunkenbolden. Aber ich möchte nicht, dass du auf Cunards Herausforderungen eingehst. Du hast ihn verletzt, es ist sein Recht, gekränkt zu sein. Nun mach es nicht noch schlimmer.«

Simon atmete tief durch. Jannick hatte recht. Er würde sich zusammenreißen. Das war er nicht nur seinem Bruder schuldig, sondern auch Brida. Dennoch ärgerte es ihn, als er Barbaras Lachen hörte und Cunard, der einstimmte.

»Da hat sich dein ehemaliger Verehrer aber schnell getröstet«, zischte er in Bridas Richtung.

»Was ist los mit dir, Simon?« Sie berührte ihn sacht am Unterarm. »Worüber ärgerst du dich? Du hast doch gar keinen Grund.«

Nein, den hatte er wahrlich nicht, und dennoch brodelte es in ihm. Er konnte es sich selbst nicht erklären. Heute früh war noch alles in bester Ordnung gewesen. Aber schon bevor er mit Cunard gesprochen hatte, war irgendetwas anders gewesen. War es die Sorge vor dem dänischen Angriff? Oder ärgerte er sich, dass er auf Claas hereingefallen war? Sogar Mitleid mit ihm empfunden hatte, nur um dann mit anzusehen, wie der Mann sie alle hereinlegte und floh?

Er legte seine Hand über Bridas Finger, die noch auf seinem Arm ruhten.

»Du hast recht, es gibt keinen Grund, außer mich über mich selbst zu ärgern.«

»Vielleicht solltest du doch Jannicks Vorschlag folgen und ein paar Trunkenbolde zusammenschlagen. Die *Seejungfrau* böte sich an.« Als er in Bridas blitzende Augen sah, schwand sein Verdruss endgültig. Wenn es eine Frau gab, die zu ihm passte, dann war sie es.

21. Kapitel

Es regnete. Passend zu Annas Beisetzung. Brida seufzte leise. Nachdem Claas geflohen war, hatte die alte Clara zu Pfarrer Clemens geschickt, damit Annas Leib endlich die letzte Ruhe finden konnte. Als gute Freundin der Verstorbenen hatte Brida sich sofort bereit erklärt, Clara bei der Vorbereitung der Toten zu helfen.

Ihre Gedanken schweiften zurück zu dem Morgen, als sie die Tote entkleidet und gewaschen hatten, um sie dann in ihr letztes Gewand zu hüllen. Anna trug noch immer das Nachthemd, in dem sie gestorben war. Anscheinend hatte Claas es nicht für nötig befunden, irgendetwas zu verändern. Clara berichtete, dass er den Pfarrer recht harsch fortgeschickt hatte, nachdem er Anna die letzte Ölung erteilt hatte.

Durch die Totenstarre war das einstmals weiche Fleisch hart wie Stein geworden. So fiel es Brida und Clara schwer, den Leichnam ordentlich auf seine Bestattung vorzubereiten. Zwar waren Annas Züge ruhig und friedlich, und wenn man sie nicht berührte, hätte man meinen können, eine Schlafende zu sehen, aber die Haut unter ihren Fingernägeln hatte sich inzwischen bläulich verfärbt, und auf ihrem Bauch zeichneten sich erste grüne Flecken ab, die auf den beginnenden Verfall hindeuteten. Noch waren sie klein, kaum mehr als Punkte, aber Brida kannte die Zeichen nur zu gut.

»Weshalb hat Claas sie nicht viel früher vorbereiten lassen?«, fragte sie, während sie mit Clara gemeinsam versuchte, Anna das Totenkleid über den starren Leib zu ziehen.

Die alte Frau seufzte. »Das habe ich ihn auch gefragt. Er hat mir nicht geantwortet. Irgendetwas in seinem Blick war zerbrochen, nachdem die Anna heimgegangen war.«

»Warum er sie wohl nicht loslassen konnte?«, sinnierte Brida. Sie hatte eigentlich nur zu sich selbst gesprochen, doch Clara antwortete ihr.

»Sie war sein Leben.« Die Alte wischte sich verstohlen über die Augen. »Du kanntest sie doch, Brida. Sie hat das Haus geführt, ihm den Rücken gestärkt. Ohne sie wäre er wohl nie Stadtrat geworden. Die Anna war ihm mehr als eine Ehefrau. Sie war ihm alles, Mutter und Vertraute, Gattin und Geliebte.«

»Ich weiß, wie sehr er sie geliebt hat«, bestätigte Brida.

»Ja, das hat er wohl. Aber das war nicht alles«, fuhr Clara fort. »Sie war ein Teil von ihm. Er hat sie mehr geliebt als den lieben Herrgott.« Die alte Frau bekreuzigte sich. »Aber niemand darf einen Menschen über Gott stellen, sonst wird's zur Sünde.«

»Du willst sagen, Claas hat Gott gelästert?«

»Nein, das nicht«, beschwichtigte die Alte sofort. »Aber was Claas für die Anna empfand, das war nicht mehr gottgefällig. Das war Götzendienst.«

Brida zog die letzten Falten von Annas Totenkleid glatt. Götzendienst … Das Wort ging ihr nicht mehr aus dem Kopf. Sie kannte Claas von Kindheit an. Niemals hatte sie etwas Böses in der Liebe gesehen, die ihn mit Anna verband. Und Anna war glücklich mit ihm gewesen. Zumindest bis kurz vor ihrem Tod. Brida erinnerte sich an das letzte Gespräch mit ihr. An Annas Sorge um Claas, weil er nicht loslassen konnte. Irgendetwas stimmte nicht mit ihm. Wann hatte es begonnen? Erst mit Annas Krankheit oder schon davor? Anna war stets eine vollendete Dame gewesen, und doch hatte sie zugelassen, dass Claas ihre Hand in aller Öffentlichkeit vertraulich festhielt und sie zärtlich streichelte. Brida hatte es für ein Zeichen ihrer großen Zuneigung gehalten und sie insgeheim darum beneidet. Doch nun wurde ihr bewusst, dass die beiden stets nahe beieinander gewesen waren, wann immer sich die Möglichkeit ergab. Als wären sie tatsächlich Teil eines einzigen Leibs gewesen. Hieß es nicht, das Weib sei das Herz des Hauses? Nun, Anna war ganz gewiss der Kopf gewesen, nicht Claas, da war Brida sich sicher. Claas hatte viel auf Annas Rat gegeben und ihr, solange sie noch gesund war, alle Freiheiten gelassen. Anna hatte die Bücher geführt und Verträge abgeschlossen. Claas war meist mit Ratsangelegenheiten beschäftigt gewesen. Niemand hatte sich etwas dabei gedacht, alle hatten ihn um sein tatkräftiges Weib beneidet, und es war selbstverständlich gewesen, dass sie ebenso wie er die Siegelgewalt besaß.

Simon hatte Brida erzählt, wie er Claas an Annas Totenbett vorgefunden hatte. Voller Verzweiflung, mit fiebrig glänzenden Augen. Aber wie passte es dazu, dass Claas kurz darauf die Kaltblütigkeit besaß, drei gestandene Männer zu überlisten und zu fliehen? Erst hatte er Annas Leib nicht hergeben wollen, und dann ließ er sie im Stich?

Ein dicker Regentropfen fiel auf Bridas Nasenspitze und holte sie in die Gegenwart zurück. Pfarrer Clemens hatte eine anrührende Trauerrede gehalten. Vier Männer versenkten Annas Sarg langsam in dem frisch aufgeworfenen Grab nahe der Kirche. Sie war eine beliebte Frau gewesen, und jeder wünschte ihr ein ordentliches Begräbnis. Trotz des Verrats ihres Gatten.

Simon stand neben Brida. Seine Laune hatte sich seit dem Vortag kaum gebessert. Er war ungewöhnlich reizbar. Schlimmer noch als nach seiner Entlassung aus dem Kerker. Zwar bemühte er sich, ihr gegenüber so freundlich und liebenswert wie immer zu sein, aber sie spürte dennoch die Veränderung. Zu gern hätte sie ihm geholfen, aber anscheinend wusste er selbst nicht, was mit ihm war.

Sein Blick huschte unstet zwischen den Trauergästen hin und her und streifte dabei immer wieder die Hecken am Kirchhof.

»Was hast du?«

»Ich hätte gedacht, Claas sei hier irgendwo in der Nähe«, raunte er. »Aber anscheinend war die Liebe zu seiner Frau doch nicht so groß, wie er immer tat. Sonst wäre er ihrer Beisetzung nicht ferngeblieben, nur um die eigene Haut zu retten.«

Brida nickte. Eine weitere Auffälligkeit, die nicht in ihr Bild vom Stadtrat passte. Sie hatte geglaubt, Anna und Claas zu kennen, tatsächlich waren sie ihr fremd geblieben.

Am Nachmittag begann Marieke zu packen. Kisten und Kästen, alles, was sich irgendwie bewegen ließ, landete im Bauch der *Adela*. Kapitän Cunard ließ Listen anfertigen, wer sein Hab und Gut verschiffen wollte. Anfangs waren die Menschen zurückhaltend, erst als Kapitän Hinrich den Anfang machte, wurde ihnen die tatsächliche Gefahr bewusst. Auch Jannick stellte die *Elisabeth* zur Verfügung, wie er es versprochen hatte.

Kurz nach Annas Beisetzung war ein Reiter in Heiligenhafen angekommen. Obwohl er für den Ritt gewöhnliche Alltagskleider gewählt hatte, gab er sich sofort als Benediktiner zu erkennen. Nachdem der Bote des Stadtrats Harald Wever im Kloster angelangt war, hatte Pater Johannes sich umgehend aufgemacht, um im Namen des Abts mit dem Rat von Heiligenhafen zu klären, wie die Mönche am besten helfen konnten. Es wurde vereinbart, dass die *Adela* sich um das Hab und Gut der Bevölkerung kümmern solle, während die *Elisabeth* in mehreren Fahrten nach Cismar segeln würde, um die Vorräte und Schätze der Stadt vom Lenster Strand aus ins Kloster schaffen zu lassen. Die Mönche würden die *Elisabeth* mit Wagen und Lasttieren erwarten, und Hauptmann Willem schickte Bewaffnete als Geleitschutz mit.

Barbara half Brida und Marieke, den Hausstand zu ordnen und zu verpacken.

»Darf ich Euch eine Frage stellen?«, fragte Barbara, während sie flink das Weißzeug faltete und in eine gröbere Decke einschlug, damit es keinen Schaden nahm.

»Selbstverständlich.«

»Kapitän Cunard ist ein ansehnlicher, höflicher Mann von Welt. Warum zieht Ihr ihm meinen Bruder Simon vor?«

Fast hätte Brida das Hemd fallen lassen, das sie gerade zusammenlegen wollte.

»Findet Ihr diese Frage nicht etwas ungehörig?«

»Ist sie das?« Barbara sah sie mit arglosen Augen an.

»Ja, denn es klingt so, als sei Simon kein ansehnlicher, höflicher Mann von Welt.«

»Oh, ansehnlich ist er, daran bestand nie ein Zweifel.« Barbara kicherte. »Und weit herumgekommen ist er auch. Aber mit der Höflichkeit hat er es nicht so. Jedenfalls nicht so wie Kapitän Cunard.«

»Vielleicht erntet Ihr nur, was Ihr gesät habt, liebe Barbara. Zu mir war Simon immer ausgesprochen höflich.«

»Ja, das mag sein, wir necken uns gern. Und versteht mich nicht falsch, ich liebe meinen Bruder. Aber er ist ganz anders als Cunard. Ich glaube, wenn ein anderer Mann Simon die Braut weggeschnappt hätte, dann wäre Blut geflossen.«

Ob er deshalb so gereizt war? Weil Cunard sich so anders verhielt, als er es erwartet hatte? Aber warum sollte ihn das so verärgern? Er sollte froh sein, dass Cunard, abgesehen von einigen spöttischen Seitenhieben, mannhaft mit der peinlichen Angelegenheit umgegangen war.

»Seid Ihr Euch da wirklich sicher, Barbara?«

»Ganz bestimmt. Er hat schon für weitaus harmlosere Taten Männer herausgefordert.«

»Ich dachte, er habe sie mit Worten gereizt, bis er der Geforderte war.«

»Ist das nicht das Gleiche?«

Brida hielt kurz in ihrer Arbeit inne. Am vergangenen

Abend hatte sie Jannicks Vorschlag, Simon solle in die nächste Schenke gehen und lieber ein paar Trunkenbolde zusammenschlagen, anstatt sich von Cunard herausfordern zu lassen, für einen Scherz gehalten.

»Nein, das ist es nicht«, entgegnete sie. »Die Männer hätten ihm ja auch mit Worten entgegentreten können statt mit dem Messer.«

Zugleich erinnerte sie sich allerdings daran, wie mühsam Simon sich beherrscht hatte, als Cunard ihn mit seinen spitzen Bemerkungen reizen wollte. Immerhin, es war ihm gelungen, wenn auch mit letzter Kraft.

»Ich hätte einen Mann wie Cunard nicht ziehen lassen«, sagte Barbara.

»Dann solltet Ihr die Gelegenheit nutzen. Soweit ich weiß, ist er wieder zu haben«, gab Brida keck zurück.

Ein flüchtiges Rot überzog Barbaras Wangen. Erstaunlich schweigsam faltete sie ein Laken nach dem anderen zusammen, schlug die Tücher in eine weitere Decke ein und verschwand mit dem Bündel aus der Kammer. Brida blieb zurück und überlegte, ob sie Cunard wohl vor der drohenden Gefahr warnen sollte, die sich ihm in lieblicher Gestalt näherte.

Am Abend kam es zu einem Zwischenfall. Es hatte nichts mit Cunard und Simon zu tun, denn der Kapitän war mit der *Adela* und der ersten Ladung nach Lübeck gesegelt. Er würde am nächsten Tag zurückkommen und eine weitere Fahrt nach Lübeck unternehmen, den Rumpf des Schiffs dann wieder voller Güter, die den Dänen nicht in die Hände fallen sollten.

Der Zwischenfall spielte sich an einem ganz anderen Ort ab, dort, wo es Brida niemals erwartet hätte. Es begann damit, dass Simon als Einziger an Hinrichs Tafel fehlte, obwohl Elsa sich wieder besondere Mühe mit dem Essen gegeben hatte. Jannicks Lob trieb die alte Köchin zu Höchstleistungen an.

»Wo steckt Simon?«, fragte Brida in die Runde. Seit dem Nachmittag hatte sie ihn nicht mehr gesehen.

»Er wird gewiss gleich kommen«, erwiderte Jannick. »Ich hatte ihn zu Pater Johannes geschickt, damit er mit ihm die Verschiffung der städtischen Vorräte plant. Ich dachte mir, eine sinnvolle Aufgabe täte ihm derzeit gut.«

Barbara kicherte. »Ja, er war schon arg griesgrämig in den letzten beiden Tagen.«

»Hat er das öfter?« Hinrich sah Jannick fragend an, und Brida glaubte eine winzige Sorgenfalte zwischen den Brauen ihres Vaters zu entdecken. So ganz war er also doch nicht mit ihrer Wahl einverstanden, obwohl er Simon schätzte.

»Nein«, entgegnete Jannick. »Simon ist ein feiner Kerl, auf den man sich immer verlassen kann. Ich glaube, es ist ihm viel nähergegangen, Cunards Träume zu zerstören, als er zugibt. Vermutlich hätte er sich besser gefühlt, wenn Cunard ihm mit der Faust den Kiefer ausgerenkt hätte.«

Die Falte zwischen Vaters Brauen wich einem verständnisvollen Nicken.

»Männer«, flüsterte Barbara Brida zu, die ein Kichern unterdrückte.

Schritte in der Diele. Brida fuhr auf ihrem Stuhl herum. Sie hatte Simon am Tritt erkannt.

Er öffnete die Tür und grinste breit in die Runde. Da war nichts Missmutiges mehr in seinem Blick, ganz im Gegenteil.

»Guten Abend!«, rief er fröhlich und nahm zwischen Brida und Jannick Platz. »Bitte entschuldigt meine Verspätung. Ich wurde aufgehalten. Ein Ereignis der besonderen Art – das durfte ich mir einfach nicht entgehen lassen.«

Vier erwartungsvolle Augenpaare richteten sich auf Simon, doch er schien es zu genießen, seine Zuhörer auf die Folter zu spannen.

»Das duftet ja verführerisch. Was hat Elsa denn heute gezaubert?«

Er griff nach seiner Schale und füllte drei Kellen voll Gemüsesuppe hinein, die es als Vorspeise gab. »Oh, und was ist das? Krustenbraten im Kräutermantel? Mir läuft das Wasser im Mund zusammen.«

»Wie schön zu hören«, merkte Jannick trocken an. »Und was hat dich aufgehalten?«

Simon kostete einen Löffel von der Suppe. »Mmh! Elsa ist eine wahre Perle.«

Brida sah den Schalk in Simons Augen leuchten. Es machte ihm einen Heidenspaß, alle hinzuhalten.

»Sicher, Jung«, bestätigte Kapitän Hinrich. »Und, was gibt's Neues?«

»Pfarrer Clemens musste dringend verreisen.«

»Wie bitte? Clemens lässt seine Schäfchen gerade jetzt im Stich?« Die Überraschung stand Hinrich ins Gesicht geschrieben. Brida erging es genauso. Gewiss, Clemens war kein einfacher Mensch, aber er war der Pfarrer, er würde doch seine Gemeinde in der Stunde der Not nicht verlassen!

»Nun, vielleicht wollte er nicht, dass jemand sein blaues Auge sieht.« Simon löffelte unbeirrt seine Suppe weiter.

»Verdammt, du solltest dich mit Trunkenbolden schlagen, nicht mit dem Pfarrer!«, brauste Jannick auf.

»Was denkst du bloß von mir? Ich könnte doch niemals einen Geistlichen schlagen. So etwas ziemt sich nicht … Reichst du mir eine Scheibe von dem Brot, Brida? Danke.«

In aller Seelenruhe brockte sich Simon das Brot in die Suppe. Niemand sagte etwas, und Barbara klopfte ungeduldig mit den Fingern auf den Tisch.

»Tja, das ist eine … hmm … heikle Angelegenheit«, sagte Simon endlich. Sein Gesicht strahlte noch immer. »Pater Johannes hat um Unterkunft im Pfarrhaus gebeten, und Pfarrer Clemens hat ihn natürlich aufgenommen. Wenn auch nicht gern, denn …« Simon schlürfte laut, anstatt weiterzusprechen. »Die ist wirklich ausgezeichnet, diese Suppe.«

»Das wissen wir bereits.« Jannick wies auf seinen leeren Napf. »Du hältst uns ganz schön lange hin, Lillebror.«

Simon lachte. »Stimmt. Gut, dann also ganz kurz und knapp, auch wenn sich die Geschichte ein wenig jenseits der Schicklichkeit bewegt, die ich unserer Schwester und Brida zumuten dürfte.«

»Auf mich musst du keine Rücksicht nehmen«, sagte Barbara. »Ich weiß schon, wie es in der Welt zugeht.«

»So? Na, da bin ich mir nicht so sicher. Aber gut. Also, Pater Johannes und ich haben die Listen mit den Gütern, die wir nach Cismar schaffen wollen, im Rathaus durchgesehen. Als wir damit fertig waren, meinte der Pater, wir sollten jetzt mit Pfarrer Clemens sprechen, welche Kirchenschätze wir bevorzugt fortschaffen sollten. Tja, und so gingen wir zum Pfarrhaus. Da Pater Johannes dort einquartiert ist, hat er nicht angeklopft, sondern marschierte schnurstracks in die Stube. Aus einem Nebenraum hörten wir sehr ... unzüchtige Geräusche. Ihr hättet das Gesicht des Paters sehen sollen. Und dann vernahmen wir die Stimme eines jungen Mädchens, das recht unanständige Worte sagte. Pfarrer Clemens lachte und verlangte, dass sie weitermachte. Nun, da reichte es dem sittsamen Bruder Johannes, er riss die Tür auf und ertappte unseren Pfarrer dabei, wie der gerade die Kinderlein zu sich kommen ließ. Oder besser gesagt, er kam gerade zum Kindlein. Oder sorgte dafür, dass die Jungfrau zum Kind kam ...« Simon grinste. »Der Rest ging in einer lautstarken Predigt unter. Die kleine Johanna, Clemens' liebste Spielgefährtin, ein Mägdelein im zarten Alter von dreizehn, sprang aus dem Bett des Geistlichen, raffte ihren Kittel und rannte davon. Clemens selbst stammelte etwas von der Versuchung einer teuflischen Hure mit Engelsgesicht und versuchte, sich aus den Schwierigkeiten herauszuwinden, in denen er steckte. Vielleicht hätte er Pater Johannes besänftigen können, aber leider konnte ich den Mund nicht halten und berichtete von einer denkwürdigen

Begegnung vor einigen Tagen zur Sext in den Dünen, als ich den Herrn Pfarrer schon einmal mit Johanna in der gleichen Lage ertappt hatte. Tja, und daraufhin bat mich der Pater, den Raum zu verlassen. Diese Angelegenheit müsse unter Glaubensbrüdern geklärt werden. Als braver Sohn der Kirche gehorchte ich. Nun, ich kann sagen, dass Pater Johannes ein Mann nach meinem Geschmack ist. Den Geräuschen nach zu urteilen, bewies er eine dankenswert handfeste Art, den Pfarrer auf den rechten Weg zurückzuführen. Jedenfalls stürmte Clemens kurz darauf mit einem anschwellenden Auge an mir vorbei, und Pater Johannes sagte, in den nächsten Tagen könnten wir wahrscheinlich nicht mit dem Pfarrer rechnen. Er werde sich solange um das Seelenheil in der Stadt kümmern.«

Brida hatte erschüttert zugehört. Sie kannte Johanna, wusste um ihren lockeren Ruf. Sie erinnerte sich, wie ihr Vater Clemens vor einem halben Jahr darauf angesprochen und ihn gebeten hatte, ein Auge auf Johanna zu haben, damit sie nicht in schlechte Gesellschaft gerate. Sie blickte zu ihrem Vater hinüber. Die Miene des Kapitäns war wie versteinert. Er sagte kein Wort, aber Brida konnte sich gut vorstellen, was in ihm vorging.

Dann wurde ihr erst klar, was Simon über die Sext gesagt hatte. »Sag, Simon, habe ich recht verstanden? Du hast den Pfarrer schon einmal mit dem Mädchen erwischt? Zur Sext? War das der gleiche Zeitpunkt, als Vater niedergestochen wurde?«

Simon nickte. »Ja. Clemens wusste recht gut, dass ich nicht der Täter sein konnte, weil er mich gesehen hatte. Nur waren ihm die Umstände offenbar peinlich.«

Ein lautes Krachen brachte die Teller auf dem Tisch zum Tanzen. Hinrich hatte mit der Faust daraufgeschlagen. »Jetzt ist er zu weit gegangen, der Clemens! Wenn er mir noch mal unter die Augen kommt, kann er was erleben, einerlei, ob er Pfarrer ist oder nicht. Der ist 'ne Schande für die Familie!«

»Verzeih, ich vergaß, dass er dein Vetter ist.«

»Was kannst du dafür, wenn er so 'n Dreckstück ist, Simon? Nix. Ist leider so. Der Sohn von der jüngsten Schwester von mein Vater.« Hinrich schnaubte wütend. »Nur um die Johanna tut's mir leid. Ich werd mich wohl selbst um die Deern kümmern müssen, damit sie wieder auf 'n rechten Weg kommt.«

»Könnten wir sie nicht bei uns in Stellung nehmen?«, fragte Simon seinen Bruder. »Vielleicht in der Küche?«

Jannick hob die Brauen. »Dann darf Elisabeth aber nichts von ihrer Vergangenheit erfahren, sonst reißt sie mir den Kopf ab.«

»Ach, das glaube ich nicht, dafür mag sie dich zu gern, Bruderherz.«

»Ich denk drüber nach«, versprach Jannick.

»Wenn's ginge, wär's schon gut«, sagte der Kapitän. »Ich glaub, es gereicht der Deern zum Vorteil, ein bisschen weiter weg zu kommen. Aber sonst nähm ich sie auch in Stellung, wenn alles vorbei ist. Die Marieke wird bald Kalle ihr Jawort geben, wenn ich's recht beobachtet habe, und dann brauche ich auch 'ne tüchtige neue Magd.«

Brida sagte nichts. Dass Johanna Marieke ersetzen konnte, bezweifelte sie stark. Andererseits, ihr Vater hatte auch Marieke aus einer heruntergekommenen Hafenschenke in sein Haus geholt, als sie kaum älter als Johanna gewesen war. Nun, wie es auch kommen mochte, im Augenblick gab es Wichtigeres zu bedenken, denn allmählich lief ihnen die Zeit davon.

22. Kapitel

Simon saß an diesem Abend noch lange an Deck der *Elisabeth* und blickte über die Ostsee. Nach außen hin erschien Jannicks Anweisung sinnvoll. Einer von beiden musste an Bord bleiben, und da Kapitän Hinrich Jannick als Gast in sein Haus eingeladen hatte, war es nachvollziehbar, dass Simon auf der Kogge blieb. Aber Simon hatte seinen Bruder in Verdacht, ihn nur von Brida fernhalten zu wollen. Glaubte Jannick wirklich, er würde, nachdem er sich Brida erklärt hatte, jede Gelegenheit zu unzüchtigem Handeln nutzen? Er hatte ihn ohne Umschweife danach gefragt, vielleicht mit einem Anflug von Groll. Natürlich hatte sein Bruder die Unterstellung abgestritten. Er brauche Simon an Bord der *Elisabeth*, hatte er ihn beschieden. Niemand sei so wachsam und so erfahren in Kriegsdingen, schließlich habe Simon doch fünf Jahre an der besten Fechtschule Deutschlands alles über Kampf und Kriegswesen gelernt. Dennoch blieben Simons Zweifel an den Absichten seines Bruders.

Aus dem Wirtshaus *Zur Seejungfrau* drangen Musik und Gelächter. Unwillkürlich musste Simon an Seyfried in seiner dunklen Zelle denken und konnte sich ein boshaftes Lächeln nicht verkneifen. Es würde lange dauern, bis Seyfried sich wieder dem Trunk ergeben konnte.

»Holla, noch zu so später Stunde wach?«

Simon fuhr herum. Kalle stand am Kai. »Ist's gestattet, an Bord zu kommen?«

»Warum so förmlich?« Simon lud den Schmuggler mit einer Handbewegung ein. Kalle schwang sich über die Reling.

»Na, ich wollt mich lieber ankündigen. Wer weiß, was Euch

einfällt, wenn Ihr so vor Euch hin träumt und plötzlich Schritte hört.«

Simon schmunzelte. »Spricht da Angst aus Eurer Stimme?«

»Nur Vorsicht. Ich weiß ja, wie gut Ihr seid.«

»Und was führt Euch um diese Stunde zu mir?«

»Ich war heut noch mal bei Helmar. Er hat die *Katharina* als Auslieger vor den Belt beordert. Wenn die Dänen vor der Zeit kommen, wird er's wissen.«

»Kommt er uns auch zu Hilfe?«

»Nun, er wird die Insel verteidigen, dafür hat der Graf von Holstein ihn angeheuert. Der Rest ist davon abhängig, ob er sich Beute erhofft. Manchmal ist er fast so gierig wie ein geschäftstüchtiger Pfeffersack.«

»Wie viele Schiffe hat er unter seinem Kommando?«

»Fünf«, antwortete Kalle. »Einen Holk, zwei Koggen und zwei Kraier.«

»Eine beachtliche Flotte. Aber gegen die dänische wird sie kaum bestehen.«

Kalle nickte. »Und deshalb wird Helmar sich vermutlich zurückhalten. Den Sund und die Insel kann er verteidigen, aber in einer offenen Seeschlacht wäre er den Dänen unterlegen.«

Simon dachte an die *Smukke Grit*. Sie war schnell gewesen, schneller als der Holk, der sie verfolgt hatte. Aber der Reichweite seiner Kanonen hatte sie in dem Sturm nichts entgegenzusetzen gehabt.

»Wie soll's morgen weitergehen?«, fragte Kalle. »Wer führt die *Elisabeth* nach Lenste? Ihr oder Euer Bruder?«

»Ich«, antwortete Simon. »Ich werde außerdem die Wagen der Mönche bis nach Cismar begleiten, zusammen mit den Mitgliedern der Stadtwache, die Willem bereitstellt. Damit uns kein Raubgesindel um das Gut der Stadt bringt.«

»Wenn Ihr wollt, komm ich mit. Ich hab morgen noch nix Besseres vor.«

»Das wäre nicht schlecht. Ihr macht mehr her als zwei von Willems Männern.«

Simon erinnerte sich, dass noch eine Karaffe Wein auf dem Tisch in der Kajüte seines Bruders stand, und lud den Schmuggler auf einen Becher ein. Kalle nahm dankend an. Als die beiden Männer die Karaffe sehr viel später gemeinsam geleert hatten, waren sie zum vertraulichen Du übergegangen.

Am nächsten Morgen stach die *Elisabeth* kurz nach Sonnenaufgang in See. Zuvor waren noch die letzten Güter an Bord gebracht worden, und Willem hatte zwölf Männer bereitgestellt, die den Zug schützen sollten. Nach allem, was Simon tags zuvor mit Pater Johannes besprochen hatte, würde die *Elisabeth* wohl vier Fahrten benötigen, um alle Waren nach Cismar zu schaffen.

Jannick hatte es sich nicht nehmen lassen, Simon kurz vor dem Auslaufen der stolzen Kogge auf seine unnachahmliche Weise zu verabschieden. »Pass gut auf, dass du unser Schiff heil zurückbringst, Lillebror. Sonst bekomme ich Ärger mit Elisabeth. Sie hängt an dieser Kogge.«

»Es steht dir frei, selbst nach Lenste zu segeln«, hatte Simon geantwortet, aber Jannick hatte lachend abgewinkt.

»Ach was. Ich vertraue dir.«

Sie erreichten den Lenster Strand ohne Zwischenfälle, und bis auf vereinzelten Fischerbooten begegneten sie keinem weiteren Schiff. Da Lenste über keinen Hafen verfügte, musste die Kogge per Boot entladen werden, und das nahm mehr Zeit in Anspruch als die Überfahrt. Um die Mittagsstunde waren alle Waren auf den Wagen der Mönche verstaut, und der Zug konnte sich auf den Weg zum Kloster machen. Simon war dankbar, dass die Mönche Reitpferde dabeihatten, denn er schätzte es nicht sonderlich, lange auf holpernden Karren zu hocken. Auch Kalle hatte ein Pferd bekommen, und so setzten die beiden Männer sich an die Spitze des Zugs.

Der Weg führte durch einen dichten Wald, aber ringsum blieb alles ruhig. Fast hatte Simon den Eindruck, Kalle sei enttäuscht, denn immer wieder ließ der Schmuggler die Rechte spielerisch über den Knauf seines langen Messers wandern. Simon hingegen war froh, als sie das Kloster ohne Zwischenfälle erreichten. Das Angebot der Mönche, eine Mahlzeit bei ihnen einzunehmen, lehnte er ab. Wenn sie sich sputeten, konnten sie an diesem Tag womöglich noch eine letzte Fahrt schaffen.

Tatsächlich waren die Speicher bei ihrer Rückkehr nach Heiligenhafen schon wieder gefüllt. Ohne große Umstände ließ Simon die zweite Ladung verstauen und erreichte Lenste am frühen Abend. Auch die zweite Wagenfuhre gelangte sicher zum Kloster, doch als sie an Bord zurückkamen, war es längst Nacht geworden. Sie hätten einfach bis zum ersten Morgenlicht vor Anker liegen bleiben können, aber Simon führte nicht zum ersten Mal ein Schiff bei Dunkelheit. Die Seewege schienen sicher, und bis Heiligenhafen war es ein Katzensprung. Also ließ er erneut Segel setzen. Wenn der nächste Tag genauso erfolgreich war, gab es für die Dänen nichts mehr zu holen.

Simon stand an der Reling und spähte über die schwarze See. Ein halber Mond spendete ein wenig Licht, und das Meer spiegelte den Schein der Schiffslichter. Kalle hatte sich zu ihm gesellt. Nicht mehr lange, und sie würden das erste Leuchtfeuer vor Heiligenhafen sehen.

Plötzlich zuckte der Schmuggler zusammen.

»Sieh mal da!« Er zeigte in Richtung des Küstensaums.

»Was ist?« Simon folgte dem ausgestreckten Finger mit dem Blick, doch er sah nur Schwärze.

»Da hat was geblinkt. Wie ein Leuchtzeichen.«

Eine Weile starrten beide Männer gemeinsam in die Dunkelheit. Schon wollte Simon sagen, Kalle müsse sich geirrt haben, als es erneut aufblitzte. Ein schmaler Feuerschein, der zweimal kurz und einmal lang blinkte.

»Schmuggler?«, fragte Simon, doch Kalle schüttelte den Kopf.

»Nicht hier.«

Simon spürte einen bitteren Geschmack auf der Zunge. Ob es dänische Spione waren? Er erinnerte sich, was Willem erzählt hatte. Ganz in der Nähe hatte einer seiner Männer schon einmal eine Zusammenkunft beobachtet.

»Wollen wir es uns ansehen?«, fragte Kalle. »Wir lassen einfach das Beiboot runter und rudern hin.«

»Und wenn sie uns bemerken?«

»Die werden der Kogge hinterherschauen, nicht uns«, beschwichtigte Kalle. »Wir gehen nicht unmittelbar dort an Land, sondern ein Stück weiter längs. Vielleicht können wir sie belauschen.«

»Wenn sie noch da sind, bis wir angekommen sind.«

»Na, die warten doch auf jemanden, sonst täten sie keine Signale geben.« Kalle klopfte ungeduldig mit den Fingern auf die Reling. Simon spürte geradezu, wie die Unruhe und Neugier des Schmugglers auf ihn selbst übergingen, und so gab er leise den Befehl, das Beiboot zu Wasser zu lassen.

Es war schwierig, im dünnen Licht des Monds den Weg zu finden und die Ruder leise ins Wasser zu tauchen, denn die klare Nachtluft trug jeden Laut über die stille See. Die *Elisabeth* segelte weiter. Simon hatte vereinbart, dass sie später mit dem Boot nach Heiligenhafen rudern würden.

Noch während sie sich dem Strand näherten und ihr Schiff sich immer mehr entfernte, sahen sie zwei weitere Lichter blinken, diesmal von der Seeseite.

»Da kommen wir wohl gerade recht«, flüsterte Kalle. So

lautlos wie möglich zogen sie ihr Boot an Land und schlichen sich im Schutz der Nacht dorthin, wo es erstmals aufgeleuchtet hatte.

Ein einzelner Mann mit dunklem Umhang saß auf einem umgestürzten Baum am Strand, in der Hand eine kleine Öllampe, die Simon an ein Grubenlicht erinnerte. Es war der geeignete Platz für ein heimliches Treffen. Der Wald reichte fast bis ans Wasser, die Gegend dahinter war unbewohnt. Simon glaubte, Kalle im fahlen Licht des Monds grinsen zu sehen. Es war auch der geeignete Platz für heimliche Lauscher wie sie, die sich bäuchlings hinter altem Gesträuch verbargen.

Ruderschläge näherten sich dem Strand. Die Ankömmlinge gaben sich keine Mühe, unbemerkt zu bleiben. Eilig sprangen sie aus dem Boot, wateten durch das flache Wasser zu dem Wartenden.

»Ihr kommt spät«, begrüßte der Mann sie auf Dänisch. Irgendetwas an dieser Stimme kam Simon vertraut vor, aber er wusste es nicht klar zu deuten. War es der leichte Kopenhagener Zungenschlag, den er im letzten Jahr täglich gehört hatte? Oder nur die Erinnerung an seinen Großvater, der die Worte ähnlich betonte?

»Wir wollten nicht von der Kogge gesehen werden«, antwortete der größere der beiden Ankömmlinge ebenfalls auf Dänisch. »Gefällt mir gar nicht, dass hier nachts Schiffe kreuzen. Gibt es Neuigkeiten von Wippermann?«

»Ich habe Claas seit Tagen nicht gesehen. Aber morgen treffe ich ihn.«

Simons Herz schlug schneller. Claas hatte die Dänen also noch nicht erreicht.

»Was ist mit dem jungen Wickede?«, fragte der andere. »Ist der wieder aufgetaucht?«

»Ich weiß es nicht. Einiges spricht dafür, denn vorgestern ist die *Elisabeth* in Heiligenhafen eingelaufen. Das Flaggschiff der

Wickedes. Ich habe es aber nur aus zweiter Hand erfahren, ich war noch nicht wieder in der Stadt.«

»Dann sieh zu, dass du uns morgen Nacht frischere Neuigkeiten bringst«, stieß sein Gegenüber ungehalten hervor. »Wenn Wickede sein Gedächtnis wiedergefunden hat, bleibt uns nicht viel Zeit.«

»Wann kann die Flotte angreifen?«

Der Mann schnaubte. »In drei Tagen.«

»Vielleicht wäre es gut, nicht mehr länger zu warten.«

»Vielleicht. Ich warte auf deinen Bericht morgen.«

Knirschen im Sand, Schritte, die sich entfernten. Anscheinend war das Gespräch beendet. Simon hob vorsichtig den Kopf. Während die Männer zu ihrem Boot zurückkehrten, wollte sich der Gefährte am Strand ins Buschwerk schlagen. Kalle stieß Simon mit dem Ellbogen an. Der nickte. Dieser Fang war allzu verlockend. Beim ersten Plätschern der Ruderblätter kamen sie auf die Füße. Ein schneller Sprung vorwärts, Kalle erreichte den Spion als Erster, packte ihn von hinten und verschloss ihm den Mund mit der Hand. Im nächsten Augenblick war Simon bei ihm und half ihm, den überraschten Gegner zu Boden zu ringen. Seine Genossen, die inzwischen schon weit hinausgerudert waren, bemerkten nichts.

Sie fesselten ihn mit seinem eigenen Gürtel und stopften ihm einen Knebel aus seinem Sacktuch in den Mund, dann zerrten sie ihn auf die Beine. Simon fiel auf, dass der Mann jünger war, als er vermutet hatte, auch wenn er dessen Gesichtszüge in der Dunkelheit nur schemenhaft erkennen konnte. Er war höchstens Anfang zwanzig.

»Da ha'm wir ja mal wieder fette Beute gemacht«, sagte Kalle zufrieden. »Der wird uns schon sagen, wo der Claas abgeblieben ist.«

»Und wenn nicht, stellst du mit ihm das Gleiche an wie mit Seyfried, was?«

»Ja, das hat Spaß gemacht.« Kalle lachte. »Na, dann schaffen wir ihn mal nach Heiligenhafen.«

Der Gefangene leistete keinen Widerstand. Allzu willig ließ er sich von seinen Häschern aufs Boot bringen. Kalle schien es kaum wahrzunehmen, aber Simon wurde misstrauisch. Genauso hätte er auch gehandelt. Sich scheinbar in sein Schicksal ergeben, aber nach der erstbesten Gelegenheit zur Flucht suchen. Bevor sie ins Boot stiegen, überprüfte er noch einmal die Fesselung, doch alles war in Ordnung. Der Gefangene musste sich ebenso wie zuvor Seyfried bäuchlings auf den Boden legen. Auch das tat er, ohne zu widerstreben. Simon wurde immer misstrauischer, aber der Däne unternahm nichts, das irgendwie auf Flucht hingedeutet hätte.

Sie erreichten Heiligenhafen eine gute Stunde nach der *Elisabeth*. Jannick erwartete sie schon ungeduldig am Hafen.

»Ich habe mir verdammte Sorgen um dich gemacht!«, fuhr er seinen Bruder an, kaum dass sie das Boot vertäut hatten.

»Wir hatten noch etwas zu erledigen«, entgegnete Simon. Kalle zog den Gefangenen hoch und ließ ihn an Land gehen.

»Wen bringt ihr da?« Beim Anblick des Gefangenen verrauchte Jannicks Zorn.

»Einen dänischen Spion.« Kalle grinste. »Und diesmal einen echten, keinen falschen.«

Jannick leuchtete dem Dänen mit seiner kleinen Laterne ins Gesicht. Da erst erkannte auch Simon die Gesichtszüge deutlich – er war noch keine zwanzig. Aber nicht das war das Erschreckende. Wie hatte er nur so blind sein können? Gut, es war stockfinster gewesen, mehr als einen Schemen hatte er nicht wahrgenommen, aber er hätte es merken müssen. Unbedingt!

»Magnus!« Er nahm dem Gefangenen den Knebel aus dem Mund.

»Überrascht, lieber Vetter?« Der Gefangene lächelte böse.

Christians kleiner Bruder! Gerade erst achtzehn geworden. Lange war es her, dass er ihn zuletzt gesehen hatte. Damals war Magnus noch fast ein Kind gewesen, aber die Ähnlichkeit war unverkennbar: der Bogen des Munds, die gleichen Augen wie Christian.

»Was treibst du hier?«

»Was hast du in Kopenhagen getrieben?«, giftete der Junge zurück. »Weißt du, was man Christian angetan hat?« Magnus' Blicke trafen Simon bis ins Mark.

»Lebt er noch?«, fragte er leise.

»Leben? Ja, fragt sich nur, wie!« Magnus spie vor Simon aus.

»O Mann!«, entfuhr es Kalle. »Mit der Verwandtschaft hat man auch nur Ärger, ne?«

»Weiß jemand, dass ihr ihn erwischt habt?«, fragte Jannick und wandte sich an seine Gefährten.

Simon schüttelte den Kopf.

»Dann schafft ihn verdammt noch mal unter Deck auf die *Elisabeth*! Ich will nicht, dass er in die Mühlen dieses Kriegs gerät.«

»Das ist doch längst geschehen!«, zischte Magnus, aber er wehrte sich nicht und ließ sich auf die Kogge führen.

»So, und jetzt schließ die Ladeklappe!«, befahl Jannick. Simon gehorchte und sah aus den Augenwinkeln, wie sein Bruder dem Vetter die Fesseln löste. Für einen Moment war er versucht, Einspruch zu erheben, aber er wusste, das wäre sinnlos gewesen. Für Jannick war Magnus kein dänischer Spion, sondern sein jüngster Vetter, fast noch ein Junge.

»Also, ich höre«, begann Jannick. »Seit wann stehst du in Diensten der dänischen Krone?«

Magnus verschränkte trotzig die Arme über der Brust und schwieg.

»Hat es mit Christian zu tun?«, fuhr Jannick ungerührt fort. »Was ist ihm widerfahren?«

328

»Frag deinen Bruder!«, stieß Magnus bitter hervor. »Der ist schuld daran.«

»Ich will es aber von dir hören. Was ist geschehen?«

Magnus atmete tief durch. Einmal, zweimal. Kein Wort kam ihm über die Lippen. Simon ging davon aus, dass er sich weiterhin in trotziges Schweigen hüllen würde, aber dann antwortete er doch.

»Er dachte, Simon hätte wirklich mit seinem Vater gebrochen. Er wollte nicht, dass die Familie zerbrach. Und zum Dank dafür drehte Simon es so, als wäre Christian der Spion.«

»Das ist nicht wahr!«, rief Simon. »Ich habe nichts dergleichen getan. Ja, ich habe die Angriffspläne entwendet, aber ich habe niemals eine Spur zu Christian gelegt. Im Gegenteil, als ich hörte, dass man ihn eingekerkert hatte, wollte ich zu ihm. Aber ich kam zu spät.«

»Dann hast du also mitbekommen, was sie mit ihm angestellt haben?« Magnus funkelte seinen Vetter voller Hass an. Simon zuckte zurück. *Es riecht nach Moder, Fäulnis und Angst. Irgendwo schreit jemand …*

»Du hast mitbekommen, wie sie ihm die Schulter ausgerenkt haben? Die Knochen seiner rechten Hand mit einem Hammerschlag zertrümmert? Wie sie ihm …«

»Hör auf!«, schrie Simon.

»Ach, das willst du nicht hören? Dabei hätte diese Behandlung doch dir zugestanden, du verdammter Verräter!«

»Ich bin kein Verräter«, entgegnete Simon. »Ich wollte nur meine Heimat schützen. Vor eurem machtgierigen König, der sich nicht scheut, Frauen und Kinder niedermetzeln zu lassen, wenn er auf Beutezug geht. Du weißt doch auch, was sich auf Fehmarn ereignet hat, oder? Ich wollte die Bewohner von Heiligenhafen warnen, verhindern, dass es hier ebenso geschieht wie auf Fehmarn.«

»Und der Hanse einen Handelsplatz erhalten, nicht wahr?«

»Was auch nicht zum Schaden unseres gemeinsamen Großvaters wäre«, warf Jannick ein. »Wir sind ein Geschlecht von Kaufleuten. Dein Vater ebenso wie der unsere, Magnus. Wir sind keine Mörder oder Soldaten. Aber wir müssen die Sicherheit unserer Handelswege schützen.«

»Und ich musste meinen Bruder schützen!«, entfuhr es Magnus. »Nach Simons Flucht erkannten sie ihren Irrtum, aber der Ruch des Verräters blieb an Christian und unserer Familie haften. Christian ist ein gebrochener Mann. Sie haben nicht nur seinen Körper verkrüppelt. Ihr würdet ihn nicht mehr wiedererkennen.«

Die Bitterkeit in Magnus' Stimme war einer tiefen Betroffenheit gewichen.

»Deshalb wolltest du deine Treue zu Dänemark beweisen?«, fragte Jannick. Magnus nickte.

»Auch um den Preis, dass zahlreiche Menschen hier den Tod finden könnten?«

»Was hätte ich tun sollen? Ich wollte, dass man Christian aus dem Kerker entlässt.«

Simon senkte den Blick. Gleichgültig, was er sagte, nichts vermochte seine Schuld zu mindern.

»Also gut.« Jannick atmete tief durch. »Dann müssen wir sehen, wie wir aus dieser verzwickten Lage herauskommen. Es gibt zwei Möglichkeiten. Entweder sind wir eine Familie, die alles gemeinsam durchsteht, oder wir sind Feinde. Die Entscheidung liegt bei dir, Magnus.«

»Wenn ich zu euch stehe, verrate ich mein Volk und damit auch Christian. Ihm wurde genug angetan.«

Jannick schüttelte den Kopf. »Du hast mich nicht verstanden. Niemand wird erfahren, dass du auf unserer Seite stehst. Ich habe einen Plan.«

»Einen Plan?« Der Zorn war aus Magnus' Stimme gewichen. »Wie sieht der aus?«

»Ich gehe davon aus, dass du dich erneut mit deinen Verbindungsmännern treffen wirst, nicht wahr?«

Magnus nickte.

»Nun, wir wissen, dass wir nicht mehr viel Zeit haben. Die Flotte wird angreifen. Wir können nur versuchen, die Menschen zu retten. Und da zählt jeder Tag. Du wirst deine Leute treffen, aber du wirst dich ein wenig verspäten.«

»Warum?«

»Weil du den Eindruck hattest, verfolgt zu werden. Du warnst die Männer, sagst, Simon habe sein Gedächtnis wiedergefunden und wisse über alles Bescheid.«

»Ja, aber ...«, wollte Magnus widersprechen, doch Jannick schnitt ihm das Wort ab.

»In dem Augenblick werden wir uns die beiden Mittelsmänner aus dem Hinterhalt schnappen. Du wirst der Einzige sein, der fliehen kann. Aber du brauchst Zeit, um zurück zu den dänischen Linien zu gelangen und deine Mitteilung zu machen, denn du wirst verfolgt. So gewinnen wir einen Tag, und du stehst auf dänischer Seite als Held da.«

»Kein übler Plan«, gab Magnus zu.

»Dann bist du unser Mann?«

Kurz loderte Trotz in den Augen des jungen Dänen auf. Simon befürchtete schon eine Ablehnung. Er hätte es verstehen können. Wäre seinem Bruder das Gleiche angetan worden wie Christian, wäre er genauso unversöhnlich gewesen.

Doch dann nickte Magnus stumm, und Simon musste sich eingestehen, dass der Junge mehr von der Ruhe seines Bruders Christian hatte, als er geglaubt hatte.

»Da bleibt nur eine Frage«, mischte Kalle sich ein. »Wir haben gehört, dass du morgen Claas Wippermann treffen wirst. Und hinter dem sind wir auch her.«

»Ich weiß nicht, ob er kommen wird«, wich Magnus aus. »Er hat in den letzten Tagen mehrere Treffen versäumt.«

»Hast du alle Verhandlungen mit ihm geführt?«, fragte Simon.

»Willst du wissen, ob ich ihm das Preisgeld für deinen Tod

angeboten habe?« Angesichts von so viel Groll wich Simon einen Schritt zurück. Gewiss, Magnus hatte nachgegeben, aber vermutlich nur um Jannicks willen, vielleicht auch deshalb, weil ihn die Frauen und Kinder dauerten. Aber ihm selbst würde er wohl niemals vergeben. Ob Christian dazu fähig wäre? Grauenhafte Bilder von zertrümmerten Knochen tauchten vor Simons innerem Auge auf. Ihm wurde übel. Nur mühsam unterdrückte er ein Würgen.

»Das spielt keine Rolle mehr«, griff Jannick ein. »Aber wir müssen Claas in unsere Gewalt bringen. Hilfst du uns?«

»Ich habe mich mit ihm immer am Hohen Ufer getroffen, bei der großen Eiche, kurz nach dem Abendläuten.«

»Gut, dann holen wir ihn uns dort morgen«, erklärte Jannick. »Und jetzt ist's genug für heute Nacht. Du bleibst am besten hier, damit dich keiner findet.«

»Als Gefangener?« Magnus stieß die Worte zwischen den Zähnen hervor.

»Nein, als unser Verwandter. Aber es darf dich niemand sehen.«

»Dann wirst du die Luke nicht verriegeln?«

Bildete Simon es sich ein, oder lag da tatsächlich etwas Lauerndes in Magnus' Augen?

»Du willst fliehen?«, fragte er.

»Glaubst du das?« Wieder dieser Groll im Blick. »Du warst doch immer der, der weglief und andere für seine Taten büßen ließ.«

»Also, wenn ich mal was sagen darf …« Kalle war einen Schritt vorgetreten. »Ich würd die Klappe verriegeln. Verwandtschaft hin oder her, ich trau dir nicht weiter, als ich dich sehen kann, Jung.«

Magnus' Augen sprühten Wutfunken, aber er sagte nichts mehr. Auch dann nicht, als Jannick nickte. »Vertrauen ist gut, aber hier können wir uns keine Unwägbarkeit leisten.«

»Und du glaubst wirklich, dass er bei unserem Spiel mit-machen wird?«, fragte Simon seinen Bruder, nachdem sie den Laderaum verlassen und Magnus eingeschlossen hatten.

»Tätest du es an seiner Stelle, Simon?«

»Ich weiß nicht«, gab er zu. »In seinem Alter ließ ich mich gern von meiner Wut treiben.«

»Und manchmal tust du das heute noch.« Jannick lächelte. »Keine Sorge, ich bin nicht rührselig geworden, aber Magnus ist trotz allem unser Vetter, und er glaubt, das Richtige zu tun. Hab ein Auge auf ihn!«

»Nicht nur eins, sondern alle beide.«

»Vier Augen«, ergänzte Kalle. »Ich bleib heut Nacht auch hier. Lohnt ja kaum noch, die Sonne geht bald auf.«

23. Kapitel

Wie stets bot die *Adela* einen erhabenen Anblick, als sie mit dem ersten Morgenlicht einlief. Brida stand am Fenster ihrer Kammer und blickte zum Hafen hinüber. Während die Kogge ihres Vaters festmachte, wurde die *Elisabeth* abermals beladen. Simon hatte den ganzen Tag und die halbe Nacht gearbeitet, um die Fuhren sicher nach Cismar zu befördern. Tags zuvor hatte sie ihn überhaupt nicht mehr zu Gesicht bekommen, und der heutige Tag versprach kaum Änderung.

Die Tür neben ihrer Kammer klappte. Simons Schwester war anscheinend auch schon auf den Beinen. Brida lächelte still vor sich hin. Sie mochte Barbara, die sie so stark an Simon erinnerte, als wäre sie sein weibliches Spiegelbild. Liebenswert und ungezähmt zugleich.

In den letzten Tagen war es Brida immer besser gelungen, das Bild von Erik mit dem von Simon zu vereinen. Erik war verunsichert gewesen, hilflos, ohne Erinnerung. Simon war das Gegenteil, manchmal ein wenig zu heißblütig, aber in tiefster Seele ein sanfter Mensch, der seine eigene Verwundbarkeit hinter seiner Hitzköpfigkeit verbarg.

Nun schlug auch die Haustür auf und gleich wieder zu. Brida sah, wie Barbara zum Hafen hinunterging. Ein bisschen zu schnell für eine Tochter aus gutem Haus, aber nicht ganz so eilig, wie Brida immer der *Adela* entgegengelaufen war. Die *Adela* … Brida seufzte. Am liebsten wäre sie ebenfalls sogleich zum Hafen gestürmt, aber der Gedanke an Cunard und die Kränkung, die sie ihm zugefügt hatte, schnürte ihr die Brust zu. Ob sie ihm jemals wieder unbefangen gegenübertreten konnte?

Zu Bridas Überraschung war Barbaras Ziel nicht die Kogge

ihres Bruders, die bald wieder in Richtung Cismar auslaufen sollte, sondern die *Adela*. Anders als sie selbst wartete Simons Schwester in vornehmer Zurückhaltung, bis das Anlegemanöver geglückt und der Steg ausgefahren war. Wollte sie etwa an Bord gehen? Das wäre in der Tat eine Unschicklichkeit gewesen, denn außer Cunard kannte Barbara kein einziges Besatzungsmitglied.

Nein, sie wartete. Cunard stand an Deck. Er war zu weit entfernt, als dass Brida seinen Gesichtsausdruck erkennen konnte, aber sie war sicher, dass er Barbara zulächelte. Dann verschwand er kurz in seiner Kajüte und kehrte mit einem kleinen Sack zurück. Hatte er für Barbara einen Botengang erledigt? Wartete sie deshalb so ungeduldig am Hafen? Oder sah sie in dem jungen Kapitän mehr als einen ansehnlichen, höflichen Mann von Welt, wie sie ihn einmal beschrieben hatte?

Von unten rief Marieke. Das Morgenmahl war fertig. Seit Jannick und Barbara im Haus des Kapitäns zu Gast waren, wurde die erste Mahlzeit des Tags gemeinsam eingenommen, anders als früher, als sich jeder selbst in der Küche bediente und sich dann seinen Aufgaben gewidmet hatte.

Jannick und Vater saßen schon am Tisch, als sie sich zu ihnen gesellte.

»Schläft Barbara noch?«, fragte Jannick.

Brida schüttelte den Kopf. »Sie ist an den Hafen gegangen, um der *Adela* beim Anlegen zuzuschauen.«

Zwei tiefe Falten furchten Jannicks Stirn.

»Kommt Simon auch zum Frühstück?« Brida setzte sich und nahm ein Stück Brot.

»Nein, er will so früh wie möglich absegeln. Wenn wir Glück haben, ist heute Nacht alles von Wert in Cismar und in Lübeck.«

»Ihr seid gestern erst spät zurückgekommen«, ergriff Kapitän Hinrich das Wort. »Gab es Schwierigkeiten?«

Ein Lächeln huschte über Jannicks Züge. »Einige. Aber die sind zu bewältigen.«

»Ihr wollt nicht darüber sprechen?«

»Noch nicht.« Jannick langte nach der Wurst. »Jedenfalls nicht, wenn ein so köstliches Morgenmahl vor mir steht.«

»Also doch was Ernstes«, brummte Hinrich.

In der Diele hörten sie Schritte und Stimmen. Barbara kehrte zurück, und Kapitän Cunard folgte ihr auf dem Fuß.

»Guten Morgen!«, rief sie fröhlich. Jetzt sah Brida auch, was Cunard ihr mitgebracht hatte, denn Barbara hielt einen unverarbeiteten Zobelpelz in Händen, an dem noch der Kopf und die buschige Rute hingen.

»Ist der nicht schön?« Sie hielt Brida den Pelz entgegen. »Cunard hat ihn mir geschenkt. Nun weiß ich endlich, wie ein Zobel aussieht.«

»Ein überaus kostbares Geschenk«, entgegnete Jannick. »Ich weiß nicht, ob du das annehmen kannst.«

»Gewiss kann sie das.« Cunard trat lächelnd einen Schritt vor. »Ihr stellt die *Elisabeth* in den Dienst Heiligenhafens, um die Bewohner zu schützen. Was ist dagegen ein kleines Zobelfell, mit dem ich der Schwester des Eigners eine Freude mache?«

Jannick antwortete nichts darauf, aber der Blick, den er Barbara zuwarf, war eindeutig. Keine weitere Tändelei!

»Na, dann bedient euch!« Hinrich wies auf den gedeckten Tisch. »Ist genug für alle da.«

Ungeachtet des missmutigen Blicks ihres Bruders nahm Barbara neben Cunard Platz. Brida unterdrückte ein Lächeln. Jetzt zeigte Jannick den gleichen Gesichtsausdruck wie Simon in den Tagen zuvor.

Von der Diele her hörten sie, wie die Haustür erneut geöffnet wurde.

»Hier geht's ja heute zu wie in der Hafentaverne«, bemerkte Hinrich.

336

Bridas Herz klopfte schneller. Ob Simon doch noch kam? Doch sofort zerschlug sich ihre Hoffnung.

»Guten Morgen!« Kalle betrat die Küche. In seiner Begleitung befand sich ein junger Mann, den Brida noch nie gesehen hatte. Ihr fiel auf, dass Kalle ihn am Oberarm festhielt, so, als fürchte er, der Bursche könne ihm davonlaufen.

»Er darf nicht auf der Kogge bleiben, wenn wir demnächst auslaufen«, sagte der Schmuggler.

Jannick war sofort aufgestanden.

»Wer ist das?«, fragte Kapitän Hinrich.

»Ein Verwandter von mir.«

Der junge Mann schnaubte verächtlich, aber Brida war sich sofort sicher, dass Jannicks Worte der Wahrheit entsprachen. Er hatte das gleiche helle Haar wie Simon, auch wenn seine Augen braun waren.

»Allerdings ein Verwandter, auf den wir ein wachsames Auge haben müssen«, fügte Kalle hinzu. »Ich glaub, dein Schuppen wär der richtige Ort, Hinrich. Die Tür hat 'n ordentlich festen Riegel.«

Barbara musterte den jungen Mann eingehend.

»Magnus?«, fragte sie unsicher. Der Angesprochene zuckte zusammen, sagte aber kein Wort.

»Scheint ja 'ne bemerkenswerte Geschichte zu sein.« Kapitän Hinrich schüttelte den Kopf. »Hat er was mit den Schwierigkeiten zu tun, die Euch jeder ansieht, Jannick?«

»Kann man so sagen. Magnus ist Däne. Sein Vater ist der Bruder unserer Mutter.«

»Aber ich hab nicht den Eindruck, als sei er einfach so zu Besuch gekommen, ne?«

»Nein«, bestätigte Jannick. »Er ist ein Spion, aber er ließ sich aufs Auskundschaften ein, um seinen Bruder zu schützen. Und deshalb steht er unter meinem Schutz.«

»Ich brauch deinen Schutz nicht!«, fauchte Magnus.

»Ach nein? Ich dachte, du weißt, was man mit Spionen anstellt. Willst du, dass es dir wie Christian ergeht?«

»Christian war kein Spion! Das war alles Simons Schuld!«

»Und deshalb wünschst du ihm den Tod an den Hals?« Jetzt war auch Jannick laut geworden. »Du weißt ganz genau, dass er Christian niemals absichtlich in diese entsetzliche Lage gebracht hätte. Verdammt, Christian war immer mehr als sein Vetter! Er war sein Freund.«

»Und trotzdem hat er ihn verraten. Wäre er ehrlich gewesen, dann hätte mein Bruder sich in Acht genommen. Dann wäre er heute kein Krüppel!«

Barbara schlug die Hand vor den Mund. »Was ist mit Christian?«, hauchte sie.

»Man hat ihn für einen Spion gehalten und grausam gefoltert«, zischte Magnus. »Und dein feiner Bruder hat sich einfach aus dem Staub gemacht.«

»Nein! Nein, das hätte Simon niemals getan!«

»Doch«, beharrte Magnus mit fester Stimme. »Genau das hat er getan.«

Bevor die Stimmung sich noch weiter aufschaukeln konnte, packte Kalle Magnus erneut am Oberarm.

»Ich setz ihn in deinem Schuppen fest, Hinrich. Nur damit ihr's wisst.«

»Fass mich nicht an! Ich lauf dir schon nicht weg.«

»Das musste dir schon gefallen lassen. Ich trau dir nicht übern Weg.«

Magnus schnaubte noch einmal, schwieg aber und ließ sich widerstandslos von Kalle aus dem Haus bringen.

Barbara starrte ihnen nach.

»Das war nicht sein Ernst, das mit Christian, oder?«

»Es war nicht Simons Schuld«, antwortete Jannick. »Schuld daran ist der Krieg. Und dieser machthungrige Dänenkönig.« Er erhob sich. »Entschuldigt mich bitte, ich habe noch etwas zu regeln.«

Barbara sah ihrem Bruder mit ausdruckslosem Blick nach. Magnus' Eröffnungen hatten sie mehr getroffen, als Brida erwartet hatte.

»Tja, so ist der Krieg«, bestätigte Bridas Vater, kaum dass Jannick verschwunden war. »Aber wir können da nicht viel machen. Also, langt zu. Wer weiß, was der Tag heute noch bringen wird.«

»Mir ist der Appetit vergangen.« Barbara schob ihren Teller beiseite, sprang auf und lief ebenfalls nach draußen.

Kapitän Hinrich und Cunard tauschten einen kurzen Blick, dann stand Cunard auf und ging ihr nach.

»Tja, Deern, nu sind wir wieder unter uns.«

Brida nickte stumm. Simons Erinnerungen an den dänischen Kerker kamen ihr in den Sinn. Sie wusste, wie sehr er unter dem Schicksal seines Vetters gelitten hatte. So sehr, dass ihn das Bild nicht einmal dann losgelassen hatte, als er sein Gedächtnis verloren hatte.

»Was denkst du, Vater?«

»Über Simon?«

»Über alles.«

»Es sind verteufelte Zeiten, Deern. Vermutlich hatte Simon keine andere Wahl als zu fliehen. Er musste das Wohl vieler Menschen über das seines Vetters stellen. Aber das mach dem Hitzkopf in unserem Schuppen erst mal klar …« Hinrich seufzte. »Junge Männer. Denen fehlt noch der Verstand. Der kommt erst, wenn sie Mitte zwanzig sind.«

»Sprichst du aus eigener Erfahrung, Vater?« Brida lächelte.

»Na, was meinste wohl, Deern? Und was meinste wohl, warum ich so zögernd mein Einverständnis gab, als Simon um deine Hand bat? Weil er mich an mich selbst erinnert, als ich in seinem Alter war.«

»Dann weißt du ja, dass er alles hat, um ein großartiger Mann zu werden.«

»Ach, Deern, du siehst mich mit den verklärten Augen einer Tochter.«

»Ja. Aber daran ist nichts Falsches«, antwortete sie bestimmt, und endlich lächelte ihr Vater.

Nach dem Frühstück ging Brida noch einmal durchs Haus. Die meisten Truhen waren inzwischen leer, die kostbarsten Möbelstücke nach Lübeck verschifft worden, ebenso die Wertsachen. Sogar die geschnitzte kleine Kogge, die auf dem Kaminsims gestanden hatte, war längst in Sicherheit gebracht worden. Die Leere machte Brida die Gefahr nur noch bewusster. Einige Familien hatten die Stadt bereits mit Pferdefuhrwerken und Ochsenkarren verlassen, auf denen sich ihr Hausstand stapelte. Die jungen Männer, die gewöhnlich zum Fischen hinausfuhren, hatten ihnen Geleitschutz angeboten. Andere wiederum hatten mit ihren Booten Wertgegenstände fortgeschafft und an sicheren Plätzen versteckt.

Brida verließ das Haus. Ohne recht zu wissen, wo ihr Ziel lag, lenkten ihre Schritte sie zum Kirchhof. Zu Annas frischem Grab. Ein schlichtes Holzkreuz erhob sich aus dem aufgeworfenen Erdhügel. Wäre Claas kein Verräter auf der Flucht und Heiligenhafen von keinem dänischen Angriff bedroht gewesen, dann hätte inzwischen wohl ein lübscher Steinmetz an einem großen Grabmal gearbeitet. Einer prächtigen Platte, auf der das Relief einer tatkräftigen Frau zu sehen gewesen wäre. Ein solches Bildwerk hatte Anna sich immer gewünscht.

Ach, Anna!, dachte sie. Du hast es hinter dir und deinen Frieden gefunden. Aber was für eine Welt hast du verlassen. Ringsum bricht alles zusammen, Freunde werden zu Verrätern, und Verwandte bekämpfen sich bis aufs Blut. Sie seufzte.

Irgendwer hatte frische Blumen auf das Grab gelegt. Vermutlich die alte Clara.

Brida ließ den Blick vom Kirchhof über den Hafen und die Ostsee schweifen. Die *Elisabeth* legte soeben ab, während die

Adela noch beladen wurde. Was würde wohl von ihrer Heimat bleiben, wenn die Dänen angriffen? Sie dachte an die zerstörten Häuser von Fehmarn, die verkohlten Balken, die noch acht Jahre nach dem Überfall der Dänen auf die Insel in den Himmel aufragten. Zwei Drittel der Bevölkerung waren ermordet worden. Nun gut, das würde hier nicht geschehen. Wenn die Dänen kamen, wären nur noch waffenfähige Verteidiger vor Ort. Aber konnten die die kleine Stadt schützen?

O heilige Stella Maris, Stern des Meeres, schütze unsere Heimat. Lass nicht zu, dass sie der Vernichtung anheimfällt.

Auf einmal hatte Brida das Bedürfnis, in der Kirche eine Kerze zu entzünden. Ein Licht der Hoffnung, des Glaubens und des Vertrauens. Gott sollte seine schützende Hand weiter über sie und die Ihren halten. So, wie er es stets getan hatte. Denn warum sonst hatte er Simon als Einzigen gerettet, als die *Smukke Grit* von den Dänen versenkt wurde?

Sie war nicht allein in der Kirche. Einige Frauen verrichteten vor brennenden Kerzen stumm ihre Gebete. Brida kannte sie alle. Zu ihrem Erstaunen kniete auch die kecke Johanna vor dem Marienbild. Tiefe Schatten lagen um ihre Augen. Brida steckte ebenfalls ein Licht an und kniete neben Johanna nieder. Das Mädchen blickte überrascht auf.

»Brida?«, flüsterte sie.

Brida nickte kurz, dann vertiefte sie sich in ihre flehentliche Bitte um Schutz für Heiligenhafen. Als sie fertig war, bemerkte sie, dass Johanna sie immer noch ansah.

»Willst du mit mir kommen?«, fragte sie. Johanna nickte stumm. Gern hätte Brida sie gefragt, was in ihr vorging, ob ihre Mutter sich schon darauf vorbereitet hatte, den Ort zu verlassen, aber ihr Gefühl mahnte sie, das Mädchen nicht mit Fragen zu quälen. Jeder im Ort wusste, dass Johannas Mutter Afra selten nüchtern und meist im Wirtshaus *Zur Seejungfrau* zu finden war, wo sie sich bereits für einen Krug Wein verkaufte. So schritten sie schweigend Seite an Seite zum Haus von Bridas Vater. Sie hatten gerade den Vorgarten betreten, als Bridas Blick auf den Schuppen fiel. Der Riegel war zurückgeschoben!

»Geh schon mal vor zu Marieke«, sagte sie zu Johanna. »Ich habe etwas im Schuppen vergessen.«

Das Mädchen nickte und betrat das Haus.

Brida klopfte das Herz bis zum Hals. War Magnus entkommen? Aber wie hatte er den schweren Riegel von innen öffnen können? Oder hatte ihm jemand geholfen?

Hinter der angelehnten Tür hörte sie jemanden leise sprechen. Dänische Worte! Brida schluckte. Sollte sie um Hilfe rufen? Doch dann erkannte sie eine der Stimmen. Es war Barbara! Hastig riss Brida die Tür auf.

Simons Schwester saß auf einem Holzstoß, Magnus auf einem alten Fass ihr gegenüber. Bridas Sorge verwandelte sich in Wut. Wie konnte Barbara es wagen, den Riegel zu öffnen und ein solches Wagnis einzugehen?

»Was tut ihr hier?«, rief sie.

Barbara wandte sich erschrocken um. Magnus grinste.

»Keine Sorge«, sagte er auf Deutsch. »Ich lauf schon nicht weg. Hätte ich das gewollt, wäre ich längst nicht mehr hier.«

»Ich musste einfach mit ihm sprechen ...«, stammelte Barbara. »Er ist doch mein Vetter.«

»Und damit bringst du alle in Gefahr!«, schimpfte Brida. »Was, wenn er geflohen wäre?«

»Wie ich schon sagte«, wiederholte Magnus, »ich habe nicht die Absicht, mich davonzumachen. Jannick hat mir ein vernünftiges Angebot unterbreitet. Ich habe zugestimmt. Und im Gegensatz zu manch anderem stehe ich zu meinem Wort. Außerdem brächte ich Barbara nie in Schwierigkeiten. Ich bin ja nicht wie Simon, dem alles gleichgültig ist, wenn es darum geht, sich in Sicherheit zu bringen.«

Brida spürte die Verbitterung in Magnus' Worten, aber

dahinter lag noch etwas anderes. Tiefe Traurigkeit und eine Enttäuschung, die einem nur ein Mensch bereiten kann, den man zuvor bewundert hat. Ihr Zorn auf Barbara verflog. Sie nahm neben ihr auf dem Holzstoß Platz.

»Was hätte Simon Eurer Meinung nach tun sollen, Magnus? Er erfuhr erst, dass man Christian für den Spion hielt, als der schon im Kerker lag.«

»Hätte er ihm von Anfang an reinen Wein eingeschenkt, dann wäre Christian vorsichtiger gewesen.«

»Ja, aber bedenkt, Simon hätte ihn auch von Anfang an in eine gefährliche Angelegenheit mit hineingezogen. Und das wollte er nicht.«

Magnus schnaubte. »Ihr müsst ja so sprechen. Barbara hat mir erzählt, dass Ihr Simon heiraten wollt.«

»Ich würde auch so sprechen, wenn er ein Fremder wäre. Ihr wisst ja nicht, wie sehr ihn das Bild verfolgt hat. Sogar während der Zeiten seines Gedächtnisverlusts.«

Sie erzählte Magnus von dem Kerkerbild, das Simon in den Tagen, da man ihn noch Erik nannte, immer wieder heimgesucht hatte. »Ihr ahnt nicht, wie schwer ein Gewissen wiegen kann, wenn es solche Schuld auf sich geladen hat. Glaubt Ihr wirklich, einer Eurer Vorwürfe könne schwerer wiegen?«, schloss sie ihre Rede.

Magnus schwieg.

Vor dem Schuppen hörten sie Schritte, die sich eilig näherten. Dann wurde die Tür aufgerissen.

»Verdammt, wer hat den Riegel geöffnet?« Jannick stand vor ihnen, das Gesicht wutverzerrt.

Barbara sprang erschrocken auf.

»Ich ... ich wollte ...«

»Mir aus den Augen!«, schrie Jannick.

Barbara floh aus dem Schuppen.

»Lass sie in Ruhe!«, ging Magnus dazwischen. »Sie hat mehr Verstand als du, denn sie weiß, dass ich zu meinem Wort stehe.«

»Ach so? Weiß sie auch, dass du Simon den Tod an den Hals wünschst?« Jannicks Augen blitzten gefährlich.

»Ja, das weiß sie«, gestand Magnus trotzig. »Aber inzwischen wünsche ich ihm den Tod nicht mehr. Er soll mit seiner Schuld leben. Mit dem Gefühl, einen Verwandten ins Unglück gestürzt zu haben, der ihm immer ein Freund war.«

Jannick verschränkte die Arme vor der Brust. »Und mit welchem Gefühl willst du weiterleben? Mit dem Bewusstsein, deinen Anteil zum Unglück der Einwohner von Heiligenhafen beigetragen zu haben?«

»Ihr habt sie rechtzeitig gewarnt.«

»Ja, dank Simon. Nur weil er uns rechtzeitig gewarnt hat. Weil er nicht heldenmütig für deinen Bruder die Folter auf sich genommen hat. Er musste eine Entscheidung treffen. Das Leben eines Freunds und Verwandten im Austausch für die Einwohner einer ganzen Stadt. Wofür hättest du dich entschieden, Magnus?«

Der junge Mann schwieg. Zum ersten Mal verschwand der harte Trotz aus seinen Augen, auch wenn er sich gewiss noch lange nicht eingestehen konnte, dass Simon keine andere Wahl gehabt hatte.

»Kommt, Brida, wir haben noch Wichtiges zu besprechen.« Jannick hielt ihr die Tür auf.

»Was wird aus Magnus?«, fragte sie.

»Der wird hier warten, bis wir ihn brauchen.«

»Du traust meinem Wort nicht, lieber Vetter?«

»Weniger, als mir lieb ist«, lautete die harsche Antwort. »Von deinem Verhalten hängen zu viele Menschenleben ab.«

Magnus rührte sich nicht, als seine Besucher den Schuppen verließen und Jannick den Riegel vorschob.

Im Haus hatte Marieke sich Johanna angenommen und ihr einen großen Becher Milch hingestellt. Doch Brida blieb keine Zeit, nach dem Mädchen zu sehen, denn Jannick drängte sie in die gute Stube.

»Ich muss mit Eurem Vater sprechen. Es ist dringend.«

Brida nickte und ging, um ihn zu holen.

Ihr Vater hatte sich wie an den Tagen zuvor nach dem Morgenmahl noch einmal hingelegt, denn seine Wunde war noch längst nicht ausgeheilt. Als er aber hörte, dass Jannick ihn sprechen wollte, war er sofort auf den Beinen.

»Schwierigkeiten, Deern?«

»Zumindest hatte er sehr schlechte Laune.« Brida erzählte ihm von Barbaras Besuch im Schuppen und Jannicks harten Worten.

Jannick wanderte unruhig in der kleinen Stube auf und ab, als Hinrich und Brida eintraten. Der Kapitän ließ sich dadurch nicht aus der Ruhe bringen. Er setzte sich auf seinen Lehnstuhl und forderte Jannick auf, ihm gegenüber Platz zu nehmen.

»Nun, was gibt's?«, fragte er in seiner unnachahmlichen Weise, die Brida immer das Gefühl vermittelte, nichts könne ihnen etwas anhaben. Jannick räusperte sich kurz, dann ließ er sich auf dem zweiten Lehnstuhl nieder.

Brida blieb eine Weile unschlüssig stehen. Sollte sie bei den Männern bleiben oder lieber in der Küche nach Johanna sehen? Ihr Vater nahm ihr die Entscheidung ab, indem er nach ihrer Hand griff. »Komm, Deern, setz dich her zu mir!«

Sie zog den kleinen Stuhl heran.

»Wir können Heiligenhafen nicht halten.« Jannick kam ohne Umschweife zur Sache. »Ich habe mit Willem gesprochen. Der Stadtrat hat sich zu einer Sondersitzung zusammengefunden.« Er atmete tief durch. »Er entscheidet in dieser Stunde darüber, ob die Stadt aufgegeben werden soll oder nicht.«

»Aufgeben? Was heißt das?« Bridas Vater runzelte die Stirn.

»Den Dänen verbrannte Erde hinterlassen. Willem erzählte mir, dass der Bürgermeister sie an den großen Brand vor bald vierzig Jahren erinnert habe. Er sagte, damals wurde der Ort bis auf acht Häuser vollständig vernichtet, aber es war nicht das Ende der Stadt. Wenn den Dänen nichts bleibt, können sie sich nicht einnisten, und sie hätten der Nordseeflotte nichts entgegenzusetzen, wenn die endlich eintrifft. Die Häuser wären verloren, aber nicht der Boden und die Heimat.«

»Keine leichte Entscheidung. Doch vermutlich die einzig richtige.«

»Habt Ihr damals eigentlich den Brand von 1391 miterlebt?«, fragte Jannick.

»Nein, zu der Zeit lebte ich noch in Hamburg. Aber unsere alte Köchin Elsa, die war damals ein junges Mädchen und kann sich noch gut erinnern.« Hinrich seufzte. »Es stimmt schon, die Menschen hier sind hart im Nehmen. Ein Haus kann neu gebaut werden, aber wenn der Boden verloren ist, ist auch die Heimat dahin.«

»Ich hätte noch einen anderen Plan. Aber dazu brauche ich Simon.«

»Wie sähe dieser Plan aus?«

»Wenn der Stadtrat entscheidet, dass die Stadt aufgegeben wird, sollten wir den Dänen einen feurigen Empfang bereiten. Aber nicht, indem wir die Häuser zuvor selbst abbrennen.«

»Sondern?« Hinrich war neugierig geworden.

»Schwarzpulver.« Jannick grinste. »Wir füllen die wichtigsten Häuser mit Pulverfässern und zünden die Lunten. Und wenn die Dänen landen, fliegen sie mit allem in die Luft.«

»Das ist teuflisch.«

»Erschüttert es Euch?«

Bridas Vater schüttelte den Kopf. »So ist der Krieg. Und wer mordende Söldner in einen friedlichen Ort führt, soll dafür zahlen. Habt Ihr schon mit Willem darüber gesprochen?«

»Nein, Ihr seid der Erste. Wenn Simon zurück ist, unterbreite ich ihm den Vorschlag. Er kennt sich mit Pulver und Feuerwaffen besser aus als jeder andere.«

Ein kalter Schauer rieselte Brida über den Rücken. Die Vorstellung, dass ihre Heimat in wenigen Tagen nicht mehr sein sollte, hinweggefegt von der Erde in einem Sturm aus Feuer und Pulver, war zu ungeheuerlich. Das konnte nicht sein. Das durfte nicht sein. Aber es würde geschehen. Das las sie im Gesicht ihres Vaters ebenso deutlich wie in Jannicks Antlitz.

»Wisst Ihr, wann der Rat seine Entscheidung trifft?«, fragte Hinrich.

»Irgendwann im Lauf des Vormittags.« Jannick erhob sich. »Ich habe bis dahin noch einiges zu regeln, aber ich wollte, dass Ihr es wisst.«

»Ich danke Euch.«

»Sodom und Gomorrha«, flüsterte Brida vor sich hin. Ihr Vater hatte es gehört.

»Ja, aber mit dem Unterschied, dass der Zorn Gottes nicht die Einwohner treffen wird, sondern die Eroberer. Wer sich die Heimat eines anderen aneignen will, soll dafür mit seinem Blut bezahlen.«

Selten zuvor hatte Brida ihren Vater so entschlossen erlebt. Er sprach nicht oft von Blut und Tod, war alles andere als ein kriegerischer Mann. Nur einmal hatte er etwas Ähnliches gesagt. Das war damals gewesen, als die Kaperfahrer hinter ihnen her gewesen waren. Pulverdampf hatte sie umhüllt, als die Kanonen der *Adela* trafen und ihr Vater wie ein zürnender Erzengel immer wieder den Befehl zum Feuern gegeben hatte. Damals war sie stolz auf ihn gewesen, hatte keine Angst empfunden. Aber damals war auch ihre Heimat nicht bedroht gewesen. Ihre Heimat war die *Adela*, und die war unsinkbar, ebenso wie ihr Vater unsterblich war.

Johanna saß noch immer in der Küche und hatte kaum an ihrer Milch genippt. Marieke hatte sich zu ihr gesetzt und sprach behutsam auf sie ein.

»Was ist mit dir?«, fragte Brida und nahm ebenfalls am Tisch Platz.

»Johanna macht sich Sorgen um ihre Mutter«, antwortete Marieke.

Johanna nickte stumm.

»Was ist mit Afra? Ist sie in Schwierigkeiten?«

»Nein«, antwortete Johanna leise. »Noch nicht. Aber sie will Heiligenhafen nicht verlassen. Sie sagt, Dänen sind auch nur Männer, und bei denen wird sie's nicht schlechter haben als bei den Kerlen in Heiligenhafen.«

Brida und Marieke tauschten einen verständnisinnigen Blick.

»Aber du hast Sorgen, nicht wahr?«, fragte Brida sanft.

»Ja. Weil sie mich belügt.« Johannas Augen füllten sich mit Tränen. »Sie glaubt, ich weiß nicht mehr, wie es auf Fehmarn war, weil ich noch ein kleines Kind war. Aber ich habe es nie vergessen.«

»Du warst damals auf Fehmarn?« Marieke schlug die Hand vor den Mund.

Johanna nickte. »Sie haben uns aufgelauert, als wir schon auf der Flucht waren. Vater hat sich für uns geopfert, damit Mutter und ich entkommen konnten. Sie haben ihn einfach abgestochen, als wäre er ein Schwein.« Eine einzelne Träne lief Johanna über die Wange. »Und jetzt will Mutter hierbleiben. Wie kann sie das nur?«

Unwillkürlich nahm Brida Johanna in die Arme und drückte sie fest an sich. »Soll ich mit deiner Mutter sprechen?«

»Sie würde gar nicht zuhören. Die ist doch immer betrunken!« Jetzt konnte Johanna die Tränen nicht länger zurückhalten. Brida hielt sie weiter fest, strich ihr sanft über den Rücken. Wie gern hätte sie ihr gesagt, dass alles gut werde, aber das wäre gelogen gewesen.

»Deine Mutter ist eine erwachsene Frau. Sie muss ihre eigenen Entscheidungen treffen. So wie du die deinen. Willst du mit uns kommen?«

»Ich kann sie doch nicht allein zurücklassen! Sie wird sterben!«

Sterben … Vermutlich war Afras Seele längst gestorben. An jenem Tag, da sie mit ihrer Tochter von Fehmarn geflohen war. Bislang hatte Brida sich kaum Gedanken um Johannas Mutter gemacht. Allenfalls hatte sie Mitleid mit Johanna empfunden. Einmal war Afra vor den Dänen geflohen, hatte dabei ihren Mann verloren. Und was war danach gekommen? Ein erbärmliches Leben als trunksüchtige Hafenhure. Ohne dass Brida es wollte, konnte sie Afras Entscheidung verstehen. Für sie gab es keine Flucht mehr. Nirgendwohin. Das ganze Leben war eine gescheiterte Flucht.

»Ich will versuchen, dir und deiner Mutter zu helfen«, versprach sie Johanna, auch wenn sie daran zweifelte, ob ihr das glücken würde.

24. Kapitel

Am frühen Nachmittag kehrte die *Elisabeth* nach Heiligenhafen zurück. Erfreut hatte Simon am Morgen zur Kenntnis genommen, dass fast alles, was noch in den Schuppen lagerte, mit einer Fuhre nach Cismar gebracht werden konnte.

Die letzte Nacht war hart gewesen, Simon hatte kaum Schlaf gefunden. Eigentlich hätte er nun einige Stunden Zeit gehabt, bis er Magnus zum Treffen mit Claas und später zu dem mit den Dänen begleiten würde. Aber er war viel zu aufgewühlt, um sich niederzulegen, und Kalle, der ihn wieder begleitet hatte, erging es ähnlich.

»Woll'n wir sehen, ob mein Marieken und Fräulein Brida was Gutes für uns zu essen haben?«, schlug der Schmuggler vor. Simon stimmte sofort zu. Er hatte Brida in den letzten beiden Tagen kaum gesehen.

»Da schau an, unsere fleißigen Mannsbilder!«, wurden sie von Marieke begrüßt. »Habt ihr Hunger?«

»Darauf kannste wetten«, gab Kalle zur Antwort, und Simon nickte.

Noch während sie sich an den Tisch in der Küche setzten, trug Marieke ihnen frisches Brot, Wurst und Käse auf.

»Ist Brida gar nicht hier?«, fragte Simon.

»Nein, die ist noch zu Afra gegangen, um ihr gut zuzureden.«

»Was will sie der denn schon zureden?« Kalle schüttelte verständnislos den Kopf. »Bei der ist doch Hopfen und Malz verloren.«

»Ist doch wegen der Johanna.«

»Wer ist Afra?«, wollte Simon wissen.

»Johannas Mutter«, antwortete Marieke.

»Johanna hat eine Mutter?« Überrascht hob Simon den Kopf. Er hatte das vorwitzige Mädchen immer für eine Waise gehalten. Wie konnte eine Frau zulassen, dass ihr Kind auf derartige Abwege geriet? Seine Frage wurde beantwortet, als Marieke ihm in aller Ausführlichkeit die Geschichte des Mädchens und seiner Mutter erzählte.

»Und warum hat sich niemand schon eher um die beiden gekümmert?«

Marieke hob die Schultern. »Afra wollte nicht. Die hat lieber rumgehurt und gesoffen. Und die Johanna, um die sollte sich der Pfarrer kümmern.«

»Was der Hurenbock auch getan hat«, knurrte Simon und spürte, wie sich seine Hände zu Fäusten ballten.

Die Haustür wurde geöffnet. Schritte in der Diele. Ein heftiger Seufzer. Es war Brida. Ihre Augen wirkten müde, als sie in die Küche trat, doch sobald ihr Blick auf Simon fiel, strahlten sie.

»Ihr seid zurück aus Cismar? Das ist schön.« Ein Lächeln huschte über ihre Züge.

»Ja, wir haben alles in Sicherheit gebracht. Und du warst bei Johannas Mutter?« Simon rückte mit seinem Stuhl ein Stück beiseite, damit Brida neben ihm auf einem Schemel Platz nehmen konnte.

»Hat Marieke euch davon erzählt?«

Die beiden Männer nickten.

»Nun ja. Ich habe versucht, mit Afra zu reden. Aber wie redet man schon mit einer Frau, die volltrunken auf einem schmutzigen Strohsack liegt und sinnloses Zeugs lallt?«

»Tja, so wie mit Seyfried kann man's ja mit 'm Weibsbild nicht machen, ne?« Kalle grinste.

»Und wo ist Johanna?«, fragte Simon.

»Bei ihrer Mutter geblieben. Wie immer, wenn Afra betrunken ist. Das Mädchen tut mir leid. Wir müssen dafür sorgen, dass sie Heiligenhafen mit uns verlässt, ehe die Dänen kommen.«

»Wird ihre Mutter uns begleiten?«

»Ich hoffe. Sie krächzte so etwas wie eine Zustimmung, vielleicht aber auch nur, um mich loszuwerden.«

»Ich sorge dafür, dass Johanna mit uns nach Lübeck kommt«, versprach Simon. »Ganz gleich, wie sich ihre Mutter entscheidet.«

Bridas dankbares Lächeln wärmte ihm das Herz. Wie gern hätte er ihre Hand ergriffen und wäre mit ihr zum Strand gegangen, um zu sehen, wie der frische Wind mit ihrem langen Haar spielte. Und dann, in den Dünen … Er zwang sich, den Gedanken nicht zu Ende zu führen. Für derartige Träumereien war nicht die rechte Zeit.

Brida schien zu ahnen, was in ihm vorging. Beinahe absichtslos streifte ihre Hand die seine. Eine harmlose Berührung, und doch lief ihm ein Schauer über den Rücken. War er wirklich so ausgehungert? Hatte Jannick mit seiner ewig tadelnden Miene recht?

Ihre Blicke trafen sich, und er glaubte, in Bridas Augen das gleiche Verlangen zu erkennen. Er atmete tief durch. Beinahe dankbar hörte er Kalle fragen, wann sich Magnus mit Claas treffen wolle.

»Wenn ich ihn recht verstanden habe, nach der Vesper.«

»Na, dann haben wir ja noch gut zwei Stunden Zeit. Ich würd gern noch mal mit Willem reden, wie es unserem Seyfried geht. Kommst du mit?«

Simon nickte, schenkte Brida einen letzten liebevollen Blick, dann folgte er Kalle.

Der Hauptmann der Stadtwache war nicht allein. Der junge Stadtrat Harald Wever und Simons Bruder Jannick saßen bei ihm, vor sich auf dem Tisch eine Schiefertafel, auf der grob die Umrisse der Stadt und des Hafens aufgezeichnet waren.

»Ah, Simon, gut, dass du da bist!«, begrüßte Jannick ihn. »Ich wollte schon nach dir schicken lassen.«

»Was gibt's?« Simon zog einen Stuhl heran, während Kalle sich auf die kleine Bank zu Willem setzte.

»Sind alle Wertgegenstände der Stadt in Cismar?«, fragte Harald Wever. Simon nickte und erstattete einen knappen Bericht.

»Und die meisten Einwohner haben ihr Hab und Gut ebenfalls in Sicherheit gebracht«, ergänzte Willem. »Allerdings sind nicht alle mit den neuesten Plänen einverstanden.«

»Mit den neuesten Plänen?« Simon blickte erwartungsvoll in die Runde.

»Wir können Heiligenhafen nicht halten«, erklärte Willem. »Die Befestigungen sind zu schwach. Selbst wenn zwei oder drei Schiffe den Hafen verteidigen würden, wir haben den Dänen nicht viel entgegenzusetzen, wenn sie etwas weiter längs an Land gehen und von dort aus in die Stadt einfallen. Auf keinen Fall können wir sie so lange verteidigen, bis Hilfe kommt.«

Der Hauptmann zeigte mehrere Schwachpunkte der Verteidigung auf der Schiefertafel.

»Und deshalb«, fuhr Harald Wever fort, »hat der Stadtrat beschlossen, die Stadt aufzugeben und dem Feind nur verbrannte Erde zu hinterlassen.«

»Und ich habe vorgeschlagen, die Häuser nicht einfach in Brand zu setzen, sondern den Dänen eine feurige Überraschung zu bereiten«, ergänzte Jannick. »Du bist doch erfahren im Umgang mit Pulver. Wie viel braucht man, um ein Haus in die Luft zu jagen?«

»Du hast die Absicht, die Häuser zu sprengen?« Simon starrte seinen Bruder mit großen Augen an.

»Ja, kurz bevor die Dänen die Stadt überrennen. Sie glauben, sie hätten leichtes Spiel, und dann fliegt ihnen alles um die Ohren.«

»Das ist teuflisch!«

»Du redest schon wie dein künftiger Schwiegervater.« Jannick lachte. »Hast du etwa Gewissensbisse?«

»Keineswegs. Aber es ist mit einem Wagnis verbunden. Unsere Männer müssen lange genug in der Stadt bleiben, um die Lunten zu zünden. Und wenn jemand versagt, erobern die Dänen nicht nur das Haus, sondern auch das Schwarzpulver. Es wäre sicherer, die Häuser niederzubrennen.«

»Mag sein«, gab Harald Wever zu. »Aber der Plan Eures Bruders hat dem Rat gefallen. Wenn wir unsere Heimat verlassen müssen, dann soll sie niemand besitzen, und wer dennoch unsere Erde betritt, den sollen Feuer und Rauch in die Hölle holen. Als Warnung für alle Zeiten.«

»Wollt Ihr etwa auch die Kirche sprengen?«

»Nein«, wehrte Wever ab. »Sie wird als einziges Gebäude stehen bleiben, zum Ruhm Gottes. Die Dänen werden nicht wagen, sie zu schänden und den Zorn des Allmächtigen auf sich zu ziehen.«

»Na, da wär ich mir man nicht so sicher«, mischte Kalle sich ein. »Auf Fehmarn haben die sich auch nicht um die Gotteshäuser geschert. Von einigen Kirchen sieht man heute noch die verkohlten Überreste.«

»Deshalb haben sie auch Gottes Zorn auf sich gezogen und konnten die Insel nicht halten«, beharrte Wever.

Kalle brummte etwas vor sich hin, aber so leise, dass es niemand verstehen konnte.

»Also, Simon, zurück zu unserem Plan. Wie viel Pulver brauchst du?« Jannick ließ sich durch nichts beirren und brachte Simon damit zum Lächeln.

»Wie viele Häuser soll ich sprengen?«

»Am besten alle, die unmittelbar am Hafen stehen.« Willem deutete auf die entsprechenden Gebäude auf der Schiefertafel.

»Gut.« Simon nahm die Kreide und rechnete die Pulvermenge aus.

»Das wird ja 'n schöner Weltuntergang. Wie's Jüngste Gericht«, meinte Kalle, als sie später zu Hinrichs Haus zurückkehrten.

»Ja«, bestätigte Simon. Er war sich immer noch nicht sicher, ob der Plan nicht zu gewagt war. Es gab viele Unwägbarkeiten. Er hätte gern länger mit Jannick über seine Zweifel gesprochen, doch der war zurückgeblieben, um gemeinsam mit Willem zu überprüfen, ob die Pulvervorräte der Stadt ausreichten. Simon wünschte, er hätte ebenso viel Vertrauen wie sein Bruder gehabt. Aber wenn das Unternehmen von Erfolg gekrönt war, hätten die Dänen an dieser Niederlage lange zu kauen. Länger, als wenn sie nur verbrannte Erde vorfänden. Vermutlich sollten sie es wagen.

Magnus zog eine finstere Miene, als Simon und Kalle den Schuppen betraten.

»Es wird Zeit«, sagte Simon. »Du zeigst uns jetzt, wo du Claas erwartest.«

Kalle trat einen Schritt vor, wollte Magnus offenbar wieder am Arm packen, doch der wich zurück.

»Wenn der da mich noch einmal anrührt, setzt's was.«

»Ach ne, ich hör wohl nicht recht. Biste scheu wie 'ne Klosterschwester geworden?« Kalle lachte. »Vor deinen Prügeln hab ich keine Angst.«

»Lass ihn!« Simon legte eine Hand auf Kalles Schulter. »Er wird uns schon nicht ausbüxen. Und wenn, dann bin ich schneller als er.«

Magnus schnaubte. »Das glaubst auch nur du.«

»Willste jetzt Ärger machen, Jung?« Kalle trat einen weiteren Schritt vor. »Den kannste haben.«

»Aber dann werdet ihr nicht mehr rechtzeitig euren Claas treffen.« Ein spöttisches Lächeln huschte über Magnus' Lippen. Kalle sah so aus, als suche seine Faust gleich Bekanntschaft mit Magnus' Nase, aber Simon hielt den Schmuggler abermals zurück.

»Lass ihn, er will uns nur reizen. Na, dann komm, Magnus! Wir haben schließlich eine Verabredung.«

Der junge Däne trat tatsächlich aus dem Schuppen hervor. Simon ließ keinen Blick von seinem Vetter, achtete genau auf jede seiner Bewegungen, aber Magnus machte keine Anstalten, ihnen davonzulaufen. Simon wurde unsicher. Dem offenen Hass, den Magnus ihm entgegenbrachte, begegnete er inzwischen mit Gleichmut, aber diese scheinbare Unterordnung wusste er nicht einzuschätzen. Plante Magnus einen Hinterhalt? War seine Fügsamkeit nur gespielt? Oder stand er zu seinem Wort?

Schweigend führte er sie in Richtung des Hohen Ufers, vorbei an Seyfrieds Hof. Ob Seyfried Claas und Magnus hier beobachtet hatte?

»Ist es noch weit?«, wollte Kalle wissen.

»Wieso? Hast du's an den Füßen?«, gab Magnus frech zurück.

»Ne, aber du hast gleich heiße Ohren!«

»Hört auf damit!« Simon warf Magnus einen strengen Blick zu. »Nun sag, wo hast du dich immer mit ihm getroffen?«

»Da vorn.« Magnus deutete auf ein Wäldchen oberhalb der Steilküste.

»Kein übler Platz«, gab Kalle zu. »Da können wir uns gut verstecken.«

Sie warteten vergebens. Claas kam nicht. Simon wusste nicht recht, ob er enttäuscht sein sollte, denn tief in seiner Seele hatte er nichts anderes erwartet. Der Stadtrat hatte nicht einmal der Beisetzung seiner angeblich so geliebten Frau heimlich beigewohnt. Warum sollte er sich jetzt noch mit einem dänischen Spion treffen? Vermutlich war er längst über alle Berge.

»Und nu?«, fragte Kalle, nachdem sie ihren Beobachtungs-
posten aufgegeben hatten. »Wann kommen deine anderen
Freunde?«

»Sie sind nicht meine Freunde.«

»Na, dann eben deine Landsleute.«

»Sie kommen erst bei völliger Dunkelheit.«

Die Männer blickten nach oben. Die Sonne stand als
blutrote Scheibe am Horizont. Bis zum Einbruch der Nacht
würde noch einige Zeit vergehen.

»Geh'n wir noch mal zu Hinrich«, schlug Kalle vor. »Nach
dem langen Warten könnt ich 'ne anständige Mahlzeit vertragen.«

Simon lachte. »Aber pass auf, dass du dann nicht zu träge für
die Dänen wirst.«

Magnus schnaubte verächtlich.

Natürlich wurden sie in Hinrichs Haus mit Spannung erwartet. Alle hatten sich in der Küche eingefunden, um den Bericht
ihrer Gefährten zu hören. Kalle wollte Magnus wieder im
Schuppen einsperren, doch Simon hielt ihn zurück. »Lass ihn
hier, er türmt schon nicht.« Er wies Magnus einen Stuhl
am Küchentisch an.

Der zögerte. »Ich weiß nicht, ob ich den Schuppen nicht
doch lieber deiner Gesellschaft vorziehen sollte.«

»Aber nicht meiner!«, rief Barbara. »Setz dich zu mir, Magnus.«

Seiner Base gegenüber verhielt sich Magnus deutlich wohl-
wollender und kam ihrem Wunsch sofort nach. Jannick runzelte aus irgendeinem Grund die Stirn, und Barbara wich
seinem Blick aus, ganz so, als sei etwas zwischen ihnen vorgefallen.

»Claas ist nicht gekommen, ne?«, fragte Kapitän Hinrich.

»Nein«, bestätigte Simon. »Der hat sich vermutlich längst
nach Dänemark abgesetzt.«

Marieke stellte gesäuertes Wasser, Milch, Brot und Käse auf den Tisch. Kalle langte sogleich zu.

»Ich versteh's immer noch nicht«, seufzte Brida, die neben ihrem Vater saß. »Warum hat Claas so etwas getan? Er war jahrelang ein Freund der Familie.«

»War er schon immer so verrückt wie jetzt?«

Magnus' Frage ließ Simon aufhorchen.

»Wie kommst du darauf, dass er verrückt ist?«

»Als ich ihn das letzte Mal traf, war er schon dort. Und er sprach mit jemandem. Ich wartete, bevor ich mich zeigte, ich wusste ja nicht, wer bei ihm war.«

»Und wer war es? Der Seyfried?«

Magnus schüttelte den Kopf. »Nein. Das ist ja das Verrückte. Er redete mit der Luft. Aber so, als wäre er nicht allein. Als ich kam, schwieg er sofort, als sei es ihm unangenehm, bei seinem Selbstgespräch ertappt zu werden.«

»Und du bist sicher, dass da nicht doch irgendjemand war?«

Magnus schüttelte entschieden den Kopf. »Ganz sicher war er allein.«

»Nein, verrückt war er nie.« Bridas Vater runzelte die Stirn. »Das hätt ich merken müssen. Obwohl, seit die Anna so schwer krank war, da war er manchmal schon recht in sich gekehrt. Aber seine Pflichten hat er immer erfüllt.«

Simon erinnerte sich an die Art, wie Claas ihn, Kalle und Hauptmann Willem übertölpelt hatte und geflohen war. Das sprach nicht für einen Mann, der den Verstand verloren hat. Andererseits hatte Magnus keinen Grund zu lügen. Je länger Simon darüber nachdachte, umso zwielichtiger erschien ihm der Stadtrat. Er selbst hatte ihm vertraut, hatte geglaubt, Claas wolle ihm wirklich helfen. Und dabei hatte der ihm längst einen Mordbuben auf den Hals gehetzt.

»Wir werden das wohl kaum klären können«, sagte Jannick in seiner ruhigen Art. »Viel wichtiger ist die Ergreifung der dänischen Spione. Magnus, du stehst zu deinem Wort?«

»Das habe ich dir versprochen. Ihr fasst die beiden, und ich überbringe die Botschaft erst morgen Abend. Mehr kann ich nicht tun, ohne unglaubwürdig zu werden. Sven meinte zwar, es dauere drei Tage, die Flotte gefechtsklar zu machen, aber ich trau ihm nicht. Ich habe die Schiffe gesehen. Rechnet mit einem schnellen Angriff. Ich glaube nicht, dass ihr mehr als einen Tag habt, nachdem ich meine Meldung gemacht habe.«

Jannick wandte sich an Simon.

»Braucht ihr noch Unterstützung, oder werdet ihr allein mit den beiden Spionen fertig?«

»Wir schaffen das zu zweit«, antwortete Simon. »Je mehr Mitwisser es gibt, umso schwerer wird es für Magnus, unerkannt zu entkommen.«

Jannick nickte, aber Simon bemerkte die schmale Sorgenfalte zwischen den Brauen seines Bruders. Ob er Magnus misstraute? Simon wurde erneut unsicher. Sein eigenes Misstrauen war inzwischen deutlich in den Hintergrund getreten. Magnus war zu offen gewesen. Und zu ehrlich. Er war schon immer ein schlechter Lügner gewesen, aber Simon hatte ihn zuletzt vor vier Jahren gesehen. Da war er fast noch ein Kind gewesen. In der Zwischenzeit konnte viel geschehen sein.

»Krieg ich mein Messer wieder?«, fragte Magnus.

Simon zuckte innerlich zusammen.

»Warum?«

»Weil es Sven auffällt, wenn ich plötzlich unbewaffnet vor ihm stehe. Oder hast du Angst, ich könnte dir die Kehle durchschneiden?«

»Das würdste wohl nicht überleben, Jung«, antwortete Kalle. »Ich hab noch nie jemanden gesehen, der so geschickt mit'm Messer ist wie Simon.«

»Dann spricht ja nichts dagegen, oder?« Magnus blickte Simon herausfordernd an.

»Nein«, antwortete Simon. »Es ist noch auf der *Elisabeth*. Aber da kommen wir ohnehin vorbei.«

»Vielleicht wäre es besser, ihr brecht sofort auf«, schlug Jannick vor. »Dann habt ihr noch Zeit, euch einen Eindruck von der Umgebung zu verschaffen. In der Dunkelheit kann das von Vorteil sein.«

Es war der gleiche Platz, an dem sie Magnus in der vergangenen Nacht überwältigt hatten. Ganz in der Nähe lag noch etwas trockenes Holz, das Magnus aufschichtete und entzündete. Kalle und Simon hielten sich im Hintergrund. Obwohl Kalle nichts weiter gesagt hatte, spürte Simon die Anspannung des Schmugglers beinahe körperlich.

»Was, wenn er uns betrügt?«, raunte Kalle ihm zu.

»Das glaube ich nicht«, entgegnete Simon. Irgendetwas hatte sich verändert, aber er konnte es selbst nicht benennen. War es in Hinrichs Haus gewesen, als Magnus gleichberechtigt bei ihnen gesessen hatte? Oder war es schon davor geschehen? Gewiss, Magnus war noch immer wütend auf ihn, aber der tödliche Hass war geschwunden. Er war kein Feind mehr, sondern einfach nur ein zorniger junger Mann. Und er hatte Grund, zornig zu sein. Während Simon Magnus beobachtete, wie der das Feuer entfachte, fragte er sich, wie er selbst wohl gehandelt hätte, wenn Jannick durch das Verschulden eines Angehörigen in eine Lage wie Christian geraten wäre. Vermutlich hätte er seinen Hass nicht so schnell beherrschen können. Der junge Mann hatte wohl doch mehr von Christians Ruhe geerbt als vermutet.

Kurz nachdem das Feuer hell in den Nachthimmel loderte, waren Ruderschläge zu hören. Simon und Kalle versteckten sich an der Stelle, wo sie auch in der Nacht zuvor gelauert hatten. Magnus hockte sich auf den umgestürzten Baumstamm.

Ein letzter Ruderschlag. Männer, die ins Wasser stiegen. Magnus erhob sich. Simon glaubte schon, sein Vetter gehe ihnen entgegen, da bemerkte er, dass dieser ihm und Kalle etwas zuraunte.

»Es gibt Schwierigkeiten«, flüsterte er. »Sie sind heute zu fünft.«

»Verdammt, fünf können wir nicht lebend fassen!«, zischte Kalle. »Das hast du gewusst, ne? Du hast uns absichtlich was vorgemacht!«

»Nein«, widersprach Magnus heftig. »Sie waren noch nie zu fünft da.«

»Dann müssen sie sterben«, zischte Kalle. »Anders geht's nicht.«

Simon atmete tief durch. »Es sind Magnus' Leute.«

»Mach dir darum keine Sorgen«, entgegnete Magnus. »Ich helfe euch.«

»Was?« Beinahe hätte Simon laut die Stimme erhoben. Gerade noch rechtzeitig dämpfte er sie.

»Hör zu, ich nehme Sven, ihr die anderen«, flüsterte Magnus. »Wenn sie entkommen, wird die Flotte gewiss schon morgen angreifen.«

»Aber es sind deine Gefährten …«

»Nein, das sind sie nicht! Sven war dabei, als Christian gefoltert wurde. Er hat's mir immer wieder genüsslich unter die Nase gerieben. Verstehst du, es ging mir nicht nur um Rache für deinen Verrat. Ich wollte vor allem, dass Christian dem Kerker entkommt.«

Simon fehlten die Worte. Auf einmal war Magnus wieder Christians kleiner Bruder, der als Kind hinter ihnen hergelaufen war. Der mit bedingungsloser Liebe an seinem großen Bruder hing. Plötzlich war Simon sich sicher, dass Magnus noch nie getötet hatte. Sonst hätte er nicht in dieser Abgeklärtheit darüber sprechen können. Nicht so wie Kalle.

»Magnus …«, setzte er noch einmal an.

»Halt's Maul und mach einfach!«, bekam er zur Antwort. Raue Worte, und doch bestätigten sie Simons Vermutung.

Die Schritte kamen immer näher. Im Schein des Feuers

erkannte Simon, dass Magnus die Wahrheit gesagt hatte. Es waren fünf Männer.

»Na, hast du heute endlich brauchbare Nachrichten?« Sven schaute von oben auf Magnus herab.

»Ja, die habe ich.« Fast gleichzeitig zog er sein Messer und rammte es Sven in die Brust.

»Du verdammter Verräter!«, brüllte einer und stürzte sich auf Magnus.

Simon sprang auf, das Messer in der Hand. Kalle war noch schneller und packte den Mann, der Magnus angriff. Auch die drei übrigen Dänen hatten ihre Waffen gezogen. Simon versuchte, Kalle den Rücken freizuhalten. Hinter sich hörte er Magnus' Angreifer schreien, dann war Kalle neben ihm. Es gab kein Zögern, kein Nachdenken, als Simons Waffe dem ersten Gegner in den Leib fuhr. Der zweite Däne versuchte ihn zu treffen. Simon wich aus, fing den Schlag ab und zog ihm seine Klinge durch den Leib. Der Mann brüllte wie ein Tier, sank in die Knie. Einen Lidschlag lang sah Simon das schmerzverzerrte Gesicht des Sterbenden. Blutige Hände pressten sich auf die Wunde. Zwischen den Fingern quollen Darmschlingen hervor. Wie jung er war! Kaum älter als Magnus. Simon atmete tief durch, unterdrückte einen Anflug von Übelkeit. In der Erinnerung hörte er die Worte seines Fechtlehrers. *Bereue niemals, was du tust. Wer Mitleid zeigt, ist tot.* Dennoch wusste er, dass ihn der Anblick in dieser Nacht nicht mehr loslassen würde.

Neben ihm zog Kalle seine Waffe aus dem Körper des letzten Dänen.

Simon wandte sich zu Magnus um. Der junge Mann war leichenblass und hielt das blutige Messer noch immer in der Hand.

»Donnerwetter, das hätt ich dir nicht zugetraut«, hörte er Kalle Magnus loben. Da wandte Magnus sich um und übergab sich würgend ins Buschwerk.

»War wohl sein erstes Mal«, bemerkte der Schmuggler gleichmütig.

»Na, deins gewiss nicht, oder?«, fragte Simon. Obwohl er Kalle mochte, ärgerte er sich über dessen Gefühllosigkeit. Doch zugleich fragte er sich, ob Kalle vielleicht nur nach den gleichen Regeln handelte, die er selbst gelernt hatte. Niemals Reue zeigen. Reue ist Schwäche …

»Ne. Ich hab schon einige Dänen in die Hölle geschickt, damals, vor acht Jahren, als sie uns auf Fehmarn überfallen haben. Da war ich so alt wie dein Vetter heute.« Er musterte Simon von der Seite.

»Und du? Wann hast du deinen ersten Feind getötet?«

»In der Nacht, bevor die *Smukke Grit* sank«, antwortete Simon. »Als sie mich bei Vordingborg gestellt hatten.«

Magnus würgte noch immer. Simon trat zu ihm und berührte ihn sacht an der Schulter.

»Es tut mir leid«, sagte er leise.

»Was tut dir leid?« Magnus hob den Kopf, er hatte die Übelkeit überwunden. »Dass ich zum Verräter an meinen Landsleuten wurde?«

Simon nickte. »Genau das. Ich hätte es dir gern erspart.«

»Dann nutzt den Tag, den ich euch damit erkauft habe!«

»Magnus …«

»Verdammt, ich will nichts mehr hören!«, schrie er. »Gar nichts mehr! Und dich will ich auch nicht mehr sehen!«

»Komm gut nach Hause«, raunte Simon. Magnus antwortete nicht, sondern rannte in den Wald, ohne sich noch einmal umzusehen.

25. Kapitel

S ie kommen!« Kalle stürzte in die Küche, als wäre der Leibhaftige hinter ihm her. »Eben hat's Helmar gemeldet. Von der *Katharina* aus wurde die Flotte gesichtet.«

Brida zuckte zusammen. Seit Tagen war sie darauf vorbereitet, doch dass es jetzt so weit war, erschreckte sie.

Zwei Nächte zuvor waren Simon und Kalle mit einem Ruderboot und fünf toten Dänen heimgekehrt.

»Ist leider nicht ganz so gelaufen, wie wir dachten«, hatte der Schmuggler gleichmütig gesagt. »Aber liegen lassen konnten wir sie ja nicht, ne?«

Die meisten Einwohner, die außerhalb Heiligenhafens Verwandte oder Besitz hatten, waren schon fort. Nur die Ärmsten, denen nichts als das nackte Leben blieb, harrten noch aus. Immer in der Hoffnung, dass der Kelch an ihnen vorübergehen möge. Die *Elisabeth* lag wartend im Hafen. Jannick hatte versprochen, alle Flüchtlinge, die sich nicht anders zu helfen wussten, mit nach Lübeck zu nehmen und von dort aus auf die Güter seiner Familie zu verteilen. Zumindest so lange, bis man die Heimat zurückerobert hatte.

In fast allen Häusern am Hafen lagerten Pulverfässer. Brida grauste bei dem Gedanken, was mit ihrer Stadt geschehen würde, sobald die feindliche Flotte ihr Ziel erreicht hätte. Um die beiden Fässer, die in der guten Stube standen, machte sie einen großen Bogen.

Jannick sprang auf.

»Weiß Willem schon Bescheid?«

Kalle nickte. »Den hab ich als Ersten aufgesucht. Seine Leute sind in Bereitschaft. Das wird ein schönes Feuerwerk, wenn die Dänen erst gelandet sind!«

»Gut, dann machen wir die *Elisabeth* klar. Ich will den dänischen Kriegsschiffen möglichst nicht begegnen.«

»Willem hat schon seine Männer losgeschickt, um die letzten Frauen und Kinder zusammenzurufen.«

Simon warf Brida einen kurzen Blick zu. »Ich suche Willem auf und gebe seinen Männern letzte Anweisungen, wann sie die Lunten zünden sollen.«

»Kommst du dann auf die *Elisabeth*?« Obwohl Brida Gelassenheit auszustrahlen versuchte, konnte sie ihre Besorgnis nicht ganz verhehlen.

Simon nickte und griff nach ihrer Hand. »Natürlich. Ich habe es dir versprochen.«

Die eben noch friedliche Stimmung schlug um. Kalle begleitete Simon. Jannick brach auf, die *Elisabeth* bereit zu machen, und Barbara blieb, um Brida, ihrem Vater und Marieke beim Packen der letzten Habseligkeiten zu helfen. Kein einziges Laken gönnten sie den Dänen, waren nicht bereit, auch nur einen Gegenstand zu opfern, der sich wegschaffen ließ.

Ein letztes Mal stieg Brida in ihre Kammer hinauf, nahm ihr Bettzeug und rollte es zu einem Bündel zusammen. Die Kleidertruhen waren längst in Lübeck. Aber das Bett, den kleinen Tisch und den Schemel musste sie zurücklassen. Wieder fielen ihr die beiden Pulverfässer ein. Am nächsten Tag um diese Zeit wäre nichts mehr da. Nie wieder würde sie vom Fenster ihrer Kammer aus über den Hafen blicken und nach der *Adela* Ausschau halten. Wenn sie das Haus verließen, war es endgültig. Nie mehr in der Küche sitzen oder vor dem Kamin in der guten Stube Vaters Geschichten lauschen. Vorbei. Sie stand in einem sterbenden Haus.

Eine einzelne Träne lief ihr über die Wange. Hastig wischte sie sie weg. Häuser konnten wieder aufgebaut werden. Besser, schöner. Und ein neues Bett hätte sie ohnehin gebraucht, schließlich würde sie bald heiraten.

Zweimal eilte sie zwischen Haus und Schiff hin und her, bis sich nichts von Wert mehr im Haus ihres Vaters befand. Ein strahlend blauer Himmel lag über der Stadt. Trügerische Ruhe. Wie nahe mochte die dänische Flotte schon sein? Sie spähte in Richtung Fehmarn. Nichts. Ob sich die Angreifer irgendwo verbargen?

Die alte Köchin Elsa und der kleine Hans drängten sich an ihr vorbei und schleppten schwere Bündel mit sich. Brida trat beiseite, als die beiden die Kogge erreicht hatten. Immer mehr Menschen trafen ein. Viel Raum für Ladung blieb nicht mehr, aber die meiste Habe war längst verschifft. Am Abend zuvor war die *Adela* zum letzten Mal ausgelaufen, hatte Güter und Menschen mitgenommen. Cunard hatte zugesichert, noch einmal zurückzukehren. Hinrich hatte ihm das Versprechen abgenommen, vorsichtig zu sein und sich dem Hafen nicht mehr zu nähern, wenn die *Elisabeth* schon ausgelaufen war.

»Wenn die *Elisabeth* fort ist, sind wir es auch«, hatte er dem jungen Kapitän eingeschärft. »Dann gibt's nichts mehr zu retten.«

Cunard hatte stumm genickt.

Marieke war eine der letzten Frauen, die an Bord gingen. Während Brida unruhig an der Reling stehen blieb und nach Simon Ausschau hielt, hastete die Magd suchend durch das Schiff.

»Ich kann die Johanna nicht finden«, keuchte sie schließlich. »Ich hab sie vorhin noch gesehen, da dacht ich, sie ist an Bord.«

Die Worte versetzten Brida einen Stich ins Herz. Bei all dem Aufruhr hatte sie das Mädchen vergessen!

»Lass uns noch einmal das Schiff durchsuchen. Die *Elisabeth* läuft erst aus, wenn Simon zurück ist.«

Doch sosehr sie auch nach ihr riefen, Johanna war nicht an Bord.

»Vermutlich liegt ihre Mutter wieder besoffen im Dreck«,

murmelte Marieke. »Und sie will ihre Mutter nicht allein lassen.«

»Sie kommen!«, schrie ein Mann. Brida fuhr herum. Vom Fehmarnsund her näherte sich ein Wald von Masten. Offenbar hatten die Vitalienbrüder die Dänen passieren lassen. Brida spürte Ärger in sich aufsteigen – Burg Glambeck sollte eigentlich den Sund schützen.

»Die machen keine halben Sachen«, hörte sie einen der Seeleute sagen und war sich nicht sicher, ob es Angst oder Achtung war, die in seiner Stimme mitschwang. Vermutlich hatten die Vitalienbrüder keine andere Wahl gehabt. Sie sollten die Insel schützen, sonst nichts. Und einer derartigen Übermacht hätten sie in offener Seeschlacht wohl kaum etwas entgegenzusetzen gehabt.

Hastige Schritte vom Hafen. Simon. Noch während er über den Landungssteg rannte, rief er Jannick zu, nun solle die *Elisabeth* ablegen.

»Nein!«, schrie Brida. »Die Johanna ist noch nicht an Bord!«

Simon erstarrte. »Wir können nicht länger warten.«

»Aber wir dürfen das Mädchen auch nicht allein zurücklassen.«

Simon atmete tief durch. »Gut, ich mache mich auf die Suche nach ihr.«

»Warte, ich komme mit.«

»Wir können nicht auf euch warten!«, brüllte Jannick. »Wir müssen ablegen!«

Hinrich war hinzugetreten. »Deern, du bleibst an Bord!«, sagte er streng, doch Brida war schon über den Landungssteg gelaufen.

»Wartet auf uns hinter Ortmühle!«, rief Simon, bevor er Brida nacheilte. »Dort könnt ihr eine Weile ungesehen ankern. Wir holen euch auf dem Landweg ein!«

»Verdammt«, brüllte Jannick, »ihr setzt unser aller Leben für das Mädchen aufs Spiel!«

»Unterscheidet uns das nicht von den Tieren?«, rief Simon zurück. »Los, nun legt schon ab! Ich passe auf Brida auf und bringe sie und Johanna sicher zurück.«

»Brida, du kommst sofort zu mir!«, donnerte ihr Vater.

Doch sie achtete nicht darauf. Für einen Moment war sie sogar dankbar, dass er noch unter seiner Verletzung litt und ihr nicht folgen konnte.

Simon griff nach ihrer Hand und zog sie mit sich. Hinter ihr knarrten die Masten der *Elisabeth*, als das Segel gesetzt wurde und den Wind fing.

»So, wo steht das Haus von Johannas Mutter?«

»In der Achtergasse am Ende der Stadt.«

Simon kannte kein Zögern. Ohne ihre Hand loszulassen, rannte er los. So schnell, dass sie kaum Schritt halten konnte. Die sonst so lebendigen Straßen lagen wie ausgestorben vor ihnen. Nur die Männer der Stadtwache und junge Fischer, die sich freiwillig gemeldet hatten, lagerten im Schatten der Häuser. Bereit, ihre Aufgabe zu erfüllen und die Lunten zu zünden.

»Was wollt ihr denn noch hier?«

Beim Klang von Kalles Stimme fuhr Brida herum. Natürlich, ein Mann wie er ließ sich ein solches Ereignis nicht entgehen.

»Wir suchen Johanna«, antwortete Simon im Vorbeirennen. Aus den Augenwinkeln sah Brida noch, wie der Schmuggler den Kopf schüttelte.

Die Achtergasse war wie leer gefegt. Unscheinbare kleine Fachwerkhäuser, einige schon recht baufällig. Um die wäre es nicht schade. Ein junger Mann lehnte an einer Wand, neben sich eine Fackel. Aus dem größten der Häuser ragte eine Zündschnur bis auf die Straße heraus.

Simon achtete nicht darauf. »Welches Haus?«

»Da hinten, am Ende der Straße.« Brida keuchte. Simon wurde langsamer.

Die Tür der kleinen Kate stand offen.

»Johanna!«, schrie Simon. Keine Antwort. Brida rief nach Afra. Wieder nur Stille. Ob sie schon geflohen waren? Vielleicht auf dem Landweg?

In der Hütte roch es muffig nach schmutziger Wäsche und verfaultem Stroh. Trotz der Unordnung wirkte die Hütte bewohnt, eine halb volle Kanne Wasser und ein leerer Weinkrug standen auf einem kleinen Tisch, daneben zwei leere Becher. In der Ecke stand eine Truhe. Brida ließ Simons Hand los und hob den Deckel. Ein Haufen Kleider, die einstmals sehr schön gewesen sein mussten, mittlerweile aber zerrissen und fleckig vor sich hin schimmelten.

Ein weiteres sterbendes Haus, dachte Brida.

Simon rief noch zweimal nach Johanna, spähte in jede Ecke.

»Wir kommen zu spät«, sagte er. »Vermutlich sind sie längst geflohen.«

»Das glaube ich nicht.« Brida dachte fieberhaft nach. Sie hatte sich nie am Klatsch über Afra beteiligt, aber es war nicht ausgeblieben, dass sie das eine oder andere Gerücht aufgeschnappt hatte.

»Vielleicht sind sie bei Siewert. Der hat die Afra oft freigehalten.«

»Und wo wohnt dieser Siewert?«

»Hinterm Hafen an der Straße nach Ortmühle.«

»Gut, versuchen wir es dort. Dann sind wir wenigstens auf dem richtigen Weg, die *Elisabeth* zu treffen.« Simon griff wieder nach ihrer Hand.

Als sie die Straße betraten, zuckte Simon kurz zurück. Brida brauchte einen Augenblick, um zu begreifen. Dann sah sie es. Die ersten dänischen Schiffe hatten die Küste erreicht und ließen die Beiboote zu Wasser. Sie gehörten nicht zu der Flotte, deren Masten sie vom Fehmarnsund her gesehen hatte. Diese Schiffe waren kleiner. Vermutlich waren sie von der anderen Seite um den Belt herumgesegelt. Ob sie den Hafen einnehmen sollten?

Die ersten feindlichen Boote erreichten Heiligenhafen. Dänische Söldner in Kettenhemden und Lederpanzern.

»Komm, wir haben kaum noch Zeit!« Wieder zog Simon Brida unbarmherzig hinter sich her. Sie folgte ihm, so schnell sie konnte, auch wenn ihre Lungen brannten.

»Über den Kirchhof ist's schneller!«, keuchte sie.

Simon nickte.

Sie hörten die ersten Warnschreie. Der junge Mann hielt seine Fackel umklammert, entschlossen, die Lunte zu zünden. Alle schienen bereit zu sein.

Jeden Moment erwartete Brida die erste Explosion, doch sie blieb aus. Noch.

Sie hasteten den steilen Abhang zum Kirchhof hinauf. Das Stechen in Bridas Seite wurde immer schmerzhafter, aber sie ließ sich nichts anmerken. Nur keine Schwäche zeigen!

Plötzlich verlangsamte Simon seinen schnellen Schritt und blieb wie angewurzelt stehen.

»Was ist?«, keuchte Brida, obwohl sie dankbar war, Atem schöpfen zu können.

»Dort! Bei Annas Grab!«

Brida folgte Simons ausgestrecktem Zeigefinger mit den Blicken. Auf dem frischen Grabhügel kniete ein Mann. Wie ein Hund im Erdreich wühlend, grub er sich Elle um Elle zum Sarg vor.

»Claas!«, schrie sie. Der Mann blickte auf. In seinem sonst makellos rasierten Gesicht wucherte ein struppiger, ungepflegter Bart, seine Kleidung war fleckig. Am schlimmsten aber war der starre Blick seiner Augen. Sie erinnerte sich an Magnus' Frage. Ob Claas schon immer so verrückt gewesen sei. Jetzt wusste sie, dass der junge Däne recht gehabt hatte. Irrsinn loderte in den Augen des ehemaligen Stadtrats.

»Du!«, brüllte er und sprang auf. »Du hast sie umgebracht!«

Brida wich zurück, doch nicht sie war das Ziel von Claas' Zorn. Simon war gemeint.

»Du hast sie getötet! Sie war nicht tot, aber ihr habt sie begraben! Damit ich sie nicht zurückholen kann!«

»Sie war tot«, entgegnete Simon erstaunlich ruhig. »Und Ihr solltet sie ruhen lassen.«

Seine Stimme klang sanft. Beinahe fürsorglich trat er auf Claas zu. Hatte er begriffen, dass der Witwer über seiner Trauer tatsächlich den Verstand verloren hatte?

»Ich hätte sie retten können!«, wimmerte Claas. »Sie hat mir das Pulver gegeben. Ich hätte es Anna nur auf die Lippen streuen müssen. Aber du hast sie getötet!«

»Wer hat Euch das Pulver gegeben?« Simon näherte sich Claas um einen weiteren Schritt.

»Die heilige Hexe von der Insel!«, schrie der Stadtrat. »Aber du hast mich gehindert. Du hast sie getötet!«

Der Schmerz wich aus Claas' Augen. Helle Wutfunken sprühten Simon entgegen. Eine silberne Klinge blitzte auf. Schneller, als es dem verwirrten Mann zuzutrauen war, sprang er auf Simon zu. Brida schrie auf. Simon hatte keine Möglichkeit, dem Angriff auszuweichen. Seine Hände schnellten vor, so wie an jenem Tag, als er Hans zeigen wollte, wie man eine Weidenflöte schnitzt. Claas sank zu Boden, das eigene Messer bis zum Heft in der Brust.

Simon fiel neben dem Toten auf die Knie.

»Warum?«, flüsterte er. »Warum hat er mich dazu gezwungen?«

Brida trat hinter ihn, legte ihm beide Hände auf die Schultern, den Blick auf den Toten gerichtet. Seine Augen standen immer noch offen, doch der Glanz war erloschen. Keine Wut mehr, kein Hass, aber auch keine Trauer.

»Er konnte nicht ohne sie leben«, flüsterte Brida, bevor sie neben Simon niederkniete und Claas mit sanfter Bewegung die Augen schloss. Jeder Zorn, jede Verständnislosigkeit waren gewichen. Er war immer ihr Freund gewesen, bis der Schmerz ihm die Seele geraubt hatte. Dieser Mann war nicht mehr jener Claas gewesen, den sie einst gekannt hatte. Nicht einmal seine fleischliche Hülle wies noch viel Ähnlichkeit mit dem stets gepflegten, freundlichen Mann auf.

Heilige Mutter Gottes, erbarme dich seiner, betete sie stumm. Nimm ihn an deine Hand und führe ihn zurück ins Licht, zurück zum Heil und zur Vergebung.

»Was ist hier geschehen?« Die Stimme von Pater Johannes riss Brida aus ihrer stummen Andacht. Simon erhob sich, Brida folgte ihm.

»Der Stadtrat Claas hat den Verstand verloren«, erklärte Simon mit belegter Stimme. »Er ist zurückgekehrt, um seine Frau wiederzubeleben, und hat versucht, mich zu töten. Ich hatte keine andere Wahl.«

Der Pater bekreuzigte sich und murmelte ein kurzes Gebet.

»Warum seid Ihr noch hier?«, fragte er dann.

Bevor Simon antworten konnte, hörten sie vom Hafen her gellende Schreie.

»Johanna!«, schrie Brida. Sie wollte losstürzen, doch Simon hielt sie fest.

»Bleib hinter mir!« Er zog sein langes Messer.

»Ist das Mädchen etwa noch hier?«, rief der Pater.

Brida nickte. Simon stürmte vorwärts, hastete den Kirchberg hinab. Sie hatte ihre liebe Not, ihm zu folgen. Der Pater indes erwies sich als flinker Läufer. Mühelos holte er Simon ein, blieb an seiner Seite, bis sie zum Hafen gelangten.

Die Schreie wurden schriller. Brida brauchte einen Moment, um zu erfassen, was dort geschah. Drei Männer hatten Johanna gepackt und versuchten, ihr Gewalt anzutun. Dänische Söldner! Daneben lagen zwei grässlich verstümmelte Leichen. Afra und Siewert! O Gott, Afra! Ob sie noch gelebt hatte, als ihr Körper so zugerichtet worden war? Und Johanna hatte alles mit ansehen müssen!

Simon stürzte sich mit einem Wutschrei auf die drei Dänen. Den ersten riss er sofort zurück, rammte ihm das Messer in den Nacken. Der Mann sank in sich zusammen wie ein nasser Sack. Die beiden anderen ließen von Johanna ab, die sich hastig aufrappelte und zu Brida hinüberrannte. Sie nahm das Mädchen in die Arme, doch sie konnte den Blick nicht von Simon lassen. Sie hatte immer gewusst, dass er kämpfen konnte. Dass er besser war als die meisten anderen. Aber der Anblick der Toten und des hilflosen Mädchens hatte eine Kraft in ihm entfesselt, die Brida erschreckte und zugleich in Bann zog. Die Söldner waren von seiner ungezähmten Wut überrascht. Aus einer Parade heraus hieb Simon einem in den Schwertarm, so heftig, dass der Knochen knackte. Der Mann brach schreiend in die Knie. Johanna krallte sich an Brida fest. Der blutige Arm des Verwundeten hing nur noch an Haut und Sehnen! Brida wurde übel. Hastig wandte sie die Augen ab. Sie hatte erwartet, dass Johanna ebenfalls wegschauen würde, doch das Mädchen hielt den Blick starr auf Simon gerichtet. Bei all ihrer Angst war tiefe Befriedigung zu erkennen.

Der letzte Söldner stürmte auf Simon zu, wollte ihm mit dem Schwert den Kopf spalten, doch Simon duckte sich und stieß von unten in den ungeschützten Hals des Gegners. Das Blut des Sterbenden hinterließ dunkle Flecken auf seinem Hemd. Schwer atmend schob Simon sein Messer zurück in die Scheide.

Pater Johannes trat neben ihn. »Niemals habe ich einen Mann so kämpfen sehen. Ihr seid ein Held.«

Simon wischte sich mit dem Handrücken den Schweiß von der Stirn. Dann sah er sich um. »Warum ist hier niemand mehr, der die Lunten zündet?«

Johanna deutete in eine dunkle Ecke. Sie war unfähig, ein Wort hervorzubringen. Brida folgte der Hand des Mädchens mit ihrem Blick. Ein weiterer Toter. Er trug das Wappen der Stadtwache.

»Dann sind die Dänen anscheinend von zwei Seiten gelandet«, stieß Simon zwischen den Zähnen hervor. »Wir dürfen nicht länger zögern!« Er näherte sich dem Toten, hob die noch glimmende Fackel auf und entfachte sie aufs Neue.

»Geht in Deckung! Die erste Explosion wird für alle das Zeichen sein.«

Brida drückte Johanna fest an sich und zog sie mit sich fort. Das Mädchen zitterte am ganzen Leib. Der Pater folgte ihnen. Simon betrat das Haus, neben dem er den Toten gefunden hatte. Keinen Moment später rannte er wieder heraus und stellte sich schützend vor Brida und Johanna. »Haltet euch die Ohren zu!«, rief er ihnen zu.

Ein kurzer Augenblick der Stille, dann brach die Hölle los. Kein Donnerschlag konnte lauter sein, nicht einmal der Kanonendonner von damals, als ihr Vater die Kaperfahrer auf Abstand gehalten hatte. Eine Hitzewelle schlug ihnen entgegen. Das Haus zerbarst.

Holzsplitter, Dachschindeln und Steine flogen durch die Luft, regneten über den Hafen. Es roch nach Feuer, Rauch und Schwefel. So musste es sein, wenn sich die Tore der Hölle öffneten. Obwohl Brida die Hände auf die Ohren presste, hörte sie den Söldner brüllen, dem Simon den Arm abgeschlagen hatte. Dann verstummten seine Schreie. Sie wandte sich um. Die Trümmer des Hauses hatten ihn erschlagen. Tief in ihrer Seele spürte Brida Genugtuung. Dieser Mörder hatte es nicht besser verdient.

Es donnerte ein weiteres Mal.

»Wir müssen weg!«, rief Simon. »Gleich fliegt alles in die Luft.«

Brida griff nach Johannas Hand und folgte Simon.

»Habt Ihr Pferde?«, fragte der Pater.

»Nein, die *Elisabeth* erwartet uns hinter Ortmühle. Kommt Ihr mit uns, Hochwürden?«

»Zurück zur Kirche wäre wohl Wahnsinn«, erwiderte er.

»Ich …« Seine Worte gingen in einer neuen Explosion unter. Brida warf einen Blick zurück. Das Haus ihres Vaters fiel in sich zusammen …

»Komm und bleib nicht stehen wie Lots Weib!« Simon zerrte sie vorwärts. Sie schüttelte die kurze Starre ab, dann folgte sie ihm.

Ihr Weg führte sie vom Hafen weg, blieb aber noch immer in Sichtweite der Ostsee. Ein einzelnes dänisches Schiff lag hier vor Anker. Eine große Kogge. Größer als die *Elisabeth*. Ob die Mörder von Johannas Mutter zu diesem Schiff gehört hatten? Und ob sie der *Elisabeth* begegnet waren?

Ein Ruderboot näherte sich dem Strand. Sechs Söldner waren an Bord.

»Schnell!« Simon zerrte Brida ins Strauchwerk. »Legt euch auf den Boden, dann sehen sie uns nicht.« Er nahm sein Messer in die Hand.

Die Männer zogen das Boot an Land. Über Heiligenhafen lastete eine dichte schwarze Rauchwolke, und noch immer brachten Explosionen den Boden zum Erzittern. Sodom und Gomorrha. Schlimmer konnte kein göttliches Strafgericht über die Welt hereinbrechen. Brida legte die Arme um Johannas Schultern. Es tat gut, einen Menschen beschützen zu können. So hielt sie der eigenen Angst besser stand.

Die Söldner liefen in Richtung Heiligenhafen, ohne auf die Straße oder gar das Strauchwerk zu achten. Simon sah ihnen nach. Schließlich erhob er sich.

»Weiter! Wir haben es bald geschafft.«

Die *Elisabeth* wartete an der vereinbarten Stelle. Sie schaukelte auf den Wellen, denn Jannick hatte keinen Anker werfen lassen. Er wollte schnell sein, falls die Dänen das Schiff entdeckten.

Das Beiboot war schon im Wasser, als Simon an den Strand

trat und zur Reling hinaufwinkte. Zwei Männer ruderten den Ankömmlingen entgegen. Brida zog die Schuhe aus und raffte ihr Kleid, bevor sie dem Boot entgegenlief. Johanna machte es ihr nach, während es Simon und den Pater nicht zu stören schien, dass ihr Schuhwerk nass wurde.

In Sicherheit! Endlich. Brida atmete auf und schlüpfte wieder in die Schuhe. Doch dann fiel ihr Blick auf Simon. Sein Gesicht hatte sich verfinstert. Sie wandte sich um. Das dänische Kriegsschiff, an dem sie vorübergekommen waren, hatte seine Segel gesetzt. Und es hielt auf die *Elisabeth* zu.

Die beiden Ruderer gaben alles. Brida griff als Erste nach der Strickleiter, dann folgte Johanna. Das Mädchen erklomm die Sprossen fast so geschickt wie Brida.

Jannick hatte die drohende Gefahr ebenfalls bemerkt und, noch während sie an Bord kletterten, das Segel setzen lassen. Er warf Simon nur einen kurzen Blick zu. Es blieb keine Zeit für lange Berichte. Kurze, schnelle Befehle hallten über das Deck.

»Deern, so viel Sorgen machste mir aber nie wieder!« Hinrich drückte seine Tochter fest an sich.

»Nein, Vater. Nie mehr.« Es war alles gut. Vater war unsterblich. So, wie die *Adela* unsinkbar war. Nur dass sie nicht auf der *Adela* waren …

Das dänische Kriegsschiff nahm rasch an Fahrt auf.

Kapitän Hinrich runzelte besorgt die Stirn. »Die sind schneller als wir.«

»Vermutlich hoffen sie auf Beute, nachdem sie bemerkt haben, dass in Heiligenhafen nichts mehr zu holen ist«, erklärte Simon, der sich zu ihnen gesellt hatte. Schwarze Rauchsäulen stiegen über Heiligenhafen hoch in den Himmel auf. Noch immer drang das Krachen vereinzelter Explosionen über das Meer, aber vermutlich waren inzwischen so gut wie alle Pulverladungen losgegangen. Ob sie wie geplant viele Dänen mit ins Verderben gerissen hatten? Oder hatten sie sie nur um ihre Beute gebracht? Brida dachte an Kalle, an Willem und die Männer von der Stadtwache. Hatten sie sich rechtzeitig in Sicherheit gebracht? Bestimmt. Kalle kannte die Gegend wie kein Zweiter, und die Männer von der Stadtwache wollten zu Pferd nach Cismar, sobald ihre Aufgabe erfüllt war. Die Dänen fänden nichts mehr vor, was ihren Beutezug gelohnt hätte.

Die *Elisabeth* war schnell, doch die dänische Kogge holte auf. Sie war ihnen so nahe, dass Brida deutlich das königliche Wappen auf dem Hauptsegel erkannte. Jetzt legte sich das feindliche Schiff schräg in den Wind. Brida erstarrte. Sie kannte dieses Manöver. Die Kogge wollte sie nicht nur einholen. Sie machte ihre Geschütze klar!

Auch Jannick hatte die Lage erfasst. »Zum Bug!«, befahl er. »Die Frauen und Kinder sollen unter Deck bleiben, aber nicht in der Nähe des Hecks, klar?«

Die Menschen kamen Jannicks Aufforderung erstaunlich ruhig nach. Brida hätte erwartet, dass jemand schrie, dass Kinder weinten. Doch die einzigen Laute waren die kurzen Befehle der Seeleute, die über das Deck schallten.

Johanna blieb immer in ihrer Nähe, und Brida brachte es nicht übers Herz, das Mädchen unter Deck zu schicken. Genauso wenig, wie sie sich gefügt hätte, ihren Vater und Simon zu verlassen. So standen sie am Bug, beobachteten die Seeleute, die ihrerseits die Geschütze feuerbereit machten. Aber konnten sie überhaupt schießen? Um den Feind zu treffen, hätten sie ihm ihre Breitseite zuwenden müssen. Ein tödliches Risiko, wenn man von einem schnelleren Schiff verfolgt wird. Brida blickte zu ihrem Vater hinüber. Selten hatte sie ihn so ernst gesehen. Das schelmische Leuchten seiner Augen, das ihn, als sie noch ein Kind gewesen war, immer begleitet und ihr jede Angst genommen hatte, war erloschen. Auch ihr Vater war sterblich. So wie sie alle. Brida wurde kalt.

Augenblicke zogen sich zu Stunden, während sich das feindliche Schiff immer dichter an die *Elisabeth* heranschob. Barbara war an Deck gekommen, Jannick legte schützend einen Arm um sie.

Pater Johannes murmelte ein Gebet. Brida wäre gern in seine Worte eingefallen, aber beim Anblick des feindlichen Schiffs versagte ihr die Stimme. Ob es den anderen ähnlich erging? Schrie deshalb niemand? Nicht einmal ein Säugling?

Auf einmal ging alles rasend schnell. Ein gewaltiger Donner, als die Kanonen des Feinds losgingen. Waren es fünf oder sechs Geschütze? Zwei Kugeln trafen oberhalb der Wasseroberfläche. Das Heck splitterte, ein Teil der Reling wurde abgerissen. Das Schiff schwankte so sehr, dass Brida gestürzt wäre, hätte Simon sie nicht festgehalten. Und mit der Stille war es vorbei. Sie hörte Schreie und Weinen, Frauen stürzten an Deck.

»Bleibt zurück!«, brüllte Jannick. »Da unten seid ihr sicherer!«

Doch sie hörten nicht, drängten an ihm vorbei, hätten ihn fast zu Boden gerissen, wenn er den Weg nicht freigegeben hätte. Die Seeleute versuchten, die *Elisabeth* aus der Schusslinie zu manövrieren, doch das Ruder war ebenfalls in Mitleidenschaft gezogen. Wie lange hätten sie wohl Zeit, bis die feindlichen Kanonen erneut geladen waren? An den Einsatz der eigenen Geschütze war nicht zu denken; dadurch wären sie zu einem noch leichteren Ziel geworden. Eine weitere Breitseite! Holzsplitter flogen über Deck, eine Frau schrie erbärmlich, denn einer der Splitter hatte ihren Oberschenkel wie ein Geschoss durchbohrt. Simon riss Brida in die Arme, schützte sie mit seinem Körper. Nie zuvor hatte sie sich ihm so nahe gefühlt. Seine Wärme linderte die Kälte, die ihr vor Angst über den Rücken kroch.

»Wir müssen uns ergeben«, hörte sie Jannick sagen. »Noch zwei Breitseiten, und das Schiff ist verloren.«

»Und wenn sie uns alle töten?«, rief Barbara ängstlich.

»Das werden sie nicht tun«, entgegnete Jannick. »Wir sind hohes Lösegeld wert, und nur auf die Beute kommt es ihnen an.« Dann befahl er, die weiße Flagge zu hissen.

Alle warteten darauf, dass die feindliche Kogge beidrehte. Doch nichts geschah.

»Verdammt, die laden erneut!«, schrie Jannick. »Sofort ausweichen!«

Das angeschossene Schiff bewegte sich nur schwerfällig. Brida klopfte das Herz bis zum Hals. War das das Ende?

»Sie wollen Rache für den gestohlenen Sieg in Heiligenhafen!«, schrie Simon durch den Lärm hindurch und drückte sie noch fester an sich. Pater Johannes betete mit lauter Stimme hinter ihnen. Hinrich hatte einen Arm schützend um Johanna gelegt.

Der Donner war grausam. Mehrere Kugeln durchschlugen das Schiff oberhalb der Wasserlinie. Ein Seemann wurde von Bord geschleudert, weitere von umherfliegenden Holztrümmern niedergestreckt. Zwei der Kanonen rutschten aus ihrer Verankerung und stürzten ins Wasser.

»Wir hätten doch kämpfen statt fliehen sollen«, sagte Simon. »Eine weitere Breitseite überstehen wir nicht.«

»Werden wir sterben?«, rief Barbara. Jannick nahm seine Schwester in die Arme. »Das liegt allein in Gottes Hand«, antwortete er.

Simon ließ Brida los.

»Brida, willst du meine Frau werden? Auf der Stelle?«

»Auf der Stelle?« In all ihre Angst mischte sich eine unbändige Freude. Wenn sie schon sterben musste, dann als Simons Frau!

»Wann, wenn nicht jetzt? Pater Johannes, würdet Ihr uns trauen?«

Der Pater nickte, dann nahm er ihre Hände. »Brida, willst du Simon zum Mann?«, fragte er ohne Umschweife.

»Ja, ich will!«, rief sie mit aller Kraft.

»Und du, Simon, willst du Brida zur Frau?«

»Ja!«

Der Pater legte ihrer beide Hände ineinander.

»Im Namen des Vaters, des Sohnes und des Heiligen Geistes erkläre ich Euch zu Mann und Frau. Und nun küss die Braut, solange du noch Zeit dazu hast!«

Simon umarmte Brida voller Leidenschaft.

»Ich lasse dich niemals los, ganz gleich, was geschieht«, raunte er, bevor seine Lippen ihren Mund fanden. Sie schlang die Arme um ihn. Auch sie würde ihn niemals loslassen. Niemals, gleichgültig, was geschah. Sie schloss die Augen. Wollte nur Simon spüren, nichts sonst. Einen Hauch des Glücks fühlen, um das ein grausames Schicksal sie betrügen wollte. Sie hielten einander noch eng umschlungen, als abermals Kanonendonner über die Ostsee hallte …

26. Kapitel

Der Donner rollte über die See. Jeden Augenblick erwartete Simon den tödlichen Ruck, der durch das Schiff gehen würde. Er presste Brida fest an sich. Doch die Erschütterung blieb aus. Der Donner war verklungen, und sie lebten noch.

»Die *Adela*!«, rief Hinrich. Brida löste sich aus Simons Umarmung und spähte in die Richtung, in die ihr Vater wies.

Tatsächlich, die *Adela*. Simon atmete tief durch. Cunard war wie versprochen zurückgekehrt, hatte erkannt, in welcher Gefahr sich die *Elisabeth* befand. Es waren seine Kanonen, die gesprochen hatten. Simon blickte zurück zu dem dänischen Schiff. Die *Adela* hatte gut getroffen. Der Hauptmast der feindlichen Kogge neigte sich gefährlich zur Seite. Allerdings war das gegnerische Schiff noch immer manövrierfähig. Es ließ von der *Elisabeth* ab und schien die *Adela* ins Zielfeuer nehmen zu wollen.

»Wir müssen der *Adela* helfen!«, brüllte Simon. »Jannick, wenn wir die *Elisabeth* wenden, können wir das feindliche Schiff entern!«

»Bist du verrückt geworden?«

»Wenn wir nichts tun, trifft die nächste Breitseite die *Adela*. Und dann sind wir an der Reihe. Lass es uns versuchen! Wir sind zwei Schiffe gegen eins.«

Jannick zögerte kurz, nickte schließlich und gab die entsprechenden Befehle.

Die Besatzung des feindlichen Schiffs achtete nur auf die *Adela*, nicht auf die angeschlagene *Elisabeth*.

Cunard war ein tüchtiger Kapitän. Er manövrierte die *Adela* so geschickt, dass es dem Gegner schwerfiel, seine Kanonen auszurichten. Ob er wohl bemerkt hatte, was sie planten?

Erneuter Geschützdonner. Zum zweiten Mal sprachen die Kanonen der *Adela*. Der Hauptmast des Feinds fiel.

»Jawoll!«, schrie Kapitän Hinrich. »Und noch eins!«

Die *Elisabeth* hatte inzwischen gewendet und hielt auf das Heck der dänischen Kogge zu. Simon sah sich um. Elf unverletzte Seeleute, dazu kamen etwa fünfzehn männliche Passagiere, sein Bruder Jannick und er selbst. Sie konnten es schaffen, wenn sie auf die Kraft der Frauen zählten.

»Hört mich an!«, rief Simon, ehe die *Elisabeth* die feindliche Kogge erreicht hatte. »Die Männer auf dem Schiff da vorn, die kennen kein Gesetz. Wir wollten uns ergeben, doch sie haben auf unsere weiße Flagge geschossen. Sie wollen uns alle ins Verderben schicken – aus Rache dafür, dass wir ihnen nichts von unserer Heimat hinterlassen haben. Keine Beute, keine Häuser, die sie zu ihren neuen Stützpunkten ausbauen können. Sie wollen uns töten! Die *Adela* hat uns eine Atempause verschafft, aber sie ist gleichfalls in Gefahr. Sagt mir, wollt ihr kämpfen oder warten, bis sie uns doch noch in Grund und Boden schießen?«

»Kämpfen!«, brüllten die Männer.

»Kämpfen!« Das war die Stimme der kleinen Johanna, erstaunlich fest, unverzagt, so, als hätte sie das Unheil, das ihr an diesem Tag schon widerfahren war, nur umso stärker gemacht.

»Ja, lasst uns kämpfen!«, brüllte Simon. »Wir Männer entern die feindliche Kogge. Und ihr Frauen, ihr schlagt auf jeden Dänen ein, der es wagen sollte, die *Elisabeth* zu betreten. Sie kennen keine Gnade, aber wir auch nicht mehr. Dass Männer kämpfen, das ist nichts Neues, aber sie erwarten wohl kaum, dass ihr Frauen unser Schiff schützt.«

Brida griff als Erste nach einem langen Holzstück, das sich gut als Keule verwenden ließ.

»Wir verteidigen die *Elisabeth*!«, rief sie. »Und ihr werft die Dänen ins Meer!«

Eine Welle des Stolzes durchflutete Simon. Bridas Beispiel machte den anderen Mut. Johanna war die Zweite, die einen Knüppel zur Hand nahm. Umherfliegende Holzteile gab es mehr als genug. Sogar in Barbaras Gesicht zeigte sich heiliger Kampfeswille. Selbst die alte Elsa stapfte mit einer Bratpfanne an Deck.

»Die sollen nur kommen!«, rief die Köchin. »Wir schicken sie allesamt zur Hölle.«

»Habt Ihr auch eine Waffe für mich?«, fragte Pater Johannes.

Simon nickte und reichte ihm ein langes Messer. »Könnt Ihr damit umgehen, Pater?«

»Ich war nicht immer Pater.« Der Benediktiner grinste breit und wog das Messer geschickt in seiner Hand aus.

»Dann los!«, rief Simon. »Die Dänen werden es noch bereuen, unseren Zorn geweckt zu haben! Wir kämpfen! Wir siegen!«

»Wir kämpfen! Wir siegen!«, tönte es aus allen Kehlen, und Johanna stimmte das alte Spottlied an, mit dem die Fehmarner vor acht Jahren gegen die Dänen in den Kampf gezogen waren.

»Erst wenn die Kuh kann Seide spinnen, soll König Erik unser Land gewinnen!«

Johannas Lied wurde zum Schlachtruf. Immer mehr Frauen stimmten mit ein.

Die *Elisabeth* hatte die feindliche Kogge fast erreicht. Gerade hatte das dänische Schiff noch eine Breitseite auf die *Adela* abgefeuert, aber Cunard war geschickt ausgewichen. Nur eine Kugel hatte getroffen und einen Teil der Reling weggerissen. Kein großer Schaden, wie Simon mit einem Blick feststellte.

Die *Elisabeth* schwankte kurz, als ihr Bug gegen das feindliche Heck stieß. Sofort schlugen Simons Männer Bootshaken mit Seilen in den feindlichen Schiffskörper und zurrten sie fest. Jetzt war die dänische Kogge ihre Beute!

»Folgt mir!«, brüllte Simon und sprang als Erster auf das gegnerische Schiff. Die dänischen Söldner waren völlig überrascht. Gewiss, sie hatten das alte Spottlied gehört, aber vermutlich hatte niemand geglaubt, dass ein Schiff mit Flüchtlingen sie zu entern wagte.

Unbarmherzig drang Simon auf die Gegner ein, stach einen nach dem anderen nieder, bevor sie noch wussten, wie ihnen geschah. Auf einmal fühlte er sich wieder wie vor elf Jahren, damals, als seine Mutter von dänischen Kaperfahrern angegriffen worden war. Der gleiche Hass, der ihn damals durchströmt hatte, verlieh ihm nun die Kraft, sich gegen seine Feinde zu stellen. Sein Arm wurde nicht müde, er kämpfte und tötete, von loderndem Zorn beflügelt. Diese Söldner waren keine Menschen mehr für ihn. Es war eine gesichtslose Masse, die den Tod bedeutete, wenn man sie nicht vernichtete. Neben ihm kämpfte Jannick. Nicht ganz so rasend, aber ebenso tödlich. Auch Pater Johannes erwies sich als geschickter Fechter, der die Feinde den heiligen Zorn Gottes spüren ließ. All das nahm Simon wahr, aber es drang nicht in sein Herz vor. Er kämpfte einen alten Kampf, nahm endlich Rache für den Tod der Mutter, ließ die Wut frei, die er seit ihrem grauenvollen Ende in sich trug.

Schreie, Flüche, Gebrüll. Aber die Kanonen schwiegen. Simon stürzte sich auf einen Mann, den er für den dänischen Kapitän hielt. Hinter ihm hörte er die Kampfrufe der Frauen. Ein Mann brüllte vor Schmerz. Das Triumphgeheul der Frauen verriet, dass es ein Däne sein musste. Ein schwerer Körper fiel ins Wasser. Die Frauen jubelten.

Der dänische Kapitän verteidigte sich, so gut er konnte, doch gegen Simons rasenden Hass konnte er nicht bestehen. Der Wütende ist immer der Stärkere. Einst hatte Simon diese Lektion gelernt, aber nie hatte er die Kraft so gut nutzen können, wenn sich Hass mit Können paart, wenn der Körper handelt, ehe der Geist noch weiß, was zu tun ist. Der dänische Kapitän sank tödlich getroffen zusammen. Zum ersten Mal, seit er auf die gegnerische Kogge gesprungen war, hielt Simon inne, wischte sich den Schweiß von der Stirn. Sein Blick streifte die Masten. Dort oben im Krähennest, da hatte sich noch einer versteckt. Feigling, dachte er, doch im selben Moment erkannte er die Armbrust in der Hand des Mannes. Und sie war auf Jannick gerichtet.

»Jannick!«, schrie Simon, warf sich vorwärts und riss seinen Bruder zu Boden. Ein heftiger Schlag traf ihn in der Schulter, dann ein Schmerz, so grausam, dass ihm alle Kraft geraubt wurde. Das Messer fiel ihm aus der Hand. Da erst begriff Simon, dass er nicht schnell genug gewesen war. Der tödliche Pfeil, der für Jannick bestimmt gewesen war, hatte seine rechte Schulter durchschlagen. Für einen Moment tanzten ihm schwarze Flecken vor den Augen.

»Simon!« Jannicks Stimme holte ihn in die Wirklichkeit zurück.

»Nur ein Kratzer«, keuchte er. Von wegen, der Schmerz raubte ihm fast den Verstand. Aber schlimmer noch – sein Arm und seine Finger wurden taub. Jannick zog ihn auf die Beine. Der Mann im Krähennest war verschwunden.

Anfangs hatte Simon noch einzelne Stimmen im Kampfeslärm unterscheiden können, inzwischen war alles zu einem unerträglichen Sirren geworden. Ihm wurde übel, und ringsum drehte sich alles. Hätte Jannick ihn nicht gehalten, wäre er gestürzt.

»Ist es schlimm?« Das war Bridas Stimme. Verdammt, was suchte sie auf dem feindlichen Schiff?

»Ich weiß nicht«, antwortete Jannick. »Kümmert Euch um ihn!«

Irgendwo hatte Brida einen Stoffstreifen aufgetrieben, den sie rings um den Pfeilschaft auf die blutende Wunde presste.

Simon biss die Zähne zusammen, jede Berührung schmerzte unerträglich.

»Es ist alles gut«, flüsterte sie. »Die letzten Dänen haben sich ergeben.«

Ergeben? Tatsächlich, eine Handvoll Söldner hatte die Waffen gestreckt und wurde gefesselt an Bord der *Elisabeth* gebracht.

»Ein schönes Schiff, auch wenn es übel zugerichtet ist«, hörte er einen Mann sagen. »Wahrhaft fette Beute.«

Beute? Simon horchte auf. Ja, es mochte ihre Beute sein, aber es war auch eine Gefahr. Die Dänen führten viele Schiffe mit sich, und der Kanonendonner war den Gefährten gewiss nicht entgangen. Was, wenn sie zu Hilfe eilten? Wir müssen nach Lübeck, durchzuckte es ihn. Wir können uns nicht erlauben, die Kogge in Besitz zu nehmen. Die Dänen würden uns einholen.

Mühsam rappelte er sich auf. »Jannick!«

Sogleich war sein Bruder bei ihm.

»Wie geht es dir?«

»Unwichtig. Aber das Schiff darf nicht unsere Beute sein.«

»Warum nicht?«

»Feindliche Schiffe von achtern!«, brüllte jemand aus Leibeskräften.

»Deshalb!« Simon zeigte mit der gesunden Hand auf die sich nähernden dänischen Kriegsschiffe. »Wir können dankbar sein, wenn wir mit der *Elisabeth* schnell genug sind.«

»Verdammt!«, schrie Jannick. »Was jetzt?«

Ein kühner Gedanke durchzuckte Simon.

»Dieses Schiff wird uns retten! Pass auf, lass es Anker werfen und alle Pulverfässer, die du findest, im Rumpf zusammentragen. Dann zünden wir eine Lunte, die lang genug ist, um das Pulver erst hochzujagen, wenn die Dänen das Schiff erreicht haben.«

»Das ist gut!« Sofort gab Jannick die entsprechenden Befehle.

386

»Und du kommst mit auf die *Elisabeth*«, mahnte Brida ihn sanft. Er nickte und folgte ihr. Noch immer konnte er den Arm nicht bewegen, hatte kein Gefühl in den Fingern. Aber der Schmerz verfolgte ihn weiter. Er hätte viel dafür gegeben, den verdammten Pfeil loszuwerden, doch zugleich fürchtete er sich vor der Qual, die ein solcher Eingriff bedeutet hätte.

Brida führte Simon in die Kajüte seines Bruders.

»An den Pfeil wage ich mich nicht«, sagte sie, nachdem er sich aufs Bett gesetzt und sie ihm das Hemd ausgezogen hatte. »Der ist unmittelbar in den Gelenkspalt gedrungen. Wer weiß, ob die Spitze abbricht, wenn ich ihn herausziehe. Ich werde dich erst einmal notdürftig verbinden, bis wir in Lübeck sind.«

»Und mich dann den Metzgern überlassen?« Simon zwang sich zu einem Lächeln.

»Nein, nur den besten Ärzten.« Sie erwiderte sein Lächeln. »Ich schaue denen dabei scharf auf die Finger.«

Ein Ruck ging durch das Schiff. Die *Elisabeth* hatte wieder Fahrt aufgenommen. Simon warf einen kurzen Blick aus dem Fenster. Die *Adela* segelte dicht neben ihnen.

Noch während Brida ihn behutsam verband und die Blutung trotz des Pfeils in der Wunde stillte, betrat Jannick die Kajüte.

»Nun, kannst du aufstehen?«

»Wieso, brauchst du mich?«

»Nein, aber ich dachte, du möchtest dir das Schauspiel nicht entgehen lassen, wenn unsere Feinde ihr gekapertes Schiff wieder in Besitz nehmen wollen.« Ein breites Grinsen zog sich über Jannicks Gesicht.

»Gleich«, sagte Brida und verknotete geschickt den Verband. »Jetzt darf er gehen. Aber nur kurz.«

Die *Elisabeth* und die *Adela* hatten schon einen beachtlichen Abstand zwischen sich und das gekaperte Dänenschiff gelegt.

Aber die dänische Flotte holte auf. Es waren vier Koggen. Ob sie auf den Köder hereinfallen würden? Und war die Lunte lang genug?

Noch war dem zum Tode verurteilten Schiff nichts anzumerken. Die beiden schnellsten Koggen erreichten das Ziel.

»Sie gehen tatsächlich längsseits!«, jubelte Jannick.

Simon zählte im Geist bis zehn. Der Schmerz in seiner Schulter war vergessen. Brida griff nach seiner linken Hand. Er umfasste sie und schloss seine Finger fest um die ihren.

Acht ... neun ...

Die Explosion war so stark, dass sie die Hitzewelle spürten. Die dänische Kogge zerriss förmlich, Trümmer flogen übers Meer. Die beiden Schiffe daneben wurden zur Seite gedrückt, das erste bekam starke Schlagseite, während das Segel der zweiten Kogge Feuer fing. Obwohl die *Elisabeth* schon weit genug entfernt war, wurde auch sie heftig durchgeschaukelt, als die Wellen der aufgewühlten See sie trafen.

Kaum war der Donner verhallt, da brach Jubel aus. Nicht nur auf der *Elisabeth*. Auch auf der *Adela* neben ihnen. Simon beobachtete Cunard, wie er begeistert mit der Faust in die Luft hieb. Eine Geste, die Jannick sofort erwiderte.

Johanna stimmte erneut das alte Spottlied an. »Erst wenn die Kuh kann Seide spinnen, soll König Erik unser Land gewinnen!«

Alle außer den gefangenen Dänen stimmten mit ein. Im Takt des Lieds ließen sie die dänische Flotte hinter sich. Ein Haufen Flüchtlinge, die feierten, als wären sie die Sieger. Und als Simon sich so umsah, die Frauen und Kinder betrachtete, die gekämpft hatten wie die Männer, da wusste er mit letzter Gewissheit, dass König Erik der Verlierer war. Auch wenn Heiligenhafens Häuser zerstört waren, seine Bewohner waren es nicht.

27. Kapitel

Trink davon, dann geht es dir besser.« Brida reichte Simon einen großen Becher mit Wein. Obwohl er sich nichts anmerken lassen wollte, waren ihm die Schmerzen deutlich anzusehen.

»Was ist das?«, fragte er. »Doch nicht etwa der starke Rote, den Jannick seit drei Jahren hütet?«

»Genau der«, antwortete Jannick, der soeben die Kajüte betreten hatte. Die *Elisabeth* lag sicher auf dem Kurs nach Lübeck, die Verfolger waren abgeschüttelt. »Und du solltest am besten den ganzen Krug leeren. Dir steht noch einiges in Lübeck bevor, wenn der Pfeil entfernt wird.«

»Du weißt, dass ich diesen Roten nicht vertrage«, stöhnte Simon. »Das letzte Mal habe ich nur dummes Zeug geredet.«

»Und danach tief und gut geschlafen«, entgegnete Jannick ungerührt.

»Und das sollst du jetzt auch«, ergänzte Brida. »Nun trink endlich!«

Simon gehorchte und nahm einen großzügigen Schluck. »Ist der eklig! Der schmeckt ja fast schon wie Essig. Mir wird gleich schlecht.«

»Soll ich dir einen Eimer holen?«, fragte Jannick gleichmütig.

»Du bist blöd!« Simon atmete tief durch, dann trank er einen weiteren Schluck. Brida strich ihm sanft über den Rücken. Es tat ihr weh, ihn in diesem Zustand zu erleben, aber zugleich wusste sie, dass er es überstehen würde. Es gab keinen Grund zur Sorge. Sie hatten überlebt. Die Zukunft lag vor ihnen. Die Ehe, die Pater Johannes geschlossen hatte, war gültig. Niemand konnte sie mehr trennen. Ganz gleich, welche Verbindung Simons Vater geplant haben mochte.

Der schwere Wein tat seine Wirkung, lange bevor die *Elisabeth* im Lübecker Hafen einlief. Brida blieb die ganze Zeit bei Simon sitzen und hielt seine gesunde Hand, während er langsam zur Ruhe kam. Jannick verließ die Kajüte, nachdem sein Bruder eingeschlafen war, aber Barbara und Marieke leisteten ihr weiterhin Gesellschaft. Selten hatte Brida Marieke so schweigsam erlebt. Und auch von Barbara war sie mehr Lebendigkeit gewohnt. Doch der Kampf steckte ihnen noch in den Knochen – und schlimmer noch, in der Seele. Fünf Dänen hatten den Versuch, die *Elisabeth* zu stürmen, mit dem Leben bezahlt. Niemand konnte sagen, welche der Frauen den Todesstoß geführt hatte, zu gewaltig war der allgemeine Zorn gewesen, als sie mit allem, was ihnen zur Verfügung gestanden hatte, auf die Angreifer eingeprügelt und sie niedergestochen hatten. Sie hatten keine Gnade gekannt, war ihnen doch bewusst gewesen, dass man ihnen diese auch nicht gewährt hätte. An Barbaras Kleid waren Blutflecken zu sehen. Dänisches Blut. Brida erinnerte sich an Jannicks Blick, als er die rotbraunen Flecken bemerkt hatte, aber er hatte kein Wort darüber verloren. Es war geschehen. Es war notwendig gewesen. Und doch war es grauenvoll.

Das Schiff verlangsamte seine Fahrt. Brida hörte die Geräusche des Hafens, die Rufe der Schauerleute, das Knarren der Lastwinden. Fässer, die über das Kopfsteinpflaster gerollt wurden. Das Geschrei der Möwen.

Jeden Moment würde der Rumpf der schwer beschädigten Kogge sacht gegen den Kai stoßen, und die Männer würden sie sicher vertäuen. Barbara hob den Kopf. »Wir sind da«, sagte sie. »Ich sorge dafür, dass Jannick sofort nach einem Arzt schickt.« Sie verließ die Kajüte, und Brida kam es so vor, als würden Barbaras Hände zittern. Ähnlich wie die von Simon, wenn er erregt war.

Doch Simon atmete ruhig. Sanft strich sie ihm über das Gesicht. Er bemerkte es nicht. Hoffentlich war sein Schlaf tief genug, um den Eingriff zu überstehen, der ihm bevorstand.

Der Arzt war schnell zur Stelle. Jannick schien ihn gut zu kennen. Ein noch recht junger Mann, aber er machte auf Brida einen guten Eindruck. Seine Kleidung war sauber und gepflegt, und bevor er sich Simon zuwandte, ließ er sich heißes Wasser bringen und wusch sich die Hände. Erst danach öffnete er seine Tasche mit den Gerätschaften, die ebenfalls makellos sauber waren.

»Ist er bewusstlos?«, fragte der Arzt.

Jannick schüttelte den Kopf. »Nein, wir haben ihn ordentlich mit Wein abgefüllt, damit er schläft.« Er deutete auf den leeren Krug.

»Der wird nicht lange vorhalten«, erwiderte der Medicus. »Ihr müsst ihn festhalten, damit er sich nicht bewegt, wenn ich anfange.«

Simon schlief so fest, dass er nicht bemerkte, wie er von der Seite auf den Bauch gedreht wurde. Der Arzt löste Bridas Notverband und begutachtete die Wunde mit dem Pfeil, der noch darin stak.

»Das Geschoss ist von hinten ins Gelenk eingedrungen«, stellte er fest.

»Ich weiß«, sagte Brida. »Deshalb habe ich mich auch nicht darangewagt.«

Der Arzt nickte, dann sah er Jannick an. »Euer Bruder wird sich wehren, wenn ich anfange, ob er will oder nicht. Ihr haltet am besten seinen Oberkörper fest. Das ist die Aufgabe für einen kräftigen Mann.« Dann wandte er sich wieder an Brida. »Und Ihr sorgt dafür, dass er nicht mit den Beinen strampelt.«

»Kann ich auch etwas tun?«, fragte Marieke.

»Ja, hol noch mehr heißes Wasser!«

Die Magd verschwand in Richtung Kombüse.

Der Arzt griff nach einem winzigen Messer. Dann umfasste er den Schaft des Pfeils. Simon stöhnte leise. Noch war er nicht erwacht. Erst als der Arzt die Wunde weiter aufschnitt, ging ein Ruck durch Simons Körper, und er brüllte so laut, dass Brida fast das Herz stehen blieb. Gleichzeitig warf sie sich mit ihrem ganzen Gewicht auf seine Beine, um ihn ruhig zu halten. Auch Jannick musste alle Kraft aufwenden, um Simon zu bändigen.

Der Arzt arbeitete schnell, und doch kam es Brida wie eine Ewigkeit vor. Sie spürte, wie Simon sich zusammenriss, als Jannick ihm gut zuredete. Wie er krampfhaft versuchte, das Schreien zu unterdrücken, und es doch nicht vermochte, weil der Schmerz zu groß war.

Erst als der Arzt fertig war und die Wunde verband, ließ Simons Anspannung nach. Brida merkte, wie er am ganzen Leib zitterte.

»Es ist vorbei«, hörte sie Jannick sagen. »Du hast es überstanden.«

Simon murmelte etwas Unverständliches. Sie ließ seine Beine los.

»Der Pfeil ist entfernt«, sagte der Arzt, während er sich abermals die Hände wusch und das Messerchen abspülte. »Aber es kann sein, dass der Arm steif bleibt.«

»Solange er dran bleibt ...«, hörte sie Simon murmeln. »Jannick, lass mich los!«

Jannick gehorchte. Simon versuchte, sich aufzurappeln.

»Bleib lieber noch eine Weile liegen«, riet Brida ihm.

»Nicht nötig«, beruhigte er sie. Aber die Art, wie er an die Kajütendecke starrte, verunsicherte sie.

»Ist dir schwindelig?«

»Nein, das ist nur der Seegang. Herrscht draußen Sturm?«

»Simon, wir liegen im Hafen.«

»Hafen? Warum schwankt das Schiff dann?«

»Lass ihn, Brida, er will unbedingt den Helden spielen.« Jannick seufzte.

»Mein Hemd.« Simon griff nach dem blutigen Fetzen, der über dem Stuhl hing.

»Doch nicht das!« Brida riss ihm das Kleidungsstück aus der Hand und reichte ihm stattdessen ein frisches Hemd aus einer kleinen Truhe.

»Am Hafen sind wir schon?« Mühsam versuchte Simon, sich mit der linken Hand anzuziehen.

Jannick verlor die Geduld, nahm ihm das Hemd ab, streifte es ihm über den Kopf und half ihm, den linken Arm durch den Ärmel zu schieben.

»Andere Seite auch«, murmelte Simon.

»Die andere Seite ist verbunden, das ist nicht möglich!«

»Ach ja. Na, dann nicht.«

»Wir müssen ihn nach Hause tragen lassen«, stellte Brida fest.

»Nix tragen!«, widersprach Simon. »Ich kann gehen.« Zur Bekräftigung seiner Worte versuchte er aufzustehen. Beim zweiten Versuch gelang es ihm mit Jannicks Hilfe.

»Ich werde dich stützen«, versprach ihm der Bruder. »Na, dann komm, Lillebror. Notfalls trage ich dich doch noch.«

»So wie früher? Willst du mich auf den Schultern reiten lassen?« Simon lachte albern.

Bridas Vater und Barbara erwarteten sie an Deck.

»Wie geht es ihm?«

»Er ist völlig betrunken, der Blutverlust macht es nicht besser, aber er wird es überstehen«, entgegnete Jannick.

»Betrunken, ja, ich hab auf unseren Sieg angestoßen! Mit furchtbar saurem Wein.« Wieder dieses alberne Lachen, aber irgendwie hatte es etwas Beruhigendes. Simon ließ sich nicht unterkriegen, gleichgültig, was geschah. Eine warme Welle der Zuneigung durchflutete Brida. Sie liebte ihn, und sie würde ihn immer lieben. Aber vor allem würde sie ihren Kindern und Enkeln noch von dem Tag ihrer Hochzeit erzählen, der so ganz anders verlief als alle Hochzeiten, von denen sie jemals gehört hatte.

Dank Jannicks Hilfe hielt Simon sich erstaunlich gut auf den Beinen, bis sie das Haus der von Wickedes erreichten.

Elisabeth selbst öffnete ihnen die Tür. In ihrem Blick erkannte Brida die starke Zuneigung, die sie für Jannick empfand, auch wenn sie diese vor anderen nur selten zeigte.

»Endlich seid ihr zurück!« Sie hielt ihrem Mann die Tür auf, damit er seinem Bruder weiterhelfen konnte.

»Was ist mit Simon?«

»Ein Pfeil in der Schulter. Der hätte eigentlich mir gegolten, wenn Simon sich nicht dazwischengeworfen hätte.«

»Ich lasse sofort nach dem Arzt schicken.«

»Er ist schon versorgt«, beruhigte Jannick seine Frau. Dann brachte er Simon in die Küche, die unmittelbar von der Diele abging, damit er sich setzen konnte. Doch noch während er Simon half, sich auf einem Stuhl niederzulassen, zuckte er zusammen. Brida hatte bis dahin nur auf Simon geachtet, jetzt folgte sie Jannicks Blick. In der Nähe der Herdstelle saß ein Mann, vor sich eine gute Mahlzeit, und speiste, als wäre es das Natürlichste von der Welt.

»Pfarrer Clemens!«, hauchte Brida, unfähig, seinen Namen lauter auszusprechen.

»Was will der denn hier?« Jannicks Stimme donnerte durch den Raum.

»Der Herr Pfarrer brachte uns die Nachricht, dass wir noch etwas auf euch zu warten hätten. Ich habe ihm selbstverständlich Gastfreundschaft gewährt«, entgegnete Elisabeth.

Clemens erhob sich.

»Ah, Ihr seid wohlbehalten zurück, Herr Johann. Ich bin erleichtert, dass all Eure Pläne von Erfolg gekrönt waren und ich Eurer werten Gattin in der Zwischenzeit seelischen Beistand leisten konnte.«

»Seelischen Beistand?« Simon sprang trotz seines angeschlagenen Zustands auf. »Und habt Ihr wieder versucht, den unschuldigen Mädchen unter die Röcke zu greifen?«

»Ihr seid ja betrunken!«, fuhr Clemens ihn an.

»Und Ihr treibt Unzucht mit Kindern!«, schrie Simon. »Deshalb hat Pater Johannes Euch das Auge blau geschlagen und Euch aus der Stadt gejagt. Wenn Ihr nicht auf der Stelle verschwindet, verpasse ich auch Eurem zweiten Auge ein Veilchen, an dem Ihr wochenlang Eure Freude habt!«

»Simon!«, rief Elisabeth.

»Glaubst du, ich lüge? Frag doch Jannick!«

»Jannick, ich glaube, es ist besser, du bringst Simon auf sein Zimmer«, sagte sie. Simon wollte schon Einspruch erheben, doch Elisabeth sprach weiter. »Aber vorher wirfst du dieses Ungeziefer aus meinem Haus, das sich mit Lügen hier eingenistet hat.« Dabei wies sie auf den Pfarrer.

Jannick lachte. »Dein Wunsch ist mir Befehl, mein teures Eheweib. Ihr habt meine Frau gehört, Herr Pfarrer. Hinaus mit Euch, oder muss ich handgreiflich werden?«

Clemens lief hochrot an. Im Aufstehen steckte er noch eine Wurst ein und wollte sich davonmachen, als Hinrich ihn am Eingang festhielt.

»Einen Augenblick, lieber Vetter! Die lässte mal schön hier.« Und schon hatte er ihm die Wurst abgenommen. »So, und nu sieh zu, dass du Land gewinnst!«

»Hinrich, ich …«

»Geh mir aus den Augen! Für immer!«

Brida hatte gar nicht gewusst, dass der Pfarrer so schnell laufen konnte. Ein Wirbelwind war nichts dagegen.

Im Hintergrund hörte sie Simon lachen. Als sie sich zu ihm umwandte, sah sie, wie Elisabeth ihm liebevoll über das Gesicht strich. »Du solltest dich nun aber wirklich ausruhen.«

»Komm, ich bringe dich nach oben«, entschied Jannick, und Simon nickte. Brida war sofort an seiner Seite.

»Ihr werdet ihn doch nicht etwa begleiten!« Zwischen Elisabeths Brauen bildete sich eine strenge Falte.

»Doch, das wird sie«, sagte Jannick. »Die beiden sind nämlich seit heute verheiratet.«

»Was?«

»Eine lange Geschichte, die erzähle ich dir später. Bereite Vater schon einmal darauf vor.« Jannick zwinkerte ihr zu.

»Was ist diesem Drecksack bloß eingefallen?«, schimpfte Simon, während Jannick ihm die Treppe hochhalf. »Glaubt der wirklich, hier ist er willkommen?«

»Nun, jetzt weiß er, dass er es nicht ist.« Jannick lachte. Brida hielt ihm die Tür zu Simons Kammer auf.

»So, da wären wir.« Jannick ließ Simon los, damit der sich auf sein Bett setzen konnte. »Ich lasse euch jetzt allein.«

»Hast du keine Angst mehr, dass wir Unzucht treiben?«

»Erstens gehört das ab sofort zu deinen Pflichten, und zweitens glaube ich kaum, dass du im Moment dazu in der Lage bist.«

»Habe ich dir heute schon gesagt, dass du blöd bist?«

»Einmal.«

»Dann weißt du's ja.«

Brida kicherte. Sie liebte dieses Geplänkel zwischen den Brüdern. Jannick verschwand, und sie blieb mit Simon allein.

»Komm, ich ziehe dir die Stiefel aus«, sagte sie und packte sogleich beherzt zu.

»So, und jetzt die Hose.«

Simon räusperte sich. »Jetzt schon?«

»Ja, willst du etwa mit den Kleidern ins Bett, an denen noch Blut klebt?«

»Ich wollte eigentlich noch eine kleine Mahlzeit zu mir nehmen und mit Vater sprechen und …«

»Ich hole dir gleich etwas zu essen herauf. Und dein Vater hat sicher Verständnis dafür, dass du in deinem Zustand Ruhe brauchst.«

»Bin ich schlimm betrunken?«

»Nein. Gerade genug, um zur rechten Zeit am rechten Ort die Wahrheit zu sagen.« Brida lachte. »Du hast Clemens höchst wirkungsvoll in die Schranken gewiesen. Ich hätte das nie gewagt.«

Sie setzte sich neben ihn auf das breite Bett und schmiegte sich an ihn. Er legte ihr den gesunden Arm um die Schultern. Vorsichtig, weil ihn noch immer jede Bewegung schmerzte, auch wenn er sich nichts anmerken ließ. Immerhin hatten seine Lippen noch die gleiche Kraft wie kurz nach ihrer Trauung im Angesicht des Todes.

Sie ließ ihre Hände unter sein Hemd gleiten, genoss es, seine warme Haut zu streicheln. Wie lange hatte sie heimlich davon geträumt ... Jetzt gehörte er ihr, und niemand würde sich jemals zwischen sie stellen.

Simon ließ sich aufs Bett fallen und zog sie mit hinunter. Sie schob sein Hemd immer höher und zog es ihm schließlich ganz aus. Er ließ es sich willig gefallen, auch als sie sich an seiner Hose zu schaffen machte.

»Du hast ja Erfahrung darin, mich auszuziehen.« Er grinste.

»Ja, aber das letzte Mal warst du viel kälter.«

»Von dir lasse ich mich jederzeit aufwärmen.«

»Soll ich das Kohlebecken anheizen?«

»Von wegen!« Erneut zog er sie an sich, und wieder war sie erstaunt, wie kräftig er war, obwohl er sich noch vor Kurzem kaum auf den Beinen hatte halten können. »Da gibt es viel angenehmere Möglichkeiten, in Hitze zu geraten.«

Doch bevor er ihr zeigen konnte, was er im Sinn hatte, klopfte es an der Tür.

»Ich wusste, dass es noch zu früh ist, um ungestört zu bleiben«, seufzte Simon und ließ sie los.

Brida stand auf und ordnete ihr Kleid. Gerade noch rechtzeitig, ehe die Tür geöffnet wurde. Ulrich von Wickede trat ein.

»Guten Abend«, sagte er und nickte Brida kurz zu, bevor er an Simons Bett trat. Der hatte hastig die Bettdecke über seine Blöße gezogen.

»Jannick war gerade bei mir und hat mir erzählt, was vorgefallen ist. Wie geht es dir?«

»Den Umständen entsprechend gut«, lautete Simons Antwort.

»Und Ihr … du bist jetzt also meine Schwiegertochter?«

Brida merkte, wie ihr das Blut ins Gesicht schoss. Stumm nickte sie.

Ulrich von Wickede räusperte sich. »Eigentlich sollte ich verärgert sein, Simon. Du hast ohne meine Zustimmung geheiratet. Andererseits, Jannick hat mir erzählt, unter welchen Umständen es geschah.«

Simon richtete sich halb im Bett auf. »Dann haben wir also Euren Segen, Vater?«

Es dauerte eine Weile, bis Simons Vater antwortete. Brida wurde unsicher. Was, wenn er verlangte, dass die Ehe aufgelöst wurde? Noch war sie nicht vollzogen.

Simon griff nach Bridas Hand, ganz so, als gingen ihm die gleichen Gedanken durch den Kopf.

»Ich hätte heute beinahe drei meiner Kinder verloren«, sagte Ulrich von Wickede schließlich. »Also muss ich dem Schicksal dankbar sein, dass ich stattdessen eine Schwiegertochter dazugewonnen habe.« Er sah Brida an, und auf einmal entdeckte sie in seinen Augen das gleiche väterliche Blitzen, das sie von ihrem eigenen Vater kannte. Fast gleichzeitig nahm er sie in die Arme und drückte sie einmal an sich.

»Willkommen in unserer Familie, Brida! Ich denke, Simon hat die richtige Wahl getroffen.«

Brida schlug das Herz bis zum Hals.

»Ich danke Euch!« Sie hätte es am liebsten hinausgeschrien, und doch brachte sie kaum mehr als ein Flüstern zustande, so gerührt war sie von dieser Geste.

»Eine Kleinigkeit gibt es da aber noch.«

Ulrich ließ Brida los und wandte sich wieder seinem Sohn zu.

»Eine Eheschließung ist eine ernste Angelegenheit. Und du weißt, was wir unserem Ruf schuldig sind: eine öffentliche Brautmesse und eine angemessene Hochzeitsfeier. Ich habe schon mit Elisabeth gesprochen. Die Feier wird am 15. Juni stattfinden. Sieh zu, dass du bis dahin wieder richtig auf den Beinen bist.«

»Keine Sorge, Vater, da habe ich noch fast vier Wochen Zeit zur Genesung.« Ein glückliches Strahlen erhellte Simons Gesicht.

»Ja, vermutlich werden die Schneider, die für Bridas Kleid zuständig sein werden, ohne Ende jammern. Nun, Brida, ich hatte dir von Anfang an versprochen, deine Hochzeit auszurichten. Zu dem Wort stehe ich. Wenn auch unter etwas anderen Vorzeichen.«

Dann schickte er sich an, das Zimmer zu verlassen. Doch Simon rief ihn zurück.

»Tut Ihr uns noch einen Gefallen, Vater? Könntet Ihr der Familie ausrichten, dass wir heute nicht mehr gestört werden möchten?«

»Das habe ich mir fast gedacht.« Ulrichs Lächeln erinnerte Brida an seine Söhne.

»Wo hatten wir gerade aufgehört, bevor wir gestört wurden?«, fragte Simon, als sich die Tür geschlossen hatte.

»Du wolltest mir zeigen, wie ich dich künftig aufwärmen soll.« Sie ließ sich zu ihrem Mann aufs Bett fallen und riss ihn in die Arme.

»Ah, verdammt!«, schrie er und griff nach der verletzten Schulter.

»O Gott, habe ich dir wehgetan?« Entsetzt ließ Brida ihn los.

»Nicht schlimm«, beruhigte er sie. »Aber wenn du heute Nacht noch Freude an mir haben willst, solltest du etwas behutsamer sein.«

Und das war sie dann auch. Und sie hatte viel Freude an ihm.

Die Freude hielt auch in den folgenden Wochen an, und darüber vergaß Brida bald die Schrecken, die sie um ihre Heimat ausgestanden hatte. Auch ihr Vater hatte sich mit dem Verlust erstaunlich schnell abgefunden, zumal er sich sehr gut mit Ulrich von Wickede verstand. Aber ihm war klar, dass er nach Heiligenhafen zurückkehren würde, sobald die Nordseeflotte unter Simon von Utrecht die Dänen endgültig vertrieben hätte. Die Zeichen standen gut, denn der Zug gegen die dänischen Inseln hatte begonnen, und von Kalle, der sich einige Tage später in Lübeck einfand, erfuhren sie, dass die Dänen sich aus Heiligenhafen zurückgezogen hatten. Der Plan war aufgegangen. Den Eroberern war nichts geblieben, das die Verteidigung gelohnt hätte.

Marieke war überglücklich, ihren Kalle gesund wiederzusehen. Und als Kalle von Bridas und Simons hastiger Hochzeit im Angesicht des Todes erfuhr, fand er endlich die rechten Worte.

»Mein Marieken, willste mich nicht endlich heiraten? Oder willste auch warten, bis wir auf 'm untergehenden Schiff stehen?«

»Na, bei dir wird's wohl eher so 'n wackeliger Schmugglerkahn werden. Dann heirate ich dich lieber gleich richtig inner Kirche.«

»Schließt euch doch unserer Brautmesse an«, schlug Simon vor. »Dann feiern wir eine Doppelhochzeit.«

»Aber was wird dein Vater sagen, wenn ich bei deiner Feier

die Magd von deiner Frau heirate? Das passt doch nicht, bei so feine Leute.«

»Kalle, dir und Marieke verdanke ich mein Leben ebenso wie Brida. Das passt schon.«

Simons Vater hatte tatsächlich nichts einzuwenden, und Elisabeths kurzes Stirnrunzeln wurde von niemandem weiter beachtet.

In den Wochen vor dem großen Fest war auch Kapitän Cunard ein häufiger und gern gesehener Gast im Haus der Wickedes. Seine Heldentat, als er mit der *Adela* die *Elisabeth* aus Todesgefahr gerettet hatte, war tagelang das Stadtgespräch und öffnete ihm mehr als eine Tür. Doch Cunard blieb Hinrich und der *Adela* treu. Barbara erwartete ihn jedes Mal mit leuchtenden Augen, und Brida war sich sicher, dass seine Besuche eigentlich ihr galten, selbst wenn er meist Geschäfte mit den männlichen Familienmitgliedern vorschob.

In den letzten drei Tagen vor dem Fest ging es hoch her. Brida sah es mit Gelassenheit. Barbara hingegen ereiferte sich, als ginge es um ihre eigene Hochzeit, und war mit keinem Kleid zufrieden. Vielleicht war Brida auch nur so gelassen, weil sie längst Simons Frau war. Für sie bedeutete die große Feier lediglich eine Äußerlichkeit, die dem Ansehen ihrer neuen Familie Rechnung trug. Es war im Dom zunächst ein Dankgottesdienst für die Rettung aus Todesgefahr vorgesehen, dann würde das junge Ehepaar im Rahmen der Brautmesse noch einmal gesegnet werden. Die Trauung von Kalle und Marieke sollte schon am Morgen stattfinden, damit sie ebenfalls als Frischvermählte an der Messe teilnehmen konnten.

Erst in der letzten Nacht vor der Feier wurde Brida von der allgemeinen Aufregung ergriffen. Ruhelos lag sie neben Simon im Bett, dachte an die zahllosen Abläufe, denen sie sich zu stellen hatte, an die Gäste, den Trubel. Simon bemerkte ihre Unruhe. Sanft zog er sie an sich. Seinen rechten Arm konnte er kaum bewegen, und in Daumen und Zeigefinger hatte er kein Gefühl mehr, aber er klagte nie darüber.

»Was ist mit dir?«, flüsterte er.

»Mir graut vor morgen.«

»Mir auch«, gestand er. »Mehr als vor dem Angriff der Dänen.« Er atmete tief durch. »Weißt du, die Dänen, die durfte ich wenigstens totschlagen, aber was soll ich tun, wenn Tante Hildegard auf mich zukommt, mich an sich zieht, als wäre ich noch immer ihr fünfjähriger Neffe, zwei widerliche feuchte Küsse auf meinen Wagen verteilt und mir gute Ratschläge fürs Eheleben gibt? Und glaub mir, davon hat sie genug auf Lager – sie ist vier Mal verwitwet.«

Er schüttelte sich, und Brida musste lachen.

»Oder mein Onkel Hermann. Du hast Hermann noch nicht kennengelernt, oder?«

»Nein.«

»Nun, sei froh. Hermann kommt auf dich zu, zieht dich zur Seite und fängt an zu erzählen. Und dann erzählt er und erzählt. Und keiner will wissen, was er zu erzählen hat, weil seine Geschichten so langweilig sind. Aber aus lauter Höflichkeit kannst du den alten Mann nicht stehen lassen.«

»Gibt es noch mehr schreckliche Verwandte?«

»Ja, ganz viele.«

»Sei froh, dass wir schon verheiratet sind. Sonst würde ich mir das mit der Hochzeit noch mal überlegen.«

»Dann müsstest du aber auch auf mich verzichten. Und auf das hier …« Er küsste ihre Halsbeuge. »Und auf das …« Seine Lippen wanderten an ihrem Körper weiter hinunter.

»Also gut«, seufzte sie wohlig. »Wir werden auch Tante Hildegard und Onkel Hermann überleben.«

Der nächste Morgen begann mit allgemeiner Aufregung. Brida hatte das Gefühl, nicht mehr sie selbst zu sein. Stundenlang wurde sie vorbereitet, das kostbare Kleid aus grünem Samt und Seide um ihren Körper drapiert, das Haar geschickt geflochten und unter einer wertvollen Samthaube verborgen, die mit einem goldenen Netz und funkelnden Steinen verziert war. Im Erdgeschoss hörte sie, wie die Musiker probten. Elisabeth liebte Musik und Tanz und bestand darauf, jedes einzelne Stück vorher einmal zu hören. Zahlreiche Kinder, die zu irgendwelchen Vettern und Basen von Simon gehörten, tollten mit dem kleinen Thomas um die Wette.

Brida beneidete Simon, der mit ihrem Vater im Nebenzimmer Schach spielte, um die Zeit zu überbrücken. Warum waren Männer immer viel früher fertig mit dem Ankleiden? Das Leben war ungerecht.

Barbara stürmte in Bridas Ankleidezimmer.

»Ich suche meine Halskette«, jammerte sie. »Die mit den Granaten.«

»Ich habe sie nicht gesehen.«

Sogleich verschwand Barbara wieder.

Im Erdgeschoss verstummte die Musik. Elisabeth eilte ins Zimmer. Natürlich war sie wie immer die vollkommene Hausherrin.

»Seid ihr noch nicht fertig?«, fragte sie die Zofe, die Brida beim Ankleiden half. »Wir haben nicht mehr viel Zeit.«

Sie zupfte selbst am Saum von Bridas Kleid herum. »So, nun sieht alles ganz ordentlich aus.« Dann rief sie nach Jannick.

»Was gibt's?« Simons Bruder betrat den Raum mit aufgekrempelten Hemdsärmeln.

»Wieso bist du noch nicht fertig? Willst du etwa dieses Hemd anbehalten?«

Hastig rollte Jannick die Ärmel hinunter. »Ja, wieso nicht?«

»Ich habe dir alles zurechtgelegt. Dein Bruder feiert heute

seine Eheschließung, da kannst du nicht wie ein Krämer herumlaufen.«

Im Stillen betete Brida, dass sie niemals so werden möge wie Elisabeth, wenn später eines ihrer eigenen Kinder Hochzeit feierte. Es erschien ihr wie eine Erlösung, als ihr Vater und Simon endlich kamen und alle gemeinsam zum Dom zogen.

Während des Gottesdienstes bemerkte Brida, dass ihre Gedanken immer wieder abschweiften und kaum der Messe folgten. Tatsächlich beobachtete sie die Menschen ringsum. Cunard war da, tadellos gekleidet, wie sie es nicht anders erwartet hätte. Natürlich Kalle und Marieke, als frisch vermähltes Paar. Das Kleid, das Marieke trug, ließ nicht im Geringsten vermuten, dass sie eine Magd war. Vermutlich hatte Kalle den teuren Stoff über die ihm bekannten Wege nach Lübeck geschafft. Sie musste sich unter den feinen Leuten nicht schämen.

Nachdem der Gottesdienst vorüber und die Brautleute noch einmal gesegnet worden waren, reichte Simon Brida artig den Arm.

»Folge mir einfach«, raunte er ihr zu. »Da vorn entlang, dann sieht Tante Hildegard uns nicht.«

Brida musste ein Lächeln unterdrücken. Simon bewegte sich in diesem Umfeld genauso vorausschauend, als befände er sich in Feindesland. Seine Kenntnis in Kriegsdingen kam ihm auch hier zugute, denn sie erreichten die festlich geschmückte Halle seines Vaterhauses, ohne den beiden berüchtigten Verwandten in die Arme zu laufen.

Beim Anblick des Festsaals waren alle Sorgen vergessen. Eine große Tafel erwartete die Brautleute und ihre Gäste. Im Hintergrund spielten die Musikanten. Brida sah, dass es Barbara gelungen war, die Tischordnung zu umgehen und ihren Platz neben Kapitän Cunard einzunehmen. Und so, wie er Simons Schwester anstrahlte, war Brida überzeugt, dass er die Enttäuschung über ihre Ablehnung längst verschmerzt hatte. Ja, sie konnte sich sogar vorstellen, dass er sie nur deshalb um ihr Jawort gebeten hatte, weil er eine Ehe mit ihr für eine vernünftige Verbindung gehalten hatte. Sie wären vielleicht ein glückliches Ehepaar geworden. Aber ob zwischen ihnen jemals so viel Leidenschaft entbrannt wäre wie zwischen Simon und ihr? Ein Blick auf ihren Mann bestärkte ihre Gefühle. Keiner konnte ihm das Wasser reichen. Er war der Einzige für sie.

Es wurde viel gegessen und getrunken. Onkel Hermann fand tatsächlich ein Opfer. Und gleichzeitig seinen Meister, denn seine Wahl fiel ausgerechnet auf Kalle. Simon stieß Brida sanft an und deutete in die Ecke, in der die beiden standen. Irgendwann hatte Kalle es geschafft, den Spieß umzudrehen, und machte sich seinerseits einen Spaß daraus, den guten Hermann nicht mehr aus den Fängen zu lassen, bis Marieke schließlich einschritt.

»Sei ehrlich«, flüsterte Brida. »Du hast Kalle vorgewarnt.«

»Ich? Wie kommst du darauf?« Simons Versuch, eine Unschuldsmiene aufzusetzen, misslang gründlich. Er konnte sein schadenfrohes Lächeln einfach nicht unterdrücken.

Nachdem die Tafel aufgehoben worden war, wurde zum Tanz aufgespielt. Obwohl es ihr schon alle erzählt hatten, war Brida doch erstaunt, mit welcher Begeisterung Elisabeth tanzte und welch gute Figur sie und Jannick dabei machten. Simon hatte nach drei Tänzen genug, denn mit seinem steifen Arm fiel es ihm schwer, Bridas Hand bei den komplizierten Figuren zu halten. Dafür schenkte Barbara Cunard jeden Tanz. Brida sah, wie Simon die beiden mit gerunzelter Stirn beobachtete.

»Was ist? Sind sie denn kein schönes Paar?«

»Doch, aber ich sehe gerade, dass Vater mit Jacob von Oldesloe spricht.«

»Ja und?«

Soeben legten die Musiker eine Pause ein. Barbara verschwand in einem der hinteren Räume. Cunard blieb am

Rand der Tanzfläche stehen, nahm sich einen Becher Wein und blickte ihr versonnen nach.

Ohne auf Bridas Frage zu antworten, ging Simon auf Cunard zu. Brida folgte ihm.

»Cunard, ich muss mit Euch sprechen«, sagte er ernst.

»Worum geht es?«

»Ich habe den Eindruck, Ihr mögt meine Schwester, nicht wahr?«

»Äh … ja, gewiss, aber …«

»Genug, um sie zu heiraten?«

»Was?« Cunard lief rot an. »Ja, aber …«

»Ja oder nein?«, bohrte Simon unerbittlich weiter.

Cunard atmete tief durch. »Ja«, bekannte er mit fester Stimme.

»Nun, dann frag sie endlich, solange du noch als großer Held gefeiert wirst. Mein Vater verhandelt nämlich gerade mit Jacob von Oldesloe, und der hat einen Sohn im geeigneten Alter.«

»Du meinst …«

»Ja, genau! Versemmel das nicht wieder!«

»Du hast recht! Halt das mal!« Er reichte Simon seinen Weinbecher und folgte Barbara.

»Simon, du bist unmöglich!« Brida schlang ihm die Arme um den Hals. »Und dafür liebe ich dich so sehr.«

Simon stellte Cunards Becher ab und erwiderte ihre Umarmung.

»Dann lass uns einfach verschwinden.«

»Jetzt? Es ist unsere Feier.«

»Nein, es ist die Feier der Familie. Wir sollten lieber dafür sorgen, dass sie weiter wächst.«

»Daran arbeiten wir doch schon jede Nacht.«

»Ja eben, wir sollten in unserem Fleiß nicht nachlassen.« Er lächelte sie glücklich an.

»Oh, dann lass uns gehen, mein fleißiger Gatte.«

Heiligenhafen, August 1429

Simon liebte die frühen Morgenstunden, wenn die Sonne sich gerade über der Ostsee erhob und Brida noch schlief. Leise stand er auf, um sie und das Kind nicht zu wecken. Acht Wochen war Matthias alt, und Simon hoffte, dass sein Sohn bald durchschlafen würde.

Als er die Treppen nach unten stieg, hörte er Johanna das alte Spottlied summen. »Erst wenn die Kuh kann Seide spinnen, wird König Erik unser Land gewinnen.« Das Mädchen war zu einer tüchtigen Hilfe für Brida geworden.

»Guten Morgen, Herr Stadtrat!«, grüßte sie ihn fröhlich. Herr Stadtrat, ja, an diesen Titel musste er sich erst noch gewöhnen. Er hatte sich eine Weile dagegen gesträubt, aber schließlich konnte er die Amtswürde nicht länger ablehnen. Seit einem Dreivierteljahr lebte er inzwischen wieder mit Brida und ihrem Vater in Heiligenhafen. Ihr neues Haus stand am selben Platz wie das alte, aber es war größer und schöner. Ein ansehnliches Kontor gehörte dazu. Die Geschäfte liefen gut, auch wenn er sich manchmal fragte, ob es einem Stadtrat wohl angemessen war, den Großteil seines Gewinns einem Schmuggler zu verdanken. Aber englisches Tuch und italienischer Wein erzielten gute Erlöse, vor allem wenn man sie zollfrei durch den Sund bekam.

»Guten Morgen, Johanna. Ist Kalle schon da?«

»Ja, der sitzt bei 'ner Mahlzeit in der Küche.«

Simon schmunzelte. Auch das hatte sich nicht geändert. Wenn Kalle in aller Frühe kam, bediente er sich, als wäre er hier zu Hause.

Der Schmuggler erwartete ihn bereits.

»Hallo Simon. Du siehst ja richtig übernächtigt aus.

Und dabei dacht ich immer, so 'n Stadtrat arbeitet tagsüber.«

»Schreit deine Tochter nachts nie?«, fragte Simon.

Kalle hob die Schultern. »Du weißt doch, ich arbeite während der Dunkelheit, da krieg ich nix mit. Hier, das hab ich dir heute mitgebracht.«

Er wies auf einen großen Sack in der Ecke.

»Englisches Tuch?«

»Das beste, das ich kriegen konnte. Wird 'n schönen, satten Gewinn abwerfen.« Er schob seine Mahlzeit beiseite, stand auf und wuchtete den Sack auf den Tisch. »Schau es dir gut an. Das werden sie dir in Lübeck aus den Händen reißen.«

Simon ließ sich Zeit, die Ware zu begutachten. Kalle hatte wie immer recht. Mit so guten Stoffen zu derart günstigen Preisen konnte nicht einmal Jacob von Oldesloe aufwarten, und der besaß immerhin ein eigenes Handelshaus in Brügge.

Schritte von oben.

»Simon?« Das war Bridas Stimme.

»Hier unten!«, rief er zurück.

Die Schritte näherten sich. Brida betrat die Küche, den kleinen Matthias im Arm.

»Guten Morgen, Kalle«, begrüßte sie den Schmuggler. »Welch früher Besuch!«

»Ja, wir machen gerade gute Geschäfte, der Herr Stadtrat und ich, ne?« Kalle neckte Simon gern mit seinem neuen Amtstitel.

»Sehr gute Geschäfte«, bestätigte dieser.

»Nun, die könnt ihr auch machen, wenn du kurz auf Matthias aufpasst. Hier, Simon, er ist frisch gewickelt und gestillt.«

»Wohin willst du?«, fragte er, während er seiner Frau das Kind abnahm.

»Zum Hafen. Die *Adela* läuft gerade ein.« Und schon war sie aus der Tür.

Simon lächelte. Das alte Ritual hatte Brida nie aufgegeben.

»Vergiss nicht, Cunard und Barbara zum Frühstück einzuladen!«, rief er ihr nach. Er war mindestens ebenso neugierig wie Brida, was Barbara nach sechs Monaten auf See zu berichten hatte. Und ob sie und Cunard ihn wohl bald zum Onkel machen würden.

»Selbstverständlich«, hörte er Brida von draußen zurückrufen.

»Tja, so kann's 'nem Mann gehen, ne?« Kalle grinste. »Früher haste jeden mit'm Messer klein gekriegt, und jetzt schaukelste lieber 'n Säugling.«

Ja, die alten Zeiten waren für immer vorbei. Den rechten Arm könnte er nie wieder so bewegen wie früher. Immerhin war das Gefühl in den Fingern vor einigen Monaten zurückgekehrt.

»Soll ich dir etwas sagen, Kalle? Ich pfeife auf jeden Messerkampf. So ein kleiner Mensch fühlt sich doch viel besser an.« Zur Bestätigung schaukelte er seinen Sohn etwas schneller und freute sich, als der vor Begeisterung mit wohligem Glucksen antwortete.

❧ *Nachwort* ☙

Wie in fast allen Romanen mischen sich in der vorliegenden Geschichte historische Fakten mit Fiktion. Wahr ist, dass der Ort Heiligenhafen im Jahr 1428 von der dänischen Flotte unter König Erich VII. vollständig zerstört wurde. Im Jahr zuvor, 1427, hatte die Hanse schon einmal eine große Niederlage gegen den dänischen König erlitten. Dabei geriet der einflussreiche Hamburger Bürgermeister Hein Hoyer in dänische Gefangenschaft und wurde erst im Jahr 1432 gegen ein hohes Lösegeld wieder freigelassen. Dem Lübecker Bürgermeister Tidemann Steen lastete die Hanse die Niederlage an und ließ ihn in Ketten legen. Ebenfalls wahr ist, dass zwei Wismarer Bürgermeister von den eigenen Bürgern aus Zorn über die Niederlage hingerichtet wurden.

Während die neuzeitliche Geschichte Heiligenhafens sehr gut dokumentiert ist, liegt die mittelalterliche Geschichte weitestgehend im Dunkeln. Aus der Zeit um 1428 existiert nur noch ein Gebäude, das sein Antlitz im Lauf der Jahrhunderte stark verändert hat: die große Kirche. Um 1428 stand sie nahe am Wasser. Davon zeugt auch das zweitälteste Gebäude der Stadt, der alte Salzspeicher am Fuß des Kirchbergs, der 1587 erbaut wurde. Heute stehen diese Gebäude im Stadtkern, und der eigentliche Hafen liegt etliche Straßen weiter vorgelagert.

Wie der mittelalterliche Hafen tatsächlich aussah, ist unbekannt, da er 1428 vollständig zerstört wurde. In späteren Jahren gab es keinen Kai mehr, sondern die Schiffe mussten im tiefen Wasser ankern und von Booten aus entladen werden. Aus dramaturgischen Gründen habe ich dem Ort in meiner Erzählung jedoch einen Kai verliehen, an dem die Schiffe anlegen können.

Interessant ist, dass Heiligenhafen trotz der Zerstörung durch die Dänen recht schnell wieder aufgebaut wurde, auch wenn genauere Zeugnisse aus jener Zeit fehlen. Insofern liegt es nahe, dass die Einwohner tatsächlich gewarnt wurden und einen Großteil ihrer Habe in Sicherheit bringen konnten. Das Kloster Cismar, das ich im vorliegenden Roman erwähne, war zu jener Zeit ein Benediktinerkloster. Es war durchaus üblich, in Kriegszeiten Wertgegenstände in Klöstern zu verstecken. Die Klostergebäude existieren auch heute noch, obwohl dort längst keine Mönche mehr leben.

Die Anwesenheit von Vitalienbrüdern auf der Burg Glambeck ist ebenfalls historisch belegt. Im Jahr 1420 hatten die Dänen die Insel Fehmarn bereits einmal erobert und zwei Drittel der Bevölkerung getötet. Zunächst war es den Insulanern noch gelungen, den dänischen Angriff zurückzuschlagen und die Eroberung hinauszuzögern. Aus dieser Zeit stammt der historisch überlieferte Spottvers, den ich Johanna als Kampflied in den Mund lege: »Wenn de Koh kann Siede spinnen, sall König Erich unser Land gewinnen.«
Nach der Rückeroberung Fehmarns im Jahr 1424 holte der Graf von Holstein die Vitalienbrüder auf die Insel, damit sie Fehmarn von der Burg Glambeck aus gegen künftige Angriffe verteidigen. Heute stehen nur noch vereinzelte Mauerreste der Burg.
Die Vitalienbrüder blieben den Quellen zufolge vermutlich bis 1435 auf der Burg. In jenem Jahr wurde der Krieg zwischen Dänemark und der Hanse durch den Friedensvertrag von Vordingborg beendet. Einige Sagen berichten jedoch, dass die Vitalienbrüder bis weit ins 15. Jahrhundert hinein auf der Burg residierten.

Die Familie von Wickede gab es wirklich. Es handelte sich um ein einflussreiches Patriziergeschlecht, das zahlreiche Ratsherren und Bürgermeister stellte und über lange Zeit die Geschicke Lübecks lenkte. Mein Held Simon entstammt einem fiktiven Zweig dieser Familie.

Bei dem Gedächtnisverlust, den Simon zu Beginn der Geschichte erleidet, handelt es sich um eine dissoziative Amnesie. Dieses Phänomen tritt vor allem dann auf, wenn ein Mensch mit einem schweren Schock konfrontiert wird, den er nicht mehr verarbeiten kann. Dabei sind nur die Erinnerungen an die eigene Identität ausgelöscht, die Fähigkeiten bleiben vollständig erhalten, auch wenn die Personen nicht mehr wissen, wo und wie sie etwas gelernt haben, und zum Teil selbst von ihren Fertigkeiten überrascht sind. Die Betroffenen haben mitunter kurze Erinnerungsblitze, die sie aber nicht immer richtig einzuordnen vermögen. Es kann passieren, dass sich Erinnerungen aus verschiedenen Lebensaltern vermischen und zu einer neuen Geschichte werden. Dissoziative Amnesien klingen meist nach einigen Wochen spontan ab, besonders wenn der Beginn mit einem traumatisierenden Lebensereignis verbunden ist, so, wie es in Simons Fall geschah.

Melanie Metzenthin

Die Sündenheilerin

Historischer Roman. 464 Seiten.
Piper Taschenbuch

Nach einem schweren Schicksalsschlag lebt Lena zurückgezogen im Kloster. Als Dietmar von Birkenfeld die junge Frau auf seine Burg ruft, damit sie seiner kranken Gemahlin hilft, muss Lena ihre Zufluchtsstätte jedoch verlassen. Denn sie hat eine seltene Gabe: Sie erspürt die tiefen seelischen Leiden der Menschen und vermag sie auf wundersame Weise zu heilen. Während ihres Aufenthalts auf Burg Birkenfeld begegnet Lena noch anderen Gästen: Philip Aegypticus ist zusammen mit seinem arabischen Freund Said in den Harz gereist, um die Heimat seines Vaters kennenzulernen. Der ebenso attraktive wie kluge Philip bemerkt schon bald, dass auf der Burg manch düsteres Geheimnis gehütet wird. Und er entdeckt, dass die feinfühlige Lena sich in Gefahr befindet.

Martina Kempff

Die Kathedrale der Ketzerin

Historischer Roman. 400 Seiten.
Piper Taschenbuch

»Tötet sie alle, Gott wird die Seinen erkennen!« Doch Clara überlebt, als das Kreuzfahrerheer auf dem Feldzug gegen die ketzerischen Katharer alle Bewohner von Marmande niedermetzelt. Mit ihrem Retter Graf Theobald von Champagne fühlt sie sich in tiefer Liebe verbunden. Der berühmte Troubadour hat aber nur Augen für ihre Ziehmutter Blanka von Kastilien. Clara findet Trost im Glauben der Katharer – und begibt sich damit in große Gefahr, denn Blankas Gemahl, der französische König, hat geschworen, die Ketzer mit allen Mitteln zu bekämpfen ...

Sybille Schrödter

Die Lebküchnerin

Historischer Roman. 384 Seiten.
Piper Taschenbuch

Nürnberg 1387 – eine der blühendsten Städte des Mittelalters, doch ein unwirtlicher Ort für eine junge Adelige, die gerade dem Kloster entflohen ist. Ihr bleibt nur eines: Sie gibt sich als Schwester ihrer Freundin aus, der ehemaligen Klosterköchin Agnes, und zieht zusammen mit ihr ins Haus von Agnes' Verlobtem, einem Bäcker. Das wiederum passt dem künftigen Schwiegervater gar nicht, bis Benedicta ihm aus seinen wirtschaftlichen Schwierigkeiten hilft. Ihr Geheimrezept für Lebkuchen, das sie einst im Kloster entwickelte, rettet die Bäckerei. Mit dem Erfolg ihrer köstlichen Benedicten-Lebkuchen macht sie sich jedoch auch Feinde. Und erkennt beinahe zu spät, dass einer es gut mit ihr meint ... Sybille Schrödter zeichnet lebendig und historisch fundiert ein farbenprächtiges Bild vom mittelalterlichen Nürnberg.

Sabrina Capitani

Das Spiel der Gauklerin

Historischer Roman. 416 Seiten.
Piper Taschenbuch

Die fahrende Spielfrau Pauline Schwan hat ein schlechtes Jahr hinter sich. Die Leipziger Neujahrsmesse 1573/74 ist ihre letzte Chance, einigermaßen unbeschadet den Winter zu überstehen. Wird es Pauline gelingen, einen Platz als Hausmusikerin zu ergattern? Doch in der wohlhabenden Stadt überschlagen sich schon bald die Ereignisse: Zwei Bürgerkinder werden entführt, und Paulines Freund Jacobus, Besitzer einer fahrenden Wunderkammer, gerät in Verdacht. Dann wird auch noch eine Harfenhure grausam ermordet. Vor dem Hintergrund einer religiösen Intrige gerät Pauline in große Gefahr.